LE SOLITAIRE

JANET DAILEY

LE SOLITAIRE

FRANCE LOISIRS
123, boulevard de Grenelle, Paris

Titre original :

THE ROGUE
publié par Pocket Books - New York

Traduction : Agnès GATTEGNO

Edition du Club France Loisirs, Paris,
avec l'autorisation des Presses de la Cité

ISBN 2-7242-1299-1

Les chroniques de l'Ouest américain sont pleines de légendes qui font allusion à un étalon blanc marchant toujours au pas. De nombreuses personnalités ont déclaré avoir vu le cheval sauvage et en font mention dans différents journaux ou documents. L'un des premiers fut Washington Irving. On prétendait que le territoire de ce superbe étalon s'étendait du Texas à l'Oklahoma et jusqu'au Nouveau-Mexique et au Colorado. Ses exploits furent légion. On le connaissait sous divers noms : L'Étalon Blanc Qui Va Toujours Au Pas, Le Coursier Blanc des Prairies et Le Cheval Sauvage Blanc. Les Indiens l'appelaient : Le Cheval Fantôme des Plaines.

CHAPITRE PREMIER

Le soleil projetait sur la vallée les ombres matinales de la chaîne de montagnes. D'épaisses rangées de pins et de genévriers obscurcissaient ses pentes. La brise du sud était chargée des senteurs humides des conduits d'irrigation qui amenaient l'eau dans les champs, où la sauge et le chanvre cédaient la place à un tapis verdoyant.

Des meules de foin, telles des mottes de beurre, se dressaient près des stalles et de l'étable. Dans la cour, écuries, corrals et dépendances étaient dominés par un ranch modeste situé sur une hauteur. L'eau rare et précieuse n'était pas gaspillée pour des pelouses, et la végétation agressive du désert mangeait les terres autour des bâtiments.

Trois poulains arabes, aux robes luisantes, s'ébattaient dans un des corrals. Derrière la clôture, deux personnes les observaient. L'une était jeune, l'autre âgée. Les bras appuyés sur la barrière supérieure, l'homme grisonnant était souple et tanné comme une corde à fouet. De longues années passées au soleil et dans le vent lui avaient laissé un strabisme permanent. Les épreuves de la vie marquaient son visage brûlé par le soleil, et on y lisait aussi une certaine amertume, trace de rêves perdus.

Le plus grand rêve de Rube Spencer, qu'il n'avait jamais réalisé, avait été de miser sur un huit hasardeux au casino d'Ely et d'y ramasser la paye d'un mois. Sa plus grande conception d'un foyer s'était réduite à une simple pièce dans un des bâtiments du ranch : une chambre, un couvert, un salaire et un patron courtois. Et sa seule idée d'une famille se résumait à l'adolescente assise sur la barrière à côté de lui, la fille du patron. Il n'avait laissé aucune trace de sa vie que le vent du Nevada ne pût effacer en une minute.

Pour Diana Somers, l'existence s'ouvrait devant elle. Depuis sa naissance, le monde était à ses pieds. Etant devenue une jeune fille depuis presque un an, Diana découvrait les privilèges dus à la fille unique du patron, privilèges dont elle n'avait pas pris conscience auparavant.

Cette découverte lui donnait le sens de l'autorité. Cela se remarquait dans sa façon d'être : son menton était volontaire et son port de tête avait quelque chose de royal. Elle ne baissait les yeux que devant un seul homme : son père. Il était la force directrice de sa vie. Devant lui et lui seul, elle laissait transparaître sa fragilité dans ses yeux d'un bleu aussi éclatant que le ciel du Nevada.

Sa mère était morte des suites d'une pneumonie, quand Diana avait quatre ans, et n'était plus pour elle qu'un vague souvenir, une ombre floue dans sa mémoire. Une photographie dans un album témoignait de la vie de sa mère, mais Diana ne regrettait pas la présence d'une personne dont elle se souvenait à peine.

Les terres des Somers se composaient de cinq cents hectares dont ils jouissaient en toute propriété et de milliers d'hectares fédéraux qu'ils louaient comme pâturages. Diana était la princesse de ce petit royaume, son père en étant le roi. Il ne lui était jamais venu à l'esprit qu'il aurait fallu une reine à ce royaume. Elle avait besoin uniquement de son père, et son père n'avait besoin que d'elle. Rien ne manquait à leur monde.

Une camionnette brinquebalante déboucha sur le chemin sillonné d'ornières qui menait de la grand-route au ranch. Jetant un regard par-dessus son épaule, Diana fronça les sourcils en apercevant ce véhicule inhabituel. Son étonnement redoubla lorsqu'elle découvrit la plaque minéralogique de l'Arizona.

Elle se tourna vers Rube Spencer. « Que cherche cet étranger ? »

Rube la regarda et cracha le jus de sa chique. « Que je sois maudit si je le sais ! » Il haussa les épaules. « C'est peut-être ce nouveau type que le Commandant a engagé. »

– Quel nouveau type ? Le Commandant ne m'a jamais parlé d'engager quelqu'un.

Tout le monde appelait son père « le Commandant », y compris Diana.

John Somers avait rompu son engagement avec l'armée quelques mois après la naissance de Diana. Quand son frère s'était tué dans un accident de voiture, il avait abandonné une carrière militaire prometteuse pour revenir au ranch familial. Il en avait gardé le sens de la discipline et du commandement, et ainsi le titre de Commandant lui était resté.

– Pourtant il a engagé quelqu'un.

– Où étais-je à ce moment-là ?

Rube prit un temps. « Ça devait être quand nous faisions les foins et que vous conduisiez le tracteur. Ouais, ça devait être ce jour-là. Moi je soignais la jument grise. » Rube méprisait le travail aux champs et se défilait chaque fois qu'il y avait quelque chose à y faire. Le Commandant, renonçant à se quereller avec lui, lui avait attribué uniquement le soin des chevaux. « Je suis sorti de l'écurie et j'ai vu le Commandant qui parlait avec ce type en lui montrant le ranch. »

Il continua à raconter cette journée, mais dès que Diana eut appris qu'aux questions de Rube, le Commandant avait répondu qu'il avait engagé quelqu'un, elle cessa de l'écouter. Peu de gens écoutaient Rube jusqu'au bout. Le Commandant disait même que Rube aurait pu parler à un sourd.

La camionnette cabossée s'arrêta devant la maison principale. Quelque part, une porte claqua, et ce bruit mit brusquement fin aux discours de Rube, qui se souvint soudain du travail qui l'attendait. Son sixième sens l'avertissait de la présence du Commandant.

Diana ne prêta pas attention au brusque intérêt de Rube pour son travail. Faisant volte-face, elle sauta de la barrière du corral pour aller à la rencontre de cet homme que le Commandant avait engagé sans le lui dire. Cela ne lui plaisait pas. Depuis des années, il n'avait aucun secret pour elle. Il lui avait appris tous les travaux afférents au ranch jusqu'à ce qu'elle en sache presque autant que lui. Elle tenait beaucoup à cette grande connivence qui les unissait et cette soudaine rupture dans leurs relations la mettait mal à l'aise.

Diana, svelte dans ses vêtements de garçon manqué, traversa la cour du ranch à grandes enjambées, à la manière du Commandant. D'un geste nerveux mais typiquement féminin, elle lissa ses cheveux de jais, coupés à la garçonne.

Le Commandant descendit les marches du porche et se dirigea vers la camionnette. Les épaules carrées, l'allure altière, il n'avait pas prix un gramme depuis sa démission de l'armée. Son pantalon, d'une coupe style ranch, taillé dans un tissu résistant jaune foncé, tombait comme un pantalon d'uniforme. Il portait une chemise imprimée au col empesé et ses bottes étaient impeccablement cirées. Ses cheveux noirs, coupés court, n'effleuraient jamais le col de sa chemise et ses favoris étaient grisonnants. Le Commandant était un homme énergique, né pour dominer.

Ce bel homme distingué était une cible idéale pour les femmes seules : ce veuf, portant beau, quel double attrait ! Autrefois, Diana était jalouse de l'attention flatteuse que lui témoignaient les femmes à l'église ou en ville, mais l'indifférence de son père lui prouva finalement qu'il n'avait pas l'intention de se remarier. Il avait toujours vécu dans un monde d'hommes, d'abord pendant son enfance au ranch, puis à l'armée et enfin depuis son retour ici. Le célibat lui convenait. Lorsqu'il recherchait une compagnie féminine, c'était toujours sans engagement de sa part. Diana ne se sentait pas menacée par ses curieuses sorties nocturnes et considérait avec mépris toute femme qui essayait d'établir avec son père une relation plus permanente. Elle se moquait en silence de celles qui disaient au Commandant qu'elle avait besoin d'une mère. Elle avait besoin de lui seul, et avait décidé qu'il n'aurait besoin que d'elle.

Sa voix était cassante mais amicale lorsqu'il accueillit l'homme qui sortait de la camionnette pour le saluer. Ils se serraient la main lorsque Diana arriva près du Commandant. Elle se tenait aussi droite que lui et son attitude était aussi autoritaire. Il la regarda avec une douceur indulgente mais ne fit aucune démonstration d'affection, comme de poser la main sur son épaule. Diana n'attendait d'ailleurs pas un tel geste.

– Le comité d'accueil est au complet, Holt, maintenant que ma charmante fille est là. Le Commandant s'adressait à l'homme qui leur faisait face. « Voici ma fille, Diana ; notre nouvel employé, Holt Mallory. »

Elle le dévisagea délibérément comme si son assentiment était nécessaire à l'engagement définitif de Holt Mallory. Il était grand, environ un mètre quatre-vingts, et mince comme un fil. Il ôta poliment son chapeau de paille. Ses épais cheveux bruns ébouriffés et décolorés par le soleil avaient des reflets havane. Les traits de son visage buriné semblaient dessinés au couteau. Ses yeux gris acier étaient durs, remplis d'éclats métalliques. Ils semblaient avoir vieilli plus vite que lui. Cependant, il ne devait pas avoir plus de vingt-six ans.

– Bonjour, miss Somers. Sa voix était grave, froide, avec des accents traînants.

– Bonjour. Elle sentit passer dans tout son corps un courant d'antipathie qui s'accrut lorsqu'elle regarda le Commandant.

– C'est votre fils ? Le Commandant regardait derrière le nouvel arrivant et Diana suivit son regard.

– Guy, viens dire bonjour au Commandant. Malgré le ton tranquille de Holt Mallory, c'était un ordre.

Un garçon de neuf ans se tenait à côté du camion. Mince et pâle, il semblait perdu et effrayé. On avait essayé de discipliner les épis de ses cheveux blond-roux, mais sans succès. A contrecœur, il s'approcha pour serrer mollement la main du Commandant.

– Bonjour, monsieur, marmonna-t-il.

Le Commandant se redressa et sourit. « Il a l'air d'un gentil garçon, Holt. »

Diana regarda de nouveau le jeune garçon, essayant de comprendre ce que son père lui avait trouvé de si « gentil », mais n'y parvint pas. C'était un curieux gamin, impressionnable, effrayé par son ombre même. Diana sentit un vague mépris pour cet enfant chétif, mais ne put s'empêcher d'éprouver aussi un besoin inexplicable de le protéger.

– Je vais vous montrer où vous installer, Holt, enchaîna le Commandant, puis s'adressant à Diana : « Tu emmènes Guy. Cela vous permettra de faire connaissance. »

Diana n'avait aucune envie de mieux le connaître, mais, puisque son père le désirait... Elle réprima un soupir et voulut prendre la main du gamin. Il la cacha derrière son dos et Diana haussa les épaules.

– Viens, Guy, dit-elle et elle suivit les deux hommes.

Comme le petit garçon traînait derrière eux, elle ralentit pour marcher à son pas. Elle ne s'était jamais beaucoup intéressée aux enfants, si ce n'est à ceux de son âge à l'école. Elle jeta un regard vers les yeux baissés du jeune garçon et essaya d'entamer la conversation.

– Tu es de l'Arizona ?

Un silence suivit sa question. Diana n'attendait plus de réponse quand les yeux bleus de l'enfant se levèrent sur elle.

– Non. Mon père vivait en Arizona mais ma maman et moi étions à Denver.

– Où est ta maman ?

Ses lèvres tremblèrent. « Elle est morte. »

– La mienne aussi, lui répondit gentiment Diana. « Elle est morte quand j'avais quatre ans. » Elle fixa l'homme qui marchait à côté du Commandant. « Pourquoi viviez-vous à Denver et ton père en Arizona ? Tes parents étaient divorcés ? »

Le garçon hocha la tête. Diana ne condamna pas sa mère : elle non plus n'aimait pas cet homme, mais elle fut étonnée d'entendre l'enfant exprimer un sentiment semblable.

– Quand ma mère est morte, le mois dernier, il s'est amené, m'a dit qu'il était mon père et que désormais je devrais vivre avec lui. On sentait une grande amertume dans le ton de l'enfant.

– Tu veux dire que tu ne l'avais jamais vu auparavant ? Le visage de Diana se ferma.

– Ma grand-mère et mon grand-père m'ont affirmé que c'était mon père, alors j'imagine que c'est vrai. Ma mère m'avait dit que mon père l'avait quittée à ma naissance parce qu'il ne voulait plus ni de l'un ni de l'autre.

Au souvenir de la froideur de ses yeux gris, Diana le crut volontiers. « Si c'est ce qu'il ressentait, pourquoi s'embarrasse-t-il de toi maintenant ? » pensa-t-elle à haute voix.

Le petit Guy Mallory tressaillit à cette question. « Il prétend qu'il a toujours voulu m'avoir avec lui, répondit-il d'un air incrédule, mais que ma mère l'empêchait de me voir. Ça n'est pas vrai. Je sais que ça n'est pas vrai. »

Cette explosion de violence en faveur de sa mère lui valut un regard d'estime de Diana. L'enfant, bien que sensible, n'était pas complètement soumis.

– Je suis sûre que ta mère aurait accepté s'il avait vraiment voulu te voir, approuva-t-elle. Pauvre enfant, pensa Diana, et elle éprouva de la pitié pour ce garçon que son père rejetait. Il n'était pas étonnant qu'il ait l'air si désorienté et si apeuré.

Ils passaient devant l'enclos où étaient parqués les étalons arabes primés. La reproduction et la présentation de pur-sang arabes étaient une des branches de l'exploitation du ranch. En plus des trente juments poulinières et de leur progéniture, il y avait des poulains d'un et deux ans, certains étant destinés aux démonstrations et d'autres à la vente. Le ranch possédait aussi un parc de chevaux de travail. Les deux écuries d'arabes étaient situées à quelque distance des autres chevaux. Shetan, le superbe bai, galopa vers la barrière et hennit à la vue de son maître. Il n'y avait rien d'inhabituel à cela, mais Diana remarqua le regard ébahi que l'enfant lança à l'animal. « Tu montes à cheval ? » lui demanda-t-elle.

– Je n'avais jamais vu un cheval de si près avant, seulement à la télévision et autour de la camionnette quand nous sommes arrivés ici, lui répondit-il.

– A partir d'aujourd'hui tu en verras plein. Tu peux même apprendre à monter pendant que tu es ici. Tu verras, c'est facile.

– Vraiment ? Sa voix était si étranglée qu'on avait l'impression qu'elle lui offrait la lune.

– Bien sûr. Diana haussa les épaules. « Je t'apprendrai. » Et elle regretta aussitôt sa proposition. Elle n'avait pas envie de passer son été à jouer les bonnes d'enfants.

– Fantastique ! Guy Mallory explosait de joie ; son visage jusqu'alors fermé s'éclaira. « C'est formidable ! »

Ses cris d'exubérance attirèrent l'attention des deux hommes qui s'étaient arrêtés devant le seuil du plus grand bloc du ranch, celui qui était resté inoccupé depuis plus d'un mois. Holt Mallory regarda curieusement son fils, qui sautait véritablement de joie, et un sourire adoucit ses traits.

– Pourquoi es-tu si excité, Guy ?

– Elle m'a promis de m'apprendre à monter à cheval ! Une certaine dureté passa sur le visage de Holt Mallory. « Tu ne m'as jamais dit que tu voulais apprendre », dit-il d'un ton faussement léger. Guy s'était manifestement plus confié à Diana en quelques instants qu'à son père pendant toutes ces heures passées ensemble.

– Je le veux ! déclara Guy. Et elle va m'apprendre !

– C'est très gentil de la part de miss Somers, mais il n'y a pas de raison de la déranger. Guy, si tu veux apprendre à monter, moi je t'apprendrai... Si bien entendu le Commandant ne voit pas d'inconvénient à ce que nous empruntions un cheval.

– Je n'en vois aucun, Holt, mais puisque Diana a proposé de lui apprendre, je pense que ce serait une bonne idée de la laisser faire, insista le Commandant. On va être très occupé au ranch dans les deux prochains mois. Diana aura plus de temps libre que vous. Elle sera une bonne compagnie pour l'enfant et l'aidera à se faire à son nouveau milieu.

La logique de la démonstration du Commandant ne semblait pas plaire à Holt Mallory. « C'est vrai », admit-il et il lança un regard glacé à Diana. « Du moment que ça vous est égal, pour moi il n'y a pas de problème. »

– Cela m'est égal, mentit-elle.

– Génial ! s'exclama Guy. De toute façon, je préférais que ce soit elle mon professeur. Son père serra soudain les dents, le garçon ne le vit pas mais Diana le remarqua. « Quand pouvons-nous commencer ? » demanda Guy. « Aujourd'hui ? »

Le Commandant sourit. « Non pas aujourd'hui. Ton père va avoir besoin d'aide pour défaire vos affaires et pour que vous vous installiez dans votre nouvelle maison. Voici la clé, Holt. » Il la lui donna. « Diana et moi allons vous laisser découvrir votre nouveau foyer. Si vous avez besoin de quoi que ce soit, ou si vous avez des questions à poser, je serai à la maison pendant une grande partie de la journée. »

– Merci, Commandant.

Diana se demanda si Holt Mallory le remerciait pour le travail ou pour avoir aplani cette situation délicate. Cela n'avait d'ailleurs pas vraiment d'importance. Elle se détourna et accompagna son père jusqu'à la maison principale.

Ils étaient presque arrivés au porche lorsqu'elle lui fit observer : « Tu ne m'avais jamais dit que tu avais engagé un nouvel employé. »

– Ah non ? répondit-il distraitement. J'ai dû oublier.

– Il ne voulait pas de son enfant.

Le Commandant cessa de regarder dans le vide pour fixer toute son attention sur elle. « Qui est-ce qui t'a mis cette idée dans la tête ? »

– Guy me l'a dit.

– Vous avez beaucoup parlé tous les deux en si peu de temps.

– Assez pour savoir que cet homme est pratiquement un étranger pour lui. Guy ne l'a jamais vu jusqu'à la mort de sa mère. Il les a abandonnés tous les deux quand Guy n'était encore qu'un bébé.

– Ce n'est pas si simple que cela, Diana. Les parents de Guy avaient à peine seize ans lorsqu'ils se sont mariés. C'était un mariage de convenance. Ils étaient simplement beaucoup trop jeunes, et, comme souvent dans ces cas-là, ça n'a pas marché. Après leur séparation, sa femme a quitté l'Arizona avec le bébé. Holt n'entendit plus jamais parler d'elle jusqu'à ce que ses parents lui apprennent sa mort. Ce n'était pas qu'il ne désirait pas voir son fils mais Holt ne savait pas où il était.

Cela avait l'air plausible mais Diana préférait la version de Guy. « Il ne me plaît pas », affirma-t-elle.

Le Commandant fronça les sourcils. « Cela ne te ressemble pas de porter des jugements hâtifs. »

– Il ne me plaît pas, répéta-t-elle.

– Tu changeras d'avis. Il s'occupe très bien des chevaux et connaît bien le bétail. De surcroît il peut être un futur gérant d'exploitation.

– Gérant ? Pour quoi faire ?

– Je ne rajeunis pas. Dans quelques années, j'aurai besoin de quelqu'un pour s'occuper du ranch, pour me décharger de certaines responsabilités. Holt a encore besoin de quelque temps pour prendre du poids. Si mon instinct ne m'a pas trompé, il sera un jour un bon meneur d'hommes.

Diana ne fit aucun commentaire. Elle savait que si elle avait été un garçon, le Commandant aurait pensé à lui laisser l'exploitation du ranch d'ici quelques années plutôt que la donner à un étranger. Et cette pensée la blessait. L'été ne s'annonçait pas aussi agréable qu'avant l'arrivée de Holt Mallory.

Elle entra dans la maison derrière son père, le suivit à travers le salon jusqu'à la salle à manger contiguë. Le mobilier était austère, avec son côté typiquement masculin, et disposé dans un ordre précis. Tout était confortable mais très utilitaire. Le couvert était mis pour le café du matin, c'était une tradition quotidienne chez les Somers.

Tandis que le Commandant tirait une chaise en bout de table, la gouvernante apporta de la cuisine un pot de café frais et une assiette de beignets faits maison. Sophie Miller était une personne peu avenante. Bien qu'elle n'eût qu'une bonne quarantaine d'années, ses cheveux bruns étaient grisonnants et sévèrement relevés en une couronne de tresses sur le dessus de la tête. Sans enfant, veuve depuis des années, elle était la gouvernante du Commandant et vivait au ranch depuis six ans. C'était une personne terne qui faisait son travail sans prendre soin d'elle-même.

Diana s'assit à la droite de son père. Depuis ses plus lointains souvenirs, elle se joignait toujours à lui pour cette pause du matin, mais ne buvait vraiment du café que depuis qu'elle avait huit ans. Le père et la fille partageaient presque tout. Ce jour-là Diana n'y prit pas de plaisir. Elle était encore perturbée par le fait que le Commandant eût omis de lui annoncer l'arrivée du nouvel employé. Elle était aussi ennuyée par la désinvolture dont il avait fait preuve lorsqu'elle lui avait dit combien Holt Mallory lui déplaisait.

Le café fumait déjà dans la tasse du Commandant comme Sophie remplissait celle de Diana. Le Commandant avait déplié sa serviette et l'avait posée sur son pantalon impeccable. Il regarda l'assiette de beignets et sourit à Diana.

– Des beignets au chocolat, c'est ceux que tu préfères, Diana, lui fit-il observer. Mais il n'eut pour réponse qu'un hochement de tête indifférent. « Sophie les a faits spécialement pour toi. »

Cette déclaration soudaine tira Diana de ses pensées. « Merci, Sophie. » Elle lança les mots avec indifférence par-dessus son épaule, et la gouvernante l'en remercia d'un bref sourire, habituée à ne pas en attendre davantage de Diana.

Pour Diana, Sophie n'était qu'une des nombreuses gouvernantes qui étaient entrées et sorties de sa vie. Sophie était simplement restée un peu plus longtemps que les autres. La plupart n'avaient pas apprécié l'isolement du ranch, qui ne leur permettait pas de voir leur famille et leurs amis. Sophie n'avait pas de famille et apparemment peu d'amis ; le travail lui convenait.

Diana montrait peu d'intérêt pour les gouvernantes. Sa vie tournait autour du Commandant. Ce qui l'intéressait, lui, l'intéressait elle. Or il avait montré un intérêt particulier pour son nouvel employé. Et cela ne plaisait pas à Diana.

Dans les semaines qui suivirent, son impression première de Holt Mallory ne changea pas. Il était poli avec elle, la traitait avec le respect dû à la fille du patron, mais jamais avec cette complaisante affection que lui témoignaient les autres employés du ranch. Pour les autres, elle était le rayon de soleil du ranch, mais pas pour lui.

Quant à Guy, que cela plût à Diana ou non, il était quasiment devenu son ombre. Et, la plupart du temps, cela l'irritait, bien qu'à certains moments sa béate admiration flattât son amour-propre.

Mais, ce jour-là, elle n'était pas dans ces dispositions d'esprit. Tandis qu'elle marchait rapidement vers l'enclos, avec Guy sur ses talons, elle souhaitait ardemment qu'il disparaisse... et même pour toujours.

– S'il vous plaît, je peux monter avec vous ? Il répétait sa demande, qu'elle avait déjà repoussée quelques secondes plus tôt. « Je fais des progrès. C'est vous qui l'avez dit. »

– Non ! Je vais faire travailler les étalons. Elle s'en chargeait régulièrement dans le manège, à une certaine distance des juments poulinières pour éviter tout risque. « Je t'ai dit et répété que tu ne peux pas monter ta jument quand je m'occupe des étalons. »

– Pourquoi ?

Diana lui lança un regard furieux. « Ton père ne t'a jamais parlé des chiens dans la rue ? »

Guy rougit et se tut, mais ne la quitta pas d'un pouce. Arrivé à l'enclos, il regarda à travers la barrière tandis que Diana l'escaladait, un harnais sur l'épaule. Comme d'habitude, le cheval bai gambada vers elle, pressé de se dégourdir les jambes.

– Guy, si tu veux te rendre utile... Sa voix avait un ton un peu agressif tandis qu'elle glissait le mors dans la bouche de l'étalon : « ... Va me chercher la selle dans la remise pendant que je fais travailler Shetan à la longe. »

– D'accord. Il se précipita, tant il était impatient d'exécuter ses ordres.

Quand il revint, il n'avait pas la selle et n'était pas seul. Diana aperçut Holt Mallory marchant derrière son fils, qui était devenu blême. Elle lui jeta un regard désapprobateur et se tourna vers Guy.

– Je croyais t'avoir dit d'apporter la selle.

– Je...

– Que croyez-vous faire, miss Somers ?

Il lui posa cette question avec un tel calme qu'elle serra les dents. Elle arrêta le cheval bai qui trottait autour de la longe et regarda Holt. De tout son être, elle se sentait une fille de patron face à un simple employé.

– Je ne vois vraiment pas en quoi cela vous concerne.

– Guy m'a dit que vous aviez l'intention de monter cet étalon.

– C'est vrai.

– Le Commandant est au courant ?

– Bien sûr, riposta Diana avec indignation.

– Il doit être fou pour laisser un brin de fille comme vous...

Il ne put terminer sa phrase, car Diana, folle de rage, le coupa : « Je suis pratiquement le meilleur cavalier de ce ranch, et peut-être même de la région. »

– Cela ne veut pas dire grand-chose. Il ouvrit la porte du corral, y entra et referma derrière lui. « Donnez-moi un bout de la longe. »

– Pourquoi ? Elle le regarda avec méfiance.

– Appelez cela un test, lui répondit-il. Diana perçut le défi ; elle ne pouvait que le relever. Elle lui donna un bout de la longe et il recula. Moins d'un mètre les séparait. « Ne me laissez pas vous l'arracher des mains. Tenez bon », ordonna Holt.

Il enroula la longe de cuir autour de ses mains, puis tira dessus d'un coup sec. Diana s'accrocha au sol et réussit à résister, mais une brusque secousse la projeta soudain sur sa poitrine. Il posa les mains sur ses épaules pour la rassurer. Sa force la surprit comme un éclair. Elle se dégagea brusquement.

– C'était un sale coup, se plaignit-elle. Cela ne prouve rien.

– Ah vraiment ? Sa bouche était déformée par un sourire railleur, dépourvu de toute trace d'humour. « Si cet étalon avait une lubie, il pourrait vous arracher les rênes des mains, exactement comme je l'ai fait. »

– Shetan est un cheval bien dressé, se défendit Diana. Et je l'ai toujours monté dans le manège, loin des juments, toujours après l'avoir fait travailler d'abord à la longe. Je suis parfaitement capable de le maîtriser.

– Un cheval, le mieux dressé soit-il, peut se rebeller, même si ce n'est que pour quelques secondes. Monté par quelqu'un comme vous, quelques secondes suffiraient pour vous désarçonner.

– Je monte ces étalons depuis des années. Cette affirmation déformait quelque peu la vérité.

– Ce que vous avez fait m'est égal. Mais tant que je serai là, vous ne recommencerez pas.

– Vous n'êtes qu'un employé, lui rétorqua Diana avec un superbe dédain. « Vous n'avez pas à me dire ce que je dois faire. »

– Je l'ai fait. C'est tout.

– Holt a raison. Lorsque cette nouvelle voix vint se mêler à leur conversation animée, Diana pivota sur ses talons et aperçut le Commandant devant la porte du corral. « Je pense qu'il vaudrait mieux que tu n'entraînes plus les étalons, Diana. Je n'ai jamais vraiment été pour. Tu as parfois malmené même le mieux dressé des chevaux. Et tu n'avais pas à le faire. »

Elle sentit dans tout son corps un immense mouvement de révolte, mais ne dit pas un mot. Elle fourra la longe dans les mains de Holt et, raide comme un piquet, sortit du corral. Ses yeux étaient secs, mais sa gorge était nouée. Elle crut qu'elle allait s'étouffer.

Diana marcha à l'aveuglette à travers les terres au-delà du corral. Plusieurs minutes s'écoulèrent avant qu'elle n'entendît courir quelqu'un derrière elle. Se retournant, elle vit Guy.

– Si tu veux toujours monter..., commença-t-il avec hésitation tandis qu'elle prenait conscience de sa présence.

Toute sa colère rentrée explosa soudain : « Espèce de petit idiot ! Tout est ta faute ! Pourquoi es-tu allé raconter à ton imbécile de père ce que je faisais ? »

Il blêmit. « Je ne l'ai pas fait exprès, je vous assure. »

– Je ne l'ai pas fait exprès, répéta Diana en l'imitant méchamment. « Je croyais que tu n'aimais pas ton père. Alors pourquoi lui as-tu parlé de moi ? »

– Je ne l'aime pas, affirma Guy, mais il m'a demandé ce que je faisais avec votre selle et...

– ...et tu le lui as dit, finit-elle. « Je croyais que tu voulais être mon ami, mais tu n'es pas mon ami. Va-t'en, laisse-moi seule. Je n'ai pas envie d'être avec toi ! Tu n'es qu'une peste ! »

– Je suis désolé. Je ne l'ai pas fait exprès. Il fixait le sol, les larmes au bord des yeux, et son menton tremblait. Il se mit à renifler. Apparemment, il était incapable de faire un geste.

Diana le regardait toujours avec mépris quand les larmes vinrent aux yeux de l'enfant et coulèrent sur ses joues. Sa petite main ne pouvait les retenir. Elle se sentit soudain mal à l'aise, incapable de se rappeler quand elle avait vu quelqu'un pleurer pour la dernière fois. Elle ne savait que faire.

– Arrête de pleurer comme un bébé, marmonna-t-elle. Les larmes de Guy redoublèrent en dépit des courageux efforts qu'il faisait pour lui obéir. « Allez. Arrête. » Impatientée, embarrassée, elle fronça les sourcils, puis se détourna quelque peu, elle ne voulait pas le voir pleurer. « Oublie ce que je t'ai dit. Ce n'était pas ta faute. C'est à cause de ton père qui fait du zèle pour entrer dans les bonnes grâces du Commandant en prétendant s'inquiéter de ce qui pourrait m'arriver, alors qu'il se fout complètement de toi comme de moi. »

– Vous n'êtes pas fâchée contre moi ?

– Je suis simplement furieuse en général. Elle l'observait du coin de l'œil, lui pardonnant à contrecœur. « Je vais au bassin d'irrigation pour me calmer. Tu veux venir avec moi ? »

Il hésita. « Je n'ai pas mes affaires. »

– Et alors ? Diana haussa négligemment les épaules. « Moi non plus. Tu veux venir ou pas ? »

Il accepta avec enthousiasme, en frottant les quelques larmes qui lui restaient sur le visage. Il reniflait de temps à autre, tandis qu'il se dirigeait avec elle vers le bassin.

Cet été là, tout alla de mal en pis pour Diana. Ses activités étaient de plus en plus restreintes. Les étés précédents, elle avait à tout instant quelque chose à faire. Maintenant, elle luttait contre l'ennui.

Donnant un coup de pied dans une pierre pour l'enlever de son chemin, Diana fourra les mains dans les poches arrière de son Levi's et lança un regard énervé autour de la cour du ranch. Il y avait sûrement quelque chose à faire. Elle poussa un soupir écœuré. Il y avait toujours Guy.

Elle changea de direction et marcha vers les bâtiments. La porte du dernier bloc était ouverte. Elle entra sans prendre la peine de frapper, et s'arrêta quand elle vit Holt Mallory, torse nu devant l'évier de la cuisine. Il cessa de se frictionner le visage avec sa serviette.

– On frappe avant d'entrer chez quelqu'un. C'est plus poli, dit-il en finissant de s'essuyer le visage et les mains.

– Je cherche Guy. Où est-il ? Un sombre ressentiment brillait dans ses yeux bleus.

– Dehors, quelque part.

Tandis qu'il se détournait pour suspendre la serviette, Diana le fixa avec curiosité. Son dos était lacéré de cicatrices. « Comment vous êtes-vous fait ces marques sur le dos ? » demanda-t-elle.

Holt marqua un moment d'hésitation avant d'attraper sa chemise. « Je ne m'en souviens pas. »

– Quelqu'un vous a battu. Vous ne pouvez pas avoir oublié une chose pareille, lui rétorqua Diana.

Il la regarda un long moment. « Vous pouvez oublier n'importe quoi si vous le voulez. » Puis il porta toute son attention sur sa chemise qu'il boutonnait. « Vous avez dit que vous cherchiez Guy, il est dehors. »

Diana l'observait avec curiosité, mais elle savait qu'il ne lui en dirait pas plus. Finalement elle partit à la recherche de l'enfant. Mais elle n'en oublia rien pour autant.

Au cours du déjeuner avec le Commandant, elle revint sur le sujet.

– Savais-tu que Holt Mallory a des cicatrices plein le dos ? On dirait que quelqu'un l'a fouetté. Elle entama la conversation avec une apparente indifférence.

Le regard du Commandant était perçant « Vraiment ? » Sa réponse était délibérément affable. « Passe-moi le sel. »

– Comment se les est-il faites ? reprit-elle en posant le sel et le poivre près de l'assiette de son père.

– Le lui as-tu demandé ?

– Oui.

– Et que t'a-t-il dit ?

– Il a dit qu'il ne s'en souvenait plus. C'est un mensonge, évidemment. Elle haussa imperceptiblement les épaules. « Comment s'est-il fait cela, Commandant ? Etait-il en prison avant de venir ici ? »

– Je ne crois pas qu'on fouette encore les gens en prison, Diana, répondit-il d'un ton volontairement sec.

– Peut-être plus, mais alors... comment les a-t-il eues ?

– Je ne peux vraiment pas te le dire, Diana.

Il avait parlé comme s'il ignorait la réponse, mais Diana pensa qu'il la connaissait. Il n'allait tout simplement pas la lui révéler, lui qui lui avait toujours tout dit. Il y avait toujours eu des complicités entre eux. Son silence la blessa, mais ne l'empêcha pas de continuer à fantasmer sur l'origine des cicatrices de Holt, bien qu'elle ne revînt pas sur le sujet.

A l'été succéda l'époque de la transhumance. Diana adorait cette saison. C'était le moment des longues randonnées à cheval, à des kilomètres du ranch, des nuits à la belle étoile près d'un feu de camp ; tout cela avait un goût d'aventure qui l'excitait terriblement. Il y avait toujours tant à voir : croiser un mulet sauvage, apercevoir une chèvre du désert ou une harde de chevaux sauvages disparaissant derrière une colline.

Dans l'aube scintillante, Diana resserra la sangle de sa selle ; son sac de couchage était attaché avec soin derrière le troussequin. Une grande animation régnait partout, chacun se préparant avec sérieux à l'événement annuel. Tous les visages étaient familiers. Durant l'année, le ranch employait environ dix-huit personnes, mais des journaliers étaient engagés au moment de la transhumance ou des foins, généralement des gens de la région.

Diana, du haut de sa monture, regardait Holt Mallory s'approcher avec un air de commandant en chef des opérations. Son antipathie immédiate pour Holt n'avait fait que croître avec le temps et cela transparut dans le coup d'œil qu'elle lui lança. Lorsque le regard glacé de Holt croisa le sien, sa démarche assurée marqua un temps d'hésitation. Ses yeux passèrent de Diana aux chevaux sellés puis au sac de couchage, et il regarda dans le vague pensivement.

Lorsqu'elle vit qu'il s'apprêtait à parler au Commandant, sa bouche se contracta en un rictus déplaisant. Elle eut immédiatement une inquiétante prémonition lorsqu'elle vit qu'ils la regardaient tous les deux. Elle n'aima pas la façon dont le Commandant l'observa, pas plus que le léger hochement de tête qu'il fit à Holt après leur longue conversation. Quand le Commandant se dirigea vers elle, Diana fit comme si de rien n'était, enroulant les rênes autour de l'encolure de son cheval et préparant sa monture.

– Diana. Sa voix cassante attira son attention.

« Qu'il aille au diable ! » Elle le maudit mais pivota pour le regarder, prenant la mine affable de quelqu'un qui ne se sent pas menacé, tandis que son sixième sens l'avertissait déjà des mots qui allaient suivre.

Son père entra directement dans le vif du sujet. « Tu vas rester à la maison cette année, Diana. »

– J'ai toujours participé à la transhumance depuis que j'ai huit ans. De plus, tu as besoin de l'aide de tous. Et tu sais que je peux monter et prendre les bêtes au lasso aussi bien que le meilleur de tes hommes.

– Le travail est trop dur pour une jeune fille comme toi.

– Je ne me suis jamais plainte. Le Commandant Somers lui avait toujours parlé comme à une adulte. Son attitude avait toujours été très honnête et directe. Il agit de même cette fois-ci. « Tu grandis et tu as maintenant l'air d'une jeune femme, Diana. Il ne serait plus convenable que tu dormes plusieurs nuits à la belle étoile en la compagnie des hommes. »

Diana répondit avec une égale candeur : « Tu ne veux pas dire qu'un des garçons pourrait essayer de me maltraiter, n'est-ce pas ? Ce sont tous mes amis. (Excepté Holt Mallory, pensa-t-elle.) C'est ridicule. De plus, tu seras là. »

– Pas cette fois-ci. Je me fais trop vieux pour dormir à même le sol. Mais là n'est pas la question. Je ne veux pas que tu deviennes une Calamity Jane qui parle vulgairement et se tient grossièrement. Je veux que tu sois une vraie femme et non comme beaucoup un garçon manqué. Tu comprends ?

– Oui, Commandant.

– Bien. (Il parut satisfait de sa réaction.) J'irai faire un tour avec la Jeep tous les jours, continua le Commandant. « Ce sera assez calme ici pour toi. Pourquoi n'essaies-tu pas d'organiser une petite sortie en ville avec Sophie pour t'acheter quelques vêtements... quelque chose de plus féminin que ces Levi's ? »

– D'accord, approuva Diana.

Si son père voulait qu'elle devienne une vraie femme, elle était décidée à lui obéir. A partir de ce matin-là, la transformation de Diana commença.

Elle alla faire les magasins et s'acheta de nouveaux vêtements destinés à mettre en valeur sa féminité, sans toutefois aller jusqu'aux jabots plissés et aux nœuds plats. Elle commença à s'intéresser à ce qu'elle croyait être typiquement féminin et apprit la cuisine et la couture. Cependant, elle ne poussa pas les choses à l'extrême. Elle continua à monter souvent à cheval, mais effectua moins de travaux durs au ranch.

Il était de règle que seuls les célibataires utilisent les logements du ranch. Les quelques employés qui étaient mariés vivaient au dehors, généralement dans des petites maisons qu'ils avaient achetées. Diana avait rarement des contacts avec leurs femmes.

Cependant, cet hiver-là, leur plus proche voisin, Alan Thornton, qui possédait un ranch à quinze kilomètres de chez eux, se maria. Tout naturellement, Diana lia connaissance avec sa jeune femme, Peggy, qui était institutrice. Ce fut sa première vraie relation avec une adulte. Ce fut Peggy qui persuada Diana de laisser pousser ses cheveux noirs et qui lui apprit l'art du maquillage.

Diana écoutait Peggy lui raconter ses rêves, essayant de comprendre l'imagination romantique de cette femme qui était son aînée. Le ranch des Thornton était beaucoup plus petit et beaucoup plus pauvre que l'immense ranch du Commandant. Quand Peggy lui parlait de ses projets pour aménager sa petite maison, Diana aurait bien aimé se montrer enthousiaste, mais elle savait que Peggy n'aurait jamais assez d'argent pour faire le tiers de ce qu'elle envisageait. Il lui était impossible de comprendre la joie débordante de la jeune femme.

Diana avait autant de mal à comprendre ses camarades de classe. Leur passion pour des vedettes de musique pop, des garçons boutonneux, et leur bavardage toujours surexcité lui semblaient stupides. Comme toujours, Diana travaillait fort bien à l'école et était très appréciée de ses professeurs. Ses cheveux d'un noir brillant, ses pétillants yeux bleus et sa mince silhouette qui se développait avec harmonie lui valaient un succès certain auprès des garçons. Elle se sentait plus à l'aise avec eux, ayant grandi dans un milieu presque uniquement masculin mais, la plupart du temps, ils lui semblaient puérils.

Son attitude envers Holt Mallory ne changea pas. Elle continua à le considérer comme son ennemi et à se battre ouvertement contre lui à tout propos, essayant d'altérer son influence sans cesse grandissante auprès du Commandant. Diana saisissait chaque occasion de lui donner des ordres, sous prétexte qu'elle était la fille du patron. Elle cherchait à lui rappeler constamment qu'il n'était qu'un simple employé payé pour exécuter les instructions du Commandant et les siennes. Chaque fois qu'il était près de l'écurie, elle ne sellait jamais son cheval et lui demandait de le faire. Elle utilisait tous les moyens pour l'excéder, espérant secrètement qu'elle finirait par le pousser à partir.

Guy la suivait toujours comme un petit chien chaque fois qu'il le pouvait. Il ne semblait pas prêter attention à la façon dont Diana le traitait. Il lui était reconnaissant dès qu'elle lui témoignait le moindre intérêt. Et Diana lui en manifestait juste assez pour être sûre que les rapports entre Guy et Holt restent les mêmes. S'il l'aimait, il ne pouvait aimer l'homme qu'était son père.

CHAPITRE II

Cet été-là, elle allait fêter ses dix-sept ans. Pour la première fois, elle fut troublée par un homme. Un nouvel employé, réputé pour ses qualités de dresseur de chevaux, avait été engagé par le Commandant pour entraîner ses arabes primés. Il s'appelait Curly Lathrop.

C'était un homme grand et bien bâti aux cheveux noirs et bouclés et aux yeux d'un brun éclatant. Il avait un charme naturel et toujours le sourire aux lèvres. Aux yeux de Diana, il était la réincarnation d'un dieu grec. Une fille de patron ne laissait jamais indifférent, mais Diana fit tout pour que Curly Lathrop s'intéressât vraiment à elle. Ils eurent beau flirter, il gardait toujours un air indulgent, comme s'il pensait qu'elle n'était encore qu'une enfant. Elle se prenait pour une femme et son attitude la décevait.

Le jour de son anniversaire, fin juillet, il faisait très chaud. Ce fut un anniversaire comme un autre. Sophie, en bonne gouvernante, avait préparé pour le dîner son gâteau préféré et l'avait décoré. Guy lui avait fabriqué avec grand soin un porte-clés en cuir orné de ses initiales.

Peggy avait fait un saut dans l'après-midi pour lui offrir un foulard en soie et en avait profité pour lui annoncer qu'elle attendait un bébé. Diana écouta Peggy lui expliquer ses projets pour aménager la chambre d'amis. L'argent qu'ils avaient économisé depuis deux ans pour moderniser la cuisine allait donc être consacré aux achats pour le bébé, aux notes du médecin, et aux frais d'accouchement. Diana la félicita comme il se doit, tout en se demandant pourquoi Alan et Peggy n'avaient pas attendu quelques années pour fonder une famille. Elle ne voyait pas comment ils arriveraient à élever leur bébé.

Ce soir-là, au dîner, le Commandant lui offrit, comme chaque année, de très nombreux cadeaux. Diana portait une robe du soir toute nouvelle et exprima la joie qui convenait devant les cadeaux. Passer cette soirée avec pour seule compagnie le Commandant et Sophie, toujours aussi inexistante, ne la rendait pas d'humeur joyeuse.

Après le dîner, elle fit quelques pas devant le porche, puis s'appuya à la barrière pour contempler les étoiles, en prenant bien soin de ne pas déchirer sur une écharde sa robe en broderie anglaise. Diana aurait aimé que Curly soit avec elle, et tripotait nerveusement les boutons de sa robe.

Pleins d'espoir, ses yeux se portèrent vers la chambre de Curly. Aucune lumière ne brillait dans le local qu'il occupait, mais son camion était là. Puis elle aperçut une lampe allumée dans l'atelier près des écuries. Une idée soudaine lui traversa l'esprit.

Elle se précipita dans la maison avant que la raison ou la fierté ne la retiennent. Son père faisait du secrétariat dans son bureau et Sophie s'était déjà retirée dans sa chambre située à l'arrière de la maison. Diana entra dans la cuisine et coupa une tranche de son gâteau d'anniversaire.

Elle l'enveloppa dans une serviette et l'emporta vers les écuries. Elle joua la surprise lorsqu'elle entra dans l'atelier et vit Curly qui nettoyait du matériel.

– Ah, c'est toi ! J'ai vu de la lumière et j'ai pensé que c'était Holt, expliqua-t-elle.

– Vraiment ? Il la regarda d'un air sceptique et moqueur.

– Oui, vraiment. Son regard lui lança comme un défi.

– Qu'as-tu dans la main ? Curly regardait la serviette.

– Un morceau de mon gâteau d'anniversaire. Comme je

viens de te le dire, j'ai vu de la lumière et j'ai pensé que c'était Holt. Je lui apportais cette part de gâteau pour Guy. Diana haussa les épaules et s'avança dans la petite pièce. « Mais puisque tu es là et lui pas, tu peux en profiter. »

Elle comprit à son sourire qu'il ne la croyait toujours pas mais il entra dans son jeu. « Je ne veux pas priver Guy de son cadeau. »

– Tu ne l'en priveras pas. Elle lui tendit le gâteau enveloppé dans la serviette. « J'en donnerai à Guy demain. Sophie a fait un énorme gâteau et il sera rassis avant que le Commandant et moi l'ayons fini. »

– J'aime les sucreries, reconnut Curly avec une lueur dans l'œil qui fit battre le cœur de Diana. Un léger frisson la parcourut lorsqu'il effleura sa main en prenant le gâteau. « Alors, comme ça, c'est ton anniversaire aujourd'hui ?

– Euh... euh... Elle l'observa tandis qu'il ouvrait la serviette et mordait dans le gâteau.

– Quel âge as-tu ? demanda-t-il entre deux bouchées.

Diana aurait bien aimé mentir mais il connaissait probablement son âge. « Dix-sept ans. »

Il termina le gâteau. « Il était très bon. » Il fit tomber les miettes de ses mains. « C'est dommage... je ne savais pas que c'était ton anniversaire. »

– Pourquoi ? murmura-t-elle dans un souffle.

– Je t'aurais acheté un cadeau.

– Je n'en espérais pas tant de ta part. Diana rêva : que cela aurait été merveilleux s'il l'avait fait !

– Que t'a offert ton petit ami ?

– Je n'ai pas de petit ami.

– Allons ! Belle comme tu es, tous les garçons de l'école doivent être fous de toi.

Son cœur bondit lorsqu'il lui dit qu'elle était belle, et d'autant plus fort quand son regard appuya ses dires. « Ce ne sont que des gamins. » Diana essaya d'avoir l'assurance d'une adulte lorsqu'elle lui répondit. Il eut un sourire moqueur. Elle se détourna, vexée qu'il ne la prît pas au sérieux.

– Tu as une jolie robe, remarqua-t-il. Le Commandant a dû organiser une grande soirée en ton honneur.

– Non. Nous avons juste dîné tranquillement ensemble. Son ton indifférent montrait qu'elle ne s'était pas attendue à autre chose.

– Un anniversaire mérite mieux qu'un dîner, un gâteau et quelques cadeaux, dit Curly d'un ton réprobateur.

– Ah ? Elle le regarda par-dessus son épaule. « Et comment doit-on célébrer les anniversaires, d'après toi ? »

– Avec quelques verres, quelques bonnes danses, et, si tout va bien, une charmante compagnie. Il croisa son regard. « Si ces trois choses ne sont pas réunies, il n'y a pas de bons anniversaires. »

– Alors le mien était raté, soupira Diana, puisqu'il n'y avait rien de tout cela.

– Bon ! Puisque je ne t'ai pas offert de cadeau, je vais voir ce que je peux faire pour t'organiser une vraie fête. Curly lui fit un clin d'œil et s'approcha d'un des casiers où étaient rangées les bottes. Il mit un doigt devant sa bouche en signe de connivence, fouilla dans le casier et en ressortit une bouteille de whisky. « Je la garde ici uniquement pour raisons médicales... pour me réchauffer quand les nuits sont trop froides », expliqua-t-il. Il savait que le Commandant ne voulait pas qu'on boive pendant le travail. « Ce soir, elle va retrouver son véritable usage. » Il prit deux tasses en carton sur l'étagère du placard et versa de l'alcool dans l'une. Avant de remplir la seconde, il regarda Diana. « Tu bois de l'alcool ? Je ne voudrais pas être accusé de pousser une mineure à la boisson. »

– J'en ai déjà bu. Elle n'en avait bu qu'une seule fois mais ne voulait pas le lui avouer. Peut-être que, s'il pensait qu'elle avait plus d'expérience qu'en réalité, il la traiterait comme une vraie femme.

Il remplit la seconde tasse et la lui donna, puis porta un toast : « A une jeune et ravissante demoiselle. Joyeux anniversaire, Diana. »

Lorsqu'il avala d'un trait son whisky, elle fit de même. Un feu lui brûla la gorge et elle eut le souffle coupé. Diana essaya de ne pas tousser et ne put y arriver qu'en s'étouffant à moitié.

– Ça réchauffe, dis donc ! hoqueta-t-elle.

– Certes, approuva Curly tout en remplissant la tasse de Diana. « Mais ça détend aussi. »

Après deux gorgées, Diana était de son avis. L'alcool la brûlait toujours un peu, mais beaucoup moins qu'au début. Elle se sentait merveilleusement bien, et tout, autour d'elle, baignait dans un halo rose. Ils commencèrent à parler de choses frivoles. Il remplit de nouveau sa tasse. Elle avait la tête qui tournait et c'était délicieux. Tout à coup Curly claqua des doigts.

– Je t'avais promis une danse. Viens. Il la prit par la main et l'entraîna hors de l'atelier.

Dans l'allée centrale qui séparait les stalles, Curly alluma la radio que le Commandant avait installée pour calmer les chevaux. Une douce ballade s'échappa des haut-parleurs. Seule la lumière de l'atelier éclairait faiblement la pièce.

Il se tourna vers elle et lui lança un sourire ensorceleur. « Vous dansez ? » demanda-t-il, comme s'ils étaient dans un night-club et non dans une écurie.

– Oui.

Diana semblait flotter dans ses bras. Il était fort. Elle pouvait sentir la puissance de ses muscles pendant qu'il la serrait plus fort. Ils oscillaient au rythme lent de la musique. Diana n'avait jamais dansé comme cela avant : elle sentait la pression de sa cuisse contre sa hanche et celle de sa main au creux de ses reins.

– Tu aimes cette petite fête ? Son beau visage touchait presque le sien. « Un verre, une danse... »

– ...et une charmante compagnie, continua Diana.

– Et une charmante compagnie, approuva Curly. Leurs regards se croisèrent. « Quel dommage que je n'aie pas été là l'année dernière pour ton anniversaire ! Seize ans, c'est charmant. Tu n'as tout de même pas atteint tes dix-sept ans sans un baiser ? »

– J'ai été embrassée quelquefois, dit-elle comme si elle avait une grande expérience. Elle regardait ses cheveux bouclés avec une envie folle d'y passer la main.

– Aujourd'hui ? demanda-t-il.

– Non.

– Un anniversaire n'est pas réussi sans un baiser.

Elle avait déjà été embrassée, mais quand sa bouche se posa sur la sienne, le baiser de Curly ne ressemblait pas aux baisers maladroits qu'elle avait connus auparavant. Sa façon d'embrasser témoignait d'une grande expérience. L'effet de l'alcool permit à Diana de se laisser aller.

– Pas mal pour un amateur, commenta-t-il.

– Mes professeurs manquaient de technique ! Elle essaya de parler aussi calmement que possible, mais son baiser avait été plus merveilleux que ce qu'elle avait imaginé.

– Laisse-moi te donner quelques leçons.

– D'accord.

Il n'était plus question de danser. Diana le prit par le cou, laissant ses doigts courir sur les boucles de sa nuque. Leurs haleines sentaient le whisky. Son baiser appuyé la força à renverser la tête.

Diana ne savait plus si c'était l'alcool ou son long baiser enivrant qui la rendait si alanguie. Elle en conclut que c'étaient les deux, quand il commença à lui dévorer le cou, ce qui provoqua en elle un déferlement de nouveaux troubles. Elle gémit et se serra plus fort contre lui. Il reprit ses lèvres et l'embrassa avec une passion dévastatrice.

– Viens. Il la prit par la main et l'entraîna vers le fond de l'écurie. Ses idées étaient confuses ; elle ne savait plus très bien ce qui lui arrivait ni pourquoi. Une meule de foin se dressait contre le mur. « Nous serons très bien ici. » Il se laissa tomber, l'entraînant avec lui.

– Ma robe ! se défendit mollement Diana.

– Ne t'inquiète pas pour ça, mon cœur. Ils étaient allongés dans le foin, leurs bouches se touchant presque.

Diana sentait que c'était mal. « Mais... »

– Tu as dit que j'étais une charmante compagnie, lui rappela-t-il en lui caressant doucement le bras.

– Oui, murmura-t-elle et son regard se posa sur ses lèvres si proches. « Embrasse-moi encore, Curly. »

Sa demande fut pleinement comblée : ils s'embrassèrent encore et encore, et chaque baiser était plus passionné que le précédent. Sa langue ouvrit ses lèvres et buta contre ses dents. Elle résista à sa tentative, une crainte confuse l'envahissant.

– Allons, mon cœur, la railla-t-il gentiment. « Personne ne t'a jamais appris à embrasser. »

– Non... non.

– C'est facile. Il embrassa le coin de ses lèvres ; c'était très excitant. « Je vais te montrer. » Elle ne désirait qu'une chose : le satisfaire. « Ouvre simplement la bouche. »

Diana ouvrit lentement sa bouche, Curly posa ses lèvres humides sur les siennes, glissa sa langue entre ses dents pour prendre possession de sa bouche. Pendant une seconde, elle ne fut que soumise. Puis, petit à petit, le désir l'envahit. Avec hésitation, elle laissa sa langue bouger contre la sienne, puis se laissa submerger par sa passion érotique.

– Oh ! mon Dieu... Il haletait tandis que ses lèvres se glissaient de sa joue à son cou. « Tu es merveilleuse. »

Ses lèvres remontèrent jusqu'à son oreille, qu'il lécha. Diana frissonna de tout son être. La main de Curly remonta le long de sa hanche, se fit plus pressante et atteignit les rondeurs de sa poitrine. Diana tenta d'écarter sa main, mais elle se sentait dépourvue de toute force. Les caresses devenaient plus intimes. Sa conscience lui intimait l'ordre de résister mais ses muscles ne répondaient pas à sa prière.

Curly dévorait de nouveau ses lèvres et sa main avait abandonné sa poitrine pour son décolleté plongeant. Diana commençait à se rassurer quand elle s'aperçut qu'il avait déboutonné le devant de sa robe. Elle se détourna de ses baisers.

– Non ! cria-t-elle en colère. Elle réussit à se rajuster mais il tira sur sa robe et ses efforts furent inutiles.

– Ne me résiste pas, petit cœur.

Son souffle sur sa joue était chaud et humide, et sa bouche cherchait ses lèvres qui se dérobaient. Elle fut prise de vertiges. Son baiser était bon, mais ses caresses allaient trop loin à son goût. Elle saisit son poignet velu, mais ne put empêcher sa main de s'insinuer dans son soutien-gorge et de délivrer un sein de sa prison de dentelle. Il ne fut pas satisfait tant que l'autre sein ne fut pas libéré, ne prêtant aucune attention aux attaches du soutien-gorge qui la blessaient.

– Tu a de beaux seins, chérie, grommela-t-il grassement. « Regarde comme ils pointent devant moi, si jeunes et si fermes. »

Avant que Diana ait pu deviner ses intentions, sa tête plongea vers ses seins pour les embrasser, les lécher et les mordiller. Elle essaya désespérément de le repousser. La peur commençait à percer les vapeurs d'alcool qui avaient embrumé son esprit. Mais une partie d'elle-même s'abandonnait à ces jeux érotiques.

– Curly, je ne veux pas, murmura-t-elle d'une voix où se mêlaient la colère et l'angoisse.

– T'inquiète pas, mon trésor. Il ne prêtait aucune attention à ses suppliques.

Diana sentit sa main se poser sur son genou puis se glisser sous sa jupe. Tout le plaisir auquel elle s'était abandonnée s'évanouit devant ses nouvelles et dangereuses attaques. Elle essaya de se dégager, le frappant à la tête aux épaules et lui donnant des coups de pied tandis qu'il soulevait sa robe.

– Arrête ! Laisse-moi partir !

– Tu n'est qu'une petite allumeuse, grogna-t-il et il roula sur elle pour l'écraser de son poids.

Elle ouvrit la bouche pour crier, mais il la couvrit de la sienne, étouffant son cri. Il saisit une poignée de ses cheveux, et tira dessus pour lui maintenir la tête. Des cris d'animal blessé s'échappaient de sa gorge, étouffés par ses baisers brutaux. Sa jupe était enroulée autour de sa taille ; il avait glissé ses jambes entre les siennes, insensible à son regard suppliant. Sa crainte laissa place à une violente colère, colère qui ne l'empêcha pas de tenter de la violer. Ses doigts déchirèrent sa culotte et il pressa son sexe en érection sur sa cuisse nue.

Un court instant il fut sur elle, et l'instant d'après il roula à terre. Pendant une seconde, Diana, stupéfaite, pensa qu'elle avait fait quelque chose qui l'avait jeté à terre.

– Tire-toi d'ici, Holt, cracha-t-il. « Ça ne te regarde pas... à moins que tu veuilles passer après moi. »

Les yeux de Diana s'accoutumèrent à la silhouette qui se dessinait devant Curly. Si quelqu'un devait venir à son secours, Holt Mallory était bien le dernier qu'elle eût choisi.

– Laisse tomber, Curly, dit-il froidement.

– Ferme-la.

Dans la lumière diffuse, Diana vit Curly tenter de porter un crochet du droit à la tête de Holt, que celui-ci bloqua du gauche. Au même moment, il répliqua par une droite dans les reins de Curly. Curly se plia en deux, tomba à genoux, la bouche ouverte et les yeux écarquillés par la souffrance. Diana attendait avec une sauvage délectation le prochain coup, mais il ne vint pas. Holt avait reculé, les bras ballants.

Elle se redressa, décidée à ce que Curly ne s'en tire pas si facilement après avoir tenté de la violer. Une fourche était plantée dans la meule de foin. Elle l'arracha et se précipita sur la silhouette agenouillée, en sanglotant, le visage tordu de haine.

– Salaud ! cria-t-elle d'une voix rauque. « Je vais te... »

Toute à sa vengeance, Diana ne vit pas Holt s'approcher d'elle. Il saisit le manche de la fourche et le lui arracha des mains. Elle lutta pour reprendre possession de son arme, mais Holt la lança comme un javelot dans la meule de foin. Elle voulut récupérer la fourche, mais le bras d'acier de Holt s'empara de Diana et la tint fermement contre lui.

– Lâchez-moi ! Diana essaya de se dégager en vain. « Il a voulu me violer. Il mérite la mort. »

– Taisez-vous. Holt lui couvrit la bouche de sa main, et ses froids yeux gris plongèrent dans les siens quand elle essaya de le mordre. Derrière elle, Diana entendait Curly tituber sur ses jambes. Le regard perçant de Holt le fixa. « Tu es viré, Lathrop. Tu as une heure pour faire tes paquets. »

– Vous ne pouvez pas me virer à cause d'elle. La souffrance rendait encore sa respiration difficile. « Nom de Dieu, elle ne demandait pas mieux. Elle tourne autour de moi depuis que je suis au ranch ; elle me regarde, m'excite avec ses blouses à moitié déboutonnées et ses pantalons moulants. Vous l'avez vue. On dirait une chienne en chaleur. »

Diana était malade de ce qu'il disait. C'était trop désagréablement vrai. Mais cela ne changeait rien au fait qu'il avait voulu la posséder contre son gré. La colère provoquée par son humiliation alimenta la rage qu'elle éprouvait envers Curly.

– Officiellement tu seras renvoyé pour avoir bu pendant le travail. Holt ne fit aucun commentaire sur les accusations que Curly avait portées. « Il est évident que tu gardais une bouteille de whisky dans l'atelier. Tu es viré, Curly, et maintenant dégage ! »

Sa main empêchait toujours Diana de crier. Elle se débattit entre ses bras qui l'étouffaient, les boutons de sa chemise écorchaient ses seins. Holt ne la relâcha pas tant que la porte de l'écurie ne se fut pas refermée derrière Curly. Elle se dégagea et reboutonna précipitamment le devant de sa robe.

– Comment avez-vous pu le laisser partir sain et sauf ? Une lueur meurtrière traversa ses yeux bleus. « Quelle sorte d'homme êtes-vous pour le laisser libre après ce qu'il a essayé de me faire ? Le Commandant l'aurait réduit en chair à pâtée. »

– Pourquoi ? la défia-t-il. Pour avoir répondu à vos multiples invites ? Tout le monde a remarqué que vous tourniez autour de lui. Curly avait raison : c'est vous qui l'avez provoqué. Si ce n'était pas pour le Commandant, je ne serais pas intervenu.

Ces mots terribles la brûlèrent comme un fer rouge. « Il ne s'en tirera pas comme ça. » Sa voix était nouée tandis qu'elle s'apprêtait à sortir. « Le Commandant veillera à ce qu'il soit puni. »

Les doigts d'acier l'attrapèrent et la firent pivoter. « Vous ne direz pas un mot de ce qui s'est passé au Commandant », ordonna Holt.

– Oh ! mais si, le défia-t-elle. Il appellera la police et fera jeter Curly en prison. Et je lui raconterai avec quelle lâcheté vous avez agi. Encore un mot, et vous ne travaillez plus ici non plus.

– Vous n'êtes qu'une petite pute complètement pourrie. Son visage était creusé par le mépris. « Nous venons de perdre le meilleur dresseur de tout l'Etat et vous ne pensez qu'à vous venger. Vous voulez que le Commandant défende publiquement votre honneur, alors que tout le monde sait que vous couriez après Curly comme une vulgaire petite traînée. Vous vous moquez que le Commandant soit ridicule aux yeux de ses amis, juste pour assouvir votre vengeance. Il ne méritait pas d'avoir une fille comme vous. »

Cette attaque ne pouvait rester sans réplique. Ne trouvant pas les mots pour lui répondre, Diana le gifla. Ses yeux se glacèrent. Il lui attrapa le poignet et la traîna jusqu'à un banc devant une stalle. Holt la coucha sur ses genoux et lui releva sa jupe par-dessus la tête.

– Non ! cria Diana, outragée, réalisant soudain ce qu'il allait faire.

Il était trop tard. Sa culotte était déjà à mi-cuisse et la première fessée claqua violemment sur sa chair tendre. Un cri étranglé de douleur s'échappa de sa gorge. Aucune force au monde n'aurait pu la libérer. Elle se mordit les lèvres et ne laissa plus entendre que de vagues plaintes. Diana ne voulait pas que qui que ce soit entende ses cris et la découvre dans cette position si humiliante. Holt ne retenait pas ses coups.

Cette fessée lui sembla durer une éternité. Enfin, il la redressa. Diana, le visage rouge et les yeux pleins de larmes refoulées, lui jeta un regard d'animal blessé. Les genoux tremblants, elle essaya de garder sa superbe.

– Vous êtes content ? le défia-t-elle d'une voix tremblante.

Son visage dur resta impassible. « Il y a bien longtemps que quelqu'un aurait dû faire cela. »

– Pour votre gouverne... Diana essaya de prendre un ton sarcastique. « ...Je suis venue ici pour voir Curly. Je voulais le séduire. J'avais envie qu'il m'embrasse, mais je ne voulais pas... Il m'a offert du whisky, et je l'ai bu pour ne pas avoir l'air d'une enfant à ses yeux. Et après, quand il... Je ne voulais pas paraître... » Elle avait du mal à trouver ses mots. « Je n'ai jamais voulu faire ce qu'il désirait quand... »

Quelle importance ? Diana se détourna tristement. De toute façon, Holt ne la croirait probablement pas, et d'ailleurs cela lui était égal. Quel mauvais hasard avait fait que ce soit lui qui l'ait trouvée avec Curly ? Pourquoi pas quelqu'un d'autre ? Dieu, qu'elle avait envie de pleurer... mais jamais devant lui.

Il s'approcha d'elle. Comme Diana ne voulait pas le regarder, il lui prit le menton et la força à tourner la tête vers lui.

– En supposant que ce que vous dites soit vrai, la prochaine fois qu'une chose semblable se produit, et vu votre genre il y aura forcément une prochaine fois, insinua-t-il froidement, vous pouvez choisir entre deux solutions : ou bien vous lui arrachez les yeux avec vos ravissants ongles manucurés ou bien vous remontez votre genou, aussi violemment que possible, dans son entrejambe... si vous ne voulez vraiment pas qu'il vous fasse l'amour.

– Merci pour le conseil, répondit-elle avec acidité. Si ses jambes n'avaient pas été si tremblantes, elle aurait volontiers essayé sur lui la deuxième solution.

Ses yeux se plissèrent. « Et pas un mot au Commandant ni à qui que ce soit », ordonna Holt. « Pas même la moindre allusion. J'avais déjà prévenu le Commandant que Curly buvait. Il n'aura pas de soupçons à moins que vous ne les provoquiez. Vous avez compris ? »

– J'ai compris.

– Je ne vous laisserai pas blesser ou déshonorer le Commandant, l'avertit-il.

– Votre sens de la loyauté est accablant. La dernière chose que Diana souhaitait était que l'on sache ce qui s'était passé ce soir. Elle espérait simplement pouvoir tout oublier mais craignait que le moindre regard de Holt Mallory ne lui remette tout en mémoire. Elle dégagea son menton et se détourna.

– Où allez-vous ?

– A la maison.

– Pas comme ça, lui répondit-il sèchement. « Attendez. » Et il commença à brosser sa robe et ôter les brins de paille de ses cheveux. Quand il eut fini, il lui tendit son mouchoir. « Allez, mouchez votre nez. »

– Je n'ai pas besoin de me moucher. Diana refusa son mouchoir et ravala sa dernière larme.

Comme elle se dirigeait vers la porte, la voix de Holt la rattrapa : « Rappelez-vous ce que je vous ai dit. »

– Je ne risque pas de l'oublier. Cette réponse succincte reflétait la vérité. Ses fesses étaient si endolories qu'elle devrait dormir sur le ventre cette nuit.

Diana ne parla jamais à personne de cette nuit. Elle parut même surprise lorsque le Commandant lui annonça avec regret que Curly avait été renvoyé. Ceux qui la virent errer sans but autour du ranch, pendant les deux semaines qui suivirent, mirent cela sur le compte du départ de Curly, sans soupçonner quoi que ce fût. Désormais, Diana haïssait Holt.

Diana passa son baccalauréat avec mention. Elle prononça son discours d'adieu devant le Commandant, assis fièrement au milieu de l'assemblée. Sur les conseils de celui-ci, elle s'inscrivit à l'université de Reno.

Diana avait d'abord été contre l'idée d'aller à l'université, n'ayant pas envie de poursuivre ses études. Elle considérait qu'elle en savait assez.

– A quoi va me servir d'aller à l'université ? Je sais tout ce dont j'ai besoin, avait-elle insisté un soir d'été. « Aucun professeur ne peut m'apprendre mieux que toi comment m'occuper d'un ranch. Je sais comment tenir les livres et faire le secrétariat. »

– Je ne vais pas te laisser gaspiller tes possibilités. De plus, une université ce n'est pas seulement des cours et des professeurs. Le Commandant sourit avec indulgence. « On peut faire partie d'un club d'étudiants, participer à des activités et à des soirées. Tu as besoin de découvrir d'autres choses dans la vie avant de décider de ton avenir. »

Diana restait sceptique : « Je ne changerai pas d'avis. »

– Peut-être pas, avait-il concédé, mais, de toute façon, cela t'aura fait vivre autre chose que ce que tu connais.

Un coup à la porte avait interrompu leur discussion. Quand le Commandant ouvrit la porte à Holt, un ressentiment étreignit le cœur de Diana. Il le lut sur son visage et regarda le Commandant.

– Excusez-moi. Je ne voulais pas vous déranger. Ce n'était qu'une plate excuse, avec juste ce qu'il fallait de déférence. Diana avait envie de lui dire que sa présence la dérangeait depuis le premier jour de son arrivée au ranch. Mais, une fois de plus, elle se tut et le Commandant le pria d'entrer. C'était devenu une bataille perdue.

– Vous ne nous dérangez pas du tout, affirma le Commandant. « Diana et moi parlions de ses projets pour aller à l'université. » Là aussi, Diana aurait voulu rétablir la vérité. C'étaient ses projets à lui, non à elle. « Qu'y a-t-il ? »

– Deux acheteurs sont intéressés par vos arabes. Ils voudraient surtout voir ceux de l'année, expliqua Holt. « Rube est parti avec la Jeep pour les ramener des pâturages. J'ai pensé que vous voudriez vous en occuper vous-même. Les acheteurs semblent vouloir en prendre un bon nombre. »

– Vous pouvez vous en occuper sans moi. Cela prouvait qu'il avait une confiance absolue en Holt.

Diana fixa son père, choquée par cette déclaration et ce qu'elle impliquait. Le Commandant avait déjà délégué à d'autres des responsabilités mais jamais quand il s'était agi de ses arabes primés. Holt avait déjà beaucoup empiété sur ses fonctions et elle ne pouvait l'ignorer plus longtemps. Cette révélation l'empêcha d'entendre la suite de la conversation. Le bruit de la porte se refermant la ramena brutalement à la réalité.

– Tes quatre années à l'université vont passer si vite que tu ne t'en rendras même pas compte. Le Commandant avait repris le fil de leur conversation sans perdre une seconde.

Enervée, elle s'était détournée. Le Commandant vint derrière elle et posa la main sur son épaule. Ce mouvement d'affection inhabituel ne lui apporta qu'un maigre réconfort. Le Commandant était toujours parfaitement maître de lui, ne laissant jamais paraître ses états d'âme, résultat de la dure discipline qu'il avait acquise dans l'armée et d'une pudeur typiquement masculine.

– J'avais toujours espéré que tu irais à l'université, Diana, dit-il calmement. « Tous les pères rêvent que leurs enfants obtiennent des diplômes. Je suis comme les autres. »

Elle ne trouva rien à lui répondre. Depuis toujours, elle faisait ce qu'il désirait. Il était désormais trop tard pour rompre avec cette habitude. Elle ne voulait pas lui infliger une déception en refusant. De plus, après sa conversation avec Holt, elle n'avait plus beaucoup de raisons de rester au ranch.

Elle tenta encore de résister : « Reno est si loin, à l'autre bout de l'Etat. »

– Pas au point que tu ne puisses rentrer pour de longs week-ends ou pour les vacances, la consola-t-il.

Diana céda. Se réconfortant à l'idée qu'elle lui faisait plaisir, elle entra à l'université. La première année, son programme ne lui permit pas de venir au ranch beaucoup de week-ends. Elle ne vint finalement que pour des vacances toujours trop courtes et trop rares. Pour faire passer le temps plus vite, Diana participa à de nombreuses activités et soirées sur le campus. Elle se fit quelques relations amicales, mais ses journées trop remplies ne lui laissaient jamais le temps de les approfondir, que ce soit avec les garçons ou les filles.

Arriva enfin l'été qui passa trop vite. Il lui sembla qu'à peine arrivée au ranch, il était déjà temps de repartir pour l'université.

Sa seconde année fut marquée par deux événements importants. En octobre, elle fut appelée dans le bureau du doyen, qui lui apprit que son père avait eu une légère crise cardiaque et était à l'hôpital. Diana prit le premier avion pour Ely.

Comme elle était à son chevet, elle remarqua qu'il était très pâle mais ne semblait pas trop diminué. Le Commandant lui avait toujours paru invincible. Ce fut un choc pour elle de découvrir qu'il ne l'était pas. Ses yeux brillaient d'une flamme ardente, sans faiblesse, mais éphémère.

– Ne te fais pas de souci, Diana, lui dit-il gentiment en voyant son visage tendu. « J'ai encore de longues années devant moi. Je dois juste me reposer un peu, c'est tout... me ménager plus que je ne l'ai fait. »

– Je veillerai à ce que tu le fasses.

– Que veux-tu dire ?

– Je vais rester à la maison jusqu'à ce que tu sois rétabli.

– C'était une chose de quitter l'université pour venir voir si j'allais bien, mais il est complètement inutile de rester là pour me tenir la main, dit-il sévèrement. « J'ai Holt et Sophie pour prendre soin de moi. »

Diana voulut lui faire remarquer qu'étant sa fille unique, c'était à elle de s'occuper de lui et non à quelque employé, mais le Commandant ne la laissa pas parler.

– Je vais confier la direction du ranch à Holt. Il est désormais plus que capable de s'en occuper. J'ai de la chance de l'avoir. On sentait dans sa voix toute l'admiration et le respect qu'il lui portait.

– Je veux rester avec toi.

– Jeune fille, tu me feras beaucoup plus plaisir en retournant à l'université et en réussissant tes examens. Après cela, j'espère que tu rencontreras un homme intelligent et ambitieux qui t'épousera, et dont tu auras peut-être quelques enfants. Tu ne réussiras rien de tout cela en restant isolée au ranch.

– Oui, Père. Mais Diana se demandait s'il l'aurait éloignée ainsi si elle avait été son fils et non sa fille.

Elle s'installa dans un hôtel à Ely jusqu'à ce que son père sorte de l'hôpital. Elle prétendit que c'était pour éviter les longs aller et retour de l'hôpital au ranch. En vérité, elle ne voulait pas rester dans le ranch dirigé par Holt Mallory.

En février, Diana assista à une conférence de sciences

politiques. L'orateur invité était un juriste spécialisé dans les questions minières du Nevada. Il s'appelait Rand Cummings. Il était grand, très séduisant avec ses cheveux noirs bouclés et ses yeux bleus. Il était charmant, éloquent et intelligent. Diana se sentit immédiatement attirée par lui, mais son aventure avec Curly l'avait rendue méfiante.

A la fin de la conférence, Diana et quelques autres, qui n'avaient plus de cours, en profitèrent pour poser quelques questions. Seul un aveugle n'aurait pas remarqué Diana. Or Rand Cummings n'était pas aveugle. Comme par hasard, ils se retrouvèrent sur le chemin du parking. Il lui proposa de sortir et elle accepta.

Leurs rapports ne furent pas ceux d'une passion déchaînée car Diana avait décidé de ne pas laisser ses sentiments l'entraîner sur cette pente. Rand réunissait la plupart des critères qu'elle s'était fixés. Il était mûr, il avait presque trente ans, était déjà reconnu dans la carrière qu'il avait choisie, et il était ambitieux. Il ressemblait suffisamment à Curly pour la séduire physiquement, mais il ne la pressa jamais de ses désirs. Même au cours de leurs plus brûlantes étreintes, Diana sentait qu'il restait toujours maître de lui alors qu'elle-même était au bord de l'abandon. Ce contrôle de lui-même accrut le respect qu'elle avait pour lui.

Le week-end précédant les vacances, Rand était venu de Carson City pour passer ces deux jours avec elle. Le dimanche soir était leur dernière soirée ensemble. Quand Rand, après l'avoir raccompagnée, gara la voiture près de chez elle, Diana tomba dans ses bras. Elle s'abandonna à ses baisers possessifs, mettant ainsi à rude épreuve sa maîtrise de lui-même. Avant que le désir ne puisse le submerger, Rand enleva ses bras de son cou mais ne la repoussa pas. Il l'attira sur ses genoux et se contenta de lui caresser le cou et la gorge.

– Je ne suis pas vraiment sûr de toi, Diana, murmura-t-il.

On sentait qu'il avait de l'expérience dans la façon sensuelle dont il lui grignotait l'oreille. Diana frissonnait de plaisir. Elle passa les doigts dans ses boucles noires.

– Vraiment ? chuchota-t-elle.

Mais cela ne sembla pas rassurer Rand sur ses sentiments. « Tu es une femme ravissante. Tu pourrais être une parfaite épouse pour un juriste. Tu serais même un bon atout. »

Diana recula doucement et regarda ses traits réguliers à travers ses longs cils. « Cela ressemble beaucoup à une demande en mariage », le taquina-t-elle.

– C'en est une. Je veux t'épouser, Diana.

Elle ne répondit pas tout de suite. Elle essayait de le voir comme le Commandant l'aurait fait, se demandant s'il lui trouverait les mêmes qualités qu'elle.

– Peux-tu t'arranger pour venir avec moi à la maison le week-end prochain ? lui demanda-t-elle. J'aimerais te présenter au Commandant.

– C'était dans mes intentions, de toute façon, dit Rand en souriant ; je pourrai ainsi lui demander officiellement la main de sa fille.

– Pas tout de suite, enchaîna aussitôt Diana. Et elle s'expliqua sur-le-champ : « J'aimerais d'abord qu'il te rencontre et qu'il puisse te connaître, même si ce n'est que brièvement, avant que tu ne le lui demandes. Les pères deviennent parfois critiques lorsqu'on les met devant un fait accompli. »

– Comme tu voudras, approuva-t-il. « Quand nous aurons son consentement, continua Rand sur un ton de confidence, nous irons choisir ensemble ta bague de fiançailles. »

Entre deux baisers et deux caresses, ils parlèrent de l'avenir. Son destin était tracé, même si Diana s'avouait à elle-même qu'elle ne voulait pas lui accorder sa réponse tant qu'elle n'aurait pas l'approbation du Commandant. Elle aimait Rand et ses caresses étaient loin de lui déplaire. Il semblait réunir tout ce que Diana avait espéré trouver chez un mari. Mais elle voulait être sûre que le Commandant approuverait son choix.

Quand elle appela son père le lendemain soir pour lui apprendre qu'elle avait invité Rand à l'accompagner le prochain week-end, il ne posa aucune question. La dernière semaine à l'université lui sembla une éternité, tant il lui tardait de s'envoler pour Ely.

Le Commandant lui parut parfaitement remis de sa crise cardiaque, mais Diana remarqua qu'il se fatiguait maintenant plus facilement et que ses cheveux étaient devenus presque tout gris. Elle lui laissa supposer que Rand jouait un certain rôle dans sa vie mais ne lui précisa pas lequel et lui laissa le temps de se faire sa propre opinion.

Le soir précédant le départ de Rand, Diana se trouva seule avec son père dans son bureau, avant le dîner. Ils discutèrent d'abord de banalités puis elle lui demanda : « Que penses-tu de Rand ? »

– Il a l'air charmant et très intelligent. C'est sérieux entre vous ? Je suppose que ça l'est puisque tu l'as amené à la maison.

– Il m'a demandée en mariage.

– Et tu veux mon consentement, conclut le Commandant.

– Oui.

– Et tes diplômes ?

– Rand et moi en avons parlé, affirma Diana. « Je vais continuer mes études mais j'y consacrerai moins de temps que maintenant. Nous devrons donc attendre quelques années avant de fonder une famille mais cela nous permettra d'avoir quelque temps pour être ensemble. »

– Dans ce cas, je n'ai aucune objection à formuler. Je l'aime bien et, puisque tu veux l'épouser, il n'y a rien à ajouter, n'est-ce pas ? Il sourit.

– Non, approuva-t-elle. « Rand t'attend sous le porche pour te parler. Il veut te demander la permission de m'épouser. »

– Ne le fais pas attendre davantage. Fais-le venir ici, ordonna le Commandant avec une feinte sévérité.

Il fut décidé que le mariage aurait lieu en août pour que les nouveaux mariés puissent partir en voyage de noces avant la rentrée à l'université, ce qui laissait peu de temps pour les préparatifs. L'été passa très vite. Ce devait être un grand mariage, suivi d'une somptueuse réception au ranch.

Diana était si occupée qu'elle réussit à surmonter sa surexcitation. Il y avait eu des changements au ranch depuis la maladie du Commandant, des changements minimes mais dérangeants. Holt et Guy déjeunaient maintenant avec le Commandant. Cela avait un double but. Le Commandant avait trouvé ridicule que Sophie s'obstinât à préparer des repas pour deux. Il y avait toujours trop. De plus, l'heure du déjeuner permettait à Holt de discuter avec le Commandant des problèmes de la journée et de lui demander son avis.

Lorsque Diana était rentrée, Holt avait suggéré de rompre cette habitude pour permettre au Commandant de profiter de sa fille, mais celui-ci lui avait déclaré que c'était inutile. Diana, qui n'avait fait aucun commentaire, s'arrangeait pour déjeuner ailleurs. Son antipathie pour Holt était toujours aussi forte, mais elle n'essayait plus de s'opposer à sa présence au ranch. Elle choisit de l'ignorer le plus souvent possible.

Le week-end précédant le mariage, Rand prit l'avion pour Ely afin d'être avec elle. Ils ne perdirent pas de temps en bavardages car Rand l'enlaça aussitôt et l'embrassa longuement. Après leur baiser, il la garda entre ses bras.

– Je t'ai manqué ? demanda Rand. « J'ai l'impression de ne pas t'avoir vue depuis un mois, alors que ça ne fait que deux semaines. »

Pour Diana, le temps avait passé très vite tant elle avait été débordée, avec les préparatifs de dernière minute et les essayages de sa robe de mariée. Mais elle aima la réflexion de Rand.

– Comment aurais-je pu en trouver le temps ? le taquina-t-elle. « Tu m'as appelée tous les jours. »

Il la punit d'un long baiser, et ses yeux noirs étincelaient tandis qu'il relevait la tête. « J'avais le choix entre t'appeler tous les jours ou devenir fou à me demander ce que tu faisais et avec qui tu étais. »

Cette pointe de jalousie l'excitait. « Tu n'as pas confiance en moi, Rand ? »

Il sembla se forcer à prendre un ton léger. « Comment suis-je supposé savoir ce que tu fais quand tu es si loin de moi ? Tu pourrais revoir un de tes anciens petits amis, sans parler de tous les robustes cow-boys du ranch de ton père. »

Diana renversa la tête en arrière et rit. « Tu n'as pas bien regardé les hommes qui travaillent pour nous. » Souriant toujours, elle lui affirma : « En dehors du Commandant, il n'y a qu'un homme dans ma vie... et c'est toi. »

Son étreinte se relâcha et il lui donna une gentille tape sur la joue. « Tu es si belle, Diana ! Je ne sais pas si je pourrai jamais te faire confiance quand tu es loin de moi. »

L'intensité de son regard brûlant la mit mal à l'aise. Sa jalousie n'avait pas lieu d'être. Quand elle jurait fidélité à un homme, c'était complètement. Rand allait être son mari. Elle avait été élevée avec un sens des valeurs morales trop strict pour ne pas prendre au sérieux sa promesse de mariage. Vaguement troublée par son attitude, elle détourna la conversation.

– Et toi, qu'as-tu fait ces deux dernières semaines ? lui demanda-t-elle d'un ton moqueur. « As-tu trouvé deux danseuses à Reno pour te tenir compagnie pendant tes longues nuits solitaires ? Moi j'ai le Commandant au ranch pour me surveiller, mais toi tu n'as personne. Peut-être enterres-tu très joyeusement ta vie de garçon ? »

– Mais il y a une différence, mon amour. Rand embrassa le bout de son nez. « La façon dont je passe mes dernières journées de célibataire ne te regarde pas. »

– Macho, l'accusa Diana en riant.

– Maintenant, tu connais la vérité. (Il pouffa de rire et la prit par l'épaule pour l'entraîner vers la sortie.) Cela dit, pour parler sérieusement, j'ai appris qu'un grand appartement s'était libéré dans mon immeuble. J'ai signalé au propriétaire que nous pourrions être intéressés.

Diana approuva d'un hochement de tête. « J'espère avoir le temps de passer le visiter la semaine prochaine. »

– Ne te fais pas de souci, la rassura-t-il. « Le propriétaire m'a promis de nous le garder jusqu'au retour de notre voyage de noces. Je suis dans ses bonnes grâces. »

Quand ils eurent récupéré ses bagages, Diana le conduisit jusqu'à la camionnette. Elle lui donna les clés pour qu'il mette ses valises dans le coffre.

– Peggy Thornton, notre voisine, a donné une réception en mon honneur la semaine dernière, lui déclara Diana. « Tu vas voir tous les cadeaux que j'ai reçus ! Je te les montrerai dès que nous arriverons à la maison. »

– Je crains que tu ne doives patienter un peu, chérie, dit-il en refermant le coffre et en se dirigeant vers la portière, côté conducteur. « J'ai d'abord quelques petites choses à régler pour mon travail. »

– Mais je croyais que tu étais venu pour passer le week-end avec moi, protesta-t-elle.

– C'est vrai. C'est pourquoi je veux m'en débarrasser tout de suite. Rand ouvrit la portière à Diana pour qu'elle se glisse jusqu'au milieu du siège.

– Ne peux-tu oublier ton travail pour une fois ? lui demanda-t-elle en jouant la colère, tandis qu'il s'asseyait au volant.

– Non, si je veux faire passer ce voyage sur les frais généraux... et c'est ce que je souhaite. Il sourit et démarra. « Tout ce que j'ai à faire est d'aller voir deux hommes dans les mines de cuivre et de les inviter à déjeuner. J'aimerais que tu m'accompagnes, tu pourras ainsi dès maintenant apprendre à jouer ton rôle de parfaite épouse de juriste distingué. »

– Tu es sûr que tu veux que je vienne avec toi ? Je ne connais pas grand-chose sur les problèmes miniers.

– Mais cela n'est pas nécessaire, ma chérie. Il lui fit un clin d'œil. « Tout ce que tu as à faire est d'être ravissante, souriante, charmante avec ces messieurs et même un tout petit peu aguicheuse. Tu vois, ça ne sera pas trop dur d'être ma femme. » Rand lui fit une grimace de connivence. « Tu pourras même y arriver sans aucune difficulté. »

– C'est un jeu d'enfant ! Diana ferait tout ce que Rand voudrait, tout comme autrefois elle avait voulu faire tout ce que son père lui avait demandé. « Le Commandant nous attend pour déjeuner », lui rappela-t-elle.

– Il y aura un téléphone à la mine. Tu pourras l'appeler pour lui dire que nous n'arriverons au ranch qu'en début d'après-midi.

Les débuts de Diana dans le monde de Rand furent agréables. La conversation des hommes ne la mit pas mal à l'aise, habituée qu'elle était à un entourage masculin. Les discussions sur les problèmes miniers devinrent parfois trop techniques pour elle, mais cela ne dura jamais longtemps. Un des exploitants remarquait aussitôt son silence, lui souriait et changeait de sujet de conversation pour qu'elle puisse y participer. Et Diana n'oublia pas les conseils de Rand. Elle se montra amicale, très souriante et même un peu charmeuse.

Lorsqu'ils se dirigèrent enfin vers le ranch, Diana jeta un coup d'œil à sa montre. « On a largement dépassé tes prévisions. Il est presque quatre heures. Le Commandant nous attendait peu après deux heures. J'aurais peut-être dû l'appeler. »

– Il sait que tu es avec moi. Je ne pense pas qu'il s'inquiète, la rassura Rand.

Diana était assise près de lui, sa tête appuyée contre le dossier. Elle se détourna légèrement pour observer son beau profil régulier. Rand avait été plutôt silencieux depuis leur départ de la mine.

– Comment m'en suis-je sortie ? lui demanda-t-elle doucement.

– A la perfection. On sentait une certaine fierté dans le regard qu'il lui lança.

Le compliment la réconforta et elle sourit. « Tu en doutais ? »

– Non, mais n'exagère pas tes mérites, lui répliqua-t-il.

– J'ai outrepassé tes conseils ? Une vague inquiétude obscurcissait son regard.

L'autoroute rectiligne se profilait devant eux. Rand passa le bras autour d'elle, l'attira contre lui et lui embrassa les cheveux.

– Non, répondit-il. « Mais je pense qu'à l'avenir je ferais mieux de surveiller la façon dont les hommes regardent ma femme. »

– Encore une semaine et je serai ta femme, murmura Diana et elle se blottit contre lui.

Comme n'importe quelle mariée, Diana se sentait nerveuse à l'aube du grand jour. Cela n'avait pas lieu d'être. Tout était parfait. Les invités avaient envahi la cour du ranch. Même la chaleur estivale ne pouvait altérer l'atmosphère de fête qui régnait. Rand ayant une certaine réputation, beaucoup de ses clients importants avaient assisté à la cérémonie et s'étaient ensuite joints à la réception. Plusieurs d'entre eux entouraient maintenant Rand et Diana et leur portaient des toasts.

Le Commandant se trouvait avec eux. Diana pouvait lire sur son visage combien il était content qu'elle ait fait un si beau mariage. Et cela la rendait fière lorsqu'elle regardait Rand... son mari.

Tandis que les verres se levaient pour un toast, un homme s'exclama : « Savez-vous que je n'ai pas encore embrassé la jeune mariée ? »

– Moi non plus, enchérit un second.

D'autres se plaignirent de ne pas y avoir eu droit non plus. Diana le savait bien, mais ne dit rien. Leur demande n'avait rien de désobligeant : ils ne réclamaient qu'un baiser amical. Et elle s'y prêta avec complaisance. Tandis qu'un des derniers élus s'éloignait, elle renversa la tête en arrière, attendant le prochain. Son sourire se figea sur ses lèvres lorsqu'elle vit Holt Mallory qui lui faisait face.

– Vous arrivez à point, Holt, déclara le Commandant. « Diana vient juste de donner l'autorisation à tous ceux qui avaient oublié d'embrasser la mariée à l'église de réparer ça. »

Un sourire moqueur déforma la bouche de Holt Mallory. Il ne répondit pas au Commandant, mais dit avec une exquise politesse : « Bonne chance, madame Cummings. » Il pencha rapidement la tête et sa bouche si froide qu'elle en était insultante effleura ses lèvres. Puis il se tourna vers Rand. « Félicitations. » Il serra la main du nouvel époux.

Le léger contact de ses lèvres avait glacé celles de Diana. Ce baiser avait duré un instant, mais il avait suffi à troubler son bonheur. Elle le détestait pour avoir gâché cette journée. Comment avait-il osé se montrer alors qu'il savait combien elle le méprisait ? Que lui importait que le Commandant remarque son absence ? La seule chose qu'elle savait était qu'elle ne pourrait jamais retrouver cette curieuse sensation qui l'avait habitée avant l'apparition de Holt.

Un terrible ressentiment brilla dans ses yeux tandis qu'elle le regardait s'éloigner. Plusieurs secondes s'écoulèrent avant que Diana ne réalisât que quelqu'un d'autre se tenait devant elle. Guy, grand et dégingandé, se pencha vers elle et l'embrassa sur la joue.

– J'espère que vous serez heureuse, Diana, marmonna-t-il en se trémoussant, mal à l'aise, et une légère rougeur colora son visage brûlé par le soleil.

– Merci, Guy. Je le serai. Elle essayait d'avoir l'air sincère, mais l'amertume provoquée par sa rencontre avec le père de Guy perçait encore dans sa voix.

– Ouais, bien... Il fit une grimace, peu sûr de lui, et se tourna vers Rand. « Félicitations. »

Guy serra gauchement la main du mari de Diana puis s'éloigna rapidement, se perdant dans la foule comme Holt l'avait fait. Diana le suivit une seconde du regard. Puis Rand l'enlaça et murmura à son oreille.

– Crois-tu que je puisse embrasser la mariée ?

Elle se força à sourire et pencha la tête vers lui. « Bien sûr. »

CHAPITRE III

Diana regardait par le hublot de l'avion. Elle apercevait au loin les fumées des hauts fourneaux du nord d'Ely. Ils allaient bientôt atterrir et elle serait enfin de retour chez elle, cette fois-ci pour de bon.

Les mains sur les genoux, elle frottait distraitement de son pouce le doigt qui portait la trace de son alliance. Dans son sac se trouvait le jugement du divorce qui dissolvait son mariage après quatre années. Le signal lumineux « INTERDICTION DE FUMER » s'alluma, annonçant que l'avion allait se poser, et Diana s'enfonça dans son siège, fermant les yeux et se demandant pour la millième fois pourquoi elle avait échoué.

Au début, tout avait été merveilleux. Ils vécurent ces moments de passion que connaissent les amoureux à la recherche de l'autre. Mais cet amour brûla d'une flamme trop vive et se consuma trop vite. Moins d'une année plus tard, les problèmes commencèrent à se faire jour sous ce bonheur apparent. Au début, Diana avait accepté les réflexions acerbes de son mari : c'était peut-être une chose qui arrivait à tous les jeunes couples. Elle avait également ignoré ses accusations blessantes : sans doute cesseraient-elles lorsqu'ils auraient appris à se faire confiance. Lorsqu'elle prit conscience de la dégradation de leurs relations, il était déjà trop tard. Elle lutta jusqu'au bout pour sauver son mariage, refusant de divorcer et acceptant même de faire chambre à part pendant plus d'un an. Rand prit finalement la situation en main et tout devint sordide.

Les roues touchèrent le sol et l'avion roula sur la piste. Diana ouvrit les yeux et se redressa sur son siège. Ses cheveux noirs et ses yeux bleus l'avaient toujours rendue très attirante. Elle avait embelli avec les années. Elle regarda par le hublot tandis que l'avion s'approchait des bâtiments de l'aéroport.

Lorsqu'il s'arrêta sur l'aire de débarquement, elle se joignit aux autres passagers qui attendaient dans le couloir central l'ouverture des portes. Elle descendit les marches de la rampe d'accès. Ce matin d'avril, le soleil était agréablement chaud.

Diana entra dans le petit aéroport, regarda autour d'elle et ne vit personne qui l'attendait. Le Commandant était-il fâché au point de n'envoyer aucun employé pour l'accueillir ? Son menton trembla légèrement, comme chaque fois qu'elle était triste. Elle n'était pas revenue depuis deux ans, bien qu'elle l'eût souhaité. Elle avait toujours remis ce voyage, attendant pour le faire que les choses aillent mieux entre Rand et elle.

– Diana.

Elle regarda avec étonnement ce jeune homme qui semblait la connaître. Grand et efflanqué, ses cheveux avaient la couleur du sable du désert et ses yeux étaient d'un bleu vif. Vêtu d'un Levi's neuf et d'une chemise impeccablement blanche, il s'avança vers elle.

– Bienvenue, dit-il d'une voix étranglée par l'émotion.

Diana considéra sa bouche sensuelle et ses cheveux légèrement ébouriffés, dont la longueur et l'épaisseur cachaient les épis. Elle ne pouvait pas y croire.

– Guy ? Elle hésita puis, découvrant que c'était bien lui, elle éclata de rire pour la première fois depuis longtemps. « Guy ! Je ne t'aurais pas reconnu. Tu as tellement changé ! »

– Pas vous. Il lui prit ardemment les deux mains. Son regard était toujours aussi admiratif.

Sa réflexion l'avait touchée. « J'ai changé, Guy », le corrigea-t-elle gentiment.

– Comment allez-vous ? Ses yeux attentifs, bien que Diana fît tout pour ne rien laisser transparaître, s'aperçurent de l'extrême tension qui l'habitait.

– Je vais bien, mentit Diana. Elle se sentait brisée : sa vie ressemblait à un puzzle éparpillé et il lui semblait que, même si elle arrivait à en recoller les morceaux, elle ne serait plus jamais la même. « Je ne m'attendais pas à ce que le Commandant t'envoie me chercher », fit-elle pour changer de sujet.

– Qui d'autre ? N'ai-je pas toujours été votre esclave ? dit-il pour la taquiner, mais ses yeux étaient restés sérieux.

Elle s'aperçut qu'il tenait toujours ses mains et les retira doucement. « Oui. Ce doit être vrai. » Elle sourit pour avoir l'air de plaisanter. « Où es-tu garé ? »

– Juste dehors. Nous prendrons vos bagages en sortant.

– Ils doivent être arrivés. Elle regarda autour d'elle mais ne vit aucun des passagers avec qui elle avait voyagé. Mis à part le contrôleur et l'agent de surveillance, les autres personnes qui se trouvaient dans l'aéroport semblaient attendre pour embarquer.

– Oui, je le pense, approuva Guy, s'apercevant qu'ils étaient les derniers. Dehors, sous l'auvent, il ne restait que ses deux valises. « C'est tout ? »

– Oui. Le reste de mes affaires suivra dans un jour ou deux.

Comme il portait les bagages à la voiture, Diana l'observa. Excepté son teint, il y avait très peu de ressemblance entre lui et le jeune garçon pâle et fluet qui était arrivé au ranch il y avait dix ans. « Dix ans », pensa-t-elle. Il avait donc dix-neuf ans. Elle ne l'avait pas vu lors de son dernier voyage, n'étant restée qu'un week-end ; Guy se trouvait quelque part dans les terres.

La dernière fois qu'elle l'avait vu, il venait d'avoir seize ans. Il était mince et déjà trop grand pour son âge. Il s'était musclé et était devenu un beau jeune homme, mais d'une beauté moins classique que celle de Rand. Il émanait de lui une grande fraîcheur et une certaine pureté, et Diana s'en sentait loin.

– Qu'y a-t-il ? Guy fronça les sourcils.

Elle comprit qu'il avait surpris son regard.

– Je pensais que j'avais gâché ma vie. Sa voix était pleine d'amertume tandis qu'elle montait dans la camionnette.

Guy ferma la portière et, après un temps : « Tout le monde fait des erreurs, Diana. »

C'était plus qu'une erreur. Elle avait totalement et misérablement échoué, mais elle apprécia qu'il tente de la consoler. « Certaines sont simplement plus graves que les autres. » Elle esquissa un sourire forcé. « C'est tout ! »

– C'est possible. Guy lui rendit son sourire et fit le tour de la camionnette pour venir s'asseoir au volant. Quittant l'aéroport, il prit l'autoroute vers le sud. « Voulez-vous qu'on s'arrête en ville pour boire un café ou manger quelque chose ? »

Diana secoua la tête : « Non. Il me tarde d'être au ranch. »

– Je suis content que vous soyez revenue.

– Moi aussi. Elle n'aurait jamais dû partir, mais à quoi bon s'appesantir sur ce sujet ? « Comment ça marche au ranch ? »

– Bien.

Diana se tourna vers lui. Son profil énergique lui rappela celui de son père. « Comment ça va entre Holt et toi ? » demanda-t-elle, se rappelant les divergences qui les séparaient et qu'elle avait d'ailleurs alimentées.

– Un peu mieux. Guy semblait se moquer de lui-même. « Je pense qu'on peut dire qu'on est arrivés à se supporter. Holt est un homme difficile à connaître. Je n'ai jamais pu comprendre ce qu'il pensait ni pourquoi il était si maladroit avec moi. C'est sûrement sa faute. »

Diana imaginait difficilement que Holt Mallory puisse se sentir coupable de quoi que ce soit. Mais elle n'avait pas envie de le contredire.

– Comment va le Commandant ?

– Beaucoup mieux. Guy ralentit pour tourner à un feu rouge.

– Beaucoup mieux ? Que veux-tu dire ? Elle fronça les sourcils.

– Vous n'êtes pas au courant ? Le Commandant a eu une légère alerte il y a deux mois.

Un frisson la parcourut. Elle regarda fixement la route. « Non, je ne le savais pas. Il n'a jamais fait allusion à ses problèmes de santé, ni dans ses lettres ni lorsque je l'ai eu au téléphone.

Pourquoi personne ne m'a-t-il prévenue ? C'était le rôle de Holt. Pourquoi ne l'a-t-il pas fait ?

– Peut-être pensait-il que vous le saviez. Guy ne tentait pas de défendre son père, mais cherchait seulement une explication.

– Il y a deux mois, c'était l'époque où j'ai fini par avouer au Commandant que Rand et moi avions des problèmes, se rappela à haute voix Diana.

– Cela n'a rien à voir. Guy semblait suivre le cours de ses pensées. « Le Commandant ne s'est pas ménagé. Nous avons eu un terrible coup de froid quand les bêtes ont mis bas et nous avons dû travailler très dur pour éviter tout risque de perte dans le cheptel. »

Diana se laissa convaincre par les arguments de Guy. « Comment a-t-il réagi à l'annonce de mes problèmes avec Rand ? »

– Il l'a pris avec philosophie. Il était bien sûr très triste pour vous, mais... Guy hésita. « Pourquoi l'avez-vous épousé, Diana ? »

– Je ne sais pas. Elle haussa les épaules et regarda par la vitre. « Je pensais probablement que je l'aimais. Rand était beau, intelligent et brillant. Il voulait m'épouser et le Commandant l'appréciait. Je ne sais pas pourquoi je l'ai épousé », répéta-t-elle. « Peut-être avais-je seulement besoin d'être aimée. »

Ils roulèrent en silence pendant quelques kilomètres. L'autoroute franchissait un défilé couvert de pins rabougris, puis descendait vers la vallée plantée de sauge et d'herbes. Lorsqu'ils se remirent à parler, ils n'échangèrent que des banalités. Tous deux évitèrent soigneusement d'aborder des sujets délicats.

Après une heure de route, Guy tourna dans la cour du ranch et s'arrêta devant l'habitation principale. Diana regarda la maison de son enfance. Elle avait à moitié espéré que le Commandant se précipiterait à sa rencontre, prévenu par le bruit de la camionnette, mais le porche était vide.

– Diana ?

Guy lui tenait la portière ouverte, attendant qu'elle descende. Elle finit par sortir, tripotant nerveusement sa jupe élégante.

– Passez devant, suggéra-t-il, la voyant hésiter. « Je porterai vos valises. »

Il n'était qu'à quelques pas d'elle quand elle entra dans la maison. Tout semblait exactement comme autrefois. Même le mobilier n'avait pas été déplacé. Sa gorge se serra tandis qu'elle regardait autour d'elle. La gouvernante sortir du couloir de la cuisine.

– Bonjour, Sophie. Il sembla à Diana que Sophie n'avait pas vieilli du tout.

– Bonjour, mademoiselle. Le Commandant se repose dans sa chambre.

– Comment va-t-il ?

– Bien, mais le médecin a recommandé qu'il s'allonge deux heures tous les matins et tous les après-midi, expliqua-t-elle. « Vous allez le voir ? » Sophie regarda Guy, qui se tenait dans l'embrasure de la porte les valises à la main. « Je montrerai à Guy où mettre vos bagages. »

Maintenant que le moment était venu, Diana se rendit compte qu'elle appréhendait ce face-à-face avec le Commandant. Elle était dans la position de l'enfant prodigue qui ne sait pas comment on va l'accueillir. Son regard se posa sur Guy qui, à sa manière tranquille, l'avait tant aidée depuis une heure.

– Allez-y. Il sourit. « Je vous verrai au déjeuner. »

– Merci d'être venu me chercher à l'aéroport, lui dit-elle et elle se précipita vers la chambre de son père avant que son courage ne l'abandonne.

La porte étant fermée, elle frappa, attendant que la voix cassante de son père la priât d'entrer. Le Commandant était allongé tout habillé sur l'édredon de son lit.

– Diana ! Il sourit. « J'ai cru entendre arriver la camionnette et je me demandais si c'était toi. » Il n'essaya pas de se lever lorsqu'elle s'approcha.

– Bonjour, Commandant. Diana, naturellement, se baissa pour l'embrasser sur la joue. « Comment vas-tu ? »

– Bien. Il caressa la main posée sur son bras. Diana put voir que la maladie avait enlevé toutes ses forces à cet homme autrefois si vigoureux. Il avait maigri mais paraissait encore relativement en forme, et il avait mauvaise mine. La gorge de Diana se serra. « Je suis désolé de ne pas être venu à l'aéroport », s'excusa-t-il en grimaçant. « On m'a obligé à me reposer. Ce n'est pas facile de recevoir des ordres quand on est habitué à en donner. » Son regard, toujours aussi aigu, scruta Diana. « Mais parlons plutôt de toi. Comment vas-tu ? »

– Bien, mentit de nouveau Diana. Elle s'éloigna du lit et croisa les bras comme pour se protéger. Ses yeux brillaient de larmes refoulées tandis qu'elle regardait le plafond. « C'est à cause de moi que tu es dans cet état. »

– Diana, la blâma-t-il, ne dis pas de bêtises.

– Ce ne sont pas des bêtises. Mes diplômes ne m'ont servi à rien. Mon mariage est un désastre. Et je ne t'ai même pas donné un petit-fils. Diana dressait la liste de ses échecs comme si elle avait besoin d'avouer ses fautes.

– Les études ne sont jamais perdues, et beaucoup de mariages ratent. Quant au petit-fils, je préfère que Rand et toi n'ayez pas eu d'enfant, vu la façon dont les choses ont tourné. Il est difficile à un parent qui se retrouve seul d'élever son enfant. Je sais ce que c'est, lui rappela-t-il. Je ne veux pas que tu le prennes comme ça. Tu as essayé. Un père ne peut pas demander plus à sa fille. Un jour, tu auras une nouvelle chance et les choses iront mieux pour toi.

– Je ne veux pas d'une nouvelle chance. Diana avait refoulé ses larmes devant cette exhortation. « Je suis rentrée à la maison pour y rester, Commandant. Ma vie est ici. Et cette fois-ci tu ne m'en éloigneras plus. » Elle le regarda allongé sur son lit ; il n'était plus que l'ombre de lui-même. Diana sentit qu'il avait vraiment besoin d'elle.

– Je n'ai jamais voulu t'éloigner.

– De toute façon, je suis là maintenant. Elle haussa négligemment les épaules. « Tu te retrouves avec une fille de vingt-quatre ans sur le dos... que ça te plaise ou non. »

– Je ne vois pas comment je pourrais faire autrement, remarqua-t-il avec un regard indulgent.

– Monsieur, à partir d'aujourd'hui je vais prendre soin de vous. Le sourire radieux qu'elle lui lança ne suffit pas à cacher l'angoisse de ses yeux bleus qui le suppliaient d'accepter.

– T'ai-je dit que tu étais la fille idéale ? Sa voix était pleine d'affection.

– Non, jamais. Mais tu pourras me le dire plus tard, quand tu seras reposé. Je dois défaire mes valises. Puis je pense que j'irai faire un tour pour me plonger dans mes souvenirs.

– Je te verrai au déjeuner.

Dès qu'elle eut refermé la porte, son sourire s'effaça. Elle marcha lentement vers son ancienne chambre, où ses valises l'attendaient. Elle se sentait en sécurité dans ces murs qui lui étaient familiers. Rien, ici, ne pouvait la menacer. Dans sa maison, dans ce ranch, elle était à l'abri du mal.

Elle se sentit soudain très loin de ce divorce sordide dont elle sortait à peine. Maintenant qu'elle était à la maison, tout allait bien de nouveau. Elle défit rapidement ses bagages, enfila le seul jean qui lui restait, soudain impatiente de parcourir le ranch à la recherche de son passé. Elle retrouva ses vieilles bottes dans la penderie, les enfila et se dirigea vers l'enclos.

Son visage irradiait de bonheur tandis qu'elle caressait les naseaux gris de l'étalon bai qui avait trotté vers elle comme pour l'accueillir. Au loin, elle apercevait les pâturages ombragés au pied des montagnes. Là-bas il devait y avoir les poulains d'un et deux ans.

Son attention se reporta sur l'étalon arabe dont les ancêtres étaient, comme lui, des chevaux du désert. Bien qu'il fût âgé, il avait gardé fière allure. La netteté de sa silhouette et sa tête délicatement proportionnée avec ses grands yeux noirs étincelants prouvaient qu'il était un pur-sang.

Après avoir caressé une dernière fois son cou luisant, Diana s'éloigna et flâna autour des écuries fraîchement repeintes en blanc. La porte était ouverte et elle entra. Passant du soleil à l'ombre, ses yeux ne s'accoutumèrent pas tout de suite à l'obscurité.

Un cheval s'ébroua, raclant de ses sabots le foin qui couvrait le sol de sa stalle. Les odeurs familières du foin et des chevaux, du cuir et de la graisse pour les selles amena un sourire sur ses lèvres.

Des pas s'approchèrent de la porte de l'écurie, accompagnés d'un bruit d'étriers qui s'entrechoquaient. Diana se retourna pour accueillir l'employé qui entrait, pensant qu'il s'agissait de Rube Spencer ou de l'un des hommes qui travaillaient au ranch depuis longtemps.

C'était Holt Mallory. Son regard l'effleura, la reconnut et l'ignora tandis qu'il se dirigeait vers l'atelier. Cette brève seconde suffit à Diana pour qu'elle eût de nouveau le sentiment que ses yeux gris avaient cent ans, qu'ils avaient tout vu, tout vécu. Elle avait eu la même pensée la première fois qu'elle l'avait vu. Et, comme la première fois, une grande antipathie l'envahit.

Irritée par la façon dont il l'avait ignorée, Diana le suivit et se planta dans l'embrasure de la porte de l'atelier. Elle le regarda enlever la selle de son épaule et la poser sur son support de bois. Ses épaules larges s'amincissaient jusqu'à sa taille fine et ses hanches. Sa silhouette élancée n'avait pas un pouce de graisse de trop. Il lui semblait que même une lame de couteau n'aurait pu transpercer ses muscles d'acier.

– Je vois que vous n'avez pas changé, madame Cummings. Il lui tournait toujours le dos et sa voix dure et traînante était chargée de mépris. « Vous êtes encore là à vous promener avec vos pantalons moulants et votre chemisier à moitié ouvert. Après qui en avez-vous cette fois-ci ? »

Sa main se porta rapidement à sa blouse et elle ferma hâtivement le bouton qui s'était ouvert par mégarde. Elle rougit et ses yeux brûlèrent d'un violent ressentiment.

– Après personne, rétorqua Diana, et mon nom est Somers. J'ai légalement repris mon nom de jeune fille. Je vois que vous n'avez pas changé non plus, Holt. Vous êtes toujours le salaud froid et arrogant que vous avez toujours été.

Il se retourna vers elle. Les années avaient encore creusé ses traits virils. Ses cheveux bruns aux reflets dorés dépassaient de son chapeau. Diana l'observa : son apparente indolence cachait une violence contenue. Il était aussi fascinant et dangereux qu'un cobra qui oscille juste avant de mordre.

– Pourquoi êtes-vous revenue ?

Cette question la rendit furieuse. « Quelle question ridicule ! Je suis chez moi ici ! »

– Vous comptez rester longtemps ? Holt ne lui laissa pas le temps de se ressaisir.

– Je suis chez moi, ici répéta-t-elle. « Je ne partirai pas. »

– Vous n'avez pas causé assez de dégâts comme ça ?

– Des dégâts ?

– Avant que vous ne blessiez le Commandant, je tiens à vous prévenir, lui dit-il froidement. « Il est peut-être malade mais pas aveugle. Si vous avez l'intention de continuer vos débauches, vous ne pourrez pas les lui cacher. Et si cela arrive, vous devrez m'en répondre. »

– Mes débauches ! On lisait dans son regard combien elle était blessée. « Qu'en savez-vous ?... »

– Croyiez-vous vraiment que toutes ces sales petites histoires au sujet de votre mariage n'étaient pas arrivées ici ? Les muscles de sa mâchoire se durcirent de mépris. « N'était-ce pas votre infidélité que votre ex-mari a fournie comme accusation pour votre divorce ? »

– Comment... Qui... Sa raison vacillait. Jamais elle n'aurait imaginé que ces ragots seraient venus jusqu'ici.

– Nous sommes entourés de mines de cuivre, lui rappela-t-il. « Ces histoires ont probablement fait le tour des compagnies minières, vu que votre mari travaillait avec eux. Les langues s'en sont donné à cœur joie lorsque les rumeurs sur la fille du Commandant nous sont parvenues. »

– Mon Dieu, murmura Diana et elle se détourna. « C'étaient des mensonges. Je n'ai jamais eu d'aventure. Rand pensait... Il... » elle regarda à nouveau Holt en retenant sa respiration. « Le Commandant... les a-t-il entendues aussi ? »

Ses yeux gris se rétrécirent et jugèrent : « Je le pense mais je ne le lui ai jamais demandé. »

Elle fit un effort pour relever la tête. « Je suis étonnée que vous ne les lui ayez pas rapportées. »

– J'essaie de lui rendre la vie plus facile et non de la lui compliquer.

– Oh ? C'est sans doute pour cela que vous n'avez pas jugé utile de me prévenir lorsque le Commandant a eu sa dernière attaque, lui répliqua Diana.

– Je ne savais pas que vous n'étiez pas au courant, répondit Holt d'une voix égale. « Mais si je l'avais su, je ne vous aurais quand même pas prévenue. »

– C'est mon père. J'avais le droit de savoir.

– Alors vous auriez amené avec vous toutes les ignominies de votre divorce ? Cela l'aurait sûrement guéri ! dit-il sèchement.

– Quel genre de fille serais-je si je ne voulais pas être à ses côtés quand il a besoin de moi ?

– Je sais quel genre de fille vous êtes : pourrie et égoïste.

Diana le gifla si violemment que sa main la brûla mais cette douleur lui fit plutôt plaisir. Cette joie ne dura qu'une seconde avant qu'une main s'abatte sur elle, projetant sa tête sur le côté et lui arrachant des larmes. A moitié assommée, elle porta la main à sa joue et regarda l'homme qui l'avait frappée.

– Maintenant je sais quel genre d'homme vous êtes. Vous prenez du plaisir à cogner, dit-elle froidement. « Cela vous donne une impression de force et de pouvoir sur autrui. »

– Que croyiez-vous que j'allais faire ? Il y a longtemps que je ne tends plus l'autre joue. Holt était vif, violent et dangereux. Il gardait profondément enfoui le peu de gentillesse qui était en lui.

Holt ne dit plus un mot quand il passa près d'elle, fier et droit, la laissant totalement abattue. Personne n'avait jamais humilié Diana à ce point. Elle se tourna vers lui, mais il était déjà loin de l'atelier et même de l'écurie.

– Je te maudis ! lui cria-t-elle dans un sanglot.

CHAPITRE IV

Lorsque Holt et Guy entrèrent dans la maison, Diana aidait Sophie à mettre le couvert du déjeuner. Holt salua les deux femmes d'un bref signe de tête et se dirigea vers le Commandant qui était assis. Sachant bien que ce geste poli ne lui était pas adressé, Diana se sentit bouillir de rage.

– Je peux vous aider ? demanda Guy.

Diana comprit, au regard étonné de Sophie, que Guy ne se serait pas proposé si elle n'avait pas été là. « Nous avons presque terminé. Merci quand même, Guy. » Elle posa le dernier verre sur la table. « Il ne reste plus qu'à mettre le repas sur les plats de service et à les apporter. »

Elle suivit Sophie à la cuisine et revint avec un bol de sauce bouillante. La porte d'entrée claqua et Rube Spencer traversa le salon et la salle à manger de son pas traînant. Il aperçut le Commandant, enleva son chapeau poussiéreux et taché par la sueur, qu'il tint devant lui. Ses cheveux raides grisonnants s'ébouriffaient dans tous les sens, comme si un peigne n'y avait pas glissé depuis des semaines.

Rube s'adressa à Holt. « J'ai regardé sous chaque pierre du ranch, et j'y ai pas trouvé un seul signe de cette sacrée jument. Je vous l'avais bien dit qu'elle était pas là, mais vous avez pas voulu m'écouter. J'ai dû passer toute ma matinée à chercher un cheval alors que je savais qu'il était pas là ! Comme si j'avais rien de mieux à faire. »

– De quelle jument s'agit-il ? demanda Diana.

– De Nashira, dit Guy car Holt ne répondait pas. « Vous vous souvenez d'elle ? C'est celle qui a une étoile sur le haut de la tête et les pieds tout blancs. Ses poulains lui ressemblent toujours : on dirait des copies conformes. »

– Je me la rappelle. Elle hocha la tête. « Elle est née le printemps qui a suivi votre arrivée ici. »

– Cette année, elle a été improductive : elle a refusé de se faire couvrir par quelque étalon que ce soit. Holt a fini par la mettre avec les poulains d'un an, expliqua Guy.

– As-tu trouvé par où elle a pu s'enfuir ? demanda Holt à Rube.

– J'ai vu un endroit où le fil de fer traînait par terre. Y avait quelques traces de l'autre côté. J'ai pensé que c'étaient les siennes et je les ai suivies pendant un bout de chemin jusqu'à ce qu'elles s'embrouillent avec des traces de chevaux sauvages.

Holt leva les sourcils d'un air soucieux. « Elle s'est jointe à un troupeau ? »

– Je n'suis pas un foutu Indien, protesta Rube. « Tout ce que je sais, c'est que le sol était très rocailleux et que je n'pouvais pas distinguer une empreinte de sabot d'une autre. Tout ce que je peux dire, c'est qu'il y avait seulement à peu près quatre chevaux, peut-être moins. Ça n'avait pas l'air d'être un cheval sauvage avec son harem. Si vous m'le demandiez, j'vous dirais plutôt que c'étaient des poulains arrachés à un troupeau. J'connais pas de troupeau qui circule si près du ranch. D'habitude ces chevaux sauvages mettent plus de distance que ça entre eux et les gens, à moins que ça soit une année sèche, et on a eu quelques bonnes pluies jusqu'ici. Pas comme il y a quelques années quand... »

– Nous nous souvenons de la sécheresse, Rube, interrompit le Commandant.

– Oui, monsieur, j'le sais bien. Rube hocha la tête en signe de respect. « J'suppose que maintenant vous allez m'renvoyer là-bas pour chercher cette jument. Si elle est démangée par le démon du vagabondage, j'peux pas dire jusqu'où elle sera allée, parc'qu'elle pourrait bien être... »

– Non, je ne pense pas que ce soit nécessaire, déclara Holt. « Elle reviendra probablement dans un jour ou deux... pour boire, si ce n'est pour autre chose. »

– Peut-être pas, répliqua Rube. « J'vous ai dit qu'on a eu quelques pluies. Elle aura pas besoin de revenir ici pour trouver de l'eau. Elle pourra en trouver là-haut, surtout si elle est avec des chevaux sauvages. »

– Elle est chez elle ici. Ce n'est pas son genre de s'éloigner. Elle n'a jamais montré aucun penchant pour le vagabondage auparavant, fit remarquer Holt.

– Ça veut rien dire. Rube commença à cracher un jus de sa chique en signe de dégoût et se souvint juste à temps qu'il était dans la maison du Commandant. « Y a rien qui devient plus sauvage qu'un cheval domestiqué qu'a goûté à la liberté. Tous les chevaux sauvages viennent de vos cheptels de chevaux soi-disant dressés. Y a jamais eu de chevaux sauvages avant que les Espagnols amènent les leurs. Quelques-uns se sont perdus et... »

– Le déjeuner est prêt. Sophie annonça cela juste à temps pour leur épargner une leçon d'histoire sur l'introduction du cheval en Amérique du Nord.

– Bon, si vous pensez pas que je dois retourner chercher cette jument, j'vais retourner à mon travail. Je voudrais pas vous empêcher de manger, dit Rube et il renifla d'un air approbateur. « Pour sûr, ça sent bon. Je n'me souviens pas de la dernière fois que j'ai mangé quelque chose qui n'sorte pas d'une boîte. »

Diana saisit la lourde allusion et suggéra : « Pourquoi ne vous joignez-vous pas à nous, Rube ? Il y en a assez pour tout le monde. »

– Je n'voudrais pas m'imposer. Mais il se dirigeait déjà vers la table. « Si vous êtes bien sûr qu'y en a assez, ça serait un vrai festin pour moi. »

– Il n'y a aucun problème, lui assura Diana et elle réprima un sourire devant le regard exaspéré du Commandant. « Asseyez-vous où vous voulez, Rube, je vous mettrai un couvert. »

Lorsque tout le monde fut installé, Diana se retrouva face à son père à l'autre bout de la table, Guy à sa droite et Rube à sa gauche. Après que le Commandant eut dit le bénédicité, ils furent tous trop occupés à se passer les plats pour parler.

Chacun se concentra sur son assiette jusqu'à ce que Guy rappelle : « Vous attrapiez les chevaux sauvages quand vous étiez jeune, n'est-ce pas, Rube ? »

– C'est vrai, répondit-il entre deux bouchées. « Mais ça, c'était avant que vous soyez là. Bon D... » Il jeta un œil vers le Commandant et se reprit aussitôt : « Ma foi, j'étais encore qu'un enfant dans ce temps-là, j'étais même plus jeune que vous. C'était l'époque où on galopait à travers la sauge après les bandes de chevaux qui avaient la queue coupée. Et on savait bien que si son cheval faisait un faux pas, on se cassait le cou tous les deux. » Il se souvenait du danger et de l'excitation qu'il provoquait, et ses yeux brillaient tandis qu'il parlait. Puis il soupira et revint au présent. « Bien sûr, c'était avant qu'ils fassent cette loi pour les protéger. »

– Mais s'il n'y avait pas eu de loi, il n'y aurait plus de chevaux sauvages, fit remarquer Guy.

– Ouais, mais maintenant y en a trop, insista Rube. « Aujourd'hui un cheval sauvage n'a plus d'ennemis naturels, sauf les hommes. Oh, y a bien un puma de temps en temps. Ou parfois un coyote qui s'attaque à un vieux cheval ou à un cheval boiteux. Mais les autres... » Il haussa les épaules pour montrer le peu de danger qui les menaçait.

– Il n'y a rien de plus beau qu'un cheval sauvage galopant en toute liberté. Diana ignora ses arguments pratiques. « Un jour, je traversais un ravin à cheval et, au détour d'un virage, j'ai vu un cheval sauvage. Je n'oublierai jamais la façon dont il a relevé la tête pour hennir contre moi avant de s'enfuir vers les collines. »

– C'est vrai, c'est un beau spectacle, approuva Rube. « C'est la même chose pour une biche et son faon, mais si les chasseurs ne tuaient pas quelques cerfs, ce serait un véritable fléau pour tous les fermiers de la région. J'ai jamais dit que je voulais supprimer tous les chevaux sauvages. J'suis comme le Commandant moi » – il pointa sa fourchette vers son patron – « et comme la plupart des propriétaires de ranch. Ça m'est égal de partager les pâturages avec les chevaux sauvages. Mais le fermier sait bien c'qu'arrive quand y a une mauvaise année. Un cheval, comme n'importe quel autre animal, a besoin de beaucoup de terrain pour brouter. Si y a trop de monde à un endroit et qu'arrive une période de sécheresse, c'est pas beau à voir. C'est plus que des sacs d'os dévorant les champs de sauge jusqu'à la racine. » Rube frissonna. « Ça, je l'ai vu. Et je préfère qu'on tire sur un cheval plutôt que de le voir mourir comme ça. »

– Cela fait une sélection naturelle dans les troupeaux, intervint Holt. « Celui qui est faible en meurt et celui qui est fort y survit. »

– Peut-être bien, lui concéda Rube.

– Le gouvernement ne pourrait-il les nourrir, les mauvaises années ? suggéra Diana.

– S'ils se mettent à faire ça, y aura bientôt plus de chevaux sauvages. Ils vont devenir comme les ours à attendre sur le bord de la route en demandant l'aumône. Et ces fières créatures sauvages que vous décrivez n'existeront plus. Pour sûr, non. Rube hocha la tête. « S'ils doivent être sauvages, laissez-les sauvages. Mais si vous voulez les dresser, alors moi je dis attrapez-les. »

– Je n'aimerais pas voir cela. Diana secoua la tête.

– Moi non plus, approuva Guy. « Rappelez-vous la fois où les réserves d'eau d'Alan se sont asséchées, dit-il en parlant du propriétaire du ranch voisin, et où le Bureau a rassemblé le troupeau de chevaux sauvages qui étaient sur ses terres. Le Commandant nous avait amenés là-bas pour les voir, parce que je n'avais jamais vu de cheval sauvage. Ils n'avaient pas l'air si sauvages, la tête pendante, dans ce corral. »

– Oui, et tu m'as supplié d'ouvrir la porte et de les laisser partir, rappela le Commandant. « Cela m'a pris beaucoup de temps avant de pouvoir te convaincre, et toi aussi, Diana, qu'attraper ces chevaux avait été un acte humain. »

– Je m'en souviens. Guy hocha la tête en faisant une grimace enfantine.

– Un cheval sauvage n'est pas beau à voir quand il est attrapé, déclara Rube. « Si ces fichus gens de l'Est, qui sont tout le temps à hurler contre le gouvernement pour qu'il sauve les chevaux sauvages, s'ils en voyaient un une seule fois, ça leur ferait passer leur envie.. Ici, même les petits enfants pensent qu'ils sauvent le diable en personne. Ces chevaux sauvages sont les canassons les plus petits, les plus maigres et les plus laids que j'aie jamais vus... Pourquoi de tous les chevaux sauvages qui restent dans ce pays, la moitié sont ici au Nevada ? Y en a qui disent qu'y en a plus de cinquante mille. »

– Tous les chevaux sauvages que j'ai vus n'étaient pas de pauvres bêtes. Diana tendit le plat de viande à Rube et il se servit pour la seconde fois. « Certains sont bien proportionnés et bien musclés. »

– Ceux-là viennent des cheptels des ranchs. Et ils apportent un sang neuf au troupeau qui n'a pas eu de croisements depuis des années.

– De plus, je pense que l'armée a rendu leur liberté à quelques chevaux de remonte lorsque la cavalerie a été supprimée. Le Commandant abonda dans le sens de Rube. « Evidemment, cela fait quelques années. »

– Peu importe leur allure, si c'est toujours un plaisir de les voir. Diana releva la tête de son assiette après avoir parlé, et tomba sans le vouloir sur le regard de Holt. Elle vit la lueur cynique qui brillait dans ses yeux. « Vous n'avez guère pris part à la conversation, Holt. Quelle est votre opinion sur le sort des chevaux sauvages ? » demanda-t-elle, doucereusement aimable.

– Récapitulons – son regard calme balaya l'assemblée – vous et Guy, vous défendez avec vigueur les chevaux sauvages. Rube est du côté des fermiers. Quant au Commandant, il n'a diplomatiquement pas pris parti. Nous avons donc deux voix pour les chevaux, une pour les fermiers et une abstention. Holt ignora l'opinion de la gouvernante, mais Sophie semblait ne pas vouloir le contrarier. « Je me range du côté de Rube. Je suis contre la loi qui protège les chevaux sauvages. » Il lança à Diana un regard moqueur. « J'imagine que maintenant vous et Guy allez m'accuser d'être pour les chasseurs sanguinaires. »

– Et vous l'êtes ? demanda Diana, hérissée par son regard sarcastique.

– Oui, répondit-il simplement.

– J'en étais sûre, rétorqua-t-elle.

– Avez-vous jamais été d'accord sur quoi que ce soit ? Le Commandant sourit.

– Jamais. Diana planta sa fourchette dans le dernier morceau de viande qui restait dans son assiette.

Trois jours après son arrivée, Diana pensa qu'il était temps de rendre visite à Peggy Thornton. Lorsque Holt lui avait appris que les sordides mensonges concernant son divorce avaient atteint son entourage, Diana avait pensé s'enfermer au ranch, mais elle s'apercevait que c'était impossible. Cela ne ferait que rendre ces ragots crédibles.

Jusqu'ici, le Commandant n'avait posé aucune question sur les motifs du divorce. Tant que Diana n'était pas certaine qu'il était au courant de ces rumeurs, elle préférait ne pas aborder le sujet, lui laissant une chance de ne jamais les apprendre. Le soin qu'elle avait d'éviter cette conversation hâta sa décision de quitter le ranch pour quelques heures.

Après le déjeuner, elle prit une des camionnettes et se rendit chez Peggy. Diana n'était pas allée au ranch des Thornton depuis l'été de son mariage avec Rand. Il n'avait pas prospéré entre-temps.

Les poteaux cassés de la barrière avaient été simplement étayés et non pas remplacés par des neufs. La peinture blanche de la maison était tout écaillée, lui donnant un air d'abandon. Devant la porte et dans la cour traînaient des jouets. La voiture garée sous un arbre était la même que lorsque Alan et Peggy s'étaient mariés.

Déprimée, Diana descendit de la camionnette et s'avança vers le porche. Une cacophonie l'accueillit à la porte : une radio hurlante, des voix d'enfants, des bruits de casseroles et un bébé qui pleurait. Diana frappa fort, car elle n'était pas sûre d'être entendue dans ce vacarme.

Une silhouette apparut derrière le grillage. « Oui ? » Cette question fut suivie immédiatement d'un cri de joie : « Diana ! Entre. » La porte s'ouvrit.

– Bonjour, Peggy. Elle lui lança un sourire trahi par la gravité de ses yeux.

Peggy semblait amaigrie et fatiguée, sans doute à cause du bébé qui hurlait et qu'elle tentait de calmer. Ses cheveux auburn étaient ternes mais ses yeux bruns étaient toujours aussi vifs.

– J'ai entendu dire que tu étais revenue, dit Peggy. Et elle se détourna pour gronder la petite fille de trois ans assise sur le sol de la cuisine, au milieu d'un tas de casseroles. « Je t'ai déjà dit de ne pas fouiller dans les placards, Sara. Va jouer dehors avec tes jouets. » Avant d'obéir, l'enfant poil de carotte fit une grimace de révolte. « Les enfants ! » Elle rit et remua la tête en jouant le désespoir : « On dépense un argent fou pour leur acheter des jouets et ils préfèrent jouer avec des casseroles d'aluminium. »

– J'arrive mal, murmura Diana pour s'excuser. Le bébé que portait Peggy sur sa hanche pleurait toujours et essayait d'avaler une petite cuillère. « J'aurais dû t'appeler. »

– Crois-le ou non, tu tombes très bien. Peggy rit et s'approcha du vieux fourneau sur lequel un biberon chauffait au bain-marie. « C'est la pagaille en permanence ici. Et encore tu as de la chance, il y en a un qui dort. » Elle vérifia la température du lait contre la paume de sa main, faisant tout pour ne pas laisser tomber le bébé qui gigotait, et glissa la tétine dans sa bouche. « Et le petit Brian sera bientôt grand », fredonna-t-elle à l'enfant affamé qui tétait. « Sara devrait aller dormir. Ça c'est le bon truc, les coucher tous les trois en même temps. »

– Tu as trois enfants ?

– Sara a trois ans. Amy en aura deux en juillet. Et Brian, le petit préféré de son père, a quatre mois. Et ils portent encore tous des couches, soupira Peggy. « Je compte Sara parce qu'elle en porte quand elle va se coucher. Mais Alan a fini par avoir son petit garçon. Il a travaillé si dur ces derniers temps qu'il n'a guère pu en profiter. Brian dormait toujours quand Alan rentrait. Il aime ses filles aussi, mais pour un homme, un fils c'est autre chose. »

– Oui, je le sais, murmura Diana.

– Mon Dieu ! Je suis là, je bavarde, et je ne t'ai même pas proposé de t'asseoir ou de boire quelque chose. Assieds-toi donc. Ses mains étaient occupées à porter et à nourrir le bébé ; aussi désigna-t-elle d'un signe de tête les chaises autour de la table. « Il reste un peu de café. Veux-tu que je te le fasse réchauffer ou préfères-tu quelque chose de froid ? »

– Rien, Peggy, merci. Elle s'assit sur une des chaises et Peggy s'approcha d'une autre.

– Je suis si heureuse que tu sois venue ! Quand j'ai appris que tu étais rentrée, j'ai voulu faire un saut chez toi pour te souhaiter la bienvenue, mais je n'avais personne pour garder mes enfants. Sachant que ton père était malade, je ne voulais pas débarquer avec mon trio infernal. Alan travaille si tard le soir que le temps de lui servir son dîner et de faire la vaisselle, il est l'heure de se coucher.

– Je comprends.

– Raconte-moi : quelle est la vie d'une joyeuse divorcée ? Diana blanchit à ce terme et le sourire de Peggy se mua aussitôt en une moue consternée. « Je suis désolée. C'était de mauvais goût. Je sais que tu as été très bouleversée par ton divorce. Je ne voulais pas mettre les pieds dans le plat. »

– C'est ce que tu as entendu dire ? demanda Diana d'une voix égale.

Peggy ne prétendit pas ignorer ce dont Diana parlait. « Ces racontars sur tes aventures extra-conjugales. » Elle fronça le nez en signe de désapprobation. « Je n'ai jamais cru un mot de tout cela. Il me semblait impossible que tu aies pu changer à ce point-là. »

– Rien de cela n'est vrai. Rand m'a accusée de le tromper...

– Pourquoi ? Je veux dire, sûrement... Peggy hésita, cherchant ses mots pour poser sa question avec tact.

– Il s'agit vraiment d'une chose stupide, on s'est mal compris. Rand connaissait beaucoup de gens importants, des administrateurs dans différents groupements miniers et également des bureaucrates haut placés. Après notre mariage, il me rappelait sans cesse d'être gentille avec eux. S'ils me proposaient une partie de tennis ou de golf ou même s'ils m'invitaient à danser, j'étais supposée accepter. Je devais toujours me montrer souriante et amicale, bref les traiter avec un régime de faveur. C'était important pour Rand, pour son travail. Diana était heureuse de pouvoir s'expliquer devant quelqu'un avec qui elle pouvait parler librement. « J'ai donc fait tout cela pour faire plaisir à Rand. Puis il a commencé à me soupçonner d'être "trop gentille" avec eux. Et il est devenu si jaloux que j'ai cessé d'accepter toute invitation. Cela n'a rien arrangé. Rand m'a accusée de les voir en cachette. Et tout s'est envenimé, il était trop tard pour revenir l'un vers l'autre. On s'était dit trop de choses pendant des moments de colère, on ne pouvait plus oublier ou pardonner. »

– Cela a dû être terrible, dit Peggy compatissante. « Mais je suis sûre qu'à l'avenir tout ira bien. » Elle pencha la tête sur le côté. « Tu l'aimes encore ? »

– Je ne sais plus ce que je ressens. (Gênée, elle glissa la main dans ses cheveux de jais.) Avant notre mariage, je me suis posé des questions pour être vraiment sûre de faire le bon choix. Mais maintenant que les choses ont tourné comme ça... Sa voix avouait son échec.

– Pour te dire la vérité, je n'ai pas été étonnée quand j'ai appris que tu divorçais. Lorsque tu l'as épousé, j'avais le pressentiment que tu courais à la catastrophe, mais j'espérais me tromper.

Diana fronça les sourcils. « Pourquoi pensais-tu que c'était une erreur ? »

– Il y avait deux raisons. Elle s'arrêta de parler un instant pour poser le biberon vide sur la table et mettre le bébé sur son épaule pour lui faire faire son rot. « Rand et toi aviez des opinions si différentes sur la vie. Tu as été élevée dans l'ombre de ton père et je ne connais personne qui ait un plus grand respect pour les principes que le Commandant. Je ne veux pas dire qu'il soit un saint ou qu'il ait espéré de toi que tu sois irréprochable, mais il a un certain sens des valeurs morales qu'il t'a inculqué, tout naturellement. Rand vivait dans un monde essentiellement politique où la fin justifie les moyens. Je ne serais pas étonnée que les accusations qu'il a portées contre toi aient été justifiées si les rôles avaient été inversés. Tu comprends ce que je veux dire ? »

– Oui, je crois, soupira Diana. « J'aurais simplement aimé que tu me parles de tout cela plus tôt. »

– Je pense que cela n'aurait servi à rien. Peggy tapota le bébé dans le dos et regarda tristement son amie. « Il me semblait que seule l'opinion de ton père comptait. Or il avait approuvé ton choix. Son avis sur ce que tu faisais... ou ne faisais pas, t'a toujours importé. Il est sans doute naturel qu'il soit devenu le centre de ta vie. Tu étais si jeune quand ta mère est morte. Mais je pense parfois que tu accordes trop d'importance à son opinion. J'espère que je ne t'ai pas blessée en te disant cela. »

– Non, et tu as probablement raison.

Il y a un an, son mariage avec Rand était déjà brisé, mais elle avait refusé de l'admettre car elle ne voulait pas affronter le Commandant et lui avouer son échec. Or si elle ne s'était pas montrée si obstinée, son divorce, un an plus tôt, aurait peut-être été moins cruel et moins offensant.

Le regard de Peggy se porta au-delà de Diana. « Voilà Alan. » Elle fronça les sourcils. « Je me demande ce qui ne va pas. » Elle jeta un œil au bébé qui s'était endormi sur son épaule. « Tu veux le savoir ? Brian dort à nouveau. Alan va finir par penser qu'il n'est jamais réveillé. » On entendit des pas sous le porche. « Bonjour, chéri. » Lorsque la porte s'ouvrit, Peggy l'accueillit d'un sourire.

– Bonjour. Quand il entra, sa petite fille rousse gambadant à ses côtés, il sourit d'un air fatigué. « Bonjour, Diana. » Il la salua.

« Je te souhaite la bienvenue. J'ai vu la camionnette dehors et je me demandais qui était venu de chez le Commandant. »

– Bonjour, Alan. Comment vas-tu ?

– Bien. Il regarda Peggy. « Il y a une bière au réfrigérateur ? »

– Je pense que oui, répondit Peggy, puis elle se leva pour aller lui en chercher une tandis qu'il s'asseyait. « Je suis heureuse de te voir mais je croyais que tu avais dit que tu travaillais tout l'après-midi. »

Alan renversa son chapeau de paille en arrière et soupira : « L'alternateur du tracteur ne marche plus. »

Diana pouvait lire sur son visage l'angoisse qu'y avaient gravée de trop lourdes responsabilités et de trop faibles revenus.

– Oh, non, gémit Peggy. Puis elle lui tendit une bière.

– Eh si ! Il fit une grimace et décapsula la bière. Il en but une gorgée et regarda la bouteille d'un air ennuyé. « Ce n'est pas très frais. »

– Comme le reste. Je pense qu'il y a également un problème avec le thermostat du réfrigérateur, répondit Peggy.

– Il ne nous manquait plus que ça, grommela-t-il. La petite Sara monta sur ses genoux et essaya de lui voler une goutte de bière. « Sara, tu ne devrais pas être en train de faire la sieste, toi ? Pourquoi n'est-elle pas au lit ? » La seconde question s'adressait directement à Peggy.

– J'allais le faire après avoir donné son biberon à Brian, expliqua-t-elle, mais sa soumission irrita Diana. « Viens, Sara. Brian et toi allez vous coucher maintenant. »

La petite fille se mit à pleurnicher mais fut entraînée hors de la cuisine. Diana attendit le retour de Peggy pour dire qu'elle s'en allait. L'attitude dénuée de tendresse d'Alan pour sa femme avait créé une certaine gêne dans leurs rapports.

– Tu peux rester encore un peu, proposa Peggy.

– Non, vraiment, je ne peux pas. Je suis juste passée quelques minutes pendant que le Commandant se reposait. Maintenant il faut que je rentre.

– Ce sera peut-être un peu plus calme la prochaine fois.

Ils accompagnèrent Diana jusqu'au porche et lui firent un

signe de la main tandis qu'elle s'éloignait. Tout le long de la route, Diana se demanda comment Peggy pouvait être restée si radieuse et pleine d'entrain. Elle n'avait ni une maison agréable ni de jolis vêtements et avait peu d'espoir que cela change. Ses trois enfants lui donnaient un travail exténuant. Et le pire de tout était qu'Alan ne lui en était même pas reconnaissant.

Diana, au contraire, la trouvait admirable. Ces pensées lui avaient un peu fait oublier son propre sentiment de culpabilité à cause de son mariage raté.

CHAPITRE V

Diana prit l'habitude d'aider Sophie à préparer les repas, surtout pour le déjeuner. Cela lui évitait de participer aux conversations d'avant ou d'après déjeuner où Holt était toujours présent.

Elle s'occupait du couvert quand Guy entra. « Bonjour, Holt ne viendra pas déjeuner, ce n'est pas la peine de mettre son couvert », l'informa-t-il.

– Il ne viendra pas ? répéta Diana. « Où est-il ? »

– Nashira, la jument, n'est toujours pas revenue. Rube et lui sont partis à cheval à sa recherche. Il a dit que s'il n'était pas de retour avant onze heures et demie, il était inutile de lui préparer à déjeuner.

– De toute façon, le repas est déjà prêt.

– Ce n'est pas grave : j'ai assez faim pour manger pour deux. Guy ne prêta pas attention à sa réponse désagréable. Il était habitué à son agressivité envers Holt.

Il se resservit trois fois et, enfin rassasié, se relaxa sur sa chaise.

– Qu'as-tu fait pour avoir un tel appétit ? Le Commandant le regardait, amusé.

– J'ai travaillé, lui répondit-il en souriant. Il fit un clin d'œil à Diana avant d'expliquer au vieil homme : « Je dois avoir terminé tout ce que Holt m'a donné à faire avant le milieu de l'après-midi.

Profitant de ce qu'il n'est pas là pour me donner encore plus de travail, je pensais proposer à Diana de faire une promenade à cheval cet après-midi. »

– Il me semble avoir déjà entendu cela, remarqua le Commandant. « Quand vous étiez tous les deux plus jeunes, tu demandais sans arrêt à Diana d'aller faire un tour. »

– Il courait toujours après moi pour que je fasse du cheval avec lui, ajouta-t-elle avec un sourire taquin.

– C'était parce que Holt n'avait jamais voulu me laisser monter seul avant mes douze ans, se défendit Guy avec sa bonhomie habituelle. « Si le Commandant veut bien fermer les yeux sur le fait que je prends la moitié de mon après-midi, voudrez-vous faire une promenade avec moi, Diana ? »

– Je ne veux pas te créer de problèmes avec Holt. Ce genre de considération ne l'avait jamais gênée dans le passé.

– Je ne vois pas pourquoi ça en créerait, enchaîna son père. « Si Guy a fini son travail plus vite que prévu, je ne vois pas pourquoi Holt en prendrait ombrage. »

– Ça arrange tout, déclara Diana. « Si le Commandant est de ton côté, Holt n'osera pas te faire une remarque. A quelle heure partons-nous ? »

– Vers trois heures.

– Les chevaux seront sellés et prêts, promit-elle.

Diana, depuis son retour, montait presque tous les matins, mais elle était impatiente à l'idée de faire cette sortie avec Guy. Ses petites attentions amicales lui remontaient le moral.

Quelques minutes après trois heures, il arriva devant l'écurie, frais et dispos. Diana sentit l'odeur épicée de son after-shave quand elle lui tendit les rênes de sa monture. Elle réalisa qu'il s'était douché et rasé avant de venir. Elle apprécia qu'il ait pris sur son temps pour se préparer.

– On ne dirait pas que tu as travaillé dur, lui fit remarquer Diana.

– Bravo à la douche et aux vêtements propres, dit-il, confirmant ce qu'elle avait déjà deviné. Il monta souplement en selle. « C'est la première fois que nous faisons du cheval ensemble depuis quatre ans. J'ai pensé que ça valait bien un petit effort. »

– Tu es parfait. Et elle le pensait vraiment. « Où allons-nous ? »

– Où bon vous semble. Ouvrez la route.

C'était comme au bon vieux temps quand Diana menait son cheval et que Guy suivait. Evitant les champs de blé, ils trottèrent à travers la sauge du désert jusqu'à ce qu'ils soient loin du ranch. Il n'y avait aucun bruit si ce n'est le crissement des selles et le bruit sourd des sabots sur le sol sablonneux. Quand Diana mit son cheval au pas, Guy vint à sa hauteur.

Au trot, ils avaient senti un vent agréable, mais maintenant le soleil les brûlait. « Il fait plus chaud que je ne le pensais. »

– C'est bientôt l'été.

– Que comptes-tu faire, Guy ?

– Quand ? Il eut un sourire forcé, trouvant sa question trop ambiguë pour y répondre.

– Tu as quitté le lycée il y a un an. As-tu des projets ? Envisages-tu d'aller à l'université ou de faire ton service militaire ?

– Holt voudrait que j'aille à l'université, mais... Il haussa les épaules. « Je ne sais pas. Je suis fatigué de l'école et des études. Le Commandant m'a évidemment suggéré de m'engager dans l'armée. »

– Il n'y a rien qui t'attire ?

– Si, ce que je fais ici. Diana sourit. « Non, sans blague, j'adore ce que je fais ici. J'aime travailler avec les chevaux. Holt dit que je me débrouille bien avec eux. »

– Depuis que tu n'en as plus peur, évidemment ça va plutôt bien.

– Ils ne m'ont jamais fait peur, protesta-t-il d'abord. Puis il concéda : « Si, peut-être un petit peu au début. De toute façon, ce dont j'ai envie, c'est de travailler avec les chevaux. J'ai toujours eu le secret espoir que Holt aurait un jour assez d'argent pour s'acheter son propre ranch. »

– Crois-tu qu'il y arrivera ? Diana avait souvent imaginé que Holt quitterait leur ranch mais jamais qu'il s'en achèterait un.

– Je ne sais pas. Il n'a que trente-cinq ans, il est encore assez jeune pour le faire. Mais je ne pense pas qu'il quitte le Commandant, surtout maintenant qu'il est malade.

Pourquoi ? se demanda-t-elle, la bouche soudain amère. Holt se dévouait-il par loyauté ? Ou bien espérait-il qu'à la mort du Commandant celui-ci lui léguerait quelque chose pour le remercier de ses fidèles services ?

– Et vous ? reprit Guy. « Que comptez-vous faire ? »

– Rester ici. Prendre soin du Commandant. En dehors de cela, je n'ai pas de projets. Sa réponse sèche semblait clore la conversation.

– Il vous a fait du mal ? dit-il d'une voix calme.

Comme ils venaient de parler de Holt, elle mit une seconde à réaliser que Guy faisait allusion à son ex-mari. « Seuls les gens qu'on aime peuvent vous blesser. Rand et moi ne nous aimions plus depuis longtemps. S'il y a une chose qui m'a fait de la peine, c'est d'avoir perdu mes illusions sur la félicité du mariage. Mais changeons de sujet, veux-tu ? »

Guy souscrivit à sa requête, détourna la conversation vers des sujets d'ordre général. Diana remarqua combien il était devenu sûr de lui, comme son père ; seulement Guy était gentil alors que Holt était dur. Guy était sensible et pondéré, mais non sans humour.

Ils parlèrent et rirent, surtout sur le passé, leurs chevaux allant à l'amble, où bon leur semblait. Ils se dirigeaient vers le ranch sans que Guy ou Diana s'en soient aperçus. Sur leur droite se dressait la digue en terre derrière laquelle émergeaient les osiers verts.

Diana retint son cheval. « Allons nager, Guy », suggéra-t-elle.

Il hésita, un léger frisson parcourut son visage. Puis il approuva : « D'accord. »

Ils conduisirent leurs chevaux à l'autre bout de la digue, mirent pied à terre et laissèrent leurs montures au bord de l'eau dans une zone verdoyante pour qu'elles puissent brouter. Diana, après avoir enlevé ses bottes et ses chaussettes, sentit les graviers sous ses pieds nus. Elle commença à se déshabiller.

Elle n'hésita pas une seconde à se dévêtir complètement. Elle nageait nue depuis toujours, seule ou avec Guy. Elle plia ses vêtements et posa la pile bien nette à côté de ses bottes, tout à fait consciente que Guy faisait la même chose à quelques pas d'elle. Il ne lui vint pas à l'idée de le regarder. Elle n'y mettait ni intérêt ni curiosité. Elle savait désormais comment un homme était fait et ce n'était pas la première fois qu'elle voyait Guy.

Diana ne prêta aucune attention à sa propre nudité, tandis qu'elle marchait sur la pointe des pieds sur le sol rocailleux. Après la chaleur du soleil, l'eau était délicieusement fraîche lorsqu'elle y mit le pied. Quand elle eut de l'eau au-dessus des genoux, elle plongea et n'entendit pas le plouf qui suivit le sien.

Lorsqu'elle atteignit le centre de la retenue d'eau, elle se retourna et cria : « L'eau est fantastique, Guy. Viens. » Le dernier mot s'étouffa dans sa gorge car elle fut entraînée sous l'eau par deux mains qui enserraient ses chevilles.

Enfin libérée, Diana refit surface et, haletante, découvrit Guy qui riait à quelques mètres d'elle. Elle l'éclaboussa puis s'éloigna de quelques brasses. Mais elle n'était plus la meilleure nageuse des deux. Il la rattrapa facilement et lui mit la tête sous l'eau.

Au bout d'un quart d'heure, Diana le supplia de lui accorder une trêve : elle n'était décidément pas la plus forte à ce jeu-là. Leur baignade devint alors plus détendue ; tantôt ils nageaient tantôt ils se laissaient flotter. L'eau les rafraîchissait agréablement après la chaleur du soleil.

En sortant de l'eau, Diana évita soigneusement le gravier et se dirigea vers du sable fin. Elle s'arrêta pour secouer la tête et se sécher un peu les cheveux. Elle eut un sourire radieux tandis que Guy marchait tout doucement sur le sol rocailleux pour venir la rejoindre.

– Voulez-vous vous essuyer avec ma chemise ? lui proposa-t-il.

– Non. Elle s'écroula sur le sable, puis s'assit en allongeant les jambes et en s'appuyant sur les bras, le visage face au soleil : « Le soleil va me sécher en deux minutes. »

– C'est vrai. Il s'assit en tailleur à côté d'elle, penché en avant pour garder les bras sur les cuisses, à la manière des Indiens.

– C'était très amusant, murmura Diana. « On nageait nu ici tout le temps, autrefois, tu te souviens ? L'été, quand il faisait chaud, j'imaginais toujours que j'allais fondre si nous ne nous baignions pas. »

– Je m'en souviens, acquiesça Guy et il passa la main dans ses cheveux pour essayer de se recoiffer un peu.

– Tu te rappelles le jour où Holt nous a surpris ? se souvint-elle en riant. « Il ne savait même pas que tu savais nager. »

– Ouais, et il m'a ramené par la peau du cou à la maison. Il ramassa une pierre plate et fit un ricochet sur l'eau.

Son rire s'effaça lorsqu'elle lui lança un regard du coin de l'œil. L'eau avait foncé ses cheveux blonds et leur donnait des reflets dorés comme les blés. Ses muscles tendus gonflaient ses épaules et ses bras. Il n'était plus un petit garçon.

Mais leur conversation leur avait rappelé le temps où il n'était qu'un petit garçon et le jour où Holt les avait assaillis de sa colère froide. Diana avait alors seize ans et n'avait pas été effrayée. C'était avant la nuit de son dix-septième anniversaire quand la terrible main de Holt s'était abattue sur elle. Il avait ordonné à Guy de sortir de l'eau, mais Diana avait continué à nager seule tandis que Guy se rhabillait et s'éloignait avec son père.

Diana n'avait pas su ce qui s'était passé. Mais la fois suivante, quand ils étaient allés se baigner, Guy avait gardé son slip. Lorsqu'elle apprit que Holt lui avait interdit de se baigner nu, elle l'avait taquiné sans pitié. Combien de fois avait-elle plongé sous l'eau pour essayer de lui enlever son slip ? Elle ne se souvenait plus, mais c'était arrivé bien des fois. Elle y avait rarement réussi, mais deux fois, elle avait pris son slip et l'avait caché au fond de l'eau sous une pierre. Diana se demandait encore comment Guy avait pu expliquer l'absence de ses sous-vêtements.

A l'époque, elle n'y avait vu qu'une farce amusante. Elle

réalisait aujourd'hui combien ce jeu était cruel. Elle prenait conscience du fait qu'elle n'avait jamais été très gentille avec lui. Elle l'avait toujours considéré comme une poule mouillée, le taquinant tout le temps au sujet des épis dans ses cheveux, ou le raillant lorsqu'il était incapable d'atteindre les étriers de sa selle. Elle se sentit un peu honteuse de sa conduite d'alors.

– Que dois-tu penser de moi ? murmura Diana et ses yeux bleus se voilèrent de regrets.

Guy tourna la tête pour la regarder. Son regard effleura ses cheveux mouillés que le soleil faisait virer à un noir bleuté et parcourut les traits fins de son visage. Il y avait soudain quelque chose d'intense dans son expression.

– Je pense que vous êtes la plus belle femme au monde, Diana, répondit-il d'une voix basse qui trahissait une profonde émotion. « Je l'ai toujours pensé. »

Un léger sanglot s'étouffa dans sa gorge, à la pensée que sa dure conduite envers lui pendant des années lui brisait le cœur. Elle le fixa, en cherchant ses mots.

– Guy. Diana réussit à prononcer son prénom dans un murmure étranglé qui implorait pardon.

Guy se tourna vers elle en soupirant, se redressa sur ses genoux, effleura la chair délicate de ses bras et l'attira vers lui. Elle réalisa que les années n'avaient en rien altéré l'adoration qu'il avait pour elle quand il était petit garçon. Le temps y avait simplement ajouté un éclairage différent.

Il baissa la tête, sa bouche cherchant ses lèvres. Diana savait qu'elle aurait pu le repousser, mais elle l'avait déjà tant repoussé par le passé. Elle ne pouvait se résoudre à le traiter ainsi à nouveau. Lorsqu'elle se soumit enfin à son baiser, Guy l'étreignit plus fort. Diana répondit à son baiser possessif, en sentant son cœur battre contre sa poitrine.

Elle le sentait aussi trembler de toute sa passion virginale. Ses caresses étaient hésitantes, ses mains évitaient soigneusement sa poitrine, craignant sans doute qu'un tel geste ne mette fin à leur étreinte. Mais la ferveur de son baiser compensait son manque d'expérience.

Guy se fit plus pressant, couvrant son visage de baisers et murmurant son prénom sans fin. Sa douceur et sa vulnérabilité envahissaient Diana. Ses caresses semblaient la supplier de lui témoigner son affection en retour. Elles ressemblaient à ses appels silencieux d'autrefois. Diana les avait ignorés depuis toujours. Mais cette fois-ci, elle ne le pouvait pas.

– Oui, Guy, oui, murmura-t-elle contre sa joue si douce.

Ses mains se glissèrent vers son cou et elle croisa les doigts pour l'entraîner sur le sable. Guy émit un gémissement de désir aussitôt étouffé par le baiser qu'il lui donna. Son besoin impérieux qu'il avait d'oublier la façon dont elle l'avait traité lui ôtait toute autre pensée de l'esprit. Entrouvrant les jambes pour qu'il se glisse entre elles, Diana dirigeait ses mouvements, l'initiant à l'art des jeux de l'amour.

Leur brève étreinte se termina lorsqu'il frissonna de plaisir. Il l'écrasa encore de son jeune corps pendant quelques secondes puis il roula doucement à ses côtés. Son jeune visage reflétait son épuisement mais aussi son bonheur.

Aucun des deux ne parla immédiatement : Guy songeait encore à ce qui venait d'arriver, et Diana se posait des questions sur son attitude. Mais le calme bonheur qui brillait dans les yeux de Guy lorsqu'il se tourna vers elle et la regarda semblait être la seule réponse dont elle avait besoin pour le moment.

Il tendit la main pour attraper la sienne, semblant vouloir la toucher pour être sûr que tout cela n'était pas un rêve. Il se cala sur son coude, contempla sa main et la porta respectueusement à ses lèvres.

– Vous... Tu regrettes ? demanda-t-il. Son regard révélait soudain sa vulnérabilité lorsqu'il leva les yeux vers elle.

Malgré ses doutes, que pouvait-elle dire si ce n'est : « Non, je ne regrette rien. » Diana effleura sa joue du bout des doigts en une caresse qui se voulait rassurante. Elle se sentait tellement plus âgée que lui qu'elle en éprouvait presque un sentiment maternel.

– Je suis heureux. Sa voix tremblait d'émotion. « C'était encore plus merveilleux que ce que j'avais rêvé. » Diana posa ses doigts sur ses lèvres pour le contraindre au silence. Elle ne voulait pas que Guy prononce des mots qu'ils pourraient regretter tous les deux. Mais il ne se découragea pas si facilement. Il lui embrassa les doigts et repoussa gentiment sa main. « J'ai toujours voulu que tu sois la première. Les gars essayaient toujours de m'emmener avec eux, quand ils... » Il ne finit pas sa phrase et rougit légèrement. « Mais je t'attendais, je t'espérais. Je ne pourrais pas te dire pourquoi, je savais simplement que tu reviendrais. »

– Oh, Guy, murmura-t-elle.

– Je t'aime, Diana. Je t'ai toujours aimée. Je ne peux pas me rappeler un seul moment où je ne t'aie pas aimée.

– Ne parle pas comme ça, protesta Diana.

– Pourquoi pas ? C'est la vérité. Je t'aime. Je sais que tu es plus âgée que moi, admit-il, comme s'il pensait qu'elle se défendait de son amour pour cette raison. « Mais maintenant que nous sommes des adultes, cinq ans, ça ne compte pas. »

– S'il te plaît... Elle avait envie de pleurer.

Il fronça les sourcils. « Je sais que tu éprouves quelque chose pour moi, ou au moins... »

– C'est vrai. Mais c'est simplement que... Que pouvait-elle lui dire sans le blesser ?

Son visage s'éclaira lorsqu'il suggéra : « Tu penses à ton divorce ? »

Elle sauta sur l'occasion. « C'est trop tôt, Guy. Je ne suis pas encore prête à m'engager avec quelqu'un. »

– Je comprends, et je peux attendre que tu sois prête à m'aimer autant que je t'aime. Tout ce que je veux, c'est prendre soin de toi. Je ne te ferai jamais de mal, Diana, je te le promets, lui jura-t-il.

– Je le sais, Guy. Quand il tenta de l'embrasser, elle se leva pour éviter son baiser. « Il est tard. Nous ferions mieux de rentrer », dit-elle pour excuser son attitude. « Le Commandant risque de s'imaginer que nous nous sommes perdus. »

Elle se dirigea vers ses vêtements, et attrapa son jean,

consciente que Guy s'était levé à son tour. Il s'approcha derrière elle et posa les mains sur ses épaules.

– J'aurais aimé que nous nous soyons perdus. Je voudrais que cet après-midi ne finisse jamais.

Diana aurait aimé se blottir dans ses bras, se sentir protégée contre ce vide, cette douleur stupide qui la dévorait. Mais cela n'aurait pas été loyal de profiter d'un amour qu'elle ne pouvait payer de retour et elle doutait qu'un jour elle puisse l'aimer à son tour. Elle baissa la tête et ses doigts s'accrochèrent à sa chemise.

– Mais tu as raison, soupira-t-il, et il retira ses mains. « Nous devons rentrer. »

– Oui, approuva-t-elle, et elle commença à s'habiller.

Ils parlèrent peu sur le chemin du retour, chacun ayant ses raisons de respecter ce silence. Lorsqu'ils dessellèrent les chevaux dans l'écurie, Diana s'échappa vers la maison sans avoir à entendre davantage les ardentes déclarations de Guy.

Après un dîner tranquille avec le Commandant, elle s'assit seule dans le grand salon. Son père s'était retiré dans sa chambre pour lire un peu et se coucher de bonne heure. Elle se sentait nerveuse à l'idée que Guy viendrait peut-être ce soir et se demandait ce qu'elle pourrait lui dire.

Elle entendit des pas sur le gravier de l'allée qui menait au porche et se précipita vers la porte pour empêcher Guy d'entrer, craignant que sa voix ou leur conversation n'arrivent aux oreilles du Commandant.

Diana aperçut à travers le grillage une grande silhouette qui sortait des ténèbres, un corps maigre qui ressemblait à celui de Guy. Mais ce n'était pas lui. C'était Holt, et elle se raidit lorsqu'il monta les marches.

– Le Commandant est allé se coucher, lui déclara-t-elle avant qu'il n'ouvre la bouche. « Vous devrez attendre demain matin pour lui parler. »

La lumière qui venait de la maison n'éclairait pas son visage, mais sa voix se fit menaçante lorsqu'il parla. « Ce n'est pas le Commandant que je suis venu voir, c'est vous. »

Sa gorge se serra. « Nous allons parler ici. » Diana ouvrit la porte et s'avança de quelques pas. « Je ne veux pas que le Commandant soit dérangé. »

– Très bien.

Diana le dépassa, se dirigea vers l'autre bout du perron et s'appuya à la barrière. Elle sentait qu'il la suivait, que son regard ne la quittait pas une seconde. La lune argentée éclairait les pics déchiquetés des montagnes. La nuit commençait à rafraîchir l'atmosphère et elle sentait une légère brise contre sa peau.

– Que voulez-vous ?

– Ne vous approchez pas de mon fils.

Elle s'empourpra quand elle entendit cet ordre lancé froidement, mais les ombres de la nuit dissimulèrent sa gêne. Elle réussit à rire, faisant semblant de ne pas comprendre.

– C'est complètement ridicule de me demander cela, déclara-t-elle, ignorant le fait que cela n'était pas une requête. « Guy et moi nous nous connaissons depuis des années. »

– Quand vous êtes revenue, j'ai tout de suite su que vous ne tarderiez pas à recommencer votre manège, mais je n'avais jamais imaginé que vous vous attaqueriez à mon fils.

– Je ne sais pas de quoi vous parlez. Diana ne pouvait plus faire marche arrière. Il ne lui restait plus qu'à jouer l'impudence en espérant que Guy n'avait fait aucune allusion à ses sentiments pour elle ou à son éventuel amour pour lui.

Mais cet espoir fut brutalement réduit à néant par la réponse de Holt. « Je parle de votre petit numéro de séduction de cet après-midi. » Devant le regard effrayé de Diana, un léger sourire déforma sa bouche. « Oui, je suis par hasard passé près de la retenue d'eau en revenant au ranch. Je vous ai vus tous les deux. J'espère que vous n'allez pas essayer de me convaincre que vous vous étiez presque noyée et qu'il vous faisait du bouche-à-bouche. »

Diana se sentit d'abord envahie par la honte, puis par la colère. « Qu'est-ce que vous avez ? Vous êtes jaloux parce que je prends votre fils pour un homme et vous pas ! »

– Ce n'est pas évident. Quand j'ai envie de faire l'amour, je cherche une femme et non une traînée en chaleur.

– Alors, quel est votre problème ? lui lança-t-elle d'un ton sarcastique, tentant de ne pas se laisser ébranler par ses insultes blessantes. « Peut-être êtes-vous bouleversé parce que j'ai dépucelé votre fils ? Vous jouez les pères outragés ? »

– Qu'il ait perdu sa virginité ne me préoccupe pas. Ce serait arrivé un jour ou l'autre. Mais je suis venu ici pour être sûr que la petite catin qui la lui a prise ne l'approchera plus désormais.

Sa fragile maîtrise d'elle-même se brisa soudain et elle le frappa au visage de toutes ses forces. La dernière fois qu'elle avait fait cela, Holt lui avait rendu sa gifle et Diana se prépara à l'éviter.

La réponse de Holt ne se fit pas attendre mais elle fut inattendue. Diana tenta en vain de s'esquiver lorsqu'il l'attrapa par les épaules et l'attira brutalement contre sa poitrine. Elle suffoqua. Une main d'acier lui encercla la taille pendant que l'autre main la saisit par les cheveux et projeta violemment sa tête en arrière.

Les lèvres de Holt s'écrasèrent sur les siennes avant que Diana ne puisse émettre un son. La forte pression de sa bouche était avilissante. Il dévorait ses lèvres comme l'aurait fait un homme prenant son plaisir avec une putain. Ses oreilles bourdonnaient, l'humiliation l'envahissait tout entière. Mais la terrible main de Holt l'empêchait de se soustraire à son baiser violent.

Ses mains tentèrent de repousser sa poitrine, mais l'effort qu'elle fit pour respirer colla davantage ses hanches contre lui et plaqua ses cuisses contre les siennes. Il eut raison de ses forces. Le cœur de Diana battit la chamade.

Il abandonna ses lèvres aussi rapidement qu'il les avait prises. Ses mains s'emparèrent fermement de sa taille pour l'empêcher de s'échapper. Relevant la tête, elle lui lança un regard furieux. Sa rage se reflétait dans les yeux d'acier. Diana passa le dos de sa main sur sa bouche tremblante pour effacer toute trace de ce baiser insultant.

– Qu'y a-t-il ? Un sourire railleur se dessina sur ses lèvres. « Ça ne vous a pas plu ? Vous n'aviez pas envie que je vous embrasse ? »

– Non ! siffla-t-elle. Son dégoût pour lui étincelait dans le bleu de ses yeux.

– Menteuse ! Il garda son expression méprisante. Sa main encerclait son poignet, prête à le briser au moindre geste de révolte. Holt lui mit brusquement sa main devant le visage. « Si vous ne vouliez pas que je vous embrasse, vous n'aviez qu'à vous servir de vos griffes. »

Diana rougit, se souvenant des conseils qu'il lui avait donnés pour repousser un homme. Elle essaya de libérer son poignet et, dans sa lutte, plaqua accidentellement sa hanche contre lui. Ce contact lui révéla son désir et mit fin à son combat.

Se collant contre lui, Diana lui lança d'un ton sarcastique : « Et vous, vous me désiriez, non ? »

Holt la repoussa, comme s'il rejetait avec elle ses allusions. « Je vous préviens : laissez Guy tranquille. Je ne veux pas qu'il fraie avec des femmes de votre espèce. »

– Ce n'est pas à vous de décider, rétorqua-t-elle, déterminée à le défier jusqu'à son dernier souffle.

– Il n'est pas de votre acabit. Et je ne vous permettrai pas de vous amuser avec mon fils. Ne vous approchez pas de lui.

Il pivota sur ses talons, s'éloigna et disparut dans la nuit. Sa gorge se remplit de haine et de honte. Sous le coup de la rage, elle était restée sans voix et lui avait laissé le dernier mot.

CHAPITRE VI

Des cris percèrent les murs de sa chambre. Diana grogna et regarda la pendulette sur sa coiffeuse. Il était presque 6 heures du matin. Elle roula sur le côté, essayant de ne pas entendre les bruits du dehors.

– Mais ils ne savent donc pas qu'on est dimanche ! grommela-t-elle.

Il était minuit lorsque le Commandant et elle étaient rentrés. Des amis de son père avaient donné une fête la nuit dernière en l'honneur de son vingt-cinquième anniversaire. Diana ne voulait pas y aller, n'ayant aucun désir de revoir quelques vieux amis, mais le Commandant avait insisté. Il la trouvait trop solitaire et pensait qu'elle avait besoin de sortir. Quand il la menaça d'aller à cette fête sans elle, Diana céda, craignant qu'il ne se fatigue trop si elle n'était pas là pour le surveiller.

Finalement, ce fut une bonne chose. Cela lui donna une excuse irréfutable pour ne pas aller en ville avec Guy comme il le lui avait demandé. Non pour obéir aux ordres de Holt, mais pour ne pas s'engager trop avant dans ses relations avec Guy, sans toutefois le blesser. Elle marchait sur une corde raide. Elle avait jusqu'ici réussi à l'éviter pendant trois jours mais savait qu'elle le devait à l'habile intervention de Holt, qui avait écrasé Guy de travail du matin au soir, lui laissant peu de temps pour courtiser Diana.

Les voix qui lui parvenaient à travers la fenêtre semblaient affolées et cette agitation était renforcée par la porte d'entrée qui battait sans arrêt. Finalement, la curiosité l'emporta sur son irritation. Elle repoussa les couvertures, brossa ses cheveux ébouriffés qui lui tombaient sur le visage et s'approcha de la fenêtre.

Toute cette agitation semblait venir du côté des écuries et Diana ne pouvait voir jusque-là. Enfin, elle aperçut le Commandant qui se précipitait dans cette direction.

Il se passait quelque chose de grave. Inquiète, elle enfila un peignoir et glissa ses pieds nus dans ses pantoufles. Elle boutonnait encore le dernier bouton de son peignoir lorsqu'elle sortit de la maison en courant presque.

La confusion qui régnait autour des écuries semblait s'être propagée jusqu'à l'enclos. Diana se hâta dans cette direction, de plus en plus nerveuse tandis que son appréhension montait. Un des étalons était-il malade ? Quelqu'un s'était-il blessé ?

A travers les gros poteaux du corral, Diana aperçut le Commandant, Holt et deux autres personnes. La porte étant ouverte, elle se précipita dans l'enclos.

– Que se passe-t-il ? Qu'est-il arrivé ? A peine eut-elle posé ces questions que la réponse lui sauta aux yeux. L'étalon bai gisait mort sur le sol. « Mon Dieu ! Shetan ! » Elle fit instinctivement un pas vers le cheval.

Et elle découvrit aussitôt les plaies béantes de son poitrail déchiqueté et de son cou dont le poil était autrefois si luisant. Autour du corps meurtri, le sol était teinté de sang ; la veine jugulaire était ouverte. Une violente nausée la força à se détourner de ce spectacle. Diana se heurta au Commandant, qui entoura ses épaules d'un bras rassurant. Elle enfouit son visage dans sa poitrine, essayant de chasser de son esprit l'image de l'animal ensanglanté.

Un employé cria : « Le vétérinaire est en route, Holt. » Et Diana, hébétée, se demanda pourquoi. L'étalon était déjà mort.

– C'est incroyable, dit le Commandant, et il laissa échapper un soupir. « Dans quel état est Fath ? »

Ce nom résonna dans l'esprit embrumé de Diana. Fath était ce fameux étalon dont le Commandant avait fait l'acquisition quelques années plus tôt dans l'espoir qu'il remplacerait le cheval bai vieillissant.

– C'est difficile à dire, répondit Holt. « Il a perdu beaucoup de sang. »

– Comment diable est-ce arrivé ? pensa le Commandant à haute voix.

Diana releva la tête, réalisant soudain que les deux étalons s'étaient entre-tués. Elle avait entendu parler de combats entre étalons, mais n'avait jamais été témoin d'un tel massacre.

– Je vous jure que j'ai fermé les portes du corral la nuit dernière. Guy était blanc comme un linge et essayait de nier toute culpabilité.

– Je n'ai jamais prétendu le contraire, répondit le Commandant.

– Les deux portes étaient parfaitement fermées ce matin, déclara Holt.

Diana parcourut des yeux le corral, évitant l'endroit où gisait le cadavre. Les sabots avaient retourné la terre à l'endroit du combat. Une partie de la barrière supérieure du corral avait volé en éclats et pendait dans le vide.

– Dieu, que j'suis bête, dit Rube, se joignant à eux. « Ce sacré animal a tourné tout autour de son enclos jusqu'à ce qu'il trouve un point déficient dans la barrière. Il y a des traces de sabots sur les planches là où il a rué pour essayer de les briser. Quand il a trouvé le bon endroit, il l'a bourré de coups jusqu'à ce que la barrière cède, puis est venu ici faire la même chose pour entrer dans l'enclos de l'étalon bai. J'suis sûr que c'est comme ça que les choses se sont passées. »

– Le défaut de ton raisonnement, Rube, dit Holt sèchement, c'est qu'il n'explique pas pourquoi Fath est retourné dans son enclos après avoir tué Shetan. Je ne vois pas comment il aurait pu sauter par-dessus la barrière du corral avec une jambe estropiée.

– C'est un mystère. Rube secoua la tête et cracha le jus de sa chique.

– Personne n'a entendu le bruit du combat ? interrogea Diana. « Personne n'a pu s'interposer ? »

– C'est arrivé la nuit dernière, dit Holt en guise d'explication. « Sûrement un peu avant minuit, et à cette heure-là personne n'était encore rentré au ranch. »

Le Commandant fronça les sourcils. « Il me semble avoir compris que Guy était resté au ranch la nuit dernière pour surveiller ce qui se passait pendant que les autres étaient en ville. »

Holt ne répondit pas, mais jeta un regard incisif à Guy qui se dandina. « J'avais bu, monsieur », bredouilla-t-il. « Je pense que je me suis endormi vers 9 ou 10 heures. Je suis désolé, monsieur. »

– Tu me déçois, Guy.

Diana ressentit la force de ces quelques mots de réprimande de la part du Commandant et combien ils étaient lourds de sens. Elle se sentait aussi coupable de ce qui était arrivé. Elle supposa que Guy avait bu à cause d'elle parce qu'elle avait refusé de sortir avec lui la nuit dernière.

– Ce qui est fait est fait, déclara Holt. « Où avais-tu mis la jument ? »

Le visage blême, Guy le regarda. « Quelle jument ? »

– Cassie, la jument de quatre ans, qui devait être couverte par Shetan pour son premier poulinage, répondit-il, énervé.

– Elle n'était pas là quand je les ai trouvés. J'avais même oublié qu'elle était supposée y être. Je ne l'ai même pas cherchée, avoua Guy d'un air battu.

D'un pas souple, Holt se dirigea vers la partie de la barrière qui était cassée. Le regard de Diana le suivit et se perdit dans les pâturages désertés qui s'étendaient au loin. Elle n'aperçut que les robes rouille des vaches qui paissaient. La jument du Commandant n'était pas là.

– Venez voir ça, cria Holt par-dessus son épaule.

Diana, son père, Guy et Rube s'approchèrent. Holt tenait dans sa main quelques fils blancs. « Je les ai trouvés accrochés à la barrière », dit-il.

– Du crin, affirma Rube. « Sûrement laissé par l'étalon quand il a sauté la barrière. »

– Oui, mais il est blanc, releva Holt. « Or un des étalons était bai, ainsi que la jument. Quant à l'autre, il était alezan. Donc d'où viennent ces crins blancs ? »

– L'alezan a des taches blanches, souligna le Commandant.

– Ou peut-être qu'un des chevaux blancs est venu se frotter la tête contre la barrière, suggéra Rube.

– Oui, acquiesça Holt, peu convaincu. « Guy, va regarder les traces de l'autre côté de la barrière. Vois si tu repères celles de la jument. Elle était ferrée. »

Guy passa sous la barrière, anxieux de réparer sa faute de la nuit dernière. Holt n'attendit même pas le résultat de ses recherches. Bien au contraire, il se dirigea vers l'étalon mort et s'accroupit à côté du corps déchiqueté avec un flegme qui exaspéra Diana. Elle détourna les yeux tandis qu'il examinait calmement le corps déjà raide.

Quelques minutes plus tard, Holt se releva et revint vers les autres. Il eut une expression lugubre quand il croisa le regard du Commandant. « D'autres poils blancs. »

– Où ?

– Il y en avait plusieurs collés sur les pattes antérieures de l'étalon et sur ses naseaux.

– Que cherchez-vous ? s'inquiéta Rube. « Vous ne voulez pas dire que... »

A ce moment-là, Guy revint en courant vers le corral. « J'ai trouvé les traces de la jument ! » cria-t-il, légèrement essoufflé. Lorsqu'il atteignit la barrière, une lueur de triomphe brillait dans ses yeux. « Elle s'est dirigée droit vers les montagnes, mais il y avait d'autres traces à côté des siennes. J'ai bien l'impression qu'on l'a entraînée. »

– Oh, allons, Holt, vous ne pensez pas que je pense comme vous ? déclara Rube.

– Vous ne croyez pas qu'elle a été volée ? Diana regarda Holt.

Il ignora sa question pour demander à Guy : « Les autres traces étaient-elles celles d'un cheval ferré ? »

– Non, mais elles révélaient une curieuse foulée.

– Pour répondre à votre question, dit Holt en se tournant vers Diana, je pense effectivement que la jument a été volée mais pas par un homme à cheval.

– Vous voulez dire qu'un cheval sauvage est venu chercher la jument ? (Rube remua la tête). Et vous pensez même que ce cheval sauvage aurait aussi attaqué nos deux étalons ? D'abord, y a pas un foutu cheval sauvage qui serait capable de faire autant de dégâts que vous le prétendez. Ensuite, y a pas un seul cheval sauvage blanc dans la région. Vous et moi, on a sillonné le coin y a quelques jours pour chercher cette sacrée jument. On n'a pas vu de cheval blanc et si y en avait eu un, il nous aurait sauté aux yeux, ce sac d'os.

– L'étalon aurait pu être un cheval échappé d'un ranch et redevenu sauvage, ce qui expliquerait sa force. Il n'était pas forcément blanc. Il aurait pu être simplement tacheté de blanc, poursuivit Holt.

– Mais si c'était un cheval sauvage, pourquoi serait-il venu ici ? Diana fronça les sourcils. « Les chevaux sauvages ne se sont jamais mêlés à nos juments. »

– Nous ne devons tout de même éliminer cette hypothèse, lui répondit le Commandant. « Ce cheval était peut-être ou trop jeune ou trop vieux pour trouver une jument dans quelque harde. Les faits semblent donner raison à Holt. »

– Ce qui expliquerait aussi la disparition de l'autre jument, ajouta Holt.

– Nous allons contacter le Bureau, décida le Commandant.

– Pourquoi les mettre dans le coup ? demanda Holt avec un sourire de défi. « Nous ne sommes pas certains qu'un cheval sauvage ait quelque chose à voir avec la disparition de nos juments. Il n'y a pas de raison que le Gouvernement recherche nos animaux égarés. »

Le Commandant avait toujours agi selon les règles et Diana fut surprise qu'il ne rejette pas l'idée de Holt, qui allait à l'encontre de l'ordre établi. Elle fut encore plus étonnée de percevoir dans les yeux de son père un assentiment voilé mais cependant évident, comme s'il admirait Holt de détourner des règles que lui-même n'avait jamais enfreintes.

– Ce serait dépenser inutilement l'argent des contribuables, puisque nous sommes responsables de nos juments, approuva-t-il.

Le sourire de satisfaction de Holt s'accrut. « Qu'en pensez-vous, Commandant ? Vous sentez-vous suffisamment en forme pour vous occuper du ranch pendant deux jours ? Floyd Hunt peut très bien vous seconder. Je peux lui déléguer mes pouvoirs pendant que Guy, Rube et moi partirons à la recherche des juments. »

– Floyd est très capable. Je pense qu'à nous deux nous pourrons nous occuper du ranch jusqu'à votre retour. J'aurais simplement aimé avoir la santé pour vous accompagner.

Diana sentit battre son cœur plus vite. Derrière cette conversation à propos de la recherche des bêtes égarées, se cachait en vérité un désir de chasse au cheval sauvage. Cela excitait son imagination. Cette poursuite serait la chose la plus aventureuse qu'elle ait jamais connue.

– Je vous accompagne, déclara-t-elle.

Holt se retourna vers elle et plissa ses yeux gris. « Ce ne sera pas une partie de plaisir. »

– Je le sais. Cela exigera d'épuisantes chevauchées sur des chemins difficiles. Je peux le faire sans me plaindre. Demandez au Commandant. Diana se moquait bien de savoir si Holt voulait d'elle ou non. Elle, elle voulait y aller. « De plus, je pourrai faire la cuisine. »

– C'est une raison suffisante pour l'emmener, dit Guy.

Mais il avait ses raisons personnelles de vouloir qu'elle les accompagne. Il voyait là une occasion rêvée de passer beaucoup de temps en sa compagnie, et cette idée n'avait pas effleuré Diana. Mais le désir de Guy ne pouvait que pousser Holt à tout faire pour qu'elle ne vienne pas. Il aurait pu réussir si elle n'avait pas trouvé un appui de poids.

– Commandant ! Diana se tourna vers son père. « Je veux y aller. »

Depuis son retour, c'était la première fois que le Commandant la voyait si excitée. Son visage s'enflammait, comme du temps où elle était jeune fille. Son hésitation se transforma en un assentiment.

Holt le vit en même temps que Diana. « Nous dormirons à la belle étoile, Commandant », lui rappela-t-il. « Trois hommes et une femme... »

– Je suis une adulte majeure et divorcée. Je ne suis pas arrêtée par les convenances. Ces raisons étaient déjà valables plusieurs années auparavant, et, cette fois-ci, elle était déterminée à ce qu'on ne les réfute pas.

Le Commandant l'approuva.

Il ne restait plus à Holt qu'à trouver une autre raison ou à accepter la décision du Commandant. Il se résigna et ses traits se durcirent.

– Si vous le dites, Commandant. Son regard n'avait rien d'amical lorsqu'il la dévisagea. « Nous partons dans moins d'une heure, aussitôt que les chevaux seront sellés et nos affaires prêtes. »

– Je serai prête, lui assura Diana avec une suffisance feinte. Le regard de Holt glissant sur elle lui rappela qu'elle était encore en chemise de nuit. « Excusez-moi. » Diana se précipita vers la maison.

Une heure plus tard, ils quittèrent le ranch ; Rube conduisait le cheval chargé de bagages. Par la force des choses, ils allaient au pas en suivant les traces des chevaux. Le soleil était au zénith lorsqu'ils atteignirent le pied des collines. Ils s'arrêtèrent souvent pour laisser reposer les chevaux fatigués par le soleil et la pente. Ils déjeunèrent de sandwiches que Sophie avait préparés et empaquetés pour eux.

Dans l'après-midi, la piste se perdit dans un chemin difficile et rocailleux. Holt ordonna à Guy et à Rube de prendre des chemins différents pour se retrouver ensuite, Diana restant avec lui.

Quand ils furent seuls, Diana lui lança d'un ton sarcastique : « N'êtes-vous pas un peu protecteur, Holt ? »

– Je le suis. Il la regarda calmement. « Guy pense qu'il est amoureux de vous. Pouvez-vous en dire autant ? »

Elle évita soigneusement son regard. « Ça ne vous regarde pas. »

– Je pense que c'est une réponse à ma question.

– Vraiment ? le défia Diana.

– Vous n'avez rien à faire de lui. Vous vous servez de lui comme vous le faisiez quand il était enfant et vous lui accordez une miette d'attention quand ça vous amuse. Vous le troublez et vous le blessez, mais désormais je ne vous laisserai plus le détruire.

Diana ne répliqua rien au sujet de sa conduite d'autrefois. « J'éprouve quelque chose pour Guy », dit-elle.

Son regard se fit moqueur à cette affirmation. « Vous n'allez pas continuer à charmer Guy pendant cette expédition. Otez-vous tout de suite cette idée de la tête. »

– Je suis là pour chercher une jument égarée. Ne pensez-vous pas qu'il serait temps de vous arrêter de parler et de commencer à rechercher sa piste ? demanda-t-elle d'un ton supérieur.

Leurs yeux reflétèrent leur détermination, mais un cri de Rube mit brusquement fin à ce duel. Rube avait retrouvé l'endroit où les deux chevaux avaient traversé une rivière à sec. Ils répondirent à son cri et le suivirent.

En fin d'après-midi, Diana commença à sentir la fatigue due à ces longues heures à cheval. Elle avait des crampes et le frottement constant de la selle avait endolori ses cuisses. Elle fut la dernière à mettre pied à terre lorsqu'ils s'arrêtèrent pour se reposer dix minutes. Guy l'aida à descendre.

– Merci. Elle sourit d'un air las et s'étira pour détendre son dos. « Je ne suis pas aussi en forme que je le pensais. »

– Tu veux un massage ? plaisanta-t-il.

– Ne me tente pas, dit-elle avec une grimace forcée, et son regard glissa prudemment vers Holt.

Guy suivit son regard et son expression se durcit. « Je suppose qu'il t'a dit quelque chose. »

– A quel sujet ? demanda-t-elle innocemment et elle attrapa une gourde.

– A propos de nous.

Comment pouvait-elle dire à Guy qu'il n'y avait pas de « nous » ? « Il t'a dit qu'il m'avait parlé ? »

– Non. Je lui ai demandé de rester en dehors de tout cela lui disant que c'était une affaire entre toi et moi, qui ne le concernait en rien.

– Je parie qu'il n'a pas apprécié. Diana porta la gourde à sa bouche. Elle réalisa qu'elle avait employé les mêmes termes quelques heures plus tôt.

Quand elle eut bu une gorgée d'eau tiède, elle reboucha la gourde et enroula la lanière autour du pommeau. Le cheval se déplaça, les cachant aux yeux de Holt. Guy profita de ce moment pour l'enlacer, l'attirant vers lui ; ses yeux brillaient de désir rentré.

– Diana, il me semble que ça fait si longtemps que je ne t'ai pas tenue dans mes bras.

– Guy, ne fais pas cela. Elle fixa sa chemise ouverte.

– Je voulais tant te voir la nuit dernière, lui glissa-t-il à l'oreille.

– Je me suis expliquée, lui rappela-t-elle.

– Je sais que tu devais aller à cette fête avec ton père mais j'aurais tant voulu te voir, te parler, te serrer dans mes bras. Et Holt m'a tant accablé de travail que je n'ai pas eu une minute. Hier j'aurais pu passer une soirée entière avec toi, et tu es allée à cette soirée. C'était mon dernier espoir.

– Je ne pouvais rien y faire.

– Je sais, mais la nuit dernière j'ai pensé à toi. J'ai pensé à toi tout le temps, mais hier soir c'était pire parce que j'étais seul pendant que tu t'amusais avec des amis. J'ai pris une bière, puis une autre, et encore une autre. Et j'ai vite commencé à me demander si tu...

– Guy, arrête. La jalousie qu'elle sentait dans sa voix l'étouffait.

– Je sais, soupira-t-il. « Tu ne veux pas t'engager sérieusement. Mais je ne peux rien contre mes sentiments. Je t'aime depuis si longtemps, Diana. C'est un soulagement pour moi de ne plus avoir à le cacher. Si tu disais juste un mot, je pourrais crier mon amour depuis la plus haute montagne. Quand je suis avec toi, je suis l'homme le plus heureux du monde. »

– Ne dis pas des choses pareilles.

– Je sais. Je sais. Ses mains lui caressaient la taille. « Nous sommes ensemble maintenant et c'est ce qui est important, Diana » – sa voix se fit pressante – « quand nous camperons cette nuit, mettras-tu ton duvet à côté du mien ? Je sais que nous ne pourrons rien faire avec Holt et Rube, mais te sentir allongée à côté de moi veut dire beaucoup pour moi. Je... »

D'une voix étranglée, elle repoussa sa proposition. « Non, je ne peux pas faire cela. » Diana, nouée de désespoir, se dégagea de son étreinte.

– Pourquoi ?

– Ce ne serait pas raisonnable.

Guy resta silencieux un instant, puis lança d'une voix nerveuse et amère : « Pourquoi ? Je ne suis pas assez bien pour toi, c'est ça ? Tu es la fille du Commandant et je ne suis qu'un pauvre type qui travaille pour ton père. »

Diana se retourna et lui fit face. « Ces accusations ne viennent pas de toi mais de Holt ! C'est ce qu'il t'a dit et tu l'as cru. Et c'est pour ça que tu t'es saoulé la nuit dernière. »

– Non, je ne l'ai pas cru, protesta-t-il en évitant son regard incisif.

– Mais il a jeté le doute dans ton esprit. Il t'a fait croire que...

– Oublie ce que je t'ai dit, coupa-t-il. « Ce n'est pas ce que je voulais dire. »

Diana réalisa trop tard qu'elle aurait dû se taire. Mais quand son intuition lui avait dicté que Holt était l'auteur de ces blessantes accusations, elle n'avait pu s'empêcher de réagir. Et cette attitude avait laissé croire à Guy qu'elle était vraiment amoureuse de lui. « Bon Dieu ! » pensa-t-elle intérieurement. Penser à Holt la remplissait aussitôt de colère. Elle réagissait immédiatement, sans réfléchir.

– C'est bon, Guy. On oublie tout, lui dit-elle avec un sourire crispé.

– Diana, je...

– Guy, la couverture, sous ta selle, a glissé. Holt interrompit leur conversation. « Tu ferais mieux de la remettre en place si tu ne veux pas blesser ton cheval. »

Guy hésita une fraction de seconde. « Je vais m'en occuper », approuva-t-il, et il s'éloigna pour le faire.

Comme il les quittait, Diana croisa le regard métallique de Holt. Ses yeux lui firent comprendre qu'il savait qu'elle était restée seule avec Guy. Sa bouche cruelle montrait sa détermination. La joue de Diana tressauta de défi, mais Holt nullement impressionné s'éloigna vers son cheval.

Dix minutes plus tard, Diana hissa en selle son corps meurtri. Les autres étaient déjà à cheval pour reprendre les recherches. Trois kilomètres plus loin, ils franchirent le sommet de la montagne et découvrirent la vallée qui s'étendait à leurs pieds. Holt arrêta son cheval sur la crête et prit ses jumelles dans les bagages accrochés derrière sa selle.

Il scruta lentement toute la vallée de ses jumelles. Diana écarquilla les yeux, mais ne vit rien. Après un demi-cercle, Holt fit le point sur l'endroit qui avait attiré son attention.

– Vous voyez quelque chose ? demanda Rube.

Holt baissa ses jumelles, mais son regard resta fixé sur cet endroit. Il les passa à Rube, et lui dit : « Regarde juste en bas là où il y a un trou dans la montagne. »

– C'est l'étalon ? demanda Diana, qui ne pouvait voir à une telle distance sans jumelles.

Plusieurs minutes s'écoulèrent avant la réponse de Rube et son cœur battait d'inquiétude. « C'est sans doute lui », dit-il enfin. « Un sacré étalon blanc. J'y aurais pas cru si je l'avais pas vu de mes propres yeux. Vous aviez raison, Holt. Il est costaud pour un cheval sauvage. Malin en plus. Il me regarde droit dans les yeux. »

– Nous avions le vent dans le dos. Il a dû nous sentir, dit Holt.

– Vous voyez les juments ? demanda Guy. « Elles sont avec lui ? »

Rube fouilla de ses jumelles les alentours. « Peut-être qu'elles broutent à côté. J'peux pas dire. Oh, oh, il bouge. Il a dû sentir notre odeur. Regardez ça ! Regardez ça ! » Tout excité, il passa les jumelles à Holt. Il attendit impatiemment que Holt fasse le point sur cet endroit puis demanda : « Vous le voyez ? »

Diana vit Holt se rembrunir soudain. « Qu'y a-t-il ? »

– C'est un sacré étalon !

– Il semble toujours au pas, expliqua Holt, une pointe d'étonnement dans la voix.

– Vous l'avez vu. Bon Dieu ! Rube se tapa les cuisses de satisfaction. « J'en croyais pas mes yeux. Whaoh ! » Diana n'avait jamais vu le vieux cow-boy si excité. « C'est-y pas quelque chose ! Attendez que les autres apprennent ça ! Ça va leur en boucher un coin. »

– Il est parti. Holt baissa les jumelles et les replaça dans leur étui. « Il y avait trois juments. Deux étaient les nôtres. Il les a emmenées de l'autre côté du canyon. » Il reprit les rênes et lança un regard en coin à Guy. « J'imagine que cela explique pourquoi ses traces nous semblaient si spéciales quand nous le suivions. »

– L'étalon allait au pas ? demanda Guy à Holt.

– Oui.

– Mais comment ? Pourquoi ? D'où venait-il ?

– C'est simple, déclara Rube. « Vous n'avez jamais entendu parler de l'Etalon Blanc Qui Va Toujours Au Pas ? »

– Non. Guy, étonné, regarda le vieux cow-boy. « Ce matin, avant de partir, vous juriez qu'il n'y avait pas un seul étalon blanc dans la région. Et maintenant vous prétendez avoir entendu parler de lui », se moqua-t-il.

– Je parle pas de celui-là. (Rube fut prompt à répondre.) Non, je parle du plus extraordinaire étalon sauvage qui ait jamais vécu. C'était dans les années mil huit cent. Il était blanc comme neige, sauf ses oreilles qui étaient noir d'ébène. Les histoires racontent que sa crinière avait soixante centimètres de long et que sa queue allait jusqu'à terre. Il allait toujours au pas, pouvait garder cette allure pendant des jours mais distançait le cheval le plus rapide. Ce cheval-ci tient beaucoup de lui.

– Ça m'a tout l'air d'une légende.

– C'est pas une légende, se hérissa Rube. « En tout cas, je ne l'ai pas inventée. Des tas de gens célèbres l'ont vu. Pourquoi, même le type qui a écrit ce livre sur une baleine parle de l'Etalon Blanc dans son bouquin. C'est pas parce que vous avez jamais entendu parler de lui qu'il a jamais existé. »

– D'accord, Rube, je vous crois, concéda Guy.

CHAPITRE VII

Après avoir galopé à travers la vallée, ils durent se remettre au pas pour suivre les traces de l'étalon et des juments. Ils n'arrivèrent pas à les approcher à nouveau au point de les apercevoir, puis la nuit tomba et ils durent s'arrêter.

Lorsqu'ils mirent pied à terre, Guy dit : « Je vais chercher du bois. »

– Rube peut le faire. Holt se dirigea vers le cheval qui portait les paquets. « Tu desselles les chevaux et tu les brosses. » Puis il regarda Diana. « Vous pouvez faire à manger ? »

– Je vous l'ai déjà dit.

– Je sais que vous me l'avez dit, lui rétorqua-t-il sèchement, mais je croyais que vous l'aviez dit uniquement pour venir.

Il prit les paquets sur le cheval et les posa par terre. « Les provisions sont là-dedans. Vous pouvez vous y mettre. »

Refoulant sa colère, Diana commença à déballer les provisions et les ustensiles dont elle avait besoin. Rube avait ramassé assez de bois pour allumer un feu. Lorsque le feu eut pris, il retourna chercher du bois en prévision de la soirée qui s'annonçait fraîche. Diana ouvrit une boîte de bœuf en conserve et la mit à chauffer sur le feu. Elle préparait des galettes quand Guy et Holt revinrent avec les selles, après avoir attaché les chevaux pour la nuit.

– L'étalon marchait vraiment au pas ? demanda Guy, toujours sceptique.

– Oui. Holt commença à sortir les duvets.

– J'aurais aimé le voir, fit remarquer Diana.

– Si on a de la chance, vous le verrez demain, répondit Holt d'un air absent. Le dîner sera prêt dans combien de temps ?

– Dans quelques minutes.

– Ça sent bon, lui dit Guy pour l'encourager.

Etant donné les conditions précaires qu'elle avait eues pour le préparer, Diana pensa que le repas était délicieux. Le récipient, qui était complètement vide lorsqu'elle l'avait nettoyé, semblait confirmer son opinion, bien que seul Guy ait manifesté son contentement.

– Je suis gavé, déclara Guy en se penchant en arrière et en tapotant son estomac. C'était parfait, Diana. Je t'avais bien dit que c'était une bonne idée de l'emmener pour faire la cuisine. Il lança ce défi à Holt. « Tu voulais qu'elle reste au ranch et nous faire manger ta cuisine. Tu n'es pas un mauvais cuisinier, mais tu ne fais sûrement pas les galettes aussi bien qu'elle. »

Le silence de Holt se faisant trop lourd, Diana le brisa. « Merci, Guy. Les compliments font toujours plaisir. »

– Tu sais ce qu'on dit. Son regard souriant était d'une grande intensité. « Le chemin qui mène au cœur d'un homme passe par son estomac. Tu as pris une place dans le mien », dit Guy. Le tremblement de sa voix ajoutait au sens de ses paroles.

Holt se tassa et serra les dents quand il surprit le regard de Guy. « Il reste du café ? » demanda-t-il en tendant son gobelet.

– Sûrement encore un peu. S'enroulant la main d'un mouchoir pour se protéger de la chaleur, Diana attrapa le pot gris près du feu et remplit son gobelet.

– Vous pourriez peut-être vider le reste dans ma timbale, déclara Rube.

Il était assis de l'autre côté du feu, face à Diana. Elle se leva, raide comme un piquet, et contourna le feu pour verser les dernières gouttes de café dans sa tasse. Guy observait comme elle se déplaçait lentement.

– Encore courbatue ? Il lui sourit gentiment.

– Ça se remet doucement. Mais je ne me plains pas. Cette dernière phrase s'adressait à Holt.

– Viens t'asseoir à côté de moi. Je te masserai les épaules, proposa Guy.

– Cette invitation est beaucoup trop tentante pour que je la refuse. Elle ignora le regard noir de Holt et s'assit en tailleur dos à Guy offrant ses épaules à ses soins.

Ses mains se posèrent fermement sur ses épaules et commencèrent à masser doucement les muscles noués. Elle émit un soupir de douleur mêlée de plaisir. Elle baissa la tête, ferma les yeux et ses cheveux noirs tombèrent devant elle. Ses doigts avaient un effet magique sur ses muscles endoloris. Cela lui prouva à nouveau combien Guy était doux et attentionné.

– Mmmm, tu feras un jour un excellent mari. Et elle regretta immédiatement cette remarque et les conclusions que Guy risquait d'en tirer. « J'ai les jambes encore plus mal en point que le dos. »

– Je vais te les masser, murmura-t-il.

Holt bougea à côté d'eux et ajouta une branche morte dans le feu. « On va avoir besoin de bois, Guy », dit-il d'un ton acerbe.

– Pourquoi vous lui demandez ? dit Rube. Il sait pas où j'ai trouvé cet arbre mort. Il va errer la moitié de la nuit pour le trouver. C'est plus simple pour moi que j'y aille plutôt que de lui dire où c'est. Je croyais que vous étiez assez malin pour comprendre ça tout seul, Holt. Bon Dieu, je me demande bien pourquoi vous y avez pas pensé. Vous, restez assis là, Guy. Rube déplia sa vieille carcasse et se leva. « Je vais chercher le bois. »

Cette situation mit Diana mal à l'aise. « Où allez-vous, Rube ? »

– Par là. Il fit un signe vers la droite. « Pourquoi ? »

– Je n'ai aucune envie de bouger – elle se redressa sur ses genoux hors de portée de Guy – mais je dois satisfaire un besoin naturel. Je ne voudrais pas tomber sur vous dans le noir.

– Si vous tombez sur quelque chose dans le coin, ce ne sera pas sur moi, affirma-t-il.

Diana se leva et lança à la cantonade : « Je ne serai pas longue. » Puis elle s'enfonça dans la nuit à l'opposé du chemin qu'avait pris Rube. Guy soupçonna peut-être qu'elle avait une autre raison plus urgente de s'éloigner mais n'en laissa rien paraître.

Les nuits dans le désert étaient toujours fraîches. A cette altitude, la température était encore plus basse. Diana ne s'attarda pas dans l'obscurité glaciale et regagna rapidement le campement. Lorsqu'elle s'approcha du feu, elle entendit clairement la voix de Guy.

– Pourquoi ne te contentes-tu pas de te taire, Holt ? Je suis assez grand pour savoir ce que j'ai à faire. De plus, tu ne connais pas Diana comme moi je la connais.

Elle n'entendit pas la réponse de Holt, mais elle perçut son ton méprisant et se raidit : elle connaissait son opinion sur elle.

Aux paroles de Holt, Guy se leva brusquement. « C'est un mensonge. »

Holt se redressa à son tour et croisa le regard plein de défi de son fils. « Tu veux croire que c'est un mensonge. Deviens un homme et ouvre les yeux. »

Diana sentit à son expression qu'il ne se sentait pas en danger. Le feu crépitait et éclairait son dur profil, les ombres jouant sur ses pommettes lui creusaient les joues et aiguisaient sa mâchoire. Son fils n'était pas de taille à l'impressionner. Sa cruauté s'effaça de ses yeux gris.

– Retire ce que tu as dit, lui lança Guy comme un enfant blessé. « Retire ce que tu as dit sur elle ou... » Ses poings serrés exprimaient les menaces qu'il n'avait pas prononcées.

– Elle ne vaut pas la peine qu'on se batte pour elle, Guy, répondit Holt et il se détourna de lui.

Guy attrapa son bras et le força à le regarder. « J'ai dit : retire ce que tu as dit ! »

Pour toute réponse, Holt lui lança un regard glacial. Un frisson parcourut Diana et cela n'avait rien à voir avec la fraîcheur de la nuit. Guy se sentait embarrassé par le silence de Holt mais il était désormais un homme et se sentait obligé d'aller jusqu'au bout, de forcer son père à le considérer comme un homme avec qui il faut compter et non plus comme un gamin qu'on ignore.

Holt esquiva le crochet droit de Guy, qui effleura son épaule. Il recula, mais Diana savait que ce n'était pas par lâcheté.

– Je ne me battrai pas avec toi, Guy.

– Retire ce que tu as dit !

Guy ne pensait qu'à son désir de venger l'honneur de Diana, il n'avait même pas remarqué sa présence à quelques pas d'eux.

Devant le silence de Holt, Guy se précipita sur lui comme un jeune taureau. Diana se sentait paralysée, incapable de bouger ou de crier. Holt se défendit facilement, battant sans cesse en retraite devant les attaques de Guy. Il semblait presque insensible aux coups que lui portait son fils. Diana s'aperçut rapidement, même si elle n'avait pas d'expérience en la matière, que Holt n'en était pas à sa première bagarre. Elle entendait Guy râler dans ses vains efforts. Un crochet bien placé réussit enfin à frapper Holt à la mâchoire et l'envoya au sol.

– Relève-toi ! lui lança Guy d'un ton sarcastique, tout en haletant. « Relève-toi et bats-toi ! »

Holt leva les sourcils et secoua la tête pour se remettre du choc. Il bougea la mâchoire et regarda Guy. « Je t'ai dit que je ne me battrai pas », répéta-t-il calmement et il se remit sur ses pieds.

Guy l'attaqua aussitôt, et son avant-goût du succès le rendit encore plus violent. Par deux fois, Holt ne put arrêter les crochets de Guy, qui l'atteignirent au visage. Diana, les yeux écarquillés, vit Holt brandir le poing ; le coup plus instinctif que prémédité envoya Guy au sol.

Diana retrouva la maîtrise de ses jambes et se précipita vers le corps qui gisait sur le sol.

– Guy ! Elle se sentait coupable de ne pas avoir essayé d'arrêter la bagarre avant qu'il ne soit blessé.

Holt vacilla à ses pieds, l'empêchant d'atteindre Guy. Du sang coulait de sa bouche, venant d'une coupure interne. Il avait été plus atteint par les coups désespérés de son fils que Diana ne l'avait cru. Ses yeux s'étaient assombris, ils avaient la couleur d'un nuage orageux menaçant.

– Ne vous approchez pas de mon fils. Sa voix avait un timbre rauque. « Vous n'en avez pas fait assez comme ça ? Vous avez fini par obtenir ce que vous avez toujours souhaité... une rupture totale entre Guy et moi. Laissez-le tranquille. »

Il bougea la tête pour lui signifier sa désapprobation, mais elle n'essaya pas de s'approcher de Guy. Holt se détourna et se mit à genoux à côté du corps inerte puis le roula pour le mettre sur le dos. Le feu donnait aux cheveux bruns ébouriffés des reflets dorés, lorsqu'il se pencha sur le corps immobile de son fils.

Diana sentit son estomac se contracter douloureusement quand elle vit le visage tuméfié et ensanglanté ; cet état inconscient lui donnait l'air si jeune et si vulnérable. Et tout cela était arrivé parce qu'il avait défendu son honneur. Diana se sentait mal : était-elle indigne de cet acte, comme Holt l'avait déclaré ?

– Il est blessé.

– Je vais m'occuper de lui, coupa Holt.

Elle ne pouvait rien faire, alors que Guy gisait là par sa faute. « Je... je vais chercher de l'eau. » Elle se dirigea vers la gourde la plus proche.

Comme Diana revenait avec la gourde, des pas traînants annoncèrent le retour de Rube. Il arriva au camp, les bras chargés de bois. Voyant Holt penché sur Guy, il s'arrêta, s'inclina vers le corps et le regarda, stupéfait.

– Qu'est-ce qu'est arrivé ? J'ai entendu un grand remue-ménage, mais j'imaginais pas que... Il est blessé ? Rube déposa les branches sur la pile de bois qui s'amenuisait et revint précipitamment vers eux.

Holt prit la gourde des mains de Diana et humecta son mouchoir. « Il est tombé. » Son regard ordonna à Diana de ne pas le contredire.

– Vous dites qu'il est tombé, répéta Rube et il regarda par-dessus l'épaule de Holt. « J'ai jamais vu quelqu'un tomber et se blesser comme ça. J'ai plutôt l'impression que quelqu'un l'a frappé. Ouais, on l'a complètement démoli. »

– Rube, personne ne t'a jamais dit que tu parlais trop ?

grommela Holt brutalement. « Je t'ai dit qu'il était tombé. Alors, maintenant, ça suffit. »

– D'accord, d'accord, il est tombé. Personne me dit jamais rien. Tout le temps à garder des secrets. Ce vieux Rube, il a pas besoin de savoir. Mais j'suis pas aveugle. J'ai des yeux. Holt lui lança un nouveau regard silencieux. « Mais si vous dites qu'il est tombé, il est tombé. Qui j'suis pour dire que vous êtes un menteur ? » Il s'éloigna en marmonnant tout seul.

Guy émit un grognement et bougea légèrement la tête, comme s'il cherchait à reprendre connaissance. Il ouvrit les yeux, mais plusieurs secondes s'écoulèrent avant qu'ils ne perdent leur regard vitreux. Lorsqu'ils s'arrêtèrent sur Holt, ils brillèrent d'une lueur agressive. Guy voulut se lever mais Holt le repoussa.

– Du calme. Tu as fait une mauvaise chute. Il appuya sur le dernier mot et jeta un coup d'œil sarcastique à Diana et à Rube.

Le regard de Diana incita Guy à retenir sa colère. « Ça va bien », murmura-t-il impatienté et il prit le mouchoir que lui tendait Holt et tressaillit lorsqu'il l'appuya sur sa lèvre fendue.

Holt se redressa et s'éloigna, sachant que Guy refuserait tout geste de sa part. Guy s'assit doucement, encore un peu sonné. Diana se sentit poussée vers lui par un élan maternel mais le refoula aussitôt. Elle ne voulait pas qu'il se trompe sur ce geste, pas plus qu'elle ne voulait qu'il sache qu'elle avait assisté à sa défaite.

Elle ne fit pas un mouvement vers lui, mais demanda : « Tu es sûr que tout va bien ? »

Son regard triste et amer effleura Holt et revint sur le mouchoir. « Ouais, ça va. »

Ils s'étaient battus pour elle et l'abîme qui s'était creusé entre les deux hommes n'était pas près d'être comblé. Elle n'avait pas souhaité cela. Autrefois, elle aurait pu le désirer, mais elle était alors une enfant avec ses antipathies malveillantes.

– Nous allons avoir une rude journée demain, lança Holt à la cantonade. « Il est temps d'aller dormir. » Il avait dit cela uniquement pour clore la conversation entre Diana et Guy et tous trois le savaient.

– Diana. La voix de Guy se fit soudain plus pressante.

Elle secoua la tête. Elle ne voulait pas entamer une conversation avec lui, alors qu'il était si nerveux.

– Tu devrais te reposer.

Elle ne lui laissa pas une chance de protester et gagna son duvet, en prenant soin de laisser Holt entre eux deux. Allongée dans son duvet, elle regarda Guy qui s'avançait avec Rube, tandis que Holt les suivait.

Les étoiles brillaient dans le ciel. Elle les regarda longtemps, en écoutant le silence. Son regard se posa sur la silhouette immobile de Holt. Il ne dormait pas, bien que ses yeux fussent clos. Elle le détestait toujours, mais les événements l'avaient un peu calmée. Elle ferma les yeux.

Une main toucha son épaule. Diana se réveilla doucement et vit Holt penché au-dessus d'elle. Devant ses yeux affolés, la bouche de Holt se tordit de sarcasme. La pâle lueur de l'aube éclairait la marque du coup qu'il avait reçu à la mâchoire.

– Préparez le petit déjeuner, ordonna-t-il. Nous quittons le camp dans une heure.

Diana sortit en grognant de son duvet et se leva. Guy et Rube, déjà debout, nourrissaient les chevaux et préparaient les selles. Il y avait peu de temps pour entamer une conversation, comme l'avait sûrement prévu Holt. Le petit déjeuner fut préparé et avalé rapidement. Moins d'une heure plus tard, ils chevauchaient sous le soleil matinal. L'air était encore frais et de la buée sortait de leur bouche.

Vers 10 heures, Holt arrêta son cheval et suivit des yeux les traces sur le sol. « Il y a bien un point d'eau dans ce canyon, Rube ? » demanda-t-il.

Rube prit un temps et regarda alentour. « Maintenant que vous l'dites, j'pense qu'y en a un. Ouais, c'est par ici. Ça doit être là que les chevaux sauvages vont boire. C'est le seul endroit à des kilomètres que j'connais. Qu'est-ce qu'on va faire ? Vous pensez qu'ils y sont ? »

– Je ne sais pas. C'est possible. Nous allons faire un grand cercle, pour les approcher contre le vent cette fois-ci. Ainsi, ils ne nous sentiront pas venir.

Une heure plus tard, Diana entrevit pour la première fois l'Etalon Blanc. Ils s'étaient approchés du point d'eau par le nord et s'étaient arrêtés au bord du canyon. Blanc comme neige, aussi parfaitement proportionné que les pur-sang arabes du Commandant, l'étalon se tenait à l'écart des juments qui broutaient. Une superbe sentinelle, noble et libre.

– Il est magnifique, murmura Diana.

– Il est fantastique, dit Guy avec la même émotion.

– C'est un voleur, leur rappela Holt. « Ce sont les juments du Commandant qui sont là-bas. »

Sa remarque accrut la tension qui avait régné toute la matinée. Diana essaya de l'ignorer. Elle se força à quitter l'étalon du regard pour se concentrer sur les juments. L'alezane Nashira, aux jambes blanches, était là, ainsi que la superbe Cassie. La troisième jument était d'un beau brun, mais de race indéfinissable.

– Attache quelque part le cheval qui porte les paquets, ordonna Holt à Rube. « Nous allons descendre cette pente. Les arbres nous cacheront pendant un moment. Une fois dans le canyon, nous disperserons les juments pour les attraper loin de l'étalon. Ce sera plus facile s'il n'est pas dans les parages. »

Mettant pied à terre, Rube donna les rênes de son cheval à Diana. Momentanément distraite, elle ne prêta pas attention aux halètements nerveux de son propre cheval. Elle se rappela trop tard que le hongre arabe qu'elle montait était le fils de la jument alezane. Le cheval avait reconnu l'odeur familière et l'appelait d'un hennissement violent. Holt réagit instantanément et pressa sa main sur ses naseaux.

Le mal était fait. L'étalon leva la tête pour renifler, puis la lança en arrière, furieux de ne rien sentir. Il regarda les silhouettes qui se profilaient sur le bord du canyon. Retenant son souffle, Diana était partagée entre la crainte de perdre les juments et l'espoir qu'il s'enfuirait.

Poussant un puissant hennissement qui sembla se répercuter dans tout le canyon, l'étalon se retourna et se dirigea vers les juments pour les rassembler. Cassie, que l'étalon avait enlevée depuis peu, renâcla à quitter l'endroit où elle broutait. Il la mordit sauvagement pour qu'elle obéisse.

Dans un tourbillon, il les fit galoper jusqu'à l'entrée du canyon. L'étalon resta derrière elles pour les empêcher de faire demi-tour. Diana admira son corps qui bougeait dans une parfaite harmonie : ses jambes droites se déplaçaient à un rythme identique à celui de ses jambes gauches. Son allure était fluide, aisée et totalement naturelle.

– Il marche, murmura-t-elle, ne semblant pas y croire.

Diana se retourna sur sa selle tandis que Holt lâchait les naseaux de son cheval. Il releva son chapeau, passa une main nerveuse dans ses cheveux puis remit son chapeau en place.

– Nous allons les suivre ? demanda-t-elle.

Il semblait considérer les différentes possibilités qui s'offraient à eux avant de répondre. « Non. L'étalon a déjà disparu. Nous ne pouvons espérer l'approcher tant qu'il ne sera pas calmé. Ils vont revenir ici. Je suis d'accord avec Rube. Autant que je sache, il n'y a pas d'eau à des kilomètres à la ronde. »

– Mais ils ne reviendront peut-être pas avant demain, fit-elle remarquer.

– Quel que soit le moment où il les ramènera, nous serons là pour l'attendre.

– Comment peux-tu en être si sûr ? le défia Guy.

– Les chevaux ont des habitudes. Ils ne s'éloignent jamais de leur zone. Ils font simplement des cercles autour. L'étalon blanc reviendra. Holt arrêta son cheval à quelque distance du bord du canyon. « Nous allons camper dans le coin et attendre. Il ne pourra pas nous voir et aussi longtemps que le vent viendra du sud, il ne pourra pas nous sentir. Rube... (Il se tourna vers Rube.) Tu attends ici et tu surveilles, mais ne te fais pas voir. L'un de nous viendra t'appeler dans deux heures. »

– D'accord, mais laissez-moi une gourde. Quand le soleil sera plus haut, ça va taper. Ma langue pendra lamentablement si vous m'laissez rien à boire. Dites, vous voulez pas que je descende remplir les gourdes ?

– Non. Je ne veux pas qu'il y ait l'odeur humaine autour du point d'eau. Nous devons mettre toutes les chances de notre côté si nous ne voulons pas le rater demain.

– Et s'il ne se montre pas, que va-t-on faire ? demanda Guy.

– Cette décision peut attendre jusqu'à demain. Amène le cheval aux bagages. Holt s'éloigna.

Donnant sa gourde à Rube, Diana suivit en entraînant son cheval. Guy était derrière elle avec le cheval porteur. La piste qui descendait vers le ravin était très tortueuse et beaucoup plus longue qu'ils ne l'avaient imaginé. Au fond du ravin, l'air était étouffant ; seule une vague brise luttait contre la chaleur du soleil.

Les chevaux avaient choisi un coin d'ombre. Dès qu'ils eurent installé le camp, ils cherchèrent une place à l'abri du soleil le long du ravin. Holt s'étendit sur le sol en pente, se servant de sa selle comme oreiller et rabattant son chapeau sur son visage. Diana s'assit en croisant les bras autour de ses genoux.

– Cet étalon, c'est vraiment quelque chose. Guy, appuyé sur son coude, était assis à côté d'elle. « Il est diabolique. »

– Oui, on dirait..., commença-t-elle.

Holt la coupa : « Arrêtez de faire du roman. Cet étalon est un solitaire. Il a renié sa propre race. » Il resta allongé, son chapeau sur le nez et les bras croisés sur le ventre. « Quand un animal fait cela, il a des ennuis. »

– Que proposes-tu ? demanda Guy. Il y avait de l'électricité dans l'air. « Que nous lui tirions dessus ? Que nous le tuions ? »

– Non. Holt répondit avec un calme délibéré. « Je propose que nous récupérions nos juments et j'espère que ça s'arrêtera là. »

– Vous y croyez ? demanda Diana.

– Je ne sais pas. Il changea de sujet. « Le petit déjeuner est passé depuis longtemps. Pourquoi ne préparez-vous pas le repas ? »

– Pourquoi ne laisses-tu pas Diana tranquille ? Laisse-la se reposer. Guy semblait vouloir contrer tout ce que disait Holt. « Si tu as faim, tu te fais à manger. »

Avec une remarquable maîtrise de lui, Holt répondit : « C'est elle qui a voulu venir pour faire la cuisine. »

– J'ai faim, moi aussi, mentit Diana pour empêcher que les choses ne se gâtent.

– Eh bien, laisse-le faire, insista Guy.

– Je préfère manger ma propre cuisine, dit-elle en se levant.

– Je vais t'aider, lui proposa-t-il.

Diana refusa poliment mais fermement, assurant qu'elle pouvait se débrouiller toute seule. Son dévouement lui pesait de plus en plus. Elle était soulagée d'y échapper, ne serait-ce que pour aller préparer le déjeuner.

Ils mangèrent silencieusement le hachis qu'elle avait cuisiné. Quand ils eurent fini, Diana ramassa les assiettes. Holt se leva et alla se servir du café.

– Vous feriez bien de laisser le pot au chaud pour Rube, lui dit-il, et il regarda sa montre. « Lève-toi et va le relever, Guy. »

– Vas-y. Je vais rester ici avec Diana.

Ces mots éclatèrent comme une bombe. Holt se tourna lentement vers Guy, et Diana retint sa respiration en voyant le regard d'acier de Holt aiguisé comme une lame.

– Tu n'es pas ici pour lui tenir compagnie, lança Holt avec un calme glacial. « Tu es ici pour travailler. J'ai déjà renvoyé des hommes qui ne faisaient pas leur travail. C'est ce que tu veux, Guy ? »

Diana cria intérieurement : Non ! Ne lui imposez pas un ultimatum pareil ! Elle se força à rire. « Pourquoi prenez-vous Guy tellement au sérieux ? Il n'a pas voulu dire cela. C'était seulement un désir secret qu'il a exprimé à haute voix. N'est-ce pas, Guy ? »

Son menton et sa mâchoire étaient encore enflés. Guy se détourna pour que Diana ne vît point ces marques. Son regard se fit maussade quand il acquiesça à contrecœur.

– Ce n'était que ça, oui, grommela-t-il. « Je vais relever Rube maintenant. »

– Avez-vous laissé assez d'eau dans la gourde que vous avez donnée à Rube ? demanda Holt à Diana.

– Elle était remplie au tiers, je pense.

– Tu ferais mieux d'en emporter une autre avec toi, dit-il à Guy.

Les gourdes de réserve étaient à côté de Diana. Elle saisit la plus pleine et la tendit à Guy. Il ne la prit pas tout de suite, et la regarda inquiet, quêtant un signe.

– Pourquoi prends-tu son parti ? Sa voix était basse et sa maladresse révélait qu'il était désorienté.

– Ne sois pas ridicule, Guy. Je ne suis pas de son côté, affirma-t-elle doucement pour que Holt ne l'entende pas.

– Si. Il y a une minute...

– Il y a une minute, tu allais être renvoyé. C'est ce que tu veux ?

Le regard de Guy se fit grimaçant et lui durcit les traits, le faisant ressembler à Holt. « Non. » Il soupira et prit la gourde. « Non, ce n'est pas ce que je veux. » Il s'éloigna en murmurant : « A tout à l'heure. »

CHAPITRE VIII

Guy grimpa le ravin escarpé puis disparut vers l'endroit où ils avaient laissé Rube deux heures plus tôt. Diana s'en retournait vers la vaisselle quand elle croisa le regard froid de Holt qui semblait la juger. Il soutint son regard à peine une seconde et s'éloigna calmement.

Sa poitrine se serra. « Merci, Diana », dit-elle d'un ton sarcastique en l'imitant. « J'ai beaucoup apprécié. »

Holt lui lança un regard glacial. « Je dois vous être reconnaissant d'être intervenue ? »

– Si je ne l'avais pas fait, Guy serait parti, rétorqua-t-elle. « Pourquoi l'avez-vous menacé d'un renvoi ? C'était pour ainsi dire un ultimatum. Comment pensiez-vous qu'il allait réagir ? C'était le mettre en position d'infériorité. »

– En position d'infériorité ? Il leva les sourcils avec arrogance. « Si Guy n'était pas resté si longtemps au ranch pour travailler, il ne serait plus là de toute façon. Vous seriez-vous encore intéressé à lui s'il n'avait plus été là ? »

Diana ouvrit la bouche, suffoquée de colère. « Vous l'y avez poussé délibérément. C'était stupide. »

– Vous pourriez peut-être me donner des leçons pour me dire comment je dois élever mon fils, dit Holt en se moquant d'elle. « Sans doute pourrai-je alors en faire ce que je veux ! »

– Peut-être !

– Combien de temps allez-vous mettre le grappin sur Guy avant de le laisser tomber, Diana ?

– Je n'ai pas mis le grappin dessus.

Holt ignora sa réponse. « Quand vous le lâcherez, il va tomber de haut. Que voulez-vous que je fasse ? Attendre de ramasser les morceaux quand vous en aurez assez de votre nouveau jouet et que vous l'aurez cassé ? Je ferai tout ce que je peux pour vous arrêter avant. »

– Que voulez-vous que je fasse ? « Je ne pensais pas que Guy tomberait amoureux de moi. »

– Tomber amoureux de vous ? Vous êtes son idole, Diana. Il ne vous aime pas, il vous adore. Et vous l'y avez encouragé quand vous l'avez séduit.

– Ce n'est pas vrai.

– Ce n'est sûrement pas lui qui vous a séduite. Il n'aurait pas osé vous toucher si vous ne l'y aviez pas invité. Vous auriez pu l'arrêter à n'importe quel moment, d'un simple mot. Guy n'aurait jamais osé insister. Pourquoi n'avez-vous pas dit ce mot ?

– Je savais qu'il me désirait, mais je ne croyais pas qu'il m'aimait. Si j'avais su... Diana s'éloigna tristement, incapable de poursuivre.

– Pourquoi avez-vous fait l'amour avec lui ? insista-t-il.

– Je suis désolée pour lui.

A peine avait-elle laissé échapper ces mots qu'une poigne d'acier s'abattit sur son épaule et la retourna. Diana se retrouva face à son regard glacial. La colère avait durci les traits de Holt.

– Vous êtes désolée pour lui ! Pourquoi ?

Tout son corps se révolta à son contact. L'alchimie de leur haine réciproque produisit l'effet attendu. Son dégoût pour lui était toujours aussi violent qu'autrefois. Ses yeux bleus brûlaient de rage.

– Je serais désolée pour quiconque aurait un père tel que vous !

Il l'avait saisie par les épaules et les serrait à les briser. Il la souleva de terre, l'attirant vers lui. Elle agrippa ses mains sur son biceps tendu et s'aida de ses bras pour tenter de se dégager. Son visage était tout près du sien, dur et fermé, inhumain de cruauté et d'une virilité agressive.

– Vous n'êtes qu'une petite putain. Sa voix grondait comme le tonnerre. « Guy vous prend pour une idole et vous n'êtes que de la boue... de la boue sale, collante que n'importe quel homme peut tripoter. »

Son pouls s'accéléra. Diana se dégagea de son étreinte, d'une ruade, déchirant la manche de sa blouse. Quand ses yeux se tournèrent vers Holt, ils étaient écarquillés et accusateurs.

– Pensez-vous que Guy va croire que c'est moi qui suis tombée cette fois-ci ? le défia-t-elle.

Holt s'avança vers elle d'un pas menaçant et Diana réagit aveuglément. Elle l'avait excité délibérément et maintenant le regrettait. Elle avait abusé de son habitude de se servir de Guy pour finalement se rapprocher de Holt, et après tout ce qui s'était passé, comment pourrait-il encore la croire ?

Diana voulait s'échapper, autant d'elle-même que de lui. Elle ne fit que six pas avant que Holt ne la rattrape. Elle essaya de s'enfuir. Ses pieds s'enchevêtrèrent dans les siens. Elle perdit l'équilibre et entraîna Holt dans sa chute.

Elle fut un instant étouffée sous son poids, puis essaya de se dégager en le poussant et en le frappant. Mais il la tenait encore et la ramena vers lui. Ses doigts s'agrippèrent dans le sol pour essayer de gagner quelques centimètres, mais en vain. Holt la retourna sur le dos. Ses doigts se refermèrent sur le gravier. Et Diana lui envoya les cailloux à travers la figure, l'aveuglant momentanément.

Mais Holt retrouva la vue avant qu'elle n'ait pu s'échapper. Ses mains cherchèrent à tâtons ses poignets, lui mirent les mains au-dessus de la tête tandis qu'il se couchait sur elle. Diana se rendit vaguement compte que Holt secouait la tête pour chasser de ses yeux les derniers grains de sable, mais elle ne regretta pas son geste.

Elle essaya encore de s'échapper, arquant son corps pour se libérer de son poids. Ses halètements se transformèrent en vains gémissements. Holt la maintint au sol, jusqu'à ce qu'elle n'ait plus la force de se défendre. Le cœur de Diana battait dans sa poitrine. Ses bras abandonnèrent la lutte, n'essayant plus de se libérer.

Diana regarda le visage impassible de son agresseur. Epuisée et haletante, elle passa le bout de sa langue sur sa lèvre supérieure pour l'humecter. Holt surprit son mouvement. Ses yeux virèrent au gris anthracite, brûlant et intense.

Diana émit une faible protestation. Elle était incapable du moindre mouvement, elle ne put même pas détourner la tête pour éviter ses lèvres. Il prit sa bouche, plein de désir, la pressant sensuellement.

Tous ses sens étaient en éveil. Sous elle, le lit de gravier était dur et des cailloux rentraient dans sa chair. Ses bras s'écorchèrent sur le sol quand Holt l'écartela. Diana sentit le goût salé des gouttes de sueur qui se mêlaient à leurs baisers. La chaleur de leurs corps enlacés accentuait son odeur masculine, épicée et excitante. Le battement saccadé de son cœur semblait s'opposer à la respiration régulière de Holt.

Son baiser sensuel l'envahit de plaisir, bien que Diana ne voulût pas s'abandonner. Son mariage lui avait révélé son tempérament, et les baisers ardents mais maladroits de Guy ne l'avaient pas contentée. Et il y avait si longtemps que Diana ne s'était pas retrouvée dans les bras d'un homme si expert dans l'art de l'amour. Et cet homme était son ennemi de toujours. Mais même si c'était s'avouer vaincue, Diana savait qu'elle allait connaître le bonheur, et ses lèvres répondirent à son baiser.

Ce simple geste marqua le début d'un combat qui les enflamma tous les deux. La langue de Holt fouillait sa bouche et des vagues de plaisir submergèrent son corps. S'apercevant que Holt essayait d'ouvrir son chemisier, elle s'attaqua aux boutons de sa chemise. Elle se sentit légère lorsqu'il lui enleva sa blouse et son soutien-gorge.

Ses caresses sur ses seins étaient si expertes qu'il lui semblait qu'elle les avait toujours désirées. Sa bouche remplaça ses mains et sa poitrine se durcit. Tout son corps frémit de désir quand sa langue la lécha.

Ses mains couraient sur son corps, suivant son plaisir. Toute à son émoi, Diana se rendait à peine compte qu'il lui enlevait les quelques vêtements qui lui restaient. Elle fut ravie à l'idée qu'il n'y aurait plus aucun obstacle entre leurs corps. Ses mains glissèrent sur son dos, sentant ses cicatrices et ses muscles durs comme de l'acier.

A ce moment d'intense jouissance, ses hanches basculèrent davantage sous lui et ses ongles se plantèrent dans son dos, comme les griffes d'un chat. Elle était entraînée dans un torrent de désir. Elle n'avait jamais ressenti cela. Rien n'existait plus hormis le plaisir total qu'il lui donnait et l'ardeur avec laquelle elle le lui rendait. Mais tout a une fin. Après l'extase, ils revinrent sur terre.

Diana resta allongée sur le sol, les yeux fermés, sentant le soleil brûlant sur son corps nu. Elle écoutait la respiration de l'homme qui était à côté d'elle. Pendant quelques instants, elle ne sentit que son bonheur. Petit à petit, ce silence lui amena d'autres pensées.

Elle tourna la tête et le fixa d'un regard fragile et méfiant, caché par ses cils épais. Elle contempla le profil dur, les yeux fermés et les cheveux ébouriffés. Elle se sentit frémir devant la force et la virilité qui se dégageaient de ses traits. Diana ne le regardait plus comme un ennemi, mais comme un homme. Et en tant qu'homme, Holt était unique. Elle voulait l'approcher pour le toucher, pour lui dire combien son étreinte l'avait transportée.

Comme s'il sentait son regard et devinait ses pensées, Holt s'assit souplement et se trouva ainsi hors de sa portée, semblant rejeter tout épanchement. Elle baissa les yeux pour cacher sa déception.

– Finalement, Guy n'est pas mal tombé.

Derrière cette insulte, il se cachait un compliment. Mais Diana reçut cela comme une gifle et elle se sentit traitée comme moins que rien. Ce qui avait été beau était maintenant sali. Elle ravala son amour-propre et s'assit, récupérant ses vêtements éparpillés sur le sol.

– Ça ne change rien, dit Diana, refusant de le regarder.

Mais elle savait que tout était changé.

– Je n'ai pas pensé une minute que ça changerait quoi que ce soit, répondit sèchement Holt.

Ses mains tremblaient tandis qu'elle enfilait son jean et elle sentit sa gorge se serrer. Diana aurait voulu lui demander pourquoi il avait fait l'amour avec elle et s'il n'avait vraiment rien ressenti de ce plaisir rare qui l'avait envahie. Mais elle avait perdu subitement sa candeur naturelle.

Elle entendit qu'il se rhabillait derrière elle, tandis qu'elle agrafait rapidement son soutien-gorge. Lorsqu'elle eut mis son chemisier, elle se retourna. Holt remettait sa chemise dans son Levi's.

– Et maintenant, Holt ? La question hésitait entre le défi et l'interrogation.

– Je ne vois pas ce que vous voulez dire.

Son regard plein d'indifférence la balaya.

– Comment allez-vous tirer avantage de cette situation ? Ça a toujours été votre politique depuis que vous êtes ici. Diana reboutonna sa blouse, consciente qu'il s'était rapproché d'elle, mais refusant de se laisser impressionner.

– Vous l'avez cherché. Et d'habitude, c'est vous qui vous servez des gens.

Holt s'arrêta à deux pas d'elle. Son cœur fit un bond dans sa poitrine lorsqu'elle croisa son regard d'acier, brûlant. Les flammes s'étaient un peu atténuées, mais n'avaient pas disparu. La braise couvait, prête à s'embraser.

– Pourquoi ? Elle refoula un sanglot. « Pourquoi est-ce arrivé avec vous ? »

Holt détourna les yeux, énervé. « Je pourrais vous poser la même question. » Lorsqu'il lui tourna le dos, il y avait quelque chose d'amusé et de cynique dans son expression. « Diana la chasseresse. Avez-vous trouvé un nouveau jeu ? Vous pensez que c'est amusant de nous avoir eus tous les deux ? Un double trophée ? Le père et le fils ? »

Intérieurement, Diana ressentit la cruauté de ces mots. Toute possibilité de se défendre fut contrecarrée par une minuscule avalanche de graviers qui dévalaient la pente du ravin. A ce bruit, ils tournèrent tous les deux la tête, s'attendant à voir Rube, et découvrirent Guy.

Une terrible crainte l'envahit lorsqu'elle aperçut son jeune visage déformé par la rage. Des larmes coulaient sur ses joues quand il leur fit face au fond du ravin, les jambes écartées, dans une position de défi.

– Je vous ai vus ! leur dit-il d'une voix qui tremblait de violence. « Je vous ai vus avec les jumelles ! »

Un cri d'angoisse involontaire s'échappa des lèvres de Diana, son regard volant vers Holt qui se tenait maintenant à ses côtés. Des années de maîtrise de soi lui permirent de rester impassible. Ses yeux gris ne révélaient rien de ce qu'il ressentait.

– Guy..., commença-t-il d'une voix égale.

Mais Guy se dirigeait déjà vers les selles et les harnais qui se trouvaient à un pas de lui. Au début, ses intentions n'étaient pas claires. Puis il sortit un fusil de sa gaine et le pointa sur Holt, le visant depuis sa hanche.

– Je t'ai vu la violer ! l'accusa-t-il dans un sanglot. « Je vais te tuer ! » Guy arma le fusil. « Eloigne-toi d'elle. »

Haletante, Diana regardait Holt. Un intense désespoir qui touchait à l'agonie parcourut son visage. Ce n'était pas la peur de mourir, mais la terrible torture de voir que c'était son fils qui tenait le fusil braqué sur lui. Diana ressentit l'horreur de cette situation. Mais cela ne dura qu'un instant. Holt reprit aussitôt son masque impénétrable.

– Si tu as tout vu... Holt s'éloigna de Diana d'un pas. « Tu sais donc que ce n'était pas un viol. »

– Tu m'as raconté tous ces mensonges sur elle parce que tu la voulais pour toi tout seul, l'accusa Guy, en posant son fusil sur l'épaule. « Tu ne la toucheras plus jamais. »

– Guy, ne fais pas cela ! Diana s'était avancée inconsciemment et s'était interposée entre les deux hommes. « Mon Dieu, c'est ton père ! »

– Qu'ont-ils de si bien, les pères ? rétorqua-t-il amèrement.

Holt la repoussa, refusant que son corps lui serve de bouclier. Il avança lentement et délibérément vers Guy.

– Ne t'approche pas, lui ordonna Guy et le canon du fusil oscilla légèrement.

Holt s'arrêta quand il n'y eut plus qu'à peine un mètre cinquante entre eux. « A cette distance, tu ne peux pas me rater, Guy. Alors, quand tu vas tirer, sois sûr de ne pas le regretter. »

Diana courut vers Guy, ses jambes tremblaient et son cœur battait la chamade. Elle s'agrippa à son bras. « Si tu m'aimes, ne fais pas cela », le supplia-t-elle.

Le doigt de Guy tremblait sur la détente mais il ne la regarda pas. Les yeux écarquillés de Diana se fixèrent sur Holt. Son expression métallique était impossible à soutenir et Diana ne comprenait pas comment Guy pouvait le regarder. Elle aurait pu atteindre le canon du fusil en une seconde, mais c'était inutile : Guy le pointait déjà vers le sol.

– Si tu l'approches à nouveau, je te tuerai, lui lança-t-il.

Le drame venait d'être évité, et Diana s'écroula en tremblant. Holt se détourna et s'éloigna, éliminant toute nouvelle attaque. Le fusil était à terre à côté d'elle. De ses doigts tremblants, elle releva ses cheveux emmêlés devant son visage et les mit derrière l'oreille.

Guy se passa la main sur le front et frotta les larmes qui coulaient sur ses joues, il semblait s'éveiller d'un cauchemar. Mais la réalité avait dépassé le rêve. Diana ferma les yeux, essayant de chasser de sa mémoire l'horreur de ces instants. Elle sentit la main timide de Guy sur son épaule.

– T'a-t-il blessée ?

– Non. Elle sentit monter en elle un rire hystérique. « Non, il ne m'a pas blessée. »

– Où est Rube ? les coupa Holt.

– Il est encore là-haut, répondit Guy sèchement.

– Va le relever. C'était un ordre.

Guy hésita avant de dire : « Diana va venir avec moi. »

Le regard de Holt les effleura. « Pourquoi me le dis-tu ? Elle n'a pas besoin de ma permission. »

Guy serra les dents et jeta un coup d'œil à Diana. « Viens. » Il lui tendit la main pour l'aider à se relever.

Diana ne savait que faire. Une partie d'elle-même désirait rester avec Holt. L'autre moitié soufflait d'accompagner Guy pour éviter une nouvelle explosion. Et elle se sentait incapable d'affronter une nouvelle scène.

Diana prit la main de Guy et se leva, puis s'éloigna avec lui. Il l'aida à monter la pente, et elle se força à ne pas regarder en arrière vers la silhouette solitaire de Holt qui les observait.

Le chemin jusqu'à Rube fut long et difficile. Ses jambes lui faisaient mal et elle était complètement essoufflée quand ils le rejoignirent. Sa souffrance physique lui fit oublier un moment ses tourments.

– Il est temps qu'vous arriviez, grommela Rube. « Je finissais par croire que vous alliez m'abandonner ici. J'suppose qu'y a plus rien à manger maintenant et qu'je vais rien pouvoir me mettre sous la dent. Mais pourquoi vous avez disparu comme ça ? » demanda-t-il à Guy. « Vous êtes parti en courant comme si une mouche vous avait piqué. » Ses yeux louchèrent sur Diana. « Et qu'est-ce qui vous est arrivé à vous ? »

Elle pensa qu'elle devait être blanche comme un linge et que ses yeux devaient trahir son angoisse. Lorsqu'il regarda sa manche déchirée, elle la couvrit de sa main.

– Je l'ai déchirée dans des broussailles, mentit-elle.

– Vous devriez faire attention par ici. Vous pouvez vous faire de mauvaises égratignures sur ces buissons. Rube secoua la tête comme pour la mettre en garde. « Après ça s'infecte, ça peut être embêtant. »

– Je ne me suis pas égratignée.

– Alors, vous avez eu bien de la chance. Vu vot'manche, ça aurait pu...

– Ne pensez-vous pas que vous feriez mieux de redescendre au camp ? l'interrompit Guy.

– D'abord vous disparaissez comme un lapin sans même dire au revoir, et maintenant vous m'poussez à partir. J'peux comprendre tout seul. J'sais quand on veut pas de moi. C'est bon, j'm'en vais.

Quelques minutes plus tard, sa silhouette ratatinée avait

disparu et Diana s'assit à l'ombre d'un genévrier au bord du canyon. Elle ne regarda pas Guy quand il la rejoignit. Le temps s'écoula en silence, chaque minute se faisant plus lourde que la précédente.

– Je le déteste, gronda Guy brutalement. « Si tu n'avais pas été là, je l'aurais tué. »

– Ne parle pas comme cela. Diana s'agita et serra les bras autour de son estomac noué. « Je ne veux pas entendre cela. »

Guy se leva. « Pourquoi l'as-tu laissé faire ? » Sa voix trahissait combien il était déconcerté et peiné.

– C'est arrivé, c'est tout. Elle resta dos à lui, luttant contre ses sentiments de culpabilité. « Je ne peux pas t'expliquer comment ou pourquoi. »

Il lui encercla la taille pour l'attirer vers lui. « Oh, je t'aime tant, Diana. » Sa bouche effleura ses cheveux. « Tout ce que je veux, c'est t'aimer et te protéger. Tu n'auras jamais à te sentir en danger tant que je serai près de toi, Diana. Je te le promets. » Diana lui avait saisi les poignets, voulant échapper à son étreinte, mais ses curieuses paroles la surprirent et elle hésita. « Je sais ce que c'est d'être seul et d'avoir besoin de quelqu'un... de n'importe qui... qui te montre qu'il a de l'affection pour toi. Je suis là, Diana. Je t'ai toujours aimée. Tu n'as pas besoin de quelqu'un d'autre... je suis là. »

Il l'embrassa dans le cou, mais elle était indifférente à ses caresses. Diana enleva alors ses bras de sa taille et le repoussa, rejetant ses attentions autant que ses questions concernant sa conduite avec Holt.

– Qu'est-ce qui ne va pas ? s'inquiéta Guy.

– Tout. Tu ne comprends donc pas ? demanda-t-elle, énervée. « Je ne peux pas passer comme ça des bras de ton père aux tiens. » Elle se détourna, se sentant à la fois furieuse et misérable. « Je retourne au camp. »

Elle descendit lentement le ravin. Entendant le bruit de ses bottes sur le gravier, Holt se retourna vers elle, une curieuse lueur dans les yeux. Ce mouvement involontaire qu'il avait eu vers elle lui fit battre le cœur ; mais il s'arrêta et ses traits se durcirent quand il se détourna. Diana se sentit glacée des pieds à la tête. Elle s'était attendue à cette attitude, mais cela ne changeait en rien sa déception.

– J'pensais que vous resteriez là-haut avec Guy. Rube racla la fin de son hachis dans son assiette. « Si j'avais su ça, j'serais redescendu avec vous, mais vous m'en avez pas touché un mot. »

– Il faisait trop chaud là-haut.

– Ça, j'aurais pu vous l'dire, mais vous l'avez pas demandé. Personne me demande jamais rien... personne me dit rien non plus, d'ailleurs, se plaignit-il. « C'est pas que ça me fasse quelque chose. J'm'en fous complètement. »

Si Rube n'avait pas été là, la soirée aurait été silencieuse autour du feu. Et cela ne lui échappa pas.

– L'air est si lourd ici qu'on pourrait le couper au couteau, observa-t-il. « A part moi, personne a dit un mot ce soir. Oh, bien sûr, personne a eu l'idée de m'dire c'qui s'passe. Ouais, on n'a pas besoin de lui dire quoi que ce soit à Rube. On peut le garder pour nous. » Diana surprit le bref regard que Holt lança à Rube. « Je sais, je sais », reconnut Rube. « Pourquoi j'me contente pas de me taire ? Ça me regarde pas. »

CHAPITRE IX

Le lendemain, au milieu de l'après-midi, l'étalon n'avait toujours pas amené les juments au point d'eau. Leur dernière gourde était vide. La décision que Holt avait retardée devait maintenant être prise. Et Guy la lui rappela.

– Nous n'avons plus d'eau. Qu'allons-nous faire ? lui lança-t-il. « Nos chevaux n'ont pas bu depuis ce matin. »

– Nous attendons jusqu'à 5 heures. Si l'étalon n'a toujours pas amené les juments, nous irons au point d'eau.

Ils attendirent. Cinq heures arrivèrent et toujours aucun signe de l'étalon ou des juments. Diana sentit que Holt hésitait à entrer dans le canyon, mais leur besoin d'eau l'emporta.

– Sellez les chevaux, dit-il quand il vit le signal de Rube qui lui annonçait qu'il n'y avait toujours aucun mouvement dans le canyon. « Nous emmenons les chevaux et nous les laisserons boire à satiété. »

A cheval, la pente au bord du canyon semblait plus courte. Rube aperçut Guy qui conduisait son cheval sellé et il lui sourit.

– J'ai cru qu'vous alliez m'laisser perché ici comme un fichu oiseau. Si vous aviez fait ça, j'serais allé faire un tour. Si j'dois être assis, j'préfère que ça soit à cheval. En plus, il fait plus frais en bas. C'est pas comme ici avec ces rochers brûlants comme une poêle.

– Prends ton cheval, Rube, dit Holt, cachant mal son impatience.

En se marmonnant quelque chose à lui-même, Rube prit les rênes des mains de Guy et monta en selle. Holt ouvrait la marche, Diana la fermait, tirant le cheval porteur qui la ralentissait.

Les ombres qui s'étiraient sur le canyon le rendaient plus frais que les hauteurs. Holt et Guy remplirent leurs gourdes au point d'eau et purifièrent l'eau en y introduisant des pastilles, tandis que Rube et Diana tenaient les chevaux. Lorsqu'ils eurent pris leur ration, ils laissèrent boire les chevaux.

Diana s'aspergea les mains et le visage, l'eau tiède la rafraîchit quelque peu. « Ce serait bon de prendre un bain », murmura-t-elle sans s'adresser à personne en particulier.

Mais Rube saisit cette chance de pouvoir parler. « Quand on chasse les chevaux sauvages, on n'peut pas se baigner. On n'peut même pas s'changer. On n'sent plus les odeurs. J'ai lu l'histoire d'un type qui n's'est jamais lavé ni changé. Il suivait un troupeau et les chevaux étaient tellement habitués à son odeur qu'ils s'enfuyaient plus quand il approchait. Il a réussi à les mettre dans un enclos sans même qu'ils s'en aperçoivent. Non, vraiment, faut pas se laver quand on chasse le cheval sauvage. »

– Je suis sûr que tu adores ça, Rube, dit Holt sèchement.

– Qu'est-ce que vous insinuez ? J'me lave comme tout le monde, rétorqua-t-il, indigné. « Personne ne m'a jamais accusé d'être sale. »

Regardant sa barbe de plusieurs jours sur sa figure burinée, Diana pensa : pas très soigné, mais pas sale. Mais Diana, comme les autres, n'avait plus envie de le taquiner.

Elle se redressa en soupirant et regarda l'entrée du canyon. Elle frissonna quand elle vit une silhouette albâtre qui se dressait à quelques dizaines de mètres.

– Regardez, souffla-t-elle.

Les autres se retournèrent et se figèrent sur place. L'étalon blanc les aperçut et renifla dans leur direction. Il avança de quelques pas, sa démarche particulière donnant l'impression qu'il flottait au-dessus du sol, sa longue queue traînant jusqu'au sol et sa crinière ondulant dans la brise comme de la soie blanche.

Inquiet, l'étalon s'arrêta à nouveau, et dans son immobilité, il avait l'air d'une statue vivante.

Diana ne voyait que lui, émerveillée et impressionnée à la foi. L'étalon était aussi libre et sauvage que l'aigle en plein vol, il avait la même noblesse et la même fierté. Elle se sentit profondément émue.

Le vent amena l'odeur de l'étalon jusqu'à leurs chevaux. Mais cette fois-ci, Diana se tenait sur ses gardes et, quand son hongre se retourna vers cet étrange cheval, elle plaqua sa main sur ses naseaux l'empêchant de hennir. Mais les différents mouvements des chevaux qui se tournèrent pour regarder ce curieux étalon semblaient confirmer qu'il y avait du danger.

Ce violent hennissement ordonnait sans aucun doute aux juments qui étaient derrière lui de faire marche arrière. L'étalon pivota sur ses jambes arrière et se dirigea vers l'entrée du canyon. Diana aurait aimé contempler ce superbe spectacle mais Holt bondissait déjà en selle.

– Venez. Nous n'arriverons jamais à l'approcher de plus près, ordonna-t-il.

Son cheval s'élança à la poursuite des fuyards avant même que les autres ne soient en selle. Diana, traînant le cheval porteur, était condamnée à rester à l'arrière, tandis qu'ils galopaient. Leurs chevaux n'étaient pas fatigués mais ils venaient juste de boire et cela les ralentissait.

Les fuyards restaient à portée de vue. La jument brune galopait à l'avant tandis que l'étalon blanc poussait les autres pour qu'elles ne ralentissent pas leur fuite. Il marchait au pas, et cela donnait l'impression qu'il glissait sur le sol, sans effort et sans fatigue.

Les ombres s'accentuèrent lorsque le soleil déclina. Diana finit par perdre les juments de vue, mais l'éclat de l'étalon blanc les guidait comme un phare. Bien que poussant leurs chevaux au maximum, il leur semblait que l'écart entre eux et les fuyards ne se réduisait pas.

La jument brune paraissait connaître parfaitement chaque colline et chaque vallée. Faisant un brusque écart, elle courba la tête et s'engouffra dans un ravin étroit, puis l'étalon y poussa les juments volées. Rube et Holt furent les premiers à y entrer à leur tour, puis Guy les suivit. Diana était loin derrière eux. Elle entendit les violents hennissements des chevaux et les cris des hommes. Avant d'avoir pu entrer dans le ravin, elle vit Guy et son cheval en sortir.

– Ils sont faits comme des rats, exulta-t-il.

Un instant plus tard, Rube et Holt sortirent à leur tour. Holt mit pied à terre avant même que son cheval ne s'arrête. Il ne perdit pas de temps en cris de joie.

– Montons une barricade, dit-il à Rube. « Guy et Diana, tenez-vous prêts au cas où ils essaieraient de sortir. »

Holt et Rube entassèrent des pierres, des broussailles et des branches mortes pour ériger une barricade. Diana se serait émerveillée de leur rapidité et de leur ingéniosité, si elle n'avait pas été si angoissée par les bruits qui venaient du ravin.

– Ça a pas l'air très solide, soupira Rube quand ils eurent fini.

– Ça ne l'est pas, approuva Holt. « Mais ça a l'air de l'être. Espérons que l'étalon ne la mettra pas à l'épreuve. »

– Il va sûrement mal accepter d'être coincé là-dedans. Mais il s'peut qu'il essaie pas non plus de défoncer cette barricade.

– Je l'espère.

– Vous êtes absolument certains qu'il n'y a aucune autre sortie ?

Diana mit pied à terre, puisqu'elle n'avait plus besoin de garder l'entrée.

– Il devait y en avoir une, sinon cette jument n'les aurait pas entraînés là-dedans, insista Rube. « Je crois qu'j'ai aperçu un p'tit glissement de terrain qui faisait une brèche dans le ravin. Ça devait mener à une piste, mais l'éboulement l'a bouchée. On n'aurait pas pu les coincer dans un meilleur piège. »

– Allons-nous rentrer dans le ravin pour prendre les juments au lasso ?

Guy était toujours à cheval et tenait une longe à la main.

– Il fait trop sombre. On ne verrait rien, répondit Holt. Le soleil s'était caché à l'horizon et empourprait le ciel de ses derniers rayons. Les derniers rougeoiements allaient bientôt disparaître. Les pentes à pic du ravin le rendaient encore plus sombre. « Et nos juments ont l'air presque aussi farouches que cet étalon. De toute façon, elles ne peuvent pas sortir. Alors je préfère éviter un affolement général et les laisser passer la nuit là. Demain matin, nous attraperons nos juments et nous laisserons partir l'étalon et la jument brune. »

– Vous voulez dire qu'on va camper ici cette nuit ? demanda Diana. Et elle protesta aussitôt : « Mais toute la nourriture et tout notre équipement sont... »

– Nous campons ici, déclara Holt d'un ton qui n'admettait pas la réplique. « Nous allons faire un feu juste devant la barricade au cas où l'étalon déciderait de l'attaquer. Le feu l'en dissuadera. Quant à la nourriture et aux duvets, je pense que nous nous contenterons d'avoir faim et de dormir près du feu pour avoir chaud. »

– J'pourrais peut-être attraper un lièvre ou un poulet, proposa Rube. « Ça m'dit rien du tout de n'rien avoir à m'mettre sous la dent. »

– Si tu vois assez pour tirer dessus, je ne demande pas mieux, répondit Holt.

– Toujours en train d'me rabaisser, grommela Rube. « Vous pouvez jamais faire confiance à quelqu'un quand il a une idée. Non, faut toujours que vous le critiquiez. Eh bien, si vous pouvez vous passer de manger, moi aussi. Prenez mon cheval. (Il donna les rênes à Holt.) Puisque vous l'prenez comme ça j'vais juste aller chercher du bois pour faire un feu. Avec un peu de chance, j'aurai pas de remontrances si je fais ça.

– Je crois que je vais aller voir si je trouve un lièvre avant qu'il ne fasse tout à fait nuit. Guy sortit le fusil de sa gaine et descendit de cheval.

– Les chevaux ont besoin de marcher un peu pour se rafraîchir, dit Holt tandis que Guy tendait ses rênes à Diana. « Ils ont pris une bonne suée. »

Diana se mit à suivre les chevaux que conduisait Holt. Ils firent des cercles lents et monotones devant l'entrée du ravin. Guy disparut dans le crépuscule et Rube ramassa du bois pour le feu.

Des bruits sortirent du ravin. Les hennissements de colère des chevaux pris au piège étaient ponctués du piétinement de leurs sabots autour de leur prison. Leur fureur bouillonnait dans l'air, ébranlant Diana au point qu'elle aurait voulu mettre à bas la barricade et les laisser s'enfuir. Mais son bon sens l'en empêcha et elle essaya de paraître aussi indifférente à leurs appels que Holt.

Un violent coup de feu éclata quelque part dans le désert rougeoyant et se répercuta dans la nuit tombante. Diana s'arrêta un instant pour regarder dans la direction d'où provenait la détonation, sans prêter attention aux coups de naseaux que lui donnait son cheval. Son estomac criait famine et elle sentait qu'elle ne pourrait plus patienter encore longtemps avant de manger quelque chose.

– Je me demande si Guy a pris quelque chose, songea-t-elle à haute voix.

– On le saura quand il reviendra répondit Holt brièvement.

Le feu de Rube crépitait quand Guy revint triomphalement au camp. Il tenait par les oreilles un lièvre décharné et le leva bien haut pour que tous admirent sa superbe prise.

– C'est pas grand-chose, mais c'est mieux que rien, déclara Rube. « On va le nettoyer, l'écorcher et l'embrocher. Vous avez toujours été un bon tireur, Guy. Moi aussi autrefois, mais... » Il ne finit pas sa phrase.

– Je n'aurais jamais cru qu'un lièvre pouvait avoir l'air aussi appétissant qu'un steack. Je dois avoir vraiment très faim, remarqua Diana en riant.

– Je te comprends, approuva Guy.

Il lança à Holt un regard suffisant et arrogant : il avait réussi quelque chose dont Holt avait dit que c'était impossible. Holt plantait une série de piquets pour les chevaux et ne prêtait pas attention à la conversation autour du feu, comme s'il trouvait l'attitude de Guy puérile et prétentieuse.

Rube sortit son couteau de son étui et la lame brilla devant les flammes. Guy lui passa le lièvre et se dirigea vers son cheval pour remettre son fusil dans sa gaine. Sa vanité s'était un peu estompée devant le refus de Holt de reconnaître son exploit. Les bruits venant du ravin s'étaient progressivement réduits à quelques hennissements de colère et à quelques pas nerveux. La panique qui s'était emparée des chevaux capturés n'avait pas totalement disparu.

– Il va faire froid cette nuit, dit Guy en s'arrêtant près de Diana.

– Oui. (Il n'était pas difficile de deviner ses pensées mais Diana fit comme si elles lui avaient échappé.) Mais le feu nous réchauffera et, grâce à toi, nos estomacs seront pleins. Ce ne sera donc pas si terrible.

Il ouvrit la bouche pour lui répondre mais Holt s'approcha d'eux et l'arrêta dans son élan. « Je vais prendre les chevaux », dit Holt et il prit les rênes des mains de Diana.

Sa présence semblait glacer l'atmosphère. Diana évita de le regarder en face car elle sentait Guy se hérisser en silence à côté d'elle. Quand Holt conduisit les chevaux vers les piquets où étaient attachés les autres, elle se tourna vers le feu.

– Je ferais mieux d'aller aider Rube à préparer le lièvre, dit-elle.

Guy la suivit comme un chien ; il ne voulait pas qu'elle s'éloigne de lui. Le lièvre était déjà écorché et nettoyé et Rube versait parcimonieusement quelques gouttes d'eau pour en enlever le sang. « Il est malingre... » Rube glissa la carcasse sur un bout de bois.

– On ne peut pas toujours choisir, lui fit remarquer Diana en prenant le lièvre embroché et en le mettant sur le feu, pendant que Rube plantait deux branches fourchues dans le sol pour maintenir la broche.

L'étalon sauvage semblait hennir juste derrière elle. Terrifiée, Diana jeta un coup d'œil par-dessus son épaule et fixa l'entrée barricadée du ravin. On entendait le bruissement des branches mortes et un bruit sourd de sabots piétinant le sable.

– Il défonce la barricade. Arrête-le, hurla Holt qui était toujours devant les piquets.

Guy se précipita vers le ravin et claqua bruyamment des mains. « Waouh ! Va-t'en d'ici ! »

Ses cris furent suivis d'un terrible fracas. « Fais attention ! » s'écria Holt.

Mais c'était déjà trop tard : l'étalon blanc fit voler la barricade en éclats. Guy n'avait aucune chance de l'éviter. Il essaya de se jeter sur le côté mais fut renversé à terre par une ruade du cheval. Les juments arrivèrent aussitôt.

Dès qu'elle avait aperçu l'étalon, Diana s'était sentie pétrifiée. Quand il fit un écart vers elle, ses oreilles étaient plaquées contre sa tête, sa mâchoire était menaçante et ses yeux noirs brillaient de haine.

– Diana !

Elle entendit le cri de Holt, mais elle était incapable de bouger, hypnotisée par l'effrayante furie qui se précipitait sur elle. L'étalon bondit quand un terrible poids s'abattit sur elle et la jeta à terre, lui coupant le souffle. Ecrasée par ce poids, Diana n'avait aucun espoir de se relever.

Abasourdie, elle crut d'abord avoir été piétinée par les terrifiants sabots, mais, au bout de quelques secondes, elle réalisa que c'était Holt qui l'avait jetée à terre. A plat ventre, la bouche pleine de terre, Diana sentit le corps puissant de Holt couché sur elle pour la protéger. Pris de panique, les chevaux s'étaient enfuis mais elle était encore sous le coup de la peur.

– Ça va ?

Holt se releva.

Recrachant le sable qu'elle avait dans la bouche, Diana, haletante, hoqueta : « Oui. »

Holt n'attendit pas de voir si elle allait vraiment bien ou si elle avait voulu le rassurer. Il marmonna un juron et se mit à courir.

– Les chevaux, grommela-t-il en guise d'explication.

Diana se mit sur le dos et pensa qu'il parlait de l'étalon et des juments, quand elle entendit des cris de panique qui venaient de l'endroit où étaient attachés leurs chevaux. Entraînés par les chevaux sauvages, leurs propres chevaux s'étaient enfuis aussi. A l'idée de rentrer à pied de si loin, Diana se releva d'un bond et courut vers Holt.

Le cheval porteur avait aussi disparu dans la nuit. Un autre avait tiré sur ses rênes attachées au piquet jusqu'à ce que le cuir cède tant la tension était forte. Voyant qu'il était inutile de poursuivre les chevaux, Holt s'arrêta, fit un geste d'impuissance et revint sur ses pas. Diana se précipita vers les trois autres chevaux qui étaient toujours là, ruant de panique, et essaya de les calmer.

– Du calme, allons, les enfants, du calme. Elle essayait de calmer de la voix les chevaux qui se cabraient.

Diana vit du coin de l'œil Holt tentant vainement d'attraper les rênes d'un cheval qui passait devant lui. Les deux autres chevaux commencèrent à se calmer mais ils hennissaient toujours, secouaient violemment la tête, roulaient des yeux. Cependant, ils ne tiraient plus sur les rênes. Holt s'avança d'un pas ferme mais calme vers le cheval le plus proche et détacha ses rênes.

– Vous n'allez pas les poursuivre en pleine nuit ? protesta Diana.

– Je les attraperai peut-être. Il monta en selle. « Ils seront à mi-chemin du ranch demain matin. »

Il ne partit pas directement à leur poursuite mais arrêta son cheval piaffant à l'orée du camp. Diana savait qu'un seul cavalier ne pouvait espérer attraper ne fût-ce qu'un seul cheval, mais que deux cavaliers pourraient peut-être ramener les deux fuyards. Elle détacha les rênes du hongre et monta en selle.

– Comment va Guy ? cria Holt.

De l'autre côté du feu, Diana vit Rube penché sur Guy, qui était assis la tête entre les mains. Elle avait complètement oublié que l'étalon l'avait renversé quand il s'était enfui du ravin.

– Il est sonné, mais ça va, répondit Rube, qui se tourna vers Holt et le vit à cheval. « Mais où diable allez-vous ? »

– Deux de nos chevaux se sont échappés.

– Vous n'allez pas leur courir après maintenant. Vous allez vous casser le cou !

C'était encore plus dangereux que cela mais Holt fit pivoter son cheval et disparut dans la nuit, suivi par Diana. Entendant un bruit de sabots derrière lui, il regarda par-dessus son épaule.

Avant qu'il ait pu dire un mot, Diana lui cria d'un ton sans réplique : « Je viens avec vous ! Vous avez besoin de moi ! » Elle savait qu'il ne pourrait l'obliger à retourner au camp sans y revenir lui-même.

Ils galopaient dans la nuit. La lune argentée ne brillait pas assez pour éclairer le sol. Ils fonçaient à l'aveuglette, faisant confiance à leurs chevaux. Leur randonnée était d'une folle témérité. Diana s'accrochait à la selle, ne sachant pas si, au prochain pas, elle allait se renverser sur un obstacle ou s'écrouler dans une crevasse.

La silhouette noire d'un cheval au galop apparut sur une crête. Il tenait la tête baissée pour éviter de s'emmêler les pieds dans les rênes qui traînaient au sol. Le premier fuyard était enfin à portée de vue. Holt fouetta son cheval et Diana l'imita. L'évadé avait maintenant réduit son allure à un galop régulier. Ils le rattrapèrent en quelques minutes.

Quand elle n'était encore qu'un garçon manqué, Diana avait souvent attrapé des chevaux. Ils s'approchèrent de chaque côté du cheval, ne lui laissant aucune chance de faire un écart. Holt était du côté où traînaient les rênes. Elle le vit se pencher pour les saisir.

Une seconde plus tard, le cheval tomba et Diana culbuta sur sa tête dans le silence de la nuit. Elle émit un cri étouffé. Avant de s'écraser au sol, elle virevolta dans l'air – pendant une éternité, lui sembla-t-il, qui ne dura en fait que quelques secondes.

Le choc la laissa sans souffle. Diana gisait sur le sol, incapable de bouger tant sa poitrine lui faisait mal. Son cheval l'avait accompagnée dans sa chute et était affalé à quelques mètres d'elle. Il se releva et secoua la tête comme un chien haletant.

Le sol vibra sous un piétinement de sabots. « Diana », appela Holt.

– Je suis ici. Elle prononça ces mots dans un râle.

Mais il l'entendit tout de même. Une seconde plus tard, il s'agenouilla à ses côtés. Il n'était qu'une ombre penchée sur elle. « Ça va ? »

Diana avait déjà essayé de bouger et répondit : « Je n'ai rien de cassé. J'ai juste eu le souffle coupé, c'est tout. Vous avez attrapé le cheval ? » fit-elle d'une voix tremblante.

– Oui, répondit-il succinctement, comme si c'était sans importance. « Qu'est-il arrivé ? »

– Mon cheval est tombé, dit-elle. Elle tendit les mains vers lui : « Aidez-moi à me relever. »

Tandis qu'il l'aidait à s'asseoir, Diana sentit une terrible douleur lui transpercer le coude gauche. Elle se tâta le coude pour voir ce qu'elle avait et elle retira ses doigts mouillés et collants.

– Qu'est-ce qui ne va pas ?

– Je me suis blessée quand je suis tombée.

– Laissez-moi voir.

Quand il tourna son coude dans la faible lumière que projetait la lune, son bras effleura ses seins. Elle frémit à ce contact. Son bras s'attarda plus qu'il n'était nécessaire, juste assez pour que Diana réalise qu'il était conscient de cette soudaine intimité.

– Vous avez dû vous écorcher quand vous êtes tombée. Nous nettoierons votre plaie quand nous rentrerons au camp, déclara-t-il, et il s'éloigna.

Il était dangereux de jouer avec le feu. Diana, tel un insecte attiré par une flamme, se sentait fascinée par Holt. Elle savait qu'elle allait s'y brûler les ailes, mais cela lui était égal. Cependant son désir s'estompa et elle sentit s'effacer le feu qui avait brûlé en elle.

Elle tenta de se relever, mais ses genoux se dérobèrent sous elle, et elle dut se raccrocher à Holt.

– Je suis plus secouée que je ne le pensais. Elle essaya de rire de cette faiblesse passagère, comme si elle faisait semblant de ne pas s'apercevoir qu'il l'avait prise dans ses bras. « Tout ira bien dès que j'aurai repris mon souffle. » Elle s'appuya contre lui.

– Nous allons rentrer au camp.

– Nous n'avons pas encore attrapé l'autre cheval, protesta Diana.

– Nous n'avons guère de chance de le trouver dans cette obscurité. En plus, une chute suffit. La prochaine fois, vous risquez de vous casser le cou, lui dit-il brutalement.

Elle rejeta la tête en arrière pour mieux voir son visage. Le bord de son chapeau dissimulait ses yeux, mais elle voyait l'expression sarcastique de sa bouche. Un vif désir s'empara d'elle.

– Je représente quelque chose pour vous, Holt ? demanda-t-elle d'une voix qui trahissait son désir.

Un long silence suivit sa question tandis qu'il la regardait. Puis il caressa sa joue pour enlever les grains de sable qui y étaient restés et passa la main dans ses cheveux. Il pencha la tête vers elle.

A quelques centimètres de ses lèvres, il susurra : « Qu'en pensez-vous ? »

Il semblait l'embrasser à contrecœur, comme s'il pensait que son attirance physique pour elle était indigne de lui. Mais cela n'avait que peu d'importance car son baiser enflammait la passion qui couvait en eux. Et leurs flammes se confondaient.

Il y avait dans leur étreinte un besoin impérieux, un désir insatiable qui transcendait leurs élans physiques.

Ils atteignirent ensemble une extase d'une rare violence. Puis Diana resta dans ses bras, flottant entre le désir qui l'avait embrasée et l'amour qu'elle ressentait pour lui. Holt reprit lentement sa respiration, mais elle entendait les battements irréguliers de son cœur, qui résonnaient dans sa tête. Cela l'excitait de sentir qu'elle l'avait rendu fou de désir.

Et cela avait été contre sa volonté. Diana n'était pas stupide. Elle le savait bien, à cause de Guy, Holt aurait aimé qu'elle aille au diable.

Sa main, comme poussée par sa propre volonté, glissa doucement le long de son ventre musclé puis remonta jusqu'à sa poitrine velue. Elle ne l'avait jamais caressé comme cela avant. Toujours blottie dans ses bras, elle bougea légèrement la tête pour regarder ses doigts jouer sur son corps bronzé. Ses lèvres, inconsciemment, effleurèrent sa clavicule. Elle respira son odeur chaude et masculine. C'était comme une drogue et elle en était de plus en plus intoxiquée.

Au contact de ses lèvres sur sa peau, Holt lui serra davantage la taille, puis relâcha son étreinte et caressa délicatement sa hanche. De l'autre main, il massa doucement son épaule sans gêner cependant les caresses de Diana sur sa poitrine.

Diana n'en attendit pas plus. Elle se serra contre lui et sa bouche lécha langoureusement son corps salé. Les mains de Holt se refermèrent sur sa taille et son épaule et il la souleva pour sentir ses seins contre sa poitrine.

Ses yeux gris, sombres comme de l'argent brûlant, la dévisagèrent. Dans son regard, on sentait qu'il avait vécu. Diana aurait voulu le supplier de ne pas parler et de ne pas détruire le charme de cet instant comme il l'avait fait la dernière fois. Il serra les dents.

Quand il parla, les mots sortirent de sa bouche comme à contrecœur. « Je vous désire encore, Diana. »

– Holt. Elle prononça son prénom dans un soupir qui répondait à ses désirs.

Il la souleva davantage, sa bouche plongea sur elle et la dévora sensuellement puis remonta doucement le long de sa poitrine jusqu'au bout ombré de ses seins. Les doigts de Diana erraient sur les épaules de Holt tandis qu'il léchait son corps. Avec la même douceur, il s'attaqua à l'autre sein.

Puis il remonta le long de sa gorge et trouva un point sensible qui la fit tressaillir de plaisir. Il grignota son oreille puis embrassa chaque parcelle de son visage pour enfin arriver à ses lèvres. Il les excita jusqu'à ce qu'elles tremblent de désir et le supplient de les dévorer.

Lorsqu'il l'embrassa, tout son corps brûla d'un désir encore plus violent que lors de leur première étreinte. Cette fois-ci, tout était au ralenti, comme s'ils voulaient savourer chaque seconde de plaisir. Les mots n'auraient pu qu'abîmer le silence éloquent de leur corps.

CHAPITRE X

Les étoiles brillaient dans le ciel comme du cristal. Ils avaient prolongé le silence de leur étreinte. Mais maintenant, tout semblait mal tourner. D'un regard troublé, Diana observait la silhouette sombre de Holt qui s'affairait autour des chevaux. Quand il s'approcha, Diana remit son chemisier dans son jean.

– Votre cheval boite, dit Holt. Il vous faudra monter celui de Guy.

Son visage fermé fit frissonner Diana. « C'est grave ? » Elle se dirigea vers son cheval et lui caressa la tête.

– Ça n'en a pas l'air. Il doit s'être froissé un muscle dans la jambe gauche. C'est très peu enflé, il peut s'appuyer dessus. Après cette explication, Holt lui tendit les rênes du troisième cheval. « Bon. Nous devrons aller lentement pour retourner au camp, alors nous ferions mieux de partir tout de suite. »

Il ne fit aucune allusion à la raison pour laquelle ils s'étaient attardés. Holt agissait comme s'ils n'avaient jamais fait l'amour. Diana se sentait également incapable d'en parler.

Montant le troisième cheval, Diana ralentit derrière le cheval claudicant que Holt conduisait. Comme il l'avait dit, sa blessure les obligeait à marcher au pas, et cela laissa trop de temps à Diana pour penser, ce qui n'était pas une bonne chose. Ses pensées étaient entièrement concentrées sur la mince silhouette qui se dessinait devant elle, un homme aussi indomptable que le pays qu'il traversait.

Diana n'avait aucune idée du temps qui s'était écoulé quand ils entendirent dans la nuit un cheval gémir. Le cheval de Holt hennit pour lui répondre. Ils s'arrêtèrent quand ils perçurent un bruit de sabots, qui se rapprochait.

– C'est le cheval porteur, murmura Diana quand elle put distinguer sa silhouette.

– Il a dû se sentir trop seul et vouloir retrouver la compagnie d'un autre cheval, supposa Holt. « Attrapez sa longe. »

Il s'effaroucha quand Diana ramassa la longe qui pendait à ses pieds, mais n'essaya pas de lui échapper car il se calma vite et se mit à renifler son cheval. Tirant les deux chevaux, ils reprirent le chemin du camp. Au loin, le feu brillait dans la nuit.

Ils distinguèrent plus nettement ce rougeoiement. A plusieurs centaines de mètres, Diana pouvait apercevoir les deux silhouettes éclairées par le feu : l'une desséchée et penchée près du feu, l'autre grande et souple, qui scrutait la nuit dans une attitude qui trahissait son impatience et sa nervosité. Comment avait-elle pu oublier Guy ?

Son regard glissa vers les larges épaules de Holt. Il semblait détendu. Ses épaules n'étaient pas contractées. Rien ne montrait qu'il se préparait psychologiquement à affronter son fils. Combien de temps étaient-ils restés partis ? se demandait Diana. Suffisamment longtemps, elle en était sûre, pour rendre Guy soupçonneux. Elle se sentait prise au piège par les contradictions de ses sentiments.

Lorsqu'ils approchèrent du camp, Guy, alerté par le bruit de leurs chevaux, se précipita à leur rencontre, portant un masque de défi. Il agrippa la bride du harnais du cheval de Holt pour l'arrêter.

– Où êtes-vous allés ? demanda-t-il.

– Rattraper nos chevaux. Holt mit pied à terre avec une indifférence que Diana lui envia.

– Qu'est-ce qui vous a pris tant de temps ?

– Ouais, surenchérit Rube, qui suivait Guy à pas lents. « J'ai pratiquement dû l'attacher pour l'empêcher d'aller vous chercher. Si vous étiez pas arrivés, j'sais pas ce que j'aurais fait. »

– Le cheval de Diana est tombé, dit Holt en guise d'explication. Devant le regard soudain inquiet de Guy, Holt eut une grimace sarcastique. « Elle n'a pas été blessée », ajouta-t-il avant que Guy n'ait pu faire un pas vers Diana. « Seul son cheval l'a été. Rube, veux-tu jeter un œil à sa patte avant gauche et me dire ce que tu en penses ? »

Il lui tendit les rênes du cheval blessé et retourna chercher le cheval porteur que conduisait Diana. Guy était déjà à côté d'elle pour l'aider à descendre de cheval. Il était impossible à Diana d'échapper à sa sollicitude.

– Ça va ? lui demanda-t-il.

– Très bien. Diana entendit que sa voix sonnait faux. Parler d'elle ou de ce qui s'était passé était la dernière chose au monde qu'elle souhaitait. « Et toi ? Comment vas-tu ? »

Ce n'était vraiment pas le moment de donner ses rênes à Holt. Diana surprit son expression de mépris qui durcissait ses traits.

– Ça va. J'ai juste un peu mal à la tête et je me suis légèrement blessée à l'épaule. Guy plia le bras droit sans sourciller. « Tu as l'air gelée. Tu ferais mieux de venir te réchauffer. »

Diana acquiesça et se laissa entraîner près du feu. Holt et Rube ne les suivirent pas avant d'avoir dessellé les chevaux et les avoir préparés pour la nuit. Elle resta un moment seule avec Guy à l'écouter lui raconter les inquiétudes qu'il avait eues quand il avait appris qu'elle était partie avec Holt chercher les chevaux. Elle dut aussi lui cacher la vérité... Quand Holt et Rube les rejoignirent, il se tut.

– Venez ici, Diana, ordonna Holt. Elle tressaillit quand elle vit le regard accusateur de Guy la transpercer : il avait retrouvé tous ses doutes et toutes ses craintes.

– Pourquoi ? lui demanda-t-elle, méfiante.

– Je veux regarder votre bras, lui répondit-il sèchement, en lui montrant la trousse de premier secours.

– Ton bras ? répéta Guy. « Que t'es-tu fait au bras ? Je croyais que tu n'étais pas blessée. »

– Je me suis écorché le coude. Diana avait totalement oublié sa blessure, tant elle était bénigne. « Ce n'est pas grave. »

– Mais on doit le nettoyer et le désinfecter, insista Holt.

Elle ne pouvait le contredire. Elle hésita lorsqu'il s'assit devant le feu, puis le rejoignit et s'agenouilla à côté de lui en lui tendant son coude gauche pour qu'il l'examine. D'un geste froid, il releva la manche déchirée de son chemisier. Diana restait le regard fixé sur le feu pour éviter le visage penché sur son coude.

Holt se retourna pour ouvrir la trousse de pharmacie. « Dégagez votre bras. »

Cette demande était parfaitement logique, Diana le savait, car les morceaux déchirés de sa blouse l'empêchaient de nettoyer la plaie. Guy émit un faible grognement de protestation mais Diana déboutonnait déjà son chemisier pour libérer son bras gauche. Par égard pour la pudeur de Guy, elle mit sa manche devant elle pour se cacher, comme si Holt ne connaissait pas son corps plus intimement que Guy.

Holt n'y prêta pas attention. Il nettoya et désinfecta la plaie avec rapidité et dextérité. Lorsqu'il eut fini, il remit la trousse de premier secours dans le sac attaché à la selle. Diana avait l'impression d'avoir été soignée par un étranger.

– Merci. On sentait dans sa voix combien il l'avait traitée avec froideur.

Quand Diana réenfila sa manche, Rube lui dit : « Si vous m'le demandez, j'vous dirai qu'vous avez eu une sacrée chance de vous en sortir juste avec une égratignure.

– De la chance, admit Holt.

– De la chance, grogna Rube. « On en a tous eu. On a eu de la chance que tous nos chevaux ne s'enfuient pas vers des régions qu'on connaît pas. J'croyais qu'ça allait être le sauve-qui-peut quand j'ai vu cet étalon se ruer vers nous. »

– On n'y était absolument pas préparés, rappela Guy. « L'étalon nous a pris par surprise. Je suis sidéré par la ruse dont il a fait preuve. Il s'est précipité vers la barricade et l'a démolie sans l'ombre d'une hésitation. Ensuite, il nous a attaqués. Quand il s'est rué vers moi, j'ai cru qu'il allait me tuer. Il a même tenté de disperser nos chevaux pour nous empêcher de le poursuivre. »

– Ne prends pas pour de l'intelligence ce qui n'était que de l'instinct, dit Holt. « L'étalon savait que l'entrée qu'il avait empruntée pour pénétrer dans le ravin était la seule issue. Il s'est rué sur toi parce que tu étais sur son chemin comme la barricade. Quant à nos chevaux, ils ont simplement été pris de panique dans toute cette débandade. On ne peut parler d'attaque. »

– Y a quéque chose de vrai dans c'que vous dites, admit Rube. « Mais c'est pas forcément exact qu'un étalon sauvage n'attaque pas, parce que ça arrive. C'est un diable monté sur quatre pattes, l'animal dont vous parlez. Vous avez vu c'qu'il a fait dans l'enclos du Commandant. »

– Puissant comme il est, pourquoi n'a-t-il pas provoqué l'un des étalons de sa harde ? Pourquoi s'est-il attaqué à ceux de notre ranch ? Cela n'a aucun sens alors qu'il y a des juments sauvages dans ces collines, dit Guy.

– Eh bien, y a peut-être une réponse à ça. Rube s'accroupit près du feu. « Quand j'étais gamin et qu'je chassais les chevaux sauvages, des vieux m'avaient dit qu'ils avaient toujours vu les plus beaux chevaux sauvages sans jument. Ils pensaient qu'ces étalons étaient solitaires parce qu'ils se trouvaient trop bien pour des juments ordinaires. C'est peut-être c'que cet étalon blanc pensait aussi jusqu'à c'qu'il découvre les pur-sang du Commandant. Et y a pas un étalon sauvage qu'hésiterait à voler une jument domestiquée s'il en a l'occasion. »

– Quelle théorie ! s'exclama Holt d'un air sceptique.

– J'ai jamais dit qu'c'était la vérité, se défendit Rube. « Mais c'est c'qu'ils m'ont dit. Tout ça, c'est peut-être que des légendes. J'ai juste raconté ça au cas où ça aurait pu vous éclairer. J'ai jamais prétendu qu'c'était parole d'Evangile. »

– Vrai ou faux, nous partirons à la recherche des juments dès qu'il fera jour. On a eu assez de surprises et de discussions pour ce soir, déclara Holt. « Il est temps d'aller essayer de dormir un peu. »

Personne ne songea à le contredire, et surtout pas Diana. Les selles étaient posées autour du feu comme des repose-têtes. Diana s'allongea aussi près que possible du feu et s'enroula dans une des couvertures raides et rugueuses qu'ils mettaient sous les selles. Elle souhaita bonne nuit à Guy et Rube, mais pas à Holt, qui restait silencieux.

Diana ferma les yeux pour essayer de dormir, mais elle ne pouvait chasser les idées qui lui trottaient dans la tête. Quelques instants plus tard, Rube se mit à ronfler et la respiration lente et régulière de Guy montra qu'il dormait aussi. Elle resta longtemps étendue ainsi, sentant le sol dur sous elle et tremblant tant la nuit était froide. Ses yeux étaient toujours fermés mais elle ne pouvait trouver le sommeil.

Il y eut un mouvement, le bruit de quelqu'un qui se lève doucement. Ses cils s'entrouvrirent une seconde et elle aperçut Holt qui rajoutait quelques branches dans le feu. Il resta ensuite immobile devant les flammes. La lumière vacillante donnait à ses traits un relief anguleux et une expression de profonde concentration.

Diana s'assit très doucement, mais elle dut tout de même faire quelque bruit, car il se retourna aussitôt vers elle. Sans se troubler, elle le rejoignit.

– Vous ne pouvez pas dormir non plus ? demanda-t-elle à voix basse pour ne pas réveiller les autres.

– Je ravivais le feu.

Tirant davantage la couverture raide autour de ses épaules, Diana essaya d'ignorer l'air glacé qui la transperçait. « Je ne vous ai pas remercié de m'avoir sauvé la vie », dit-elle. Et, devant son regard vide, elle ajouta : « Je veux dire quand vous m'avez tirée des pieds de l'étalon. J'ai oublié de vous en remercier. »

– Vraiment ? Son regard insultant parcourut son corps comme pour dire qu'elle l'avait remercié par des actes si ce n'était par des mots. Elle ne put contrôler le frisson qui la traversa. « Vous avez froid ? » lui demanda Holt avec une indifférence voulue.

– Evidemment. Sa réponse fut brutale, provoquée par sa fierté qui lui dictait de ne rien lui demander, pas même un signe de gentillesse.

– Vous pouvez toujours vous allonger près de Guy. Je suis sûr qu'il serait ravi de pouvoir vous réchauffer.

A la fois blessée et en colère, elle sentit les larmes lui monter aux yeux. « Comment osez-vous me proposer d'aller dormir avec votre fils après que je vous ai permis de me faire l'amour ? Pour qui me prenez-vous ? »

– Vous avez monté mon fils contre moi. Voulez-vous vraiment que je réponde à cette question, Diana ?

– Alors pourquoi... là-bas, nous... vous...

Holt savait quel trouble elle essayait d'exprimer, et il se tourna vers elle. « Pensez-vous que je regrette maintenant d'avoir posé la main sur votre charmant petit cou quand votre cheval est tombé ? » Tandis qu'il parlait, sa main mima son dialogue et ses doigts froids sur son cou paralysèrent Diana. « Et pensez-vous que je regrette aussi d'avoir mis mon pouce sous votre menton ? Un tout petit coup et j'aurais pu vous rompre le cou et mettre cela sur le compte de votre chute. Si vous étiez morte, j'aurais eu une chance que mon fils revienne vers moi. »

Au lieu de cela, il lui avait fait l'amour, et Diana voyait combien il le regrettait. Elle se sentit terrifiée quand elle plongea son regard dans ses durs yeux gris. Il était tellement maître de lui.

– Pourquoi ne le faites-vous pas maintenant ?

Elle se devait de le défier.

La pression de son pouce sur son menton s'accentua légèrement, mais Diana ne sourcilla et ne détacha pas son regard du sien. Quelque chose traversa son regard. Etait-ce un plaisir cynique ? Ou l'admirait-il malgré lui ? Cela était trop vague pour le discerner. La pression se relâcha une seconde avant que sa main ne se retire de sa gorge. Holt soupira d'un air fatigué.

– Allez vous coucher, Diana.

Il se détourna et retourna vers son lit de fortune, ne lui laissant pas d'autre choix que de l'imiter. Roulée en boule, Diana regardait fixement les flammes. Holt semblait considérer qu'elle avait une grande maîtrise d'elle-même. C'était curieux, elle ne se sentait pas du tout ainsi.

Une heure après le lever du soleil, Rube couvrit les braises de sable pour éteindre le feu. Les chevaux étaient tous sellés. Comme le cheval de Diana montrait encore des signes de faiblesse du côté de sa jambe gauche, il ne lui resta plus qu'à monter le cheval porteur. Elle n'aurait jamais choisi un tel cheval, mais c'était la seule solution si elle ne voulait ni marcher ni monter en selle avec quelqu'un d'autre. Diana préféra opter pour le confort relatif qu'offrait le cheval porteur.

– Qu'allons-nous faire ? demanda Guy après être monté en selle. « Allons-nous retourner au point d'eau ? »

– Non. L'étalon s'est évanoui dans la nature et il va poursuivre sa fuite, déclara Holt. « Nous allons suivre sa piste. »

– Allons-nous retourner au camp ? protesta Guy.

– Non. Rube va y aller, dit Holt et il se tourna vers le vieil homme. « Tu prends le cheval de Diana et tu emportes tout ce que tu penses pouvoir porter. Mais ne le surcharge pas. On te rejoindra. »

– Pour l'amour du ciel, Holt ! l'interrompit Guy avec colère. « Nous n'avons pas mangé depuis hier midi. Nous devons retourner au camp et manger. »

Holt hésita avant de répondre et les balaya tous trois du regard. Diana était d'accord avec Guy. Elle se sentait faible et quasiment la tête vide tellement elle avait faim, mais elle n'en parla pas.

– Très bien, approuva Holt. « Vous allez manger au camp tous les trois et vous prendrez tout ce que le cheval blessé ne pourra pas porter. Voici les jumelles. » Il donna l'étui à Rube. « Je vais suivre les traces de l'étalon. Montez sur une crête et cherchez-moi. Il sera très probablement dans les environs du point d'eau, je ne serai donc pas loin de vous. »

C'est ainsi qu'ils se séparèrent. Trois d'entre eux se dirigèrent vers le canyon qui se situait à quelques kilomètres de là tandis que Holt se mit à la recherche d'un endroit où il pourrait distinguer des traces de l'étalon sauvage et des juments. Le cheval boiteux ralentit l'allure des trois cavaliers.

– Pourquoi n'partez-vous pas devant ? leur suggéra Rube après un kilomètre. « Vous pourrez préparer le petit déjeuner le temps qu'j'arrive. »

– C'est une bonne idée, Rube, approuva Guy et il donna un coup de talon dans les flancs du cheval pour accélérer son allure.

Le cheval de Diana le suivit avec difficulté et sa démarche pesante ne faisait qu'accentuer les nausées qu'elle ressentait tant elle avait faim. Ils trottèrent tranquillement pendant la moitié du chemin puis accélérèrent un peu l'allure jusqu'au camp, mais les deux cadences furent aussi pénibles pour Diana. Néanmoins, cela leur permit de réduire leur conversation au strict minimum. Ils ralentirent quand ils entrèrent dans le canyon et découvrirent ensemble le ravage qui y avait sévi. Ils arrêtèrent aussitôt leurs chevaux.

– Mon Dieu ? Que s'est-il passé ? Guy regardait autour de lui sans pouvoir y croire.

– Peut-être des coyotes, supposa Diana tandis qu'elle mettait pied à terre.

– Je ne pense pas. Regarde ça.

Diana descendit de cheval pour regarder les traces qu'il lui montrait. Elles provenaient de chevaux non ferrés et donc sauvages. Elle les regardait fixement.

– C'est l'étalon sauvage qui a fait cela, déclara Guy.

– Pourquoi ? demanda-t-elle. Puis elle insista : « C'est impossible. »

– Vraiment ?

Diana, troublée, secoua la tête. « Allons voir ce que nous pouvons sauver. »

Le ravage n'était pas aussi terrible qu'il leur avait semblé au premier abord. Les duvets avaient été piétinés et disséminés. Ils les secouèrent pour enlever le sable et les roulèrent soigneusement. Les provisions semblaient aussi avoir été dévastées par un ouragan. A part quelques bosses, les ustensiles de cuisine n'étaient pas abîmés.

En ce qui concernait les vivres, ils avaient eu moins de

chance. Diana s'était agenouillée pour ramasser ce qu'elle pouvait du paquet de farine qui s'était renversé quand Rube et Holt arrivèrent. Elle ne fut pas surprise de voir Holt puisqu'il poursuivait l'étalon.

– L'étalon est venu ici, déclara Guy. « Il a pratiquement détruit toutes nos provisions. » Il provoquait franchement Holt par son attitude, le forçant à expliquer cette catastrophe... si toutefois il en était capable.

– C'est vraiment grave ? Holt posa cette question à Diana.

– On n'avait plus grand-chose, de toute façon. Alors maintenant, il nous reste très peu de provisions. Peut-être assez pour deux repas, répondit-elle.

Holt remua sur sa selle pour inspecter les alentours comme s'il espérait voir l'étalon blanc occupé à les regarder d'un air moqueur.

– Allez-vous préparer le petit déjeuner ? demanda Rube. « Je m'sens tout à fait prêt pour quelques bonnes crêpes. J'imagine que c'sacré étalon a aussi détruit ça. Pensez-vous qu'il l'a fait exprès ? »

– L'homme a une odeur, dit Holt. « Il a amené directement les juments ici pour qu'elles boivent. Et il a probablement fait un rapprochement entre l'odeur de nos affaires et celle qu'il avait sentie quand il s'est fait prendre au piège. »

– La nuit dernière, il a essayé de disperser nos chevaux, lança Guy. « Maintenant il a pratiquement détruit toutes nos provisions. Essaies-tu de me faire croire que cet étalon ne sait pas ce qu'il fait ? »

– Nos chevaux ont été pris de panique hier soir, lui rappela Holt. « Ils auraient réagi de la même façon si un troupeau de bétail s'était rué hors du ravin. L'étalon n'a pas détruit consciemment nos provisions. C'est arrivé seulement parce que c'était plus fragile. Ce n'était pas de la ruse, Guy. C'était de l'instinct. »

– J'crois que Holt a raison, approuva Rube et Guy, écœuré, se détourna d'eux. « J'ai vu un cheval sauvage piétiner la cachette d'un puma. Ça lui était égal au cheval que ce soit seulement sa cachette et non un animal de chair et de sang. On dirait que cet étalon blanc a fait exactement la même chose ici. » Rube mit pied à terre. Il secoua la tête et regarda Holt en jouant l'indignation. « Regardez-moi ça ! Guy était si affamé qu'il a même pas fait un feu. On dirait que j'suis le seul ici qui sache faire partir un feu. C'est jamais fait si c'est pas moi qui m'y mets. »

– Pourquoi ne vous tairiez-vous pas et ne prépareriez-vous pas le feu, Rube ? marmonna Guy.

– Est-ce que vous grognez contre moi, p'tit gars ? se rebiffa Rube. « C'est à votre père de me dire de me taire. Il est... »

– Ouais, je sais, le coupa Guy d'un ton amer. « C'est le grand chef ici. »

– Ça suffit, Guy. La voix de Holt résonna dans l'air avec une grande fermeté.

Diana regardait l'un et l'autre avec appréhension. C'était la première fois que le père et le fils faisaient état de leurs rapports difficiles devant quelqu'un d'autre qu'elle. Elle retint sa respiration, dans l'attente de voir si ces mots allaient conduire à une véritable explosion entre les deux hommes.

Guy se détourna en grommelant : « Je vais vous aider à préparer le feu, Rube. »

– Attendez voir une minute, dit Rube. « On n'a pas besoin de faire du feu tant que Diana nous a pas dit si on va manger ou non. J'vais pas le faire juste pour pas perdre la main. »

– Je pense que j'ai de quoi faire quelques crêpes pour chacun, répondit-elle.

Holt descendit de cheval. « Guy, laisse Rube s'occuper du feu pendant que toi et moi emballerons le matériel. »

– Vous voyez ! C'est c'que j'vous ai dit ! J'suis le seul ici à savoir faire un feu, grogna Rube.

Diana avait tellement faim que la nourriture avait un goût désagréable dans sa bouche, mais elle se força à manger, car elle savait que la journée s'annonçait pénible. Elle regarda les autres, qui mangeaient tranquillement. Holt et Guy ne s'étaient pas rasés ce matin, tout leur équipement étant resté au camp. Et, depuis qu'ils étaient arrivés, aucun des deux n'en avait pris le temps. Les ombres de sa barbe naissante donnaient à Holt un visage encore plus dur et plus fermé. Au contraire, la barbe de Guy était blonde et se remarquait peu. Quant à Rube, il ne s'était pas rasé depuis leur départ du ranch. Et il grattait presque sans arrêt sa barbe poivre et sel qui grandissait chaque jour.

Ils paraissaient peu recommandables avec leur air hagard et leurs vêtements couverts de poussière. A les voir ainsi, Diana se rendait compte de ce que devait être sa propre allure : les cheveux en désordre, sans maquillage et aussi sale que les autres. La manche de son chemisier était déchirée au coude. Et la seule autre blouse qu'elle avait était celle que Holt avait déchiquetée. Diana soupira. Elle savait qu'elle avait peu de chance de remédier à tout cela, même si elle en avait envie, car Holt était très impatient de repartir à la poursuite des chevaux.

Les derniers paquets furent faits après le repas. Bien que le hongre arabe de Diana ne boitât que très peu, ils le chargèrent légèrement et se partagèrent les autres fardeaux entre eux. Diana monta à nouveau le cheval porteur.

Rube avait déjà quitté le camp pour se mettre à la recherche de la piste de l'étalon quand Holt tendit la longe à Diana pour tenir le hongre. « Quand nous rattraperons l'étalon, essayez de ne pas vous éloigner de nous autant qu'il vous sera possible », ordonna-t-il. « Ne vous perdez pas parce que je n'ai pas envie d'aller vous chercher. »

– Je ne veux pas que vous me cherchiez, rétorqua-t-elle, consciente que sa réponse pouvait être prise à double sens.

– Pourquoi Diana doit-elle conduire le hongre ? demanda Guy, prêt à saisir chaque occasion de provoquer une bagarre. « Donne-le à Rube. »

Holt serra les dents. « Tout d'abord, le cheval de Diana est plus lent que les nôtres, et ce cheval qui boite ne la ralentira donc pas beaucoup. Ensuite, il se peut que notre poursuite après ces chevaux exige une terrible chevauchée. Et je ne veux pas qu'elle se casse le cou. »

– Je ne pense pas que cela vous pose réellement un problème, lui répondit Diana avec sarcasme. « En fait, j'aurais plutôt pensé que vous auriez été ravi de vous débarrasser de moi. »

Il lui jeta un regard glacial. « Je n'apprécie guère l'idée de rapporter votre cadavre au Commandant. »

– Je vois. Elle s'assit, raide comme un piquet, sur la selle. « Ce n'est pas l'idée de ma mort qui vous ennuie. C'est d'affronter le Commandant. »

– Vous avez tout compris, lui répondit-il sèchement et il monta en selle.

– Bon Dieu, Holt ! jura Guy, mais Holt se dirigeait déjà vers Rube.

– Laisse-le, Guy. Maintenant que Holt était parti, sa fierté s'évanouit pour laisser place à une grande fatigue.

– Mais...

– Cela m'est égal de fermer la marche. Après ma chute de la nuit passée, la dernière chose dont j'ai envie est de recommencer une chevauchée diabolique à travers ces montagnes. Cela n'était absolument pas vrai, mais c'était un excellent motif.

Guy l'accepta comme tel. « Je ne savais pas », s'excusa-t-il.

– Ce n'est pas grave. Diana tira sur la longe et claqua la langue pour que le hongre la suive quand ils partirent vers Holt et Rube.

Leur allure était lente et Diana n'avait aucune difficulté à les suivre tandis qu'ils suivaient la piste des fuyards. Peu avant 10 heures, ils repérèrent les trois chevaux qui broutaient sur une pente couverte de genévriers. Comme la première fois, l'étalon se tenait sur ses gardes, à la fois en éveil et détendu cependant.

– Il est là, murmura Guy.

Le ton de sa voix autant que son regard montraient combien il était excité.

– Si cet étalon reste fidèle à ses habitudes..., commença Rube tranquillement, en se penchant vers Holt, quand vous lui sauterez dessus, il va courir vers la gauche et retourner vers le canyon. Nous pourrons poursuivre la harde. Tôt ou tard, l'étalon va abandonner les juments et s'sauver en espérant nous éloigner d'elles. C'est à c'moment-là qu'nous pourrons attraper nos juments.

– D'accord. (Holt approuva d'un signe.) Je vais les faire venir par ici. Guy et toi vous vous postez à quatre ou cinq kilomètres le long du chemin que, d'après vous, l'étalon va prendre. Diana, vous restez ici. Si Rube a raison, l'étalon va revenir par ici. Puis il détourna son regard vers les deux autres. « Quel que soit celui d'entre nous qui poursuit la harde au moment où l'étalon s'enfuit, il ne le perd pas d'un pouce. Forcez-le à continuer sa fuite pendant que les autres attrapent les juments. »

Le cheval porteur que Diana montait voulut suivre les autres quand ils s'éloignèrent, mais elle le retint. Rube et Guy se séparèrent en se dirigeant vers la gauche, tandis que Holt se rapprochait des fuyards.

De l'endroit où elle était, Diana pouvait voir Holt progresser lentement le long d'un ruisseau à sec en profitant du sable pour assourdir le bruit que faisaient les sabots de son cheval. Il n'y avait presque pas de vent. Lorsqu'il fut très près de la pente, elle vit l'étalon tressaillir, soudain en alerte, les oreilles tendues dans la direction de Holt.

Quand Holt fut à portée de vue de l'étalon, le cheval blanc ne hennit pas et ne dispersa pas les juments. Au contraire, il le défia d'un cri aigu et sa longue queue d'ivoire se redressa. D'un pas orgueilleux, l'étalon se dirigea effrontément vers son adversaire.

– Mon Dieu, murmura Diana, et elle sentit son cœur battre de peur. « Il va l'attaquer. »

Holt aurait dû se méfier de la réaction inhabituelle du cheval, mais il continua à avancer sans ralentir son allure. A peine trente mètres les séparaient quand l'étalon fit demi-tour d'un bond : la retraite semblant plus sage que l'intrépidité. Il hennit violemment contre les juments et elles s'élancèrent d'un bond toutes ensemble. A nouveau, la jument brune prit la tête, tandis que l'étalon les poussait par-derrière.

Les chevaux s'enfuirent, comme si Holt était encore tout près d'eux. Holt était au galop mais ne poussait pas son cheval à fond. Il se contentait de les garder à portée de vue. Ils disparurent derrière une colline. Debout sur les étriers, Diana essayait de les apercevoir, s'attendant à ce qu'ils débouchent sur la gauche, là où Rube avait dit que l'étalon les entraînerait. Une minute plus tard, elle les vit, les juments galopant pendant que l'étalon marchait au pas, sans effort, derrière elles.

Elle les perdit de vue, et n'aperçut plus que les nuages de poussière qu'ils soulevaient. Diana attendit, son cœur battait tant elle était excitée. Elle aurait beaucoup aimé participer à cette chasse au cheval sauvage. Une éternité s'écoula. Le temps lui parut si long qu'elle se demanda ce qui était arrivé.

Puis elle les vit sur sa droite, au sommet d'un colline. Ils venaient vers elle. La jument brune était toujours en tête mais galopait maintenant avec difficulté. Les deux autres juments semblaient également très fatiguées mais l'étalon les obligeait avec brutalité à poursuivre leur course, leur montrant les dents et les mordant sauvagement dès qu'elles ralentissaient un peu l'allure. Rube apparut, galopant derrière eux. Il était encore plus près d'eux que Holt ne l'avait été.

Les juments passèrent dans un tourbillon à moins de deux mètres, écumantes et essoufflées. L'étalon marchait toujours au pas et sans effort apparent, tout en continuant implacablement à pousser son harem. Son poil n'était plus d'un blanc étincelant : il était mouillé et couvert de poussière. Ses naseaux aspiraient l'air goulûment. Il ne pourrait probablement continuer cette course effrénée très longtemps.

Quand ils approchèrent de la pente où ils avaient été mis en déroute, ils durent traverser le ruisseau que Holt avait suivi. Il semblait avoir à peine plus d'un mètre de large. La jument brune ralentit, prit son élan et sauta d'un bond le ruisseau. Les deux juments la suivirent. Le bord s'effrita sous l'une d'elles et elle dégringola dans le fond du ruisseau. C'était Cassie, la jeune jument primée. Elle se débattit pour essayer de se remettre sur ses pieds. De l'autre côté de la rive, l'étalon hésita puis regarda vers l'homme qui les poursuivait. Il secoua la tête avec colère puis abandonna la jument qui était tombée et rejoignit rapidement les deux autres membres de sa harde.

– Je vais attraper la jument, cria Diana à Rube. « Vous, continuez ! »

Il fit un signe de la main pour montrer qu'il avait entendu. Il n'essaya pas de faire sauter le ruisseau à sec à son cheval mais fit un léger écart pour rejoindre l'autre rive.

Quand Diana atteignit le ruisseau en traînant le hongre blessé, la jument venait juste de se remettre sur ses sabots. Elle était sous le choc mais ne semblait pas blessée. La jument essaya sans grand enthousiasme d'éviter Diana, puis resta tranquille quand Diana la captura au lasso.

Elle ramenait les deux chevaux vers l'endroit d'où elle voyait très bien les environs quand elle entendit un cri. Jetant un regard par-dessus son épaule, elle vit Holt et Guy qui trottaient vers elle. Holt poursuivait les fuyards et dit quelque chose qu'elle ne comprit pas. Diana se retourna et se mit debout sur ses étriers.

Comme Rube l'avait prévu, l'étalon avait abandonné les juments. Quittant sa route, il avait dévié sur la droite et Rube lui donnait la chasse. La jument sauvage poursuivait son chemin mais l'arabe Nashira avait déjà ralenti.

Diana comprit aussitôt le signal de Holt et les suivit au trot tandis que Holt et Guy barraient la route à la jument. Ils l'attrapèrent aussi facilement que Diana avait pris l'autre. Lorsque Diana s'arrêta derrière eux, Holt avait mis pied à terre et passait une corde autour du cou de la jument, la saisissant avec brutalité. Il prit également au lasso l'autre jument.

– Rattrapons Rube, dit-il.

L'étalon blanc, toujours poursuivi, traversait une région accidentée. Rube n'aperçut pas ses poursuivants, tant il se concentrait sur l'étalon. Le bras de Diana était blessé par la corde à force de traîner les chevaux, mais elle ne voulait pas quitter les autres.

Elle monta une colline escarpée et arriva sur un plateau. Guy et Holt la précédaient de peu. Au loin, elle apercevait Rube et la silhouette de l'étalon blanc. Rube finit par regarder derrière lui et s'arrêta, en attendant qu'ils le rejoignent. Quand Guy et Holt arrivèrent à sa hauteur, ils eurent une conversation animée. Ne comprenant pas pourquoi, Diana fronça les sourcils. Puis elle atteignit enfin le petit groupe.

– L'étalon est pris au piège, lui dit Guy. « Il n'y a aucune issue pour quitter ce plateau hormis le chemin que nous avons emprunté. »

Elle le vit devant eux qui allait et venait d'un pas nerveux, puis se tourna vers Holt. « Qu'allez-vous faire ? »

– Laissons-le partir. Nous avons réussi à l'éloigner de son territoire. Peut-être n'y retournera-t-il pas.

– On pourrait le prendre, insista Rube. « Il est fatigué, j'vous l'ai dit. Guy et moi pouvons l'prendre au lasso et vous l'attraperez par les pieds. Ça sera fait en un clin d'œil. On n'retrouvera jamais une telle occasion. »

– Que veux-tu qu'on fasse d'un étalon sauvage ? demanda Holt en grimaçant. « Il ne nous servira à rien. Nous devrions le tuer avant d'arriver à le dresser. Nous avons eu ce que nous cherchions. Il est temps de ramener les juments au ranch. »

– Mais j'vous dis...

– Regardez ! (Guy leur montra du doigt l'étalon.) C'est du suicide !

L'étalon disparut de l'autre côté du plateau dans un bruit d'éboulement. Ils se précipitèrent aussitôt vers l'endroit et s'arrêtèrent au bord du vide. A mi-chemin de la pente formée de roches schisteuses et donc friables, l'étalon était assis sur son arrière-train et se laissait glisser. Une avalanche de petites pierres réduisit à néant le peu d'équilibre qui lui restait. Il tomba et roula jusqu'au fond du ravin.

– S'il s'en sort sans une jambe cassée, murmura Rube, j'veux être maudit...

L'étalon resta étendu sans bouger du tout. « Il est mort », dit Guy d'une voix étouffée et Diana sentit sa gorge se serrer.

Puis il releva un peu la tête. Une seconde plus tard, il réussit à se remettre sur ses sabots. Il se secoua vigoureusement pour se débarrasser de la poussière et se redressa tout à fait. Il fit quelques pas et reprit son allure habituelle. Son pas semblait lent et un peu pesant mais l'étalon n'était pas blessé.

Diana, qui jusque-là avait retenu sa respiration, soupira d'aise.

– Avez-vous vu cela ? s'exclama Guy. « Mon Dieu ! Comment a-t-il pu faire cela ? »

– J'ai même pas vu une égratignure sur son poil blanc ! déclara Rube.

– J'étais sûr qu'il s'était cassé le cou, dit Guy.

– C'est dommage que cela ne soit pas arrivé, dit Holt sèchement.

Il n'était guère impressionné par le miracle auquel ils avaient assisté.

– Vous ne pouvez pas dire cela, protesta Diana.

– Si. J'ai le pressentiment que cet étalon va revenir.

La façon dont Holt regardait l'étalon blanc qui s'éloignait au pas lui fit penser à un chasseur qui regarde sa proie lui échapper. On y sentait une certaine indifférence liée à la certitude qu'ils allaient se retrouver. Mais cette impression était ridicule. Diana chassa cette idée de son esprit. L'étalon n'intéressait absolument pas Holt. Il n'était pas venu ici que pour rechercher les juments.

– Pourquoi a-t-il fait cela ? Guy était encore abasourdi par ce qu'il avait vu.

– L'étalon était pris au piège et il l'savait, répondit Rube.

– Mais se jeter dans le vide comme cela...

Guy secoua la tête.

– Les chevaux sauvages savent bien qu'il vaut mieux risquer n'importe quoi plutôt que d'être attrapé. Ils se jettent du haut des falaises ou plongent dans des torrents. Certains vont jusqu'à préférer la mort au lasso du cow-boy.

Holt fit pivoter son cheval et s'éloigna du bord du ravin pour reprendre le chemin par lequel ils étaient venus. Les autres le suivirent tandis que Rube poursuivait son discours.

– Quand je chassais les chevaux sauvages, j'ai entendu parler de chevaux qui refusaient de boire ou de manger après avoir été capturés. On leur mettait du foin et de l'eau juste devant eux et ils s'laissaient mourir. Un type m'a dit un jour qu'il avait pris un cheval sauvage. Avec d'autres gars, ils l'ont ramené à leur ranch. Sur le chemin, ils devaient traverser une petite rivière. Eh bien, il m'a dit que le cheval avait plongé son naseau dans l'eau et qu'ils n'ont jamais réussi à lui sortir la tête de là. Il s'est noyé, il s'est noyé dans vingt centimètres d'eau. Et un autre gars m'a raconté qu'il avait attrapé un cheval sauvage dans un marais. Il...

Diana n'écoutait pas ces histoires. Elle pensait au moment où le cheval s'était redressé alors que Guy venait juste de dire qu'il était mort. Holt avait dit que l'étalon reviendrait. Cela était-il vrai ?

CHAPITRE XI

Lorsqu'ils aperçurent le ranch, le ciel était zébré de rose. Les chevaux accélérèrent l'allure, tant ils étaient impatients de pouvoir manger, boire et se reposer. Diana était si fatiguée, si affamée qu'elle se demandait si elle aurait eu la force de rester une heure de plus en selle.

Un comité d'accueil salua leur retour. Les questions fusèrent. Diana les ignora, laissant aux autres le soin d'y répondre. D'un faible sourire, elle remercia l'homme qui lui prit son cheval.

– Le Commandant a dit qu'il imaginait volontiers que vous voudriez avant tout vous laver mais il vous attend ensuite chez lui, Holt, annonça Floyd Hunt. « Et il a dit de ne pas vous préoccuper du repas. Vous aurez tout ce que vous voulez sur la table. »

– Merci, Holt acquiesça d'un signe. Quand il regarda Diana, ses yeux semblaient ceux d'un vieillard. « Dites au Commandant que nous serons là dans moins d'une demi-heure. »

– D'accord.

Sentant ses jambes se dérober sous elle, tant la chevauchée l'avait fatiguée, elle se dirigea vers la maison principale. Le Commandant était au salon. Il leva les yeux vers elle et lui sourit, quand elle referma la porte derrière elle.

– Comment s'est passé cette chasse ?

Il ajouta quelques cubes de glace dans un verre.

Diana prit une profonde inspiration, puis répondit simplement : « Elle a été couronnée de succès. »

– Tu veux boire quelque chose ?

– Un whisky avec des glaçons, lui demanda-t-elle sans hésiter.

Il prit un carafon de cristal sur un plateau et versa l'alcool ambré sur les cubes de glace. « Tu es dans un état épouvantable », lui dit-il en revenant vers elle pour lui donner le verre.

– Merci. Elle eut un sourire forcé.

– Quand on m'a dit que vous arriviez, j'ai demandé à Sophie de te préparer un bain de mousse bien chaud. Il t'attend.

– Pas étonnant que les gens m'accusent d'être gâtée. Diana eut un rire bref et l'embrassa sur la joue.

Elle sirota le verre en se dirigeant vers sa chambre tout en déboutonnant son chemisier sale.

– Qui dit que tu es gâtée ? lui demanda le Commandant en la suivant.

Le verre dans une main, elle enleva sa blouse et la jeta par terre dans sa chambre. Elle se dirigea aussitôt vers sa salle de bains qui fumait et embaumait : son bain était prêt.

– Holt, pour commencer, répondit-elle. Elle posa son verre sur le bord de marbre et commença à se déshabiller.

– Tu veux ton peignoir ?

– Oui.

Diana se glissa dans son bain de mousse.

– Ainsi, Holt pense que je t'ai pourrie, dit le Commandant tandis qu'il lui apportait son peignoir et l'accrochait à un portemanteau. « Vous êtes-vous disputés pendant tout votre périple ? »

Diana ferma les yeux. Elle avait de la mousse jusqu'au cou et elle essayait d'oublier tout ce qui s'était passé entre Holt et elle ces jours derniers. « Si cela ne te dérange pas, je préférerais éviter de parler de lui. »

– Vous êtes restés plus longtemps absents que je ne le pensais.

– Oui. Diana soupira d'aise : le bain chaud détendait ses muscles endoloris.

– Comment vont les juments ?

– Cassie a deux morsures sur la croupe qui ont un sale aspect. Elles ont toutes les deux un peu maigri mais, dans l'ensemble, elles ont l'air en bonne forme, lui répondit-elle.

– Je crois avoir vu un des chevaux boiter.

– C'est le mien. Holt pense qu'il s'est froissé un muscle. Ce n'est pas grave.

– Comment est-ce arrivé ? Et comment t'es-tu blessée au coude ?

– Je suis tombée. Mon cheval s'est emmêlé les pieds et est tombé. Je suis passée par-dessus sa tête et j'ai fait un superbe saut. Diana sourit devant le visage soudain préoccupé de son père. « Ce n'est pas ma première chute, Commandant. »

– Non, probablement pas.

– Et comment ça s'est passé au ranch pendant que nous étions partis ?

– Bien. Nous n'avons eu aucun problème.

– Et Fath, l'étalon, comment va-t-il ?

– Il se remet très vite. Il est encore trop tôt pour dire s'il va retrouver complètement l'usage de sa jambe avant gauche. Il risque de rester boiteux mais nous ne le saurons pas avant quelque temps. Nous avons assez parlé. Il sourit. « Détends-toi dans ton bain. Quand tu seras prête, rejoins-moi à la salle à manger. Sophie a préparé un monceau de sandwiches. »

Quand il se détourna pour partir, Diana le rappela soudain. « J'ai oublié : Holt m'a chargée de te dire qu'il serait là dans une demi-heure. »

Le Commandant acquiesça d'un signe. Puis il sortit. Diana se relaxa dans l'eau parfumée, ne pensant plus à rien et se laissant aller au plaisir sensuel de ce bain.

Elle enroula ensuite ses cheveux tout propres dans une serviette en formant un joli turban qui encadrait son visage. Elle s'arrêta devant le miroir pour se passer du mascara sur ses cils, recourbés et très fournis, et se mit un rouge à lèvres couleur corail. Elle attacha la ceinture de son peignoir et, pieds nus, se dirigea vers la salle à manger.

Le Commandant l'accueillit d'un regard souriant et admirateur. « C'est beaucoup mieux. »

– Moi aussi, je me sens mieux. Mais sa réponse fut couverte par le résonnement des pas qui venaient du porche.

Un instant plus tard, Holt pénétra dans la maison, suivi de Guy et de Rube. Ses yeux gris l'effleurèrent avant de se tourner vers son père, et Diana se sentit aussitôt nerveuse. Ils avaient tous pris une douche et s'étaient changés. Ils s'étaient également rasés.

Holt avait l'air frais et en pleine forme. On n'aurait jamais pensé qu'il venait de passer la majeure partie de ces quatre derniers jours à cheval. Mais Diana remarqua que le coup qu'il avait reçu à la mâchoire faisait une marque bleuâtre. Le Commandant aurait dû être aveugle pour ne pas la voir.

Il montra sa mâchoire d'un geste et rit. « De quoi avait l'air votre adversaire, Holt ? » A cet instant, Guy se tourna et le Commandant vit qu'il avait la lèvre fendue et la joue contusionnée. Son regard vif retourna à Holt et le questionna en silence.

– Nous avons tous eu des problèmes, pour sûr, Commandant, déclara Rube. « Guy est tombé. Holt s'est renversé contre quelque chose. Diana a déchiré sa blouse dans des broussailles. Cet étalon blanc a essayé de disperser nos chevaux puis s'est attaqué à notre camp et a détruit toutes nos provisions. J'ai pas mangé depuis midi. »

– Tout cela est-il vrai ? (Le Commandant se rembrunit.)

– Un peu embelli, dit Holt.

– Comment cela ? Puis il marqua un temps. « Les explications peuvent attendre. Sophie a tout préparé sur la table. Venez vous restaurer. »

Lorsque Diana s'approcha de la table, Guy était là et lui présenta une chaise pour qu'elle s'assît. Son regard reflétait sa passion. Quand il poussa sa chaise vers la table, il se pencha vers elle.

– Tu es ravissante, murmura-t-il à son oreille. « Tu as l'air d'une reine. »

– Merci. Diana évita soigneusement de regarder Holt, tandis que Guy s'asseyait à ses côtés.

Personne ne parla, tant ils étaient impatients de remplir leurs estomacs. Le Commandant attendit patiemment, puis demanda :

– Parlez-moi de l'étalon.

– Il est blanc, très grand, solidement bâti et très bien proportionné. Et il est toujours avec une jument sauvage de couleur brune. De plus, il marche toujours au pas, ajouta Holt comme si cela lui était soudain revenu à l'esprit.

– Comment ?

Diana comprit volontiers le regard incrédule de son père. Ils avaient tous réagi de la même manière la première fois qu'ils avaient vu l'étalon marcher ainsi.

– C'est un sacré étalon, précisa Rube. « Nous l'avons pourchassé pendant plus de quatre jours et il a jamais changé d'allure... pas une seule fois. Commandant, si vous l'aviez vu rouler de gauche à droite : on aurait dit un fauteuil à bascule. C'était quelque chose ! »

– C'est vraiment sérieux ce que vous dites là ?

– Parfaitement sérieux, dit Holt en se resservant de la salade de pommes de terre.

– C'est la réincarnation de l'Etalon Blanc Qui Va Toujours Au Pas... c'est pas autre chose, déclara Rube. « Vous avez sûrement entendu les légendes qu'on raconte sur lui, Commandant. »

– L'Etalon Blanc Qui Va Toujours Au Pas ? Oui, oui. Bien sûr, j'en ai entendu parler. Il se renversa dans sa chaise, semblant réfléchir à ce qu'il venait d'entendre.

– A-t-il vraiment existé ? demanda Guy d'un ton sceptique.

– Oui, répondit le Commandant puis il poursuivit : « Mais j'ai toujours été convaincu qu'il n'y avait pas un seul étalon qui avait cette réputation. Les chroniques sur l'Ouest américain relatent des tas d'histoires sur l'Etalon Qui Va Toujours Au Pas. Il a eu différents surnoms tels que : Le Cheval Sauvage Blanc Qui Va Toujours Au Pas, Le Coursier Blanc Des Plaines et bien d'autres encore. Vous devez comprendre que les chevaux blancs n'étaient pas rares dans l'Ouest autrefois. »

– Mais un cheval qui va toujours au pas ? Guy, toujours incrédule, secoua la tête.

– La plupart des chevaux d'Amérique du Nord étaient des animaux d'origine espagnole. Les Espagnols avaient des chevaux qui, disait-on, pouvaient aller si vite au pas qu'ils distançaient les chevaux au galop. On pensait que la race des Narragansett de la côte est, qui étaient des chevaux qui allaient au pas, descendait d'un étalon espagnol. Cette espèce a aujourd'hui disparu. En fait, cette race de marcheurs d'origine espagnole a été beaucoup mieux préservée en Amérique du Sud. J'ai lu quelque part que ces chevaux d'Amérique du Sud étaient généralement de couleur claire – gris, beige ou blanc – et qu'ils avaient la peau noire. Après cette explication, le Commandant fit une pause puis poursuivit. « C'est donc votre théorie, Holt. Cet étalon serait un descendant de cheval espagnol. »

– Ce n'est pas mon opinion, c'est celle de Rube, précisa Holt. « Mais après ce que vous venez de dire, cela semble plausible. »

– C'est une théorie fascinante. Je regrette de ne pas l'avoir vu, dit le Commandant.

– J'doute qu'vous en ayez l'occasion maintenant. On l'a poussé jusqu'en Utah.

Rube parla la bouche pleine et on entendit mal ce qu'il dit.

– On est allés très près de la frontière de l'Etat. Je ne sais pas si on l'a traversée. Holt ne voulait pas que Rube fasse croire que leur poursuite les avait entraînés si loin.

– Mais vous pensez que l'étalon va revenir, rappela Diana à Holt.

Holt ne semblait pas vouloir répondre puis il jeta froidement : « Oui, je le pense. » Il regarda le Commandant. « Cela vaudrait peut-être mieux de garder les juments plus près de la cour du ranch dans les jours à venir. »

– Faites ce que vous estimez nécessaire, répondit le Commandant.

– Shetan étant mort et Fath blessé, nous allons avoir besoin d'un nouvel étalon, reprit Holt. « Je vais passer quelques coups de fil demain pour voir ce que je peux trouver. En fonction des disponibilités actuelles, j'achèterai un étalon ou j'en louerai un. »

Diana les fixait, incrédule : Holt n'avait pas demandé quoi que ce soit au Commandant au sujet de ses projets. Il ne l'avait pas même consulté. Il avait simplement informé son père de ce qu'il avait l'intention de faire. Puis la conversation tourna sur les différentes valeurs des étalons suivant leurs origines. Diana était si furieuse de l'attitude de Holt qu'elle ne prit pas part au débat.

Elle observa discrètement son père. Il était marqué par l'âge et la maladie. Le Commandant n'était plus l'homme fort et indomptable qu'il avait été. Ses cheveux noirs étaient désormais gris, son teint était pâle et sa mâchoire, autrefois si autoritaire, était devenue molle. Sa main était agitée de légers tremblements.

Elle avait toujours pensé qu'il se remettrait totalement. Mais aujourd'hui elle comprenait qu'il ne serait jamais plus le même homme. Par instants, on le sentait redevenir lui-même mais cela ne durait jamais. Le Commandant avait délégué ses pouvoirs à un étranger et n'avait plus qu'un rôle de prestige. Diana aurait tant aimé éviter l'inéluctable : il avait l'air si pathétique. C'était un vieil homme, malade et faible. Elle sentait un désir impérieux de le protéger des autres.

Elle interrompit la conversation. « Il se fait tard, Commandant. » Elle se sentait soudain comme une mère rappelant à son enfant qu'il est temps d'aller au lit.

– Comment ? Il la regarda un instant, l'air morne, puis dit : « Oui, c'est vrai. »

Le repas était terminé. Il n'y avait plus aucune raison que les autres s'attardent. Holt saisit l'allusion et repoussa sa chaise. Il se leva aussitôt.

– Excusez-nous, Commandant. Je pense qu'il est temps de nous séparer, à moins que vous ne vouliez discuter d'autre chose avec moi.

A ces mots, Diana se hérissa. Holt parlait à son père comme s'il était toujours le patron, alors qu'il savait bien qu'il ne l'était plus. Qui pensait-il tromper ?

– Non, je pense que nous en avons terminé, répondit le Commandant, dévoilant ainsi sa fatigue. « Voyez avec Floyd pour le reste. »

Diana se leva pour accélérer leur départ. Guy était à côté d'elle et lui demanda d'un ton empressé : « Diana... »

Bien qu'elle ne sût pas ce qu'il voulait lui demander, elle le coupa aussitôt : « Je suis fatiguée, Guy. » Elle s'approcha de son père et effleura le dossier de sa chaise. Elle avait une attitude à la fois protectrice et possessive. « Bonne nuit. » Elle adressa ces mots aux trois hommes et ils lui rendirent sa politesse quand ils quittèrent la pièce. En partant, Rube saisit hâtivement deux sandwiches qu'il emporta avec lui.

Quand ils furent seuls, Diana dit : « Je ne sais pas comment tu te sens, mais moi je vais me sécher les cheveux et me mettre au lit. » Ces mots semblaient pousser le Commandant à aller se coucher, ce dont il avait grand besoin.

– Je suis également fatigué, acquiesça-t-il. « Ces quatre jours ont dû être une véritable aventure pour toi. »

– Oui, c'est certain. Bonne nuit.

– Bonne nuit.

Le lendemain matin, quand Diana entra dans la salle à manger, le Commandant prenait son petit déjeuner. Il avait l'air reposé, et Diana se sentit un peu rassurée.

– Bonjour, Commandant, lui lança-t-elle gaiement. Quand la gouvernante entra, elle la salua d'un : « Bonjour, Sophie. Donnez-moi juste un toast et un jus de fruits, s'il vous plaît. »

– Très bien, Mademoiselle. La gouvernante se retira et gagna la cuisine.

– La journée s'annonce superbe, tu ne trouves pas ? Diana se versa un peu de café.

– C'est vrai. Le Commandant la regarda d'un air indulgent. « Mais quelque chose me dit que tu as autre chose en tête que la pluie et le beau temps. »

– Tu as bien deviné. Elle était contente de ne pas avoir à chercher de ruse pour aborder le sujet dont elle voulait l'entretenir. « J'ai réfléchi la nuit dernière et j'ai décidé que je devrais te décharger de certaines responsabilités pendant ta guérison. »

– Holt s'occupe très bien de tout, lui rappela-t-il.

« Comme si je ne le savais pas », pensa-t-elle, mais elle dit : « Je sais que tu as dû lui confier beaucoup de choses. Vu les circonstances, tu n'avais personne d'autre à qui déléguer tes pouvoirs... Mais je suis là maintenant. Il n'y a aucun travail au ranch que je ne connaisse... Tu pourrais même dire que je l'ai appris à la sueur de mon front. » Elle rit, affectant un ton léger. « Il n'y a aucune raison pour que je ne reprenne pas les choses en main. Holt a fait du bon travail, mais tu dis toi-même que personne ne peut s'occuper des affaires d'autrui aussi bien que des siennes. »

– C'est vrai.

– A part le fait que j'en suis capable et que j'ai l'expérience requise, j'ai envie de m'en occuper... C'est tout à fait naturel puisque je suis ta fille... C'est aussi chez moi ici.

– Que puis-je répondre à cela ? Le Commandant avait l'air plutôt satisfait.

– Rien, j'espère. Elle ne put retenir un sourire triomphant.

– Je vais en discuter avec Holt au déjeuner.

Ses yeux se troublèrent et étincelèrent soudain. « Pourquoi as-tu besoin d'en parler avec lui ? »

– Si tu veux éviter un drame, tu ne peux démettre un homme valable de ses fonctions sans prendre le soin d'en parler avec lui en premier lieu. Cela exige du tact, lui expliqua-t-il avec plus que de l'indulgence. Sophie apporta le toast et le jus de fruits de Diana, et se retira aussitôt. « Nous parlerons à Holt à l'heure du déjeuner. Quand tu auras terminé ton petit déjeuner, essaie de le trouver pour lui demander de venir un peu plus tôt s'il le peut. »

– Très bien, approuva-t-elle aussitôt.

On sentait à son pas combien elle était contente quand elle descendit quelques instants plus tard vers les bâtiments du ranch.

Les chevaux et les cavaliers étaient réunis près de l'écurie. Parmi eux, elle reconnut Guy mais n'aperçut pas Holt. Guy quitta les autres pour venir à sa rencontre.

– Bonjour. Il s'arrêta devant elle et son visage s'éclaira d'un sourire radieux. « Veux-tu dire à Sophie que Holt ne sera pas là pour déjeuner ? »

– Pourquoi ? Où est-il ? Et elle rougit de colère.

– Il est parti de bonne heure ce matin pour aller voir quelques étalons. Il a dit qu'il ne rentrerait que tard ce soir. Il eut une moue amère. « Moi, je dis bon vent. »

Elle serra les lèvres. « Il ne perd sûrement pas son temps en essayant de trouver un nouvel étalon. »

– Nous avons trois juments qui vont être en chaleur et aucun étalon pour les monter.

– Oui, tu as raison. Mais cela ne calma pas sa sensation de frustration.

– Holt a donné des ordres pour amener les juments dans l'enclos intérieur. C'est ce que nous allons faire. Pourquoi ne nous accompagnes-tu pas ?

– Non. Elle refusa d'un air absent, ses pensées étaient déjà ailleurs.

– Tu ne sais plus dire que non. Il lut dans son regard. « Pourquoi ne me dis-tu pas d'aller voir ailleurs ? C'est ce que tu faisais autrefois. »

Diana se retourna vers lui, faisant un geste pour protester, mais Guy rejoignait déjà les autres. Ses traits s'étaient durcis sous la colère. Diana ne le rappela pas.

Ce soir-là, quand elle alla se coucher, Holt n'était toujours pas rentré et elle n'avait donc pas pu lui transmettre le message du Commandant. Le lendemain matin, après le petit déjeuner, elle s'aventura à nouveau dans la cour du ranch pour essayer de le trouver.

Diana s'adressa à l'un des hommes. « Où est Holt ? »

– Il soigne une jument dans l'écurie.

Elle trouva Holt et un des employés dans la stalle de Cassie. Ils soignaient les morsures que lui avait faites l'étalon blanc. Diana s'approcha. « Je vais la tenir. Vous pouvez disposer, Tom », dit-elle à l'homme qui tenait la tête de la jument.

Avant de lâcher prise, l'homme lança un regard vers Holt pour qu'il lui confirme cet ordre, puis il obéit. Cela déplut à Diana. Avant son mariage et son départ du ranch, personne n'aurait osé enfreindre un ordre donné par la fille du Commandant. Cela montrait une fois de plus combien les choses avaient changé pendant son absence.

Elle attrapa fermement le cou de la jument et parla doucement à l'animal, laissant à Holt le soin de finir son travail avant de lui expliquer la raison de sa présence. Il s'éloigna de la jument et boucha la bouteille d'antiseptique.

– Avez-vous trouvé un étalon ? demanda Diana pour commencer.

– Peut-être. Il finit par la regarder et ses yeux gris essayaient de la percer à jour. « Mais ce n'est pas ce qui vous amène ici. Que voulez-vous ? »

Elle se sentit troublée par la force virile qui se dégageait de sa présence. C'était une réaction purement physique et elle ne pouvait se contrôler. Holt se montrait totalement indifférent à elle.

– Le Commandant veut vous parler. Vous devez venir de bonne heure pour déjeuner. Sa voix trembla un peu quand elle lui transmit ce message.

– Je ne veux pas venir. Je ne serai pas là à midi. Holt quitta la stalle et se retrouva dans le large couloir central. « Dites-lui que je serai là ce soir. »

Diana le suivit, raide comme un piquet tant elle était en colère. « Le Commandant vous dit de venir et vous répondez : "Qu'il attende !" Il fut un temps où vous vous pliiez à ses ordres. »

– Je ne m'y suis jamais plié. Je faisais ce qu'il me demandait et je continue. S'il avait su que j'avais pris d'autres engagements, il aurait été le premier à me proposer de remettre cette entrevue.

Et, s'il avait été urgent qu'il me voie, il aurait dit : « Venez immédiatement. »

Diana ne put lui répondre : lorsqu'ils sortirent de l'écurie, elle aperçut une camionnette qui s'engageait dans la cour du ranch. On lisait sur la portière l'insigne du gouvernement. Diana oublia sa colère et lança un regard interrogateur à Holt.

– Que pensez-vous qu'il veuille ? Elle se mordit les lèvres.

– Nous allons le savoir très vite.

La camionnette s'arrêta devant la maison du Commandant. Diana et Holt la rejoignirent. Un homme d'une quarantaine d'années, petit et trapu, en descendit. Il portait l'uniforme classique : un Levi's, une chemise et un chapeau de paille. Il se dirigea vers la maison, puis les aperçut et s'arrêta.

– Bonjour.

– Bonjour. Diana lui rendit son salut avec son sourire le plus désarmant. « Pouvons-nous faire quelque chose pour vous ? »

– Peut-être. Sa voix était bourrue mais il n'avait pas l'air agressif. « Je m'appelle Keith Jackson. Je suis du Bureau de l'Aménagement du Territoire. Je suis venu voir M. Somers. »

– Je suis sa fille, Diana Somers. Lorsqu'elle se présenta, l'homme retira poliment son chapeau et elle découvrit son crâne chauve et luisant. « Mon père n'est pas très bien. Peut-être puis-je vous aider ? »

L'homme lança un regard hésitant vers Holt comme s'il répugnait à parler à une femme. Holt lui tendit la main. « Je me présente : Holt Mallory. Je dirige le ranch du Commandant. »

– Il n'est pas absolument indispensable que je parle au Commandant en personne, dit l'homme en s'adressant à Holt. « Je suis sûr que vous pouvez me donner les renseignements dont j'ai besoin. »

– Je vais essayer, lui répondit Holt d'un air aimable. « Que voulez-vous savoir ? »

– On nous rapporte au Bureau que vous avez eu quelques problèmes avec des chevaux sauvages.

– Comment avez-vous entendu parler de cela ? Il y avait une certaine moquerie dans sa question.

– Vous savez comment ces histoires font le tour de la région. L'homme rit. « Quelqu'un le dit à un autre qui le rapporte à un troisième. Tôt ou tard, cela arrive jusqu'à nos oreilles. »

– Qu'avez-vous entendu dire ? demanda Diana en retenant sa respiration.

– Qu'un étalon sauvage avait volé deux de vos juments.

– Nous avons effectivement perdu deux juments, admit Holt. « Et nous avons dû aller les chercher. Mais quand nous les avons trouvées, elles n'étaient pas avec un étalon sauvage. »

Diana eut une moue : ce demi-mensonge l'amusait. Quand ils avaient retrouvé les juments, l'étalon blanc n'était effectivement pas avec elles.

– Oh, je vois. L'homme sembla hésiter. « Nous avons également entendu parler d'une bagarre entre étalons. Avez-vous eu des problèmes de ce genre ? »

– Hélas ! oui. Nous ne savons pas comment cela est arrivé car personne n'a assisté à la scène. Quelqu'un a peut-être mal fermé un des enclos. Un de nos étalons est mort et l'autre est blessé.

– J'en suis désolé pour vous.

– C'est une grande perte. L'étalon qui est mort était remarquable. Il sera difficile à remplacer.

– Je l'imagine volontiers. J'ai entendu dire que le Commandant avait des chevaux de grande valeur. Eh bien, soupira-t-il, il semble que j'aie fait tout ce chemin pour rien. Vous paraissez n'avoir eu aucun problème avec des chevaux sauvages.

– Il y a beaucoup d'eau et de fourrage cette année, dit Holt, comme si cela expliquait leur tranquillité actuelle.

– Oui, ça change. L'homme, se préparant à partir, remit son chapeau. « Si jamais vous avez des problèmes avec des chevaux sauvages, n'hésitez pas à nous contacter. »

– Je ne l'espère pas. Holt sourit sèchement. « Personnellement, je pense que la loi protège ces sales chevaux sauvages. »

Diana lui lança un regard à la fois inquiet et en colère. Mais l'homme ne sembla pas touché par sa remarque. Il eut un petit rire et lui serra la main.

– La plupart des fermiers partagent votre opinion, déclara-t-il. « On se reverra. Bonne journée. »

– Pour vous de même, lui répondit Holt.

– J'ai été ravi de vous rencontrer, mademoiselle Somers.

– Au revoir, monsieur Jackson.

Quand l'homme eut démarré et presque quitté la cour, Diana se tourna vers Holt et lui demanda : « Pourquoi diable avez-vous dit une chose pareille ? »

– Si je n'avais pas été aussi coopératif, il se serait peut-être montré soupçonneux. Alors qu'ainsi j'avais l'air de penser comme des tas d'autres fermiers à qui il a parlé.

– J'ai toujours pensé que vous étiez rusé mais je n'avais jamais réalisé que vous étiez un tel menteur, lui rétorqua Diana. « Il faudra que je m'en souvienne. »

Il avait perdu son air aimable et retrouvé son expression froide et moqueuse. Il sourit, indifférent, et s'éloigna.

– Dites au Commandant que je le verrai ce soir à 7 heures et demie, lança-t-il par-dessus son épaule.

CHAPITRE XII

Holt arriva chez le Commandant à sept heures trente précises. Quand elle entendit ses pas sur le porche, Diana quitta le bureau et entra dans le salon au moment même où il franchit la porte.

– Le Commandant est dans son bureau.

Diana se détourna pour l'entraîner jusque dans cette pièce dont elle venait de sortir pour l'accueillir.

Quand ils entrèrent, le Commandant, installé à son grand bureau de noyer, se leva. Il salua Holt et s'approcha de lui pour lui serrer la main. « Je n'ai pas eu l'occasion de vous voir au déjeuner ces deux derniers jours. »

– J'ai été occupé.

– Je le sais. Il hocha la tête. « Diana, veux-tu nous apporter un peu de café ? »

Elle revint quelques instants plus tard, chargée d'un service en porcelaine de Chine. Le Commandant et Holt discutaient d'un étalon que Holt avait vu. Elle posa le plateau sur le bureau et commença à servir le café. Quand Holt prit sa tasse, il remarqua qu'il y en avait trois. Il comprit alors que Diana comptait assister à cette conversation et la regarda.

Quand il s'assit, Diana prit sa tasse et s'installa sur l'autre chaise. Elle dégusta son café, laissant au Commandant le soin d'en venir au vif du sujet quand il le voudrait. Entre-temps, elle n'essaya pas de prendre part à la discussion sur l'étalon et ses origines.

Holt finit par conclure en ces termes : « Je veux voir deux autres étalons avant de prendre ma décision.

– J'ignorais que la décision définitive serait la vôtre, lança Diana sèchement.

– Ce n'était pas à prendre au pied de la lettre, répliqua Holt.

– Holt a un excellent jugement pour les chevaux, argua le Commandant. « En fait, c'est lui qui avait choisi Fath. »

Diana fixa son café dans lequel elle se reflétait et retint le violent ressentiment qui l'avait envahie. « Je n'étais pas au courant. »

– Nous n'avons pas encore vu assez de ces poulains pour être certains que mon choix est le bon, dit Holt.

– Suffisamment pour rester optimistes, insista le Commandant. « Mais cela nous éloigne de notre sujet. Je ne vous ai pas demandé de venir ici pour parler d'étalons, Holt. »

– Je ne le crois pas. Holt termina son café et remit sa tasse sur le plateau. « De quoi vouliez-vous m'entretenir, Commandant ? » Il jeta un regard à Diana, certain qu'elle avait un rapport direct avec cette conversation.

– Diana m'a fait part de son désir de s'occuper du ranch, déclara le Commandant.

– Ce qui signifie que je suis congédié, rétorqua Holt d'un air quasiment indifférent.

– Absolument pas, lui assura le Commandant. « Ce que Diana a en tête, c'est d'assumer son rôle pendant ma guérison. Votre situation resterait la même. La seule différence est que vous auriez à répondre de vos activités devant quelqu'un d'autre. »

Il leva les sourcils pour exprimer sa désapprobation. « J'ai peur que cela ne marche pas. »

– Pourquoi ? le défia Diana. « Cela vous ennuierait-il d'être dirigé par une femme ? »

– Je n'ai rien contre cela, corrigea Holt et il tourna son regard glacial vers elle. « Mais je ne veux pas recevoir d'ordres de vous. » Un masque de provocation lui couvrit le visage.

– Je sais que Diana et vous avez eu des différends par le passé, mais...

– Je suis désolé, Commandant, dit Holt. Mais on ne sentait aucune excuse dans sa voix cinglante. « Si je ne travaille pas pour vous, je ne travaillerai plus ici. Ou les choses resteront ce qu'elles sont, ou vous céderez à ce caprice de votre fille et je m'en irai. »

Diana se glaça. Elle imaginait volontiers ce qu'allait dire son père avant même qu'il ne répondît : « Il est évident que je ne veux pas que vous partiez. Diana non plus, d'ailleurs. »

– Commandant, dit-elle d'une voix tremblante, cela te dérange-t-il si je parle à Holt en tête à tête ?

Un silence suivit sa question. Puis son père se leva et dit : « Oui, peut-être vaudrait-il mieux que vous mettiez tout cela au clair entre vous. »

Quand le Commandant eut quitté la pièce, Holt se leva à son tour et alla jusqu'à la cheminée sur laquelle il s'appuya. Le cœur de Diana battait à tout rompre.

– Eh bien, Diana, qu'avez-vous à me dire ? Qu'avez-vous en tête ? Un petit chantage ? Je suppose que vous allez me menacer de dire au Commandant que je vous ai attaquée, jusqu'à ce que j'accepte de rester.

Son ton sarcastique lui coupa le souffle. Puis elle finit par lui demander : « Allez-vous prétendre que cela est faux ? »

– Et que vous avez été une victime non consentante ? lui lança-t-il d'un air moqueur.

Diana tressaillit des pieds à la tête et se leva brusquement. « Cela manque d'élégance ! » s'écria-t-elle. « Je suis sa fille, sa fille unique, je suis sa descendante. C'est à moi de m'occuper du ranch, non à vous ! »

Holt, impassible, la dévisagea. « C'est au Commandant à le dire. »

– Pourquoi l'avez-vous forcé à choisir entre vous et moi ? cria-t-elle étranglée d'émotion. « Vous saviez que c'est vous qu'il choisirait, n'est-ce pas ? » l'accusa Diana tandis que les larmes lui montaient aux yeux. « Il vous a toujours donné la préférence ! Toujours ! » Elle serra les poings.

– Diana, ne soyez pas ridicule. Il fit un pas vers elle.

– Ce n'est pas élégant.

Son large torse était une cible idéale malgré ses yeux embués. Eclatant en sanglots, elle le frappa de toutes ses forces. Holt lui saisit les poignets avec une telle violence qu'elle en fut déséquilibrée.

– Le choix du Commandant est celui d'un homme d'affaires, insista-t-il. « Cela n'a rien à voir avec ses sentiments personnels. »

La terrible secousse avait arrêté ses sanglots. Ils furent remplacés par un rire hystérique et moqueur. « Vraiment ? » lui rétorqua-t-elle. « Il n'a jamais eu besoin de moi. Et pourquoi en aurait-il besoin puisqu'il vous a ! » Les larmes commencèrent à couler sur ses joues.

– Vous ne savez pas ce que vous dites, murmura Holt.

Diana n'apercevait plus son visage anguleux entre ses larmes. Il l'avait prise dans ses bras et l'avait forcée à se blottir contre lui. Elle sentait son menton contre son front et, d'une main hésitante, Holt lui caressa les cheveux.

– C'est vrai, Holt, murmura-t-elle contre sa poitrine. « Cela a toujours été depuis que vous êtes ici. »

– Non, Diana, ce n'est pas vrai, dit-il d'un ton ferme.

Quand elle leva la tête pour voir son visage, elle se retrouva tout près de sa bouche si bien dessinée et aux contours si masculins. Elle ouvrit la bouche pour parler mais ne dit rien. Il glissa sa main derrière sa tête. La bouche de Holt se rapprocha de la sienne, millimètre par millimètre, puis embrassa gentiment son nez et ses joues pour enfin glisser jusqu'à ses lèvres. Le cœur de Diana battait déjà. Elle sentait son corps contre le sien. Son regard parcourut son visage puis s'arrêta sur ses lèvres.

La bouche de Holt effleura la sienne. « Je te jure que je n'approcherai pas plus de... » Il ne termina pas sa phrase et, malgré lui, se laissa aller à ses impulsions.

Diana trembla sous la pression de son baiser si brûlant. Quand elle répondit à son baiser, elle le sentit se raidir aussitôt. Mais il ne relâcha pas son étreinte et elle ouvrit les yeux pour contempler son profil qui révélait une intense concentration.

Comme s'il avait senti son regard, il lui dit à voix basse : « Ecoute ! » Elle secoua la tête pour protester. « Il y a un problème avec les chevaux », lui expliqua-t-il dans un murmure.

Les battements de son cœur redoublèrent et elle se sentit troublée. Mais elle n'était pas encore paniquée.

– C'est à cause de l'étalon. Sa supposition était plutôt une question.

Holt fit une grimace. « Oui. » Il relâcha son étreinte. « C'est à cause de l'étalon. »

Il traversa la pièce à grandes enjambées jusqu'à la porte. Diana le suivit. Ils n'aperçurent pas le Commandant quand ils traversèrent le salon, ni quand ils franchirent la porte d'entrée. Une fois dehors, ils localisèrent d'où venait le bruit. Il provenait du grand enclos où l'on avait parqué les juments et les poulains.

Un quartier de lune se dessinait dans le ciel et éclairait le chemin. Holt se courba sous la clôture sans attendre Diana qui l'enjambait. Elle entendit quelqu'un derrière elle et regarda par-dessus son épaule : c'était Rube qui se précipitait vers elle.

– C'est ce sacré étalon blanc ? Rube se hissa par-dessus la clôture à son tour. « J'ai entendu les juments s'agiter et j'ai tout de suite su pourquoi. » Il parlait tout en marchant mais Diana ne prêta pas attention à ce flot de paroles.

Devant eux, elle aperçut Holt qui montait sur la barrière de l'enclos pour avoir une vue d'ensemble sur tous les pâturages environnants. Diana le rejoignit et passa une jambe par-dessus la clôture pour ne pas perdre l'équilibre. Rube l'imita.

– Il est là ! Diana désigna l'extrémité de l'enclos.

A l'autre bout de la barrière, la lune éclairait la robe blanche de l'étalon. Il marchait au pas le long de la clôture et semblait flotter au-dessus du sol. Il arqua son cou musclé, releva dédaigneusement la tête et sa longue queue flottait derrière lui comme une bannière blanche. Puis il appela les juments d'un ton cajoleur et persuasif. Elles lui répondirent, d'abord inquiètes, puis succombèrent lentement à son charme. L'étalon jouait son rôle d'amoureux comme un homme.

Diana était si hypnotisée par ce spectacle qu'elle ne réalisa pas que les autres employés du ranch, attirés par les bruits, s'étaient joints à eux. Sourde à leurs murmures, elle n'entendit pas davantage les ordres de Holt qu'ils mirent aussitôt à exécution. Rien ne troubla cette scène fascinante jusqu'à ce que les cris et les sifflements des hommes dispersent les juments groupées à l'autre bout de la clôture. L'étalon, soudain en alerte, se paralysa telle une statue, et fixa ses adversaires. Il releva dédaigneusement la tête, pivota avec la grâce d'un danseur et disparut dans la nuit.

– C'était donc le fameux étalon sauvage. Le Commandant était là, légèrement essoufflé et il était partagé par l'excitation et le souci. « J'aurais aimé le voir mieux. »

– Il est vraiment magnifique, murmura Diana.

– Je n'ai jamais vu un cheval sauvage comme celui-ci, admit-il.

L'étalon étant parti, les hommes commencèrent à se disséminer tout en discutant entre eux. Holt quitta les autres pour rejoindre Diana et le Commandant qui attendaient toujours près de la barrière. La lune éclairait son visage et donnait à ses yeux des reflets argentés.

– Il va revenir, leur annonça-t-il. « Il faudra surveiller l'enclos vingt-quatre heures sur vingt-quatre. »

– Je suis d'accord avec vous, dit le Commandant alors que Holt ne lui demandait pas son avis.

– Peut-être aurons-nous la chance qu'il se décourage après quelques tentatives infructueuses. Holt fixait les sombres montagnes où l'étalon s'était enfui.

– Sûrement. Le Commandant les regarda. « Et vous deux, vous êtes-vous... »

– Tu n'as pas à t'inquiéter : Holt ne nous quittera pas, l'interrompit Diana. « Nous nous sommes mis d'accord. Il va continuer à s'occuper du ranch et je n'interviendrai pas dans ses affaires. Je continuerai à faire travailler les chevaux, à dresser les poulains et j'ai pensé que je pourrais t'aider pour le secrétariat. Mais c'est tout. »

Diana regrettait déjà ce qui s'était passé avec Holt dans le bureau. Elle lui avait dévoilé ses faiblesses. Bien qu'ils fussent attirés sexuellement l'un vers l'autre, il y avait trop de choses négatives entre eux : la terrible rivalité entre le père et le fils et ses problèmes entre elle et le Commandant liés à la présence de Holt. En un sens, Holt était toujours son ennemi et elle lui avait donné la victoire.

– Tout est donc réglé, déclara le Commandant.

Cette fois-ci, ce fut Holt qui répondit : « Oui. » Son regard s'arrêta un instant sur elle, comme pour la juger, puis se détourna vers son père. « Excusez-moi, Commandant. Je dois arranger les tours de garde avec les hommes. »

– Allez-y. Et bon voyage pour demain. Quand Holt s'éloigna vers les autres employés, le Commandant se tourna vers Diana. « Rentrons-nous à la maison ? »

– Oui. Elle descendit de la barrière. « Où va Holt ? »

– Il va voir un étalon en Californie. Il prend l'avion demain. Je suis soulagé que Holt et toi soyez arrivés à un compromis, dit son père tandis qu'ils quittaient l'enclos.

– Oui bien sûr.

– J'ai toujours désiré que vous arriviez à vous entendre. Holt aurait été un bon mari pour toi. Il ne rechigne pas à la tâche, il est loyal... mais... (Le Commandant soupira). « C'est que cela ne devait pas être. J'ai eu raison de ne pas essayer d'arranger votre mariage. »

Diana en était abasourdie. « C'est pour cela que tu l'as engagé ? Comme un éventuel mari pour moi ? » Elle aurait pu ajouter : « C'est donc pour cela que tu l'as tant poussé à reprendre tout en main ? »

– Grand Dieu, non ! Je l'ai engagé parce qu'il était qualifié pour cette place. C'était... trois ou quatre ans avant que je ne commence à penser qu'il aurait pu être un homme pour toi. Mais à l'époque, vous étiez déjà devenus des ennemis. J'espérais que cette agressivité pouvait cacher autre chose entre vous. Mais cela n'est pas arrivé.

– Et tu n'as jamais rien dit.

– Non. La dernière chose au monde que je te souhaitais était un mariage sans amour.

– L'amour est parfois une chose dangereuse.

– Tu penses à Rand et à ce qui s'est passé entre vous, supposa le Commandant. « Ce n'était pas de l'amour qu'il ressentait pour toi. Sinon il n'aurait jamais raconté toutes ces histoires sur toi. L'amour est une chose merveilleuse. »

Diana sentit que son cœur allait s'arrêter de battre. « Tu as entendu ces histoires ? »

– Oui, admit-il.

– Je...

– Tu n'as rien à m'expliquer, l'interrompit le Commandant. « Tu n'as qu'à les oublier. »

Diana comprit au ton de sa voix qu'il ne voulait pas qu'elle insiste. Il voulait que le sujet soit clos et qu'ils l'oublient tous deux. Elle glissa les mains dans les poches de son jean et laissa la conversation aborder des sujets moins brûlants. Néanmoins, elle ne se sentait pas rassérénée d'apprendre que le Commandant connaissait toutes ces histoires et avait choisi de les ignorer.

La nuit suivante, l'étalon revint voir les juments. Diana fut réveillée par le bruit que cette visite provoqua et eut du mal à se rendormir. Le lendemain matin, elle se leva tard. Le Commandant avait déjà pris son petit déjeuner et se reposait comme chaque matin.

Ne sachant que faire, Diana sortit et se dirigea vers les écuries. Le soleil était déjà haut et elle le sentait sur sa peau. Cet après-midi, il ferait certainement très chaud. Les montagnes étaient couvertes d'une légère brume et les ombres des nuages jouaient sur les pentes.

– Diana ?

Elle reconnut la voix de Guy et se retourna. Elle ne l'avait pas vu depuis deux jours, depuis les mots amers qu'ils avaient échangés.

Une certaine angoisse la traversa quand elle le vit s'approcher à grands pas. Etait-il conscient de ce que ses attitudes lui rappelaient parfois terriblement celles de Holt ? Diana chassa cette pensée et aperçut les fleurs qu'il tenait à la main.

Quand il s'arrêta devant elle, il la regarda d'un air à la fois hésitant et amoureux. « Je te propose de faire la paix. »

Elle lui prit le bouquet des mains. « Des fleurs sauvages ! Elles sont ravissantes, Guy. »

Ces mots semblèrent le détendre un peu. « Je l'ai fait exprès... Je veux dire de choisir ces fleurs sauvages », expliqua-t-il en riant. « J'avais pensé aller en ville acheter des fleurs, mais celles-ci sont comme toi. Tu es une fleur sauvage, Diana... délicate, indomptable et vulnérable à l'approche de l'homme. L'autre jour, j'ai essayé de te faire pousser là où je voulais que tu pousses. On ne peut pas faire cela avec une fleur sauvage. Je suis désolé. Tu me pardonnes ? »

Pourquoi était-il si généreux et avait-il tant d'attentions pour elle ? Elle était si lasse de blesser les autres ! Il aurait mieux valu qu'il reste fâché contre elle... mieux pour lui. Diana ne pouvait le laisser continuer à l'idéaliser ainsi.

– J'ai été dure. La seule excuse que j'ai est que j'avais d'autres idées en tête, dit-elle.

– On a tous nos moments où on a envie d'être seul. Son regard reflétait la vénération qu'il lui vouait.

Diana fixa les fleurs jaunes et, impitoyable, lui lança : « Tu ne devrais pas être si compréhensif, Guy. Ce n'est pas naturel. »

– La seule chose qui me vienne naturellement est mon amour pour toi. Puis sa voix changea et se fit vibrante et profonde. « J'ai l'impression de t'avoir toujours aimée, Diana. »

– Ne dis pas cela. Sa main se resserra sur les fleurs en écrasant les tiges.

– Très bien, je ne le dirai plus. Mais tous deux savaient que cela ne changerait rien à ses sentiments. « Je venais chez toi pour te voir. Je devais allez chercher quelque chose en voiture à Ely.

J'ai pensé que tu aimerais peut-être m'accompagner. Cela t'aurait donné l'occasion de sortir un peu du ranch et peut-être de faire quelques courses. »

Sa proposition était attirante. Au lieu de refuser son invitation comme elle savait qu'elle aurait dû le faire, elle l'accepta. « Tu pars maintenant ? »

– Dans une heure environ. J'ai deux, trois choses à faire avant et... Il jeta un regard vers ses vêtements de travail poussiéreux et pleins de crin de cheval. « Je veux me laver. »

– Très bien, dit-elle.

Diana profita de cette heure de répit pour se changer et pour dire à Sophie où elle allait. Vêtue d'une jupe indienne et d'un chemisier blanc légèrement décolleté, elle partit à la recherche de Guy. Il n'était pas dans la cour du ranch. Comme il ne lui avait pas dit quelle voiture ils prenaient, elle se dirigea vers les bâtiments des employés.

Elle s'arrêta devant la porte d'entrée du plus grand bloc, frappa et appela : « Guy ? »

A l'intérieur, un ventilateur rafraîchissait un peu l'atmosphère. Diana entra sans hésiter. Elle s'arrêta un instant pour écouter s'il y avait du bruit. Elle n'était pas entrée dans ces bâtiments depuis des années. La pièce principale comprenait le salon, la salle à manger et la cuisine. Il y avait de surcroît deux chambres et une salle de bains. Tout était très propre et parfaitement rangé : cela donnait à l'ensemble une touche très impersonnelle. Sur une étagère, Diana remarqua deux coupes. Etonnée, elle s'en approcha. C'étaient des trophées récompensant des épreuves de tir. Le nom de Guy était gravé sur une plaque dorée. Au-dessus des coupes, elle aperçut un étui de fusil vide.

La porte de l'une des chambres s'ouvrit : Diana se retourna. Holt la dévisagea et referma la porte précipitamment. Diana était si émue qu'elle sentit sa gorge se serrer et son cœur se mit à battre à tout rompre.

Sans aucun doute, il sortait juste de sa douche. Ses cheveux mouillés avaient des reflets sombres. Il était torse nu et quelques gouttes d'eau brillaient sur sa peau. Son pantalon de couleur foncée mettait en valeur ses hanches minces qui contrastaient à merveille avec ses larges épaules. Elle sentit au creux de son ventre une curieuse sensation, à la fois primaire et dangereuse.

D'un regard insolent, il parcourut lentement la ligne de sa poitrine cachée par son chemisier blanc et ses hanches délicates drapées dans sa jupe de coton. Ce regard sensuel la troubla.

– Vous êtes ici pour me souhaiter la bienvenue après mon voyage ? railla-t-il avec cynisme.

– Je... Je ne savais pas que vous étiez rentré.

Pourquoi diable bafouillait-elle comme une collégienne ? Certes, il l'impressionnait. Mais pourquoi le montrait-elle ainsi ?

– Je suis rentré il y a vingt minutes. Il continuait à la fixer dans une pose qui lui donnait une réelle autorité.

– J'étais à la maison. Je ne vous ai pas entendu.

Le ventilateur était derrière Holt sur le bar qui séparait la cuisine de la salle à manger. « Mon Dieu, pensa Diana, je sens son savon, son eau de Cologne, son odeur musquée presque animale. » Elle fut envahie par une bouffée de chaleur qui lui montait à la tête comme un vin trop lourd.

D'un regard vif, Holt fit le tour de la pièce. « Faites-vous une inspection des lieux ? »

– Je vais en ville avec Guy. Nous devions nous retrouver à cette heure-ci.

La température de la pièce sembla soudain se glacer. Son visage se ferma totalement. Le courant qui était passé entre eux et qui avait troublé Diana se rompit.

– Que faites-vous ici ? demanda Holt froidement.

Diana, très gênée, pensait que la raison de sa présence était évidente, mais elle lui expliqua : « Je n'ai pas vu Guy dans la cour. Et, comme il avait parlé de se préparer, je suis venue ici. »

– Il n'est pas là.

– De toute évidence...

– Je veux dire... Holt l'interrompit brutalement : « Il n'habite plus ici. »

Diana était si abasourdie par cette affirmation qu'elle mit un temps avant de répondre. « Où ?... Pourquoi ?... » bredouilla-t-elle.

– Pensiez-vous réellement qu'il continuerait à vivre sous le même toit que moi alors qu'il me hait ? lui lança-t-il d'une voix cinglante.

Diana, piquée au vif, recula d'un pas. « Je ne le savais pas. Quand... » Elle ne put poursuivre.

– Il a dormi dans la grange la nuit où nous sommes rentrés. Le lendemain, il a nettoyé cette vieille roulotte et y a mis ses affaires. Je suis étonné qu'il ne vous l'ait pas dit. Holt avait un ton sarcastique. « Vu l'isolement de cette caravane, il aurait pu s'amuser avec vous quelques heures par nuit. »

– J'ai à peine vu Guy depuis que nous sommes rentrés et je ne lui ai presque pas parlé ! lui jeta-t-elle.

– Vous vous êtes toujours très vite lassée de lui, dit-il d'un air dégoûté.

– Pensez-vous que je ne sois pas consciente de la façon dont je l'ai traité autrefois ? Et pensez-vous que je ne le regrette pas aujourd'hui ? protesta-t-elle avec sincérité tant elle voulait se faire comprendre.

– Essayez-vous de compenser votre attitude d'alors ? C'est cela que vous me dites ? Puis il fit aussitôt machine arrière et murmura : « Quelle importance ? Vous me l'avez pris, Diana. Je ne peux rien faire pour vous arrêter. Il est à vous... pour que vous jouiez avec lui ou pour que vous le détruisiez. » Il se détourna.

– Je ne veux pas de lui. Elle s'arrêta et fixa les cicatrices qui lui lacéraient le dos. Ses doigts se souvenaient de ces légères rides qu'elle avait senties quand elle l'avait caressé. Elle se souvint de ce lointain été, quand elle les avait vues pour la première fois, et elle reposa la même question qu'elle lui avait alors posée : « Ces cicatrices que vous avez sur le dos... comment les avez-vous eues ? »

Holt se raidit aussitôt et elle regarda ses muscles se tendre. Il marcha, très droit, vers le bar de la cuisine et prit un verre dans le placard.

– Allez chercher Guy. Il ignora délibérément sa question.

Il ouvrit le robinet et remplit le verre d'eau. Poussée par une force irrésistible, elle le suivit. Elle s'arrêta juste derrière lui et fixa les légères marques dorées qui marbraient sa peau bronzée.

– Quelqu'un vous a... fouetté ? murmura-t-elle. Sa main se glissa sur les lignes claires. « Pourquoi ? »

Quand il sentit ses doigts, le verre lui échappa des mains et tomba dans l'évier. Il se retourna, lui saisit la main, et la serra si fort qu'il lui écrasa les doigts. Ses yeux brillaient de fureur.

Diana renversa sa tête en arrière et ses cheveux noirs se répandirent sur son dos. Dans l'effort qu'elle fit pour atténuer sa souffrance, elle se pencha vers lui. Elle sentit ses cuisses musclées à travers les plis de sa jupe. Ce contact physique lui ôta soudain sa peur. Ses yeux d'un profond bleu saphir brûlaient de désir, tant elle était impatiente qu'il la possède.

Elle lui révélait ses désirs sans équivoque. Elle sentit qu'il retenait sa respiration et vit son regard effleurer ses lèvres humides et attirantes. Son étreinte se relâcha légèrement tandis que son autre main s'approchait de son épaule. Elle sentait instinctivement qu'une seconde plus tard elle serait dans ses bras.

CHAPITRE XIII

– Diana ? Dehors, Guy l'appelait.

Le désir s'évanouit aussi vite qu'il était venu. Une partie d'elle-même lui dictait de presser son corps contre celui de Holt pour lui faire sentir combien elle aimait que leurs corps se fondent l'un dans l'autre et pour lui faire oublier que Guy la cherchait. Si elle avait eu le moindre espoir de réussite, Diana aurait volontier oublié toute fierté pour se montrer intrépide et impudique comme n'importe quelle amoureuse. Mais Holt refusait déjà ses avances hésitantes : il la repoussa brutalement et son regard se voila de mépris.

Ils n'échangèrent pas un mot. Elle finit par baisser les yeux. Diana se détourna, marcha calmement jusqu'à la porte d'entrée et l'ouvrit. Quand Guy, alerté par le bruit, se retourna, elle lui sourit, presque inconsciemment.

– Je te cherchais, dit Diana d'une voix surprise.

Guy jeta un œil vers la porte fermée. Savait-il que Holt était rentré ? se demanda Diana. Aucun bruit ne sortit de la maison. Il la prit par le bras et l'entraîna vers la camionnette qui était garée tout près de là.

– Je ne vis plus ici, dit Guy. « J'ai déménagé. »

– Tu ne m'en as rien dit.

– Je dors dans la vieille roulotte du côté des réservoirs de gaz. Il lui ouvrit la portière et l'aida à monter. « Ce n'est pas formidable. » Il la regarda et Diana réalisa qu'il n'avait jamais su dissimuler ses sentiments ou même les contrôler. « Cela aurait bien besoin des talents d'une femme, Diana. »

Elle aurait pu répondre à son appel non déguisé, mais elle préféra rester maîtresse d'elle-même. « Pas des miens », dit-elle gaiement. « J'en ai assez de jouer les "parfaites petites maîtresses de maison". Tu devras trouver quelqu'un d'autre pour en faire un charmand nid d'amour. » Elle lui sourit, pour essayer d'atténuer la dureté de ces propos lancés sur un ton faussement badin.

– C'est amusant. Il se força à sourire. « Je n'ai aucune envie de chercher quelqu'un d'autre. »

Diana quitta son masque taquin pour lui expliquer : « Je ne veux pas que tu m'aimes. Je ne veux pas te faire de peine. »

Il ferma la portière et détourna les yeux. « Tu ne peux rien y changer », murmura-t-il et il contourna la camionnette pour aller du côté du conducteur.

Pendant plusieurs kilomètres, ils n'échangèrent pas un mot. Guy essaya le premier de briser ce silence en orientant la conversation sur les chevaux. Diana lui répondit et l'atmosphère se décontracta un peu. Un mot en entraînait un autre. Bientôt, ils retrouvèrent leur ton de franche camaraderie, qu'ils avaient connu quand Diana était rentrée au ranch. C'était avant que les choses deviennent si compliquées.

Quand ils approchèrent d'une aire ombragée, aménagée pour pique-niquer ou pour se reposer, Guy ralentit et, l'œil brillant, regarda Diana. « Que dirais-tu d'une petite halte ? Il y a une glacière à l'arrière avec quelques canettes de bière et de boissons gazeuses. »

– Quel beau hasard ! le taquina-t-elle.

– Cela fait partie de ma trousse d'urgence au cas où j'aurais un coup de fatigue ou une terrible soif à travers le désert ! Il était presque à l'arrêt. « Eh bien, que faisons-nous ? Tu as soif ? Je ne suis pas pressé d'arriver en ville, à moins que tu ne le sois. »

Il semblait d'humeur espiègle comme s'il faisait l'école buissonnière et Diana accepta : « D'accord. Arrêtons-nous. »

Guy quitta l'autoroute et s'engagea dans la contre-allée pour se garer sous les arbres. Il arrêta le moteur et sortit de la camionnette.

– Et qu'est-ce que ce sera pour Mademoiselle ?

Diana répondit sur le même ton enjoué : « Une boisson fraîche. » Il lui donnait l'impression d'être redevenue une adolescente.

– Quel parfum ?

– Qu'avez-vous à me proposer ?

Une lueur taquine brilla dans ses yeux. « Puisque vous me le demandez... »

Tout en riant, Diana leva la main pour l'arrêter. « Faites-moi une surprise. »

Avec un soupir de regret moqueur, Guy se dirigea vers le coffre. Elle entendit le bruit d'une bouteille qu'on débouche. Puis il revint et lui tendit un coca bien frais. Diana s'appuya contre le dossier de son siège et se relaxa.

– Hum, c'est bon, murmura-t-elle.

– Il n'y a rien de meilleur qu'une boisson fraîche quand il fait chaud. Il buvait une bière et l'arôme du malt envahissait la camionnette.

Elle regardait distraitement par la vitre et remarqua quelques bouteilles vides. Des papiers et des canettes de bière jonchaient le sol près des tables de pique-nique. Ils étaient seuls. Personne ne s'était arrêté pour profiter de l'ombre et du silence.

– Il y a beaucoup de gens qui viennent ici. Et certains semblent manquer de courtoisie pour autrui. Elle lui montra les bouteilles.

– C'est vrai, il y a beaucoup de monde, acquiesça-t-il. « Il y a beaucoup d'amateurs pour venir boire quelques bières... c'est un peu le coin des amoureux. »

Dans ce climat de camaraderie, Diana ne se sentait pas méfiante et ne prêta pas attention à sa remarque. Elle le taquina : « Parles-tu d'expérience ? Combien de fois es-tu venu ici pour faire la cour à une fille ? »

Guy but une gorgée de bière et en fit gicler partout. « Si tu me dis combien de fois tu es venue, ici, je te répondrai », lui lança-t-il.

– C'est très simple. Je ne suis jamais venue ici. Les garçons que je fréquentais au lycée n'ont jamais eu le cran d'amener la fille du Commandant dans ce lieu de perdition.

Quand il releva la tête, il avait à nouveau ce regard qu'elle craignait tant. « Je suis heureux que tu ne sois jamais venue ici avec quelqu'un d'autre, Diana... parce que moi non plus. » Il posa sa bière sur le tableau de bord et se retourna pour lui faire face. La cabine de la camionnette, qui était assez large, sembla soudain étouffante.

– Alors c'est une première pour nous deux, dit-elle gaiement en feignant d'ignorer ce qu'il voulait dire. « Nous buvons quelques bières ensemble. Enfin, toi tu bois de la bière. » Elle fit un geste vers sa canette. « Tu ferais mieux de la boire avant qu'elle ne soit chaude. »

– Diana, ne me dédaigne pas. Ne me traite pas comme...

– Je ne te dédaigne pas. Elle fit mine de ne pas comprendre. « Simplement, je ne veux pas... »

– Ne dis rien. Il glissa vers elle et mit son bras autour de ses épaules. Diana avait le choix entre se laisser faire ou se serrer contre la portière. Elle opta pour la première solution en ayant soin de laisser son bras entre eux pour tenter de garder ses distances. « Tu es si belle, Diana. Je sais que je te l'ai déjà dit, mais c'est vrai. »

– Guy, ne dis pas cela. Elle essayait de se montrer patiente avec lui, de rester ferme sans être brutale.

– Ce ne sont pas des mots. Je le pense vraiment, insista-t-il. « Tes cheveux sont comme du satin. » Il les caressa et enroula délicatement une mèche autour de son pouce. « Noirs comme la nuit et brillants comme les étoiles. »

Elle tourna légèrement la tête et la mèche lui échappa. Guy n'en fut pas ébranlé et caressa son visage en suivant la ligne ombragée de ses cils.

– Et tes yeux sont si bleus que je pourrais m'y noyer, murmura-t-il.

Diana l'attrapa au poignet pour essayer de l'arrêter. Elle écarta fermement sa main de son visage.

– Et j'aime ta bouche, Dieu, que j'aime ta bouche.

Diana faisait tant d'efforts pour repousser sa main qu'elle ne remarqua pas qu'il se penchait vers elle. Elle sentit soudain sur elle son haleine aux relents de bière. Elle commit l'erreur de se tourner vers lui et ses lèvres furent écrasées sous son baiser. Elle essaya de se dégager.

– Ne me dis pas non à nouveau, supplia-t-il.

Ces mots qui exprimaient combien il était vulnérable, lui vinrent droit au cœur. Elle se laissa embrasser mais resta impassible et ne répondit pas à son baiser ardent. Mais se sentir désolée pour lui n'était pas une solution. Ne l'avait-elle pas appris à ses dépens ?

Diana se détourna mais Guy ne sembla pas y prêter attention. Il porta ses lèvres vers son cou. Ses baisers ne l'émouvaient pas. Au contraire, ils la rendaient malade de honte. Elle émit un sanglot étouffé que Guy prit pour un grognement de plaisir.

– Je t'aime, Diana. Il écarta l'élastique qui retenait le décolleté de son chemisier jusqu'à son épaule. « J'aime tout en toi. » Il continuait, tout en parlant, à parcourir son corps de ses lèvres.

– Guy...

Mais il ne semblait pas vouloir la laisser parler. « J'aime ta peau et ta beauté. » Elle se débattait contre lui, gentiment mais parfaitement déterminée, pour le repousser. Guy, qui manquait totalement d'expérience, pensait qu'elle cherchait une position plus confortable ou qu'elle l'aidait dans ses gestes amoureux. Sa main se glissa dans son décolleté et prit ses seins avec une telle délicatesse qu'il donnait l'impression de tenir un objet d'art d'une valeur inestimable.

– Et j'aime ta poitrine. Son désir pointait dans sa voix. « Elle est si ronde et si belle avec ces deux taches roses qui sont plus belles que n'importe quelle peinture... Je veux... »

– Non ! Elle leva les mains vers son visage en essayant de l'empêcher de se pencher vers ses seins. Sa respiration était coupée de légers sanglots.

Guy semblait ne pas comprendre. Il la laissa le repousser, mais quand il bougea la tête, ce fut pour chercher ses lèvres. Diana se détourna et lui tendit la joue. Quand il embrassa ses joues, il sentit le goût salé de ses larmes et s'éloigna soudain inquiet.

– Diana, qu'est-ce qui ne va pas ? Pourquoi pleures-tu ? murmura-t-il d'une voix passionnée qui trahissait son tourment.

Diana le regarda : elle savait qu'elle pleurait à cause de lui mais aussi à cause d'elle-même.

Elle se détourna pour sécher ses larmes. « Je veux que tu arrêtes. » Diana évita son regard : elle ne voulait pas voir sa réaction. Ce n'était pas parce qu'elle se sentait désolée pour lui qu'elle devait céder à ses désirs. Et son sentiment de culpabilité pour ses erreurs passées ne justifiait pas non plus une telle faiblesse. Diana rajusta son chemisier et ouvrit son sac pour chercher son tube de rouge à lèvres.

– Je suis désolé. Guy était retourné à sa place. Les mains accrochées au volant, il baissait la tête. « Je t'aime tant », marmonna-t-il. « Je me suis laissé emporter. »

Le rouge à lèvres à la main, Diana baissa le rétroviseur pour se regarder dedans. « Tu aurais peut-être dû prendre le temps de savoir si j'étais consentante. »

L'image que lui renvoyait le miroir était-elle la sienne ? Si froide et si calme mais aussi si belle ! Ses yeux bleus étaient aussi brillants qu'une pierre précieuse. Les traces du mascara qui avait coulé semblaient mettre en valeur ses cils noirs. Sa main ne tremblait pas du tout. Rien ne montrait combien elle avait été bouleversée par le piège auquel elle s'était laissé prendre.

– Chaque fois que je m'approche de toi, je me souviens de ce que j'ai ressenti la première fois. Même quand je ne suis pas avec toi, je me le rappelle. Diana, tu étais si belle... ton corps... ta peau était encore mouillée et brillait sous les gouttelettes d'eau. Chaque centimètre de toi m'appartenait. Je pouvais te caresser et t'embrasser. Nous avons fait l'amour comme si nos deux corps ne faisaient plus qu'un. Après je me suis allongé à tes côtés en pensant à ce bébé que nous avions peut-être fait et je...

– Ne parle pas de bébé, Guy. Je ne suis pas folle à ce point.

Elle suffoquait tant elle se sentait mal. « Donne-moi ta canette de bière que je la jette. »

Guy obéit sans réfléchir, n'ayant qu'à moitié compris ce qu'elle lui avait demandé. Quand elle ouvrit la portière et descendit de la camionnette, il réalisa soudain et la suivit.

– Tu m'avais dit que c'était agréable... que tu ne regrettais rien. Tu ne me mentais pas, Diana ? Tu ne regrettais pas que nous ayons fait l'amour ?

– Non. Pas à ce moment-là.

Les regrets étaient venus ensuite. Elle jeta leurs bouteilles là où traînaient les autres carcasses vides et retourna à la camionnette. Guy lui barra la route en essayant de croiser son regard.

– Alors pourquoi ne veux-tu pas que je te fasse l'amour ? Je sais que tu m'as dit que tu ne voulais pas t'engager sérieusement avec quelqu'un mais je ne peux croire que ce soit là la raison. C'est à cause d'autre chose, n'est-ce pas ?

– Guy...

– C'est parce que Holt t'a violée ? C'est lui qui t'a rendue frigide. J'aurais dû le tuer !

– Non. Quand cesseras-tu de me regarder comme une sainte incapable de la moindre erreur ? Ce n'était pas un viol !

Une grande incrédulité parcourut son visage. « Tu voulais qu'il te prenne ? Tu l'as toujours haï autant que moi. Je ne peux croire que tu voulais... »

– Je ne voulais pas... pas au début. Elle cherchait désespérément à expliquer quelque chose qu'elle-même ne comprenait pas. « Comment puis-je te faire comprendre ? Le désir et l'amour sont deux choses qui ne sont pas forcément liées... même pour une femme. » Diana se détourna : elle était honteuse d'avoir cédé si facilement à un homme qui la méprisait. « Crois-moi, je ne suis pas très fière de t'avouer tout cela. »

– Tu le regrettes ?

– Oui. Ses mots furent suivis d'un rire amer.

Guy refusait de la croire si vile. « Cela ne change rien au fait que Holt t'a prise de force alors que tu ne voulais pas. J'ai vu que tu t'étais bagarrée avec lui pour essayer de l'arrêter. Rien de ce que tu pourras dire ne peut l'excuser. Regarde ce qu'il a fait de toi. Il doit payer pour cela. »

Diana songea : « Mon Dieu, pensez-vous qu'il soit capable de ?... » Guy ne réalisait-il pas que sa haine pour son père était la pire punition qu'il pouvait lui imposer ? Sa gorge la brûlait. Diana doutait que de simples mots puissent briser cette terrible haine. Ne lui avait-elle pas elle-même montré l'exemple ?

– Essaie d'oublier tout cela, Guy. Sa voix trahissait sa lassitude. « Ne penses-tu pas qu'il serait temps d'aller en ville ? »

Il acquiesça à contrecœur. Diana s'assit tout près de la portière. Quand ils reprirent l'autoroute, le vent qui s'engouffrait par la vitre ouverte ébouriffait ses boucles noires. Pendant plusieurs kilomètres, on n'entendit que le crissement des pneus et le ronflement du moteur. Cette fois-ci, ce fut Diana qui parla la première.

– As-tu jamais demandé à Holt comment il avait eu ces cicatrices sur le dos ? Un silence suivit sa question et Guy ne détourna pas les yeux de la route.

– Oui, je le lui ai demandé.

– Et alors ?

– Il ne m'a jamais répondu.

La conversation fut ensuite quasiment réduite à néant jusqu'à ce qu'ils atteignent les faubourgs de la ville. Guy ralentit à une des intersections et regarda Diana.

– Où veux-tu que je te dépose ?

– N'importe où en ville, ça ira. Je vais juste faire du lèche-vitrine. Tu en as pour combien de temps ?

– Une heure environ. Le feu passa au vert et Guy redémarra.

– Où nous retrouverons-nous ?

Guy jeta un regard à sa montre. « Cela va nous mener jusqu'à midi. Nous pouvons déjeuner avant de rentrer au ranch, si tu veux. »

– Très bien. Alors, je te retrouve à l'hôtel vers midi, dit Diana.

– Tu m'en veux toujours ? Il posa cette question d'une voix hésitante. Il voulait être sûr qu'elle lui avait pardonné.

Diana lui accorda volontiers sa clémence. « Je n'ai jamais été fâchée contre toi, Guy. » Comment aurait-elle pu lui en vouloir alors qu'il n'était absolument pas responsable de ce qui était arrivé ? Cette situation terriblement compliquée était entièrement sa faute.

Guy la laissa à un coin de rue dans le quartier des magasins. Elle entra dans quelques boutiques en pensant à autre chose. Elle ne le faisait que parce qu'elle avait dit qu'elle avait l'intention de regarder les magasins.

Diana arriva à l'hôtel avec vingt minutes d'avance. Quelques joueurs profitaient des machines à sous. On entendait le grincement du levier que l'on tirait, le bruit tourbillonnant de la machine et parfois la sonnerie du jackpot et le bruit métallique des pièces qui tombaient dans la sébile.

Diana n'y prêta pas attention : elle éait trop habituée à ce spectacle. Elle passa devant les machines à sous et aperçut la table de blackjack qui était déserte. L'un des joueurs lui sourit et lui fit un petit signe de tête tandis qu'elle se dirigeait vers le restaurant.

L'endroit était déjà bondé : la foule de l'heure du déjeuner affluait. Diana chercha des yeux une place libre pour attendre Guy. Elle aperçut quelqu'un qui lui faisait un signe de la main.

– Viens t'asseoir avec nous, Diana. C'était Peggy Thornton qui lui proposait de s'installer à sa table.

– Ce serait avec plaisir mais j'attends Guy pour déjeuner avec lui. Diana s'approcha. « Je ne m'attendais pas à vous trouver ici. Où sont les enfants ? »

– Assieds-toi et prends un thé glacé avec nous en attendant Guy. Nous avons laissé les enfants à ma mère. Peggy jeta un regard à son mari qui était assis à côté d'elle. « Alan a décidé que je devais un peu me changer les idées. Il m'a emmenée en ville faire quelques courses et m'a invitée à déjeuner. C'est un amour. »

Il était en effet très rare que Peggy vienne en ville. Mais cela semblait si facile à arranger que Diana était irritée qu'Alan ne le fasse pas plus souvent. Peggy, assise à côté de lui, irradiait de bonheur.

– Assieds-toi, Diana. Alan Thornton se joignit à cette invitation et dit : « Que veux-tu ? Peut-être un café plutôt que du thé ? »

– Un thé glacé, ce sera parfait.

Tandis qu'Alan appelait le serveur, Diana s'apprêta à s'installer en face d'eux. Mais le siège n'était pas vide... Holt était assis là, devant une tasse de café chaud. Elle ne l'avait pas vu. Peut-être avait-elle simplement supposé qu'Alan et Peggy étaient seuls.

– Je ne savais pas que vous étiez là. Ces mots étaient presque une accusation et Diana hésita à s'asseoir vraiment sur la banquette.

– Avez-vous changé d'avis pour votre thé ? suggéra Holt.

– Bien sûr que non ! Peggy éclata de rire. « C'est stupide de dire cela. Assieds-toi, Diana. Ne fais pas attention à lui. Je voulais t'appeler mais Amy a été malade et j'ai été débordée. »

Diana s'assit à contrecœur à côté de Holt, tendue et énervée de le savoir si près d'elle. Elle savait qu'elle se tenait très raide mais demeurait incapable de paraître naturelle.

– Comment va Amy ? J'espère qu'elle va mieux. Elle prit un ton compassé pour poser cette question, bien qu'elle ne semblât guère sincère, mais Peggy ne parut pas le remarquer.

– Oui, elle va mieux mais je crains que Sara n'ait attrapé ses microbes. Et elle est si exigeante quand elle est malade que je préfère ne pas penser à ce que ça va être de l'avoir au lit avec les deux petits sur le dos ! Ah, la vie de mère de famille, soupira Peggy. « C'est bien de s'échapper un peu de temps en temps. »

– Elle dit cela, déclara Alan, mais ce ne sont que des mots. Nous avons laissé les enfants à sa mère depuis ce matin et elle a déjà appelé deux fois pour savoir comment ça se passait. Si elle voulait dire la vérité, elle avouerait qu'elle préférerait être avec eux plutôt qu'ici.

– Ce n'est pas vrai. Je suis ravie d'être avec vous, sans avoir les enfants en train de m'embêter pour que je leur donne ceci ou cela. Elle se blottit dans ses bras.

– Alan ! Vieux frère ! Que fais-tu ici ? s'exclama une voix masculine. « Je ne t'ai pas vu depuis... Je ne me rappelle même plus quand c'était ! »

Un homme d'un certain âge s'approcha de leur table, lui tapa sur l'épaule et lui serra la main avec force démonstrations. Diana avait un vague souvenir de cet homme : c'était un fermier de la région qui avait vendu et qui s'était retiré. Une turquoise ornait son épingle à cravate et la même pierre brillant sur sa boucle de ceinture argentée. Alan le présenta : Ed Bennett.

– Vous êtes la fille du Commandant. Il lui fit un large sourire. « Mon Dieu, ce que vous avez grandi ! La dernière fois que je vous ai vue, vous étiez haute comme trois pommes. Mademoiselle ! » Il appela la serveuse. « Apportez-moi un café. » L'homme, très jovial, s'était joint à eux sans même demander la permission. Quand il s'assit à ses côtés, Diana dut se rapprocher de Holt pour lui faire de la place. « Comment va votre père ? J'ai entendu dire qu'il avait eu des problèmes de santé. Des ennuis cardiaques ? »

– Oui. Mais il va beaucoup mieux.

Son cœur battait la chamade. Elle sentait la cuisse de Holt contre la sienne. Son épaule touchait son bras ; puis Holt se dégagea et s'appuya sur le dossier de la banquette. Mais au lieu de lui donner plus de place, cela la rapprocha davantage de lui. Son eau de toilette se mélangeait à son odeur musquée et masculine qui la troublait tant.

Le fermier reporta son attention vers Alan et Peggy et Diana se sentit encore plus isolée dans son coin avec Holt. « Pourquoi êtes-vous en ville ? » demanda-t-elle. Sa voix était rauque et trahissait une légère colère. Diana détourna lentement la tête pour le regarder mais ses yeux s'arrêtèrent à la hauteur de son menton rasé de près.

– L'étalon que j'ai acheté arrivera cet après-midi. Je suis venu le chercher. Holt parlait à voix basse pour ne pas déranger la conversation des trois autres. Il buvait son café, apparemment indifférent à leur intimité forcée.

– Pourquoi attendez-vous ici ? Diana parla d'une voix

hautaine comme si elle essayait de le remettre à sa place. C'était un signe d'autodéfense. « Pourquoi pas... »

– L'étalon arrive par avion, l'interrompit-il. « Le pilote doit m'appeler de l'aéroport quand il sera là. »

Il reposa sa tasse. Diana était mal à l'aise. La condensation faisait briller son verre de thé glacé. Quand elle le prit, elle sentit ce contact froid mais cela ne suffit pas à éteindre le feu qui brûlait en elle.

Diana entendait les autres parler mais leurs mots étaient vides de sens. Ciel, que racontaient-ils ? Elle essaya de se concentrer, mais en vain. Elle ne pensait qu'aux mouvements de Holt dont la poitrine effleurait son bras par instants. La chaleur de son corps embrumait son esprit. Elle devait rester calme.

Elle avait du mal à respirer, elle avait peur de bouger. A travers ses cils, elle apercevait le visage aux traits rudes. Il était distant mais possédait un charme fou. Ses yeux gris examinaient l'ombre qui se dessinait entre les seins de Diana. Il avait une vue plongeante sur son décolleté. Holt dut ressentir le faible tremblement qui la traversa, car il leva les yeux vers sa bouche. Cela lui donna une vertigineuse sensation de possession : son magnétisme bestial la laissait sans force.

– Diana, voici Guy. Elle entendit la voix de Peggy comme dans un brouillard mais ces mots rompirent le charme. « Guy ! » appela Peggy, et Diana se retourna en le cherchant dans la foule. « Par ici ! »

– Bonjour Peggy. Salut Alan. Guy s'approcha de la banquette. « Je cherchais... Diana. » Il marqua un temps quand il l'aperçut et il se tut quand il vit Holt.

– Prends une chaise et assieds-toi en bout de table, lui proposa Alan.

– Merci, mais je pense que vous êtes déjà trop serrés ici. Diana et moi allons trouver une autre table. Le regard que Guy lui lança était celui d'un sauveur. Quand il s'agissait de Holt, elle perdait toute dignité.

– Alors bonne chance, Guy. Alan rit. « Il y a un monde fou

et pas une table de libre. De plus, il y a plein de places ici. Va prendre une chaise quelque part et viens avec nous. »

– Eh bien, je... Guy essaya de trouver une excuse.

Leur serveuse étant à la table d'à côté, Alan se tourna vers elle. « Nous avons un autre convive. Voulez-vous lui trouver une chaise ? Nous sommes prêts pour la commande quand vous voudrez. »

Guy ne pouvait plus rien faire. Diana se sentait coupable de ne pas l'avoir accueilli plus gentiment, d'autant qu'il se montra morose et peu communicatif pendant tout le repas. Il ne répondait que par monosyllabes aux questions qu'on lui posait et boudait comme un enfant. Diana, toujours assise très près de Holt, prenait soin d'éviter son regard.

La serveuse revint pour remplir leurs tasses de café et débarrasser les assiettes. Holt couvrit la tasse de sa main.

– Ça suffit pour moi, dit-il. Son regard passa au-dessus de Diana et se dirigea vers l'homme installé à l'autre bout de la banquette. « Excusez-moi de vous déranger. Je voudrais aller à la réception vérifier s'il n'y a pas eu d'appels pour moi. »

Le fermier se leva et Diana glissa à son tour pour laisser passer Holt. Elle s'était tellement habituée à sentir son corps puissant contre le sien qu'il lui parut étrange de sentir maintenant ce vide à côté d'elle.

– On dirait que Holt ne reviendra pas, remarqua Peggy après quelques minutes.

– Je ne pense pas qu'on le revoie, ajouta Alan. « Je l'ai vu payer sa note avant de quitter le restaurant. »

– Mais que faisait-il ici, d'ailleurs ? demanda Guy d'un ton agressif.

Diana lui expliqua qu'il était venu chercher le nouvel étalon. « Holt a probablement eu le message comme quoi son avion était arrivé. »

– J'imagine que oui, dit-il d'une voix toujours irritée. Il regarda sa montre. « Il est temps de rentrer au ranch. »

– Pas encore ! protesta Peggy. « Diana et moi avons rarement l'occasion de discuter. Ne peux-tu rester un peu plus longtemps ? »

– J'aimerais bien mais j'ai du travail qui m'attend.

– Diana n'est pas obligée de partir. N'est-ce pas, Diana ? dit Peggy en se tournant vers elle. « Alan et moi pouvons te déposer. Cela ne nous fera pas un détour puisque nous devons de toute façon passer par le ranch. Nous pourrons ainsi parler tranquillement. Et j'ai quelques achats à faire. Tu pourrais m'accompagner dans les magasins. Il y a si longtemps que je n'ai pas fait les boutiques avec une amie ! Alan a des courses à faire. Oh, je t'en prie, dis oui ! »

Diana n'avait pas l'intention de refuser. Etant donné son humeur, elle n'avait aucune envie de rentrer seule avec Guy ; et elle désirait également passer quelques heures avec son amie.

– Bien sûr que je reste. On va bien s'amuser. Elle se tourna vers Guy et ignora son regard plein de ressentiment. « Dis au Commandant que je suis restée en ville avec Peggy et Alan. »

Pendant une seconde, Diana pensa qu'il allait insister pour qu'elle l'accompagne. Mais Guy salua et partit.

CHAPITRE XIV

Le fermier, Ed Bennett, avait rencontré un autre ami et les avait quittés pour aller discuter avec lui. Alan avait décidé qu'il était temps pour lui d'aller faire ses courses. Quand Peggy lui proposa une visite aux lavabos, Diana acquiesça.

Devant la glace, elle se brossa les cheveux : le vent les avait complètement emmêlés. Peggy se remit du rouge à lèvres. Elle avait bien besoin de cette touche de couleur pour donner de l'éclat à son teint pâle. Elle surprit le regard de Diana dans le miroir.

– Guy semble jaloux de Holt et toi.

Diana s'arrêta un instant de se brosser les cheveux puis reprit avec vigueur. « De quoi parles-tu ? »

– Allons, Diana, il a toujours été amoureux de toi. Tu es assez féminine pour sentir ces choses-là. Ce qui n'était qu'un amour d'enfant semble être devenu quelque chose de sérieux... avec de la jalousie et tout ce qu'il faut.

– Guy pense qu'il est amoureux de moi. Mais tu as tort de croire qu'il y a quelque chose entre Holt et moi. On n'a jamais pu se supporter.

– C'est curieux. J'avais l'impression.. Peggy ne termina pas sa phrase et haussa les épaules. « Alan m'a toujours dit que j'avais beaucoup d'imagination. »

– Certainement.

Peggy remit son tube de rouge à lèvres dans son sac et se détourna du miroir. « Tu es prête ? »

Diana fit bouffer ses cheveux avec ses doigts, puis hocha la tête. Les lavabos étaient au second étage. Tandis qu'elles descendaient, Diana aperçut Holt au pied de l'escalier derrière un joueur qui misait à la table de black-jack. Son cœur tressauta. Il n'était donc pas parti.

Comme s'il l'avait sentie approcher, Holt se retourna et pointa vers elle ses yeux gris acier. Elle sentit le sol se dérober sous ses pieds, tant ses jambes tremblaient. Il s'avança à leur rencontre.

– Holt, dit Peggy avec surprise, nous pensions que vous étiez parti.

Diana saisit l'occasion pour lui dire : « L'avion n'est pas arrivé ? »

– Pas encore. Où est Guy ?

– Il est rentré au ranch. Je profiterai de la voiture d'Alan et Peggy.

– Oui. Nous allons faire quelques emplettes. Ce sera une grande première pour Diana, car je vais la traîner dans les rayons pour enfants. Après cela, elle sera une experte en barboteuses.

– Puisque vous restez en ville, vous pouvez rentrer avec moi. Cela éviterait un détour à Alan. La lueur qui brillait dans ses yeux la défiait de refuser.

– Cela ne nous dérange pas, insista Peggy.

– De plus, ajouta Diana, vous ne savez pas à quelle heure vous rentrerez.

– Vu le plan de vol du pilote, l'avion arrivera dans deux heures. Vous pourrez me donner un coup de main avec l'étalon.

Pourquoi cherchait-il soudain sa compagnie ? Diana ne pouvait s'empêcher d'être sceptique. Elle-même recherchait sa présence mais elle doutait que la réciproque soit vraie. Alors pourquoi lui demandait-il cela ? Certainement pas à cause de l'étalon.

Poussée par la curiosité, si ce n'est par autre chose, elle lui dit : « Nous avons rendez-vous à l'hôtel avec Alan quand nous aurons fini nos courses. Si vous n'êtes pas parti chercher l'étalon, je rentrerai avec vous. » Diana voulait lui faire comprendre qu'elle n'était pas impatiente de se retrouver seule avec lui.

– Très bien.

– Alors, peut-être à plus tard, dit Peggy et elle s'éloigna.

Diana s'apprêtait à la suivre mais Holt l'arrêta d'un geste. Elle sentit qu'il lui mettait quelque chose de dur et de métallique dans la main, et s'arrêta. Tandis qu'il relâchait sa main, ses yeux brillaient d'une lueur froide et provocante. Ses doigts pressèrent l'objet. Elle rougit quand elle réalisa qu'il s'agissait d'une clé... la clé d'une chambre. Elle aurait voulu la lui jeter au visage mais Peggy se retourna.

– Tu viens, Diana ?

Elle soutint son regard une seconde de plus, choquée et folle de colère. « Oui. » Puis elle se détourna, et glissa la clé dans son sac avant que Peggy ne la voie. « Oui. J'arrive. »

Il lui semblait que la clé pesait une tonne, Diana avait l'impression que son sac devenait de plus en plus lourd au fur et à mesure que les minutes passaient et que le moment de rentrer à l'hôtel se rapprochait.

Comme Peggy l'avait annoncé, elles se consacrèrent au rayon pour enfants. Diana, qui ne s'était jamais intéressée aux vêtements pour enfants, se retrouva noyée par les vêtements miniatures.

– Sara est si difficile à habiller ! Elle abîme tout. Quand c'est trop petit et que je veux les passer à Amy, tout est en lambeaux. Et Brian, évidemment, passe après les deux filles. Je n'avais jamais réalisé combien leurs vêtements avaient de broderies, de dentelles et de couleurs pastel. Et cela agace Alan de voir Brian habillé avec des vêtements de fille. Peggy fouillait parmi les portemanteaux. Elle en sortir une petite salopette. « N'est-ce pas adorable ? »

– C'est charmant, approuva Diana.

Peggy regarda l'étiquette et écarquilla les yeux. « C'est hors de prix. On ne peut payer si cher des vêtements qui seront trop petits dans quelques mois. Il va falloir que j'apprenne à coudre. »

– Quand en trouveras-tu le temps ? D'après ce que Diana avait vu, Peggy était débordée vingt-quatre heures sur vingt-quatre.

– Le soir quand ils sont couchés. Peggy semblait envisager cette solution. « Je crois que je vais proposer à Alan d'acheter une machine à coudre d'occasion. Ce serait plus pratique que de continuer à me servir de celle de ma mère. »

Peggy regarda toutes les petites salopettes et finit par acheter quelques T-shirts et quelques shorts bon marché. Quand elles quittèrent le rayon pour enfants, elles passèrent par les rayons réservés aux vêtements pour femmes. Diana aperçut une robe de jersey vert et or qui lui tapa dans l'œil.

– Regarde, Peggy. Avec ton teint, cette robe t'irait à merveille. Diana savait qu'elle avait raison. La matière mettrait en valeur la minceur de Peggy et les couleurs rehausseraient l'éclat auburn de ses cheveux.

– Elle est ravissante.

– Essaie-la, lui suggéra Diana.

– Non. Elle rit presque inconsciemment. « Les enfants ont besoin de vêtements, moi pas. J'ai un placard rempli de jupes et de robes que j'ai gardées du temps où j'enseignais. »

Or elle avait abandonné son métier depuis dix ans. « Elles sont complètement démodées. » Peggy rougit et Diana regretta aussitôt ses mots.

– Elles vont redevenir à la mode. Dans deux ans, je serai la femme la plus élégante du coin.

– N'importe quelle femme a besoin d'une robe neuve de temps en temps. Ça remonte le moral.

– Peut-être, mais ce sera pour une autre fois.

Diana décida soudain que son amie, qui avait si peu de joies dans la vie, devait avoir cette robe. « Elle a été faite pour toi, Peggy. Si c'est une question d'argent, je te l'offre. Ce sera un cadeau de Noël avec un peu d'avance. »

– Je sais que tu as le cœur sur la main mais je ne peux accepter. Alan devinera que ça vient de toi et il en sera blessé. De plus, quand aurai-je l'occasion de porter une robe pareille ?

Nous sortons très peu à cause des enfants. Et cette robe est trop osée pour aller à la messe le dimanche. Merci quand même Diana.

« Qu'Alan aille au diable, lui et son amour-propre ! » pensa Diana tandis qu'elles sortaient du magasin. « Qu'il aille au diable avec ses idées de faire vivre Peggy dans un ranch de quatre sous ! Il n'avait même pas les moyens d'avoir un enfant et il lui en a fait deux autres ! » Elle se souvint soudain de la clé qui était dans son sac et referma soigneusement le fermoir. « Qu'ils aillent tous au diable, tous ces hommes ! »

– Alan doit probablement nous attendre à l'hôtel. Peggy ne remarqua pas la colère qui était montée au visage de Diana. « Nous y allons ? »

« Et, bien sûr, Alan ne doit pas attendre », pensa Diana amèrement. « D'accord », approuva-t-elle avec un calme désarmant.

Quand elles arrivèrent en face de l'hôtel, un sourire radieux éclaira le visage de Peggy. « Tu vois. Je t'avais bien dit qu'il nous attendait. »

Alan Thornton se tenait devant l'entrée. Il eut un air jovial quand il les vit attendre que le feu passe au rouge pour traverser.

– Tu as terminé tes courses ? Il lui prit ses paquets qui l'encombraient.

– Tout à fait. Tu attends depuis longtemps ?

– Non. Il se tourna vers Diana. « J'ai vu Holt à l'hôtel il y a vingt minutes. Il m'a dit que vous rentriez avec lui. »

– Oui. Je ferais mieux d'aller voir s'il est prêt.

– Je suis très heureuse que tu sois restée avec moi, Diana. C'était très amusant. Tu viens me faire une petite visite bientôt, d'accord ?

– Très bientôt, je te le promets.

Diana leur fit un signe de la main et entra dans l'hôtel. Elle parcourut le casino et le restaurant et ne trouva pas trace de Holt. Elle ne l'avait d'ailleurs pas espéré, sachant très bien où il l'attendait.

Brûlant de colère comme un volcan avant l'éruption, elle

ouvrit son sac et toucha la clé de la chambre. Elle lança un regard furtif au numéro et la serra dans sa main.

Elle monta les deux étages, passa devant les lavabos et entra dans le couloir qui desservait les chambres. Fort heureusement, il était désert. Personne ne pourrait la surprendre à regarder les numéros inscrits sur les portes.

Quand elle trouva enfin la bonne chambre, elle frappa et attendit. On n'entendait aucun bruit à l'intérieur. Elle hésita à peine une seconde puis mit la clé dans la serrure et la tourna. Elle ouvrit la porte et vit Holt devant la fenêtre, qui regardait au-dehors à travers un nuage de fumée : il tenait une cigarette à la main. Elle traversa la chambre en trombe en essayant de contenir sa colère. Sa jupe virevolta dans son élan.

Quand il entendit la porte se refermer, il la regarda longuement sans quitter la fenêtre. « Je ne pensais pas que vous viendriez. »

– Vraiment ? explosa-t-elle. « Et que pensiez-vous que je ferais ? »

– Vous feriez mieux de parler à voix basse si vous ne voulez pas que nos voisins se plaignent. Il se dirigea vers un cendrier et écrasa calmement sa cigarette.

– Et qu'imaginez-vous que la direction de l'hôtel pense à l'heure actuelle ? siffla-t-elle. « Pensez-vous qu'ils ignorent pourquoi vous avez pris une chambre ? »

– Ils savent pourquoi en effet. Holt sourit. « En réalité, j'ai réservé trois chambres : une pour le pilote, une pour le copilote et une pour l'homme qui accompagne l'étalon. Ils passeront la nuit ici et repartiront pour la Californie demain matin. »

– Et celle-ci est pour qui ?

– Cela importe-t-il ? Je l'utilise pour le moment en attendant que la standardiste me prévienne de l'arrivée de l'avion. C'est plus agréable que de traîner en bas en attendant mon appel.

Diana, méfiante, ne le croyait qu'à moitié. Ses yeux brillaient de rage quand elle demanda : « L'avion arrive dans combien de temps ? »

– Dans deux heures.

– C'est ce que vous m'avez déjà répondu tout à l'heure.

– C'est exact. Il la regardait, le visage fermé, mais on sentait, malgré son indolence, qu'il était sur le qui-vive. « Le mauvais temps a retardé leur décollage. »

– Et vous vous imaginez que je vais attendre ici deux heures, lui rétorqua-t-elle.

– C'est moins ennuyeux ici qu'en bas.

– Parce que vous vous ennuyez, c'est cela ? Diana était si furieuse qu'elle en tremblait. « Et je suis supposée vous distraire, sans doute ? Que voulez-vous que je fasse ? Que je me déshabille et que je me mette au lit comme une vulgaire traînée ? La voilà votre clé ! » Elle la lui jeta. « Vous pouvez en faire ce que vous voulez. Moi, je m'en vais. »

La clé rebondit sur sa poitrine et tomba à terre. « Alan et Peggy sont déjà partis. »

– Et alors ? Il y a d'autres moyens pour rentrer au ranch. Elle hésita un instant puis l'attaqua sur son point faible. « Je peux par exemple appeler Guy et lui demander de venir me chercher. » Il plissa les yeux d'un air menaçant. « Il sera ravi de me sauver de vos griffes. » Diana prit plaisir à l'attiser un moment, puis elle se détourna pour partir.

Elle n'avait fait qu'un pas quand Holt la rattrapa par les cheveux. « Vous êtes diabolique ! » Il l'attira brusquement en arrière et la prit violemment dans ses bras.

Il lui tirait les cheveux si fort que Diana haletait mais Holt n'y prêta aucune attention. Elle leva la main pour se frotter la tête, atténuer quelque peu la douleur et se trouva prise dans ses bras d'acier ; elle ne pouvait plus bouger.

Il lui tirait toujours les cheveux ; sa tête était renversée en arrière. Il la fixa, les yeux dans les yeux, pendant une minute qui dura une éternité. Elle suffoquait de crainte. Mais elle n'était pas seulement submergée par la peur, elle ressentait autre chose. Elle ne pouvait ni protester ni hurler de douleur.

– Soyez maudite, marmonna-t-il.

Il écrasa sa bouche contre la sienne. Diana étouffait des gémissements. Ses seins se pressèrent contre sa poitrine. Les boutons de sa chemise l'écorchèrent. Elle se sentait plongée dans un brouillard total.

Il remua la bouche, subtilement, cruellement, et se fit plus pressant. Elle répondit à ses baisers : trahie par ses sens, elle s'abandonna à sa passion. Il passa les doigts dans ses cheveux et frotta sa tête endolorie. Il avait posé ses bras autour de son cou, ce qui obligea Diana à se mettre sur la pointe des pieds pour pouvoir l'embrasser. Il lui encercla soudain la taille et la souleva de terre pour que leurs lèvres se touchent, puis il la porta jusqu'au lit, où ils s'allongèrent ensemble.

Toute la colère qui brûlait en elle s'était transformée en une immense explosion de désir. Ses caresses, ses baisers, son corps contre le sien excitaient, comme toujours, ses appétits primaires. Le désir montait en elle sous ses caresses et sous ses baisers qui dévoraient son cou si sensible à ses jeux. Il l'amena au bord de l'abandon ; son ventre hurlait de désir et tout son corps l'appelait. Sa jupe était remontée autour de sa taille et son désir frustré la tordait de douleur. Ses hanches remuaient instinctivement sous les caresses excitantes.

– Voulez-vous que je m'arrête, Diana ? Sa voix rauque résonna contre son cou. « Le voulez-vous ? »

Elle émit un faible grognement de protestation. Elle le haïssait de lui avoir fait avouer cela. Pourquoi ne se contentait-il pas de la prendre et de satisfaire leurs désirs ?

Holt se dégagea. « Le voulez-vous ? » demanda-t-il à nouveau.

Elle ne put soutenir son regard et ferma les yeux. « Non », répondit-elle d'une voix à peine audible.

Mais il ne lui donna pas le baiser qu'elle attendait et qui l'aurait calmée. Au contraire, Holt sortit du lit et lui lança : « Déshabillez-vous. » Elle gémit pour protester mais Holt déboutonnait déjà fiévreusement sa chemise. « Je ne tiens pas à sortir de l'hôtel avec des vêtements déchirés et à devoir donner des explications là-dessus. Je ne veux pas davantage parler de ce que je ressens en ce moment... » Il ne termina pas sa phrase et se détourna.

Diana enleva son chemisier en le passant par la tête et dégrafa sa jupe. Elle tremblait de désir et de honte quand elle se leva du lit. Incapable de se contrôler, elle se balança d'un pied sur l'autre pour enlever son collant et ses sandales. Elle l'entendait se déshabiller derrière elle. Quand son collant tomba sans bruit sur les autres vêtements, le silence régna dans la pièce. Diana se retourna et dégagea les cheveux qui cachaient son visage.

Le regard de Holt parcourut lentement ses longues jambes, ses hanches minces et sa poitrine ronde pour arriver enfin jusqu'à son visage. Pour la première fois de sa vie, Diana était consciente de leur nudité. Il aurait suffi qu'il prononce un mot grossier ou insultant et elle se serait enfuie plutôt que de supporter cette humiliation. On lisait dans son expression qu'il était partagé entre plusieurs sentiments. Il leva la main et lui effleura les pommettes.

– Pourquoi diable êtes-vous si belle ?

Désormais, Diana le savait. En une seconde, elle comprit tout : Holt la désirait plus qu'il ne la méprisait. Il n'était plus maître de lui, pas plus qu'elle ne l'était elle-même. Comme elle, il était entraîné par le tourbillon vertigineux de sa passion. Avec le désespoir de deux amants qui s'unissent dans la mort, ils s'abandonnèrent à leur désir.

Après l'amour, Diana, épuisée, se blottit dans ses bras. Elle ferma les yeux. Elle ne voulait pas parler, craignant que les mots ne rompent le charme de cet instant. Holt essuya doucement les larmes sur ses joues et remit les couvertures sur eux. Rassurée par son bras qui la tenait tendrement, elle s'abandonna à son bonheur. Elle flottait comme sur un nuage, loin de toute réalité.

Quelque chose la troubla et elle s'agita. Une voix douce chuchota à son oreille : « Chut. Dors, mon ange. » Et elle obéit à cet ordre délicieux.

Un peu plus tard, elle eut froid. Elle voulut se pelotonner contre le corps chaud de Holt. Ne le sentant pas contre elle, elle le chercha à tâtons sous les couvertures. Dans son demi-sommeil, elle réalisa qu'il n'était plus là.

Un instant plus tard, elle ouvrit les yeux et reprit conscience. La chambre était vide. Les vêtements de Holt avaient disparu. Un rayon de soleil éclairait la pièce. Il était tard : le soleil se couchait presque.

Diana s'assit sur le lit. Elle gémit et se cacha le visage dans les mains. Pourquoi devait-elle se retrouver seule maintenant qu'elle se réveillait ? Tout aurait été tellement plus facile si elle s'était réveillée dans les bras de Holt ! Elle se mordit les lèvres pour retenir un sanglot.

Elle repoussa violemment les couvertures et sortit du lit, se dirigea vers la salle de bains et s'arrêta quand elle vit son reflet dans le miroir : son visage était endormi et ses cernes trahissaient la violence de leur étreinte. Elle avait un regard éperdu. Elle se détourna et ouvrit la douche. Elle s'enroula une serviette autour des cheveux pour ne pas les mouiller et se mit sous la douche en prenant soin de tirer le rideau. L'eau acheva de la réveiller. Elle se tenait sous la douche, la tête en arrière, les yeux fermés et les mains ouvertes, tout en savourant cette fraîcheur qui la ravivait.

Le bruit de l'eau l'empêchait d'entrendre quoi que soit. Soudain le rideau de douche s'ouvrit et elle cria, terrifiée. Holt la regardait, impassible. Elle reprit lentement son souffle. Elle se rapprocha du rebord de la douche et laissa l'eau gicler entre eux, comme si cela la protégeait.

– Où étiez-vous ? Sa question était accusatrice et on sentait dans sa voix tremblante qu'elle souffrait.

– L'avion est arrivé. Il tenait toujours le rideau de la douche, sans quitter des yeux son visage qui brillait sous les gouttelettes d'eau. « J'ai dû installer l'étalon dans le camion et ramener l'équipe. »

– L'équipe ? Diana se rappela que cette chambre était destinée à l'un des hommes. « Je vais faire le lit dès que je serai sortie de la douche. Je suppose qu'ils attendent en bas. »

– Le pilote et le copilote dorment ensemble ; il n'y a donc pas urgence pour quitter la chambre. Holt lâche le rideau, qui resta entrouvert, et Diana vit qu'il était déshabillé.

– Que faites-vous ? murmura-t-elle.

Ses yeux s'écarquillèrent quand Holt la rejoignit sous la

douche. Il paraissait plus grand, ses épaules plus larges, et elle ne s'en sentait que plus petite. Ses épaules et le dos de Holt la protégeaient du ruissellement de l'eau. Elle plongea le regard dans ses yeux sombres. La silhouette mince et musclée, puissante, ondulait sous le clapotis de la douche.

Elle se sentit de nouveau envahie de désir mais ne bougea pas quand Holt prit le savon et le fit mousser dans ses mains. Elle baissa les yeux quand la main savonneuse caressa sensuellement son cou. Ses oreilles bourdonnaient tandis qu'il massait lentement chaque partie de son corps tout en la savonnant. Les mains de Holt caressèrent ses doigts, ses paumes, ses seins, puis descendirent jusqu'à son nombril et ses jambes : tout son corps la picotait. Etourdie par le désir, Diana s'accrocha à ses épaules. La bouche de Holt étreignit la sienne dans un long baiser.

L'eau coulait sur leurs visages et leurs corps emmêlés. La douce chaleur de l'eau n'était rien en comparaison du feu qui les dévorait. Holt la tint longuement dans ses bras, attendant que leurs tremblements s'arrêtent.

Puis il l'entraîna hors de la douche et l'enveloppa dans un peignoir. La serviette qu'elle avait autour de la tête était complètement trempée, lorsqu'elle l'ôta. Elle vit dans un miroir le mouvement de ses cheveux noirs. Elle semblait différente de ce qu'elle avait jamais été. Sans prétention, Diana se trouvait d'une beauté radieuse qui l'effrayait un peu.

Le reflet de Holt apparut dans la glace : mince, puissant et terriblement viril. Il se tenait derrière elle. Diana le vit se pencher vers son cou et, inconsciemment, retint sa respiration. Ses mains glissèrent le long de ses bras et se croisèrent délicatement sur son ventre tandis qu'il lui embrassait le cou. Holt la retourna vers lui et la prit dans ses bras. Puis il la porta dans la chambre, maintenant plongée dans l'obscurité.

Ils s'allongèrent sur le lit, côte à côte, leurs lèvres s'effleurant par instants ; ils se caressaient tendrement. La main de Diana glissa lentement de l'épaule vers la colonne vertébrale. Elle sentit les légères rides qui hérissaient son dos.

– Comment t'es-tu fait cela ? Elle tourna la tête sur l'oreiller pour le regarder en face.
– Quoi donc ? Il lui caressa l'oreille.
– Ces cicatrices.
– Je ne m'en souviens pas. Et Holt se pencha pour l'embrasser.
Elle ne voulut pas abandonner :
– C'est ce que tu m'as répondu il y a longtemps quand je t'ai posé la même question. Elle s'éloigna légèrement de sa bouche.
– Es-tu étonnée que ma réponse n'ait pas changé depuis tout ce temps-là ? Il eut une moue paresseuse et posa sa main derrière sa tête pour qu'elle ne puisse plus refuser ses baisers.
– Quelqu'un t'a fouetté. Pourquoi ?
Il répondit par un long baiser silencieux. Diana s'abandonna à son plaisir en répondant à son baiser, quand il relâcha son étreinte, elle se débattit contre le charme qui l'envahissait et revint sur le sujet.
– Dis moi ce qui est arrivé, Holt.
Il serra les dents. « Ce n'est pas le moment de se rappeler des souvenirs pénibles. »
Elle passa les doigts sur les marques qui lacéraient son dos. « Cela a dû être douloureux. »
Comme il l'avait fait le matin, Holt retira sa main. Il la cloua sur le drap. Sa silhouette se profila au-dessus d'elle. Une colère froide avait envahi son visage, mais elle se dissipa aussitôt que son regard effleura le visage de Diana.
– Je n'ai jamais rencontré une femme comme toi. Il lui fit ce compliment à contrecœur, sa voix trahissant sa colère. « Tu tournes la tête à un homme jusqu'à ce qu'il ne puisse plus penser. »
– Vraiment ? Ces mots lui donnaient un sentiment de puissance qui l'enivrait.
– Tu savais que tu me mettais dans un état terrible quand tu te frottais contre moi sur cette banquette, l'accusa-t-il. « Tu étais presque assise sur mes genoux. »
– Je ne l'ai pas fait exprès. Elle lui caressa la joue et la tapota

gentiment. « Je ne pouvais rien y faire. La banquette était pour deux. Je devais choisir entre ton genou et celui de cet homme... Ed Benett. »

– J'ai même essayé de me convaincre de ne pas te donner la clé, en y pensant.

– Pourquoi voulais-tu que je vienne, alors ?

Diana fronça les sourcils.

– Cela n'a pas d'importance. C'est parce que je te voulais pour moi tout seul. C'est aussi pour cela que tu es venue, n'est-ce pas ?

– Oui, admit-elle, sans hésiter. Sa colère n'avait été qu'un prétexte. Elle voulait que Holt lui fasse l'amour.

– Alors, nous avons eu tous les deux ce que nous voulions.

Il se pencha et l'embrassa dans le cou. Il fit bouger le lit sous son poids et sa main se glissa sous le sein de Diana pour l'amener jusqu'à ses lèvres. Son sein se durcit sous ses baisers sensuels. Quand il s'attaqua à l'autre, elle frissonna. Lorsqu'il la sentit excitée, il abandonna sa poitrine et ses lèvres glissèrent doucement le long du ventre. Il s'arrêta au nombril et Diana sentit son ventre se contracter. Quand il poursuivit plus bas son exploration, elle se raidit.

– Holt, non, protesta-t-elle dans un murmure.

Il se moqua d'elle gentiment, sans aucune malice, tandis que sa bouche errait toujours sur son corps. « Tu veux dire que tu es encore pudique. Ou tu veux que je te demande d'abord la permission ? »

Tout son corps frissonna de plaisir. « Holt, s'il te plaît. Rand ne m'a jamais... Il trouvait que... » Diana ne put finir sa phrase car elle fut submergée de plaisir.

CHAPITRE XV

Diana ronronna comme un petit chat et se pelotonna contre lui. Elle essayait de ne pas trop penser aux émotions envoûtantes qu'elle avait ressenties. Elle ne voulait que les vivre et ne pas imaginer ce à quoi elles risquaient de la mener. Ses doigts égratignèrent l'épaule et le bras de Holt. Même quand il était détendu, sa peau était dure et musclée. Il était incroyable qu'elle ne soit pas encore lassée de le caresser.

– Tu as de la famille ? murmura Diana. « Je ne me rappelle pas un seul jour où tu aies quitté le ranch. Tu es de quelle région de l'Arizona ? » Les poils de sa poitrine lui chatouillaient le nez et elle respirait son odeur. Devant son silence, elle poursuivit : « Ta femme... la mère de Guy... Je sais que tu l'as quittée quand il était tout petit, mais tu as dû l'aimer. N'est-ce pas ? »

– C'est bien une réaction féminine. On couche avec une femme et elle pense que cela lui donne le droit de connaître toute votre vie.

Son ton était moqueur et, quand Diana leva la tête pour le regarder, elle vit qu'il avait fermé les yeux. Elle rit doucement.

– Tu voudrais me dire de me taire comme tu le fais toujours avec Rube ? Mais avec moi, cela ne marche pas. Elle glissa la main vers le cou bronzé et commença à dessiner des cercles autour de son oreille. « Tu dois trouver autre chose. »

– Quoi par exemple ? Il la prit par le cou et l'attira vers lui. Il la réduisit au silence en l'embrassant ; puis ses lèvres se mirent à lui dévorer le cou.

– Ciel ! Diana sentit son souffle contre sa peau, puis sa bouche la croqua un peu partout. « Je commence à me rappeler ton odeur. Je pourrais la reconnaître même dans le noir. »

– Il fait nuit.

Le désir s'empara d'elle ; elle arqua son corps en se rapprochant de lui. Elle avait cru son désir assouvi mais les caresses et les baisers le ranimaient.

Quand il sentit son corps onduler contre le sien, Holt l'accusa : « Tu es insatiable ! »

Mais Diana réalisa combien il était excité et un sourire malicieux se dessina sur ses lèvres. « Et qu'est-ce que cela te fait ? »

Holt la saisit et la mit sur le dos en l'écrasant contre le lit. Puis il s'allongea sur elle et dévora sa bouche. Et leurs corps s'embrasèrent.

Diana, épuisée, s'assoupit à nouveau dans ses bras. Elle se sentait chez elle dans ce petit coin, blottie contre son épaule. Elle se sentait mieux que dans son propre lit : c'était pour elle parfaitement naturel de se trouver dans ses bras. Même quand elle s'endormit, elle garda un léger sourire sur ses lèvres.

Une main la secoua doucement. « Réveille-toi, Diana. » Elle agita la tête et se pelotonna contre sa poitrine. « Allez. Réveille-toi. » La voix de Holt se fit plus ferme. « Il est presque minuit. »

Elle grogna pour protester mais finit par ouvrir les yeux. Holt retira son bras et repoussa les couvertures. Elle s'assit en se cachant les yeux de ses mains quand il alluma la lumière. Il sortit du lit et se dirigea vers la salle de bains, où il avait laissé ses affaires.

– Habille-toi, ordonna-t-il.

Elle obéit. Quand il ressortit de la salle de bains, elle remettait ses sandales. Il avait l'air frais et dispos malgré sa barbe naissante. Ses cheveux havane brillaient dans la lumière électrique.

– Je vais chercher le camion et je t'attends devant l'hôtel.

Avant de quitter la pièce, il jeta la clé sur la commode en lui recommandant de la donner au bureau en partant. Diana prit sa brosse à cheveux dans son sac et entendit la porte se refermer. L'image de son visage, que lui renvoya le miroir, la fascina. On y lisait qu'elle s'était totalement donnée. Elle avait perdu toute trace d'arrogance. Diana savait combien elle était désormais vulnérable.

Elle se souvint que Holt l'attendait en bas et cessa de se brosser les cheveux. Elle entendit des voix dans le couloir et revint soudain à la réalité. Elle attendit que les portes se referment avant de s'aventurer au-dehors.

Diana descendit les marches comme si elle était poursuivie ou épiée. Personne ne semblait pourtant prêter attention à elle. Il n'y eut que quelques regards qui s'attardèrent sur cette jolie femme qui traversait l'hôtel à cette heure avancée de la nuit. Diana était terrifiée à l'idée d'être reconnue par quelqu'un. Se demanderait-on ce qu'elle faisait ici ? Devinerait-on qu'elle était à l'hôtel avec son amant ? Les ragots qui avaient entouré son divorce exciteraient-ils l'imagination des gens ? Le bruit viendrait-il aux oreilles du Commandant ?

Diana se précipita dehors, loin de l'atmosphère suffocante de l'hôtel. Elle goûta le silence et l'air frais de la nuit. Le camion l'attendait de l'autre côté de la rue : le moteur tournait. Le cœur battant, Diana se rua jusqu'à la portière du passager et monta. Holt passa la première et démarra lentement. Diana entendit les sabots du cheval dans la remorque.

– J'espère que le Commandant ne s'est pas inquiété pour moi.

Diana essayait de lui faire partager sa culpabilité.

– Il sait que tu es une grande fille maintenant. Il n'attendra pas que tu rentres à la maison.

Elle ne s'était pas attendue à une telle indifférence. « Je suppose que non. »

Quand ils arrivèrent à l'entrée de l'autoroute, Holt accéléra un peu mais garda cependant une vitesse raisonnable : leur chargement était trop précieux. Diana appuya la tête contre le dossier et se laissa bercer par le vent frais qui lui caressait le visage. Elle ferma les yeux.

Elle se demandait pourquoi Holt paraissait si distant. Pensait-il aussi au Commandant ? Et craignait-il sa réaction s'il apprenait cela ? Elle se tourna pour examiner son profil aquilin qu'éclairait la lune.

– Cela t'ennuierait-il si le Commandant l'apprenait ?

Il hésita une seconde puis répondit simplement : « Non », tout en gardant les yeux fixés sur la route.

Elle aurait aimé pouvoir en dire autant mais les habitudes ne se changent pas en un jour. « Ne crois-tu pas qu'il serait déçu s'il le découvrait ? »

– Il est peu probable qu'il l'apprenne, à moins que tu ne lui racontes comment nous avons passé l'après-midi et la soirée à faire l'amour comme des fous. Le ton cynique de sa voix la blessa. « Et si jamais cela arrivait, que penses-tu qu'il ferait ? Tu crois qu'il jouerait les pères outragés ? On m'a forcé une fois à me marier. Ça n'arrivera pas deux fois. »

– Il pourrait te renvoyer.

L'allusion ne le toucha pas. « Nous étions deux adultes consentants. Ton père aussi est un homme. Dans les mêmes circonstances, il ne se serait pas conduit autrement. »

– Non, il ne te mettra pas à la porte. Elle réalisa qu'elle lui avait parlé d'un ton acide mais n'avait pu s'en empêcher. « Il a besoin de toi. Il dépend de toi. Et tu n'as fait que ce que n'importe quel homme bien constitué aurait fait à ta place. »

Diana regretta d'avoir abordé ce sujet. Pourquoi ne l'avait-elle pas laissé tranquille ? Elle se retourna vers la vitre et contempla les montagnes sombres qui bordaient l'autoroute. Les pneus crissaient à peine. Diana referma les yeux et se laissa bercer par le ronflement du moteur.

Quelques kilomètres plus loin, Holt ralentit. Diana ouvrit les yeux et regarda vers lui, en pensant voir les lumières du ranch. Il croisa son regard et fit un signe de tête vers la droite.

– Veux-tu que nous fassions une petite halte ?

Elle regarda dans la direction qu'il lui indiquait et reconnut l'endroit où elle s'était arrêtée avec Guy le matin même. Elle dévisagea Holt, soudain méfiante.

– Pourquoi ?

– Tu trouvais cet endroit charmant. Je pensais que tu étais toujours d'humeur badine.

– Tu nous as vus ? Elle aurait voulu se jeter sur lui, lui arracher les yeux.

– J'ai quitté le ranch peu après vous ce matin. Quand j'ai reconnu la camionnette, j'ai évidemment ralenti. Vous auriez pu avoir un problème mécanique. Il parlait calmement mais Diana sentit que sa colère montait. « Je n'avais pas encore vu ce qui se passait à l'avant. Tu joues très bien la comédie, Diana. Si je ne t'avais pas vue avec Guy ce matin, j'aurais pu croire que... » Il ne finit pas sa phrase et serra les lèvres.

– C'est pour cela que tu m'as amenée... dans cette chambre... tout était ?... Diana était bouleversée. « Tu étais guidé par une logique perverse du genre : "Si elle est avec moi, elle n'est pas avec lui." C'était encore plus vulgaire que de coucher avec une grue. »

Il la dévisagea d'un regard cruel. « C'est peut-être la solution... Te faire l'amour jusqu'à ce que tu sois épuisée et que tu n'aies plus envie d'aller voir ailleurs... et surtout pas Guy. »

Diana se détourna et retint ses larmes. Elle se sentait mal. Holt l'avait traitée comme une catin, comme il l'avait toujours fait. Et en cette seconde, elle avait l'impression de n'être qu'une fille de joie. Elle ne désirait plus qu'une chose : arriver au ranch. Le camion accélérant, elle espéra que Holt avait aussi envie d'arriver au ranch au plus vite.

Le silence qui régnait entre eux l'exaspérait et le trajet lui sembla durer une éternité. Enfin, elle aperçut les lumières du ranch à travers les arbres. Holt s'arrêta près de l'enclos et descendit sans même attendre que le moteur se soit tu. Diana sortit à son tour, mais lentement. Quand elle arriva à l'arrière de la remorque, il avait déjà abaissé la rampe et faisait sortir l'étalon.

Diana jeta un regard absent vers le cheval. Le nouvel étalon était d'un gris tacheté de noir. Ses poils avait des ombres argentées et sa silhouette était élégamment musclée. Ses petits naseaux, ses oreilles en pointe et son port altier prouvaient ses origines de pur-sang arabe. L'étalon hennit et piaffa en découvrant ce lieu inconnu. Il tourna la tête vers l'enclos où étaient parquées les juments, respira leur odeur et se remit à hennir violemment.

– Du calme, du calme. Holt lui caressa l'encolure. « Tu les approcheras bientôt. »

On entendit un terrible vacarme venant de l'enclos. Des hennissements terrifiés et des piétinements de sabots suivirent des cris et un coup de fusil. Diana se précipita vers le corral et escalada la barrière sans prêter attention à sa jupe qui se soulevait. Elle aperçut au loin une silhouette blanche qui marchait au pas dans la sauge du désert et qui se rapprochait des montagnes. Leur retour avait coïncidé avec la visite nocturne de l'étalon sauvage.

Le nouvel étalon, perturbé par cette agitation, se montrait rétif. Holt essayait de le calmer tout en le retenant. « Ouvrez la porte de l'écurie et celle de sa stalle », ordonna-t-il à Diana.

Elle obéit aussitôt. Descendant de son perchoir, elle se précipita vers l'écurie, ouvrit la porte et s'avança jusqu'à la large stalle qui avait été celle de Shetan. Elle revenait déjà sur ses pas quand Holt entra dans l'écurie. Diana se dirigea rapidement vers la maison. En traversant la cour plongée dans l'obscurité, elle passa près de la grange. Elle entendit des pas sur le gravier et sursauta.

– J'suis désolé. On vous a réveillée. Rube surgit de l'ombre, tenant un fusil qui brillait à la lumière de la lune. « C'est ce sacré étalon qu'est revenu. »

– C'est ce que je pensais.

Il remarqua qu'elle regardait son fusil. « La seule chose qu'il respecte, c'est les coups de fusil. »

– Vous n'avez pas tiré sur lui ?

– Grand Dieu, non. Est-ce que j'ai l'air d'un fou ? Je ne veux pas risquer de toucher une des juments du Commandant. Il m'tuerait si j'faisais ça. En plus, Holt a jamais donné l'ordre de l'tuer. Il a seulement dit de l'effrayer.

– Excusez-moi, Rube. Je sais bien que vous n'êtes pas un irresponsable. Bonne nuit.

– Bonne nuit à vous aussi. Il marmonna dans sa barbe tandis qu'elle s'éloignait.

Il y avait de la lumière dans la chambre de son père. La porte était restée ouverte. « C'est toi, Diana ? » demanda-t-il quand elle entra.

– Oui, Commandant. Elle s'arrêta et sa gorge se noua. Elle se demandait ce qu'elle pourrait lui répondre s'il lui posait des questions sur son emploi du temps.

– Je suppose que tout ce vacarme est lié à l'étalon sauvage ? Le Commandant était en pyjama, l'air à moitié endormi, fatigué.

– Oui, en effet.

Le Commandant soupira et éteignit sa lampe de chevet. « J'aurais dû m'en douter. Bonne nuit. »

Le lendemain matin, le Commandant ne s'intéressa qu'à l'étalon et il ne fit que ce vague commentaire au sujet de Diana : « Il devait être très tard quand tu es rentrée. J'espère que vous n'avez pas eu de problèmes avec l'étalon. »

Diana avait préparé sa réponse : « Non. C'est simplement le temps qui a retardé le décollage de l'avion. »

Puisqu'il ne le lui demandait pas, elle n'eut pas à lui expliquer comment Holt et elle avaient passé le temps en attendant l'avion. Elle mordit dans son toast. Le mot juste aurait été : « divertir ». Car Holt s'était à proprement parler diverti avec elle en lui faisant subir sa terrible vengeance.

Elle avait mal à la tête, ce qui lui servit d'excuse pour ne pas accompagner le Commandant jusqu'à l'enclos pour voir le nouvel étalon. Cela lui permit également de sauter le déjeuner : elle pourrait ainsi éviter Holt aujourd'hui. Elle passa une grande partie de l'après-midi allongée sur son lit. Elle se sentait malade, aussi bien physiquement que moralement, et elle espérait bien que Holt était aussi perturbé qu'elle. Après le dîner, elle prit deux somnifères et passa ainsi une nuit tranquille.

– Comment te sens-tu ce matin ? lui demanda le Commandant quand elle entra le lendemain dans la salle à manger.

– Beaucoup mieux. Son esprit était encore embrumé. Diana mit cela sur le compte des somnifères.

– La meilleure façon de se soigner est de se reposer, surtout quand on a la chance de ne pas être dérangé pendant son sommeil. Il lui passa le pot d'orangeade.

– Oui. Elle ne saisissait pas l'allusion.

– Nous n'avons pas eu droit à une nouvelle visite de l'étalon sauvage.

Diana releva la tête. « Il a peut-être abandonné la partie. »

– Je l'espère bien.

Après le petit déjeuner, Diana fit sa traditionnelle randonnée du matin. Elle galopa très loin dans le désert, loin de toute trace de civilisation, et poursuivit un lièvre qui finit par déjouer ses pièges et lui échappa. Elle s'arrêta pour contempler un vol d'oiseaux bleus qui virevoltaient au-dessus de la sauge. Mais, hélas, elle dut rentrer au ranch.

La cour paraissait déserte. Il n'y avait qu'une seule camionnette. Il était encore trop tôt pour aller déjeuner et Diana décida d'aller jusqu'à l'enclos pour voir le nouvel étalon dans la lumière du jour.

Quand elle aperçut Guy qui faisait travailler le cheval à la longe, elle hésita un instant puis poursuivit son chemin. Il lui tournait le dos quand elle escalada la barrière pour s'asseoir dessus. Il tourna lentement au rythme du cheval et finit par la voir. Elle entama la conversation avant qu'il n'ait pu placer un mot.

– Il est superbe, tu ne trouves pas ? L'étalon est encore plus impressionnant que de nuit.

– C'est de la dynamite. Il arrêta le cheval et détacha la longe. « C'est assez pour aujourd'hui, mon beau. »

Le cheval releva dédaigneusement la tête et s'éloigna en trottinant. Guy enroula la longe tout en marchant vers la barrière. Il s'installa à côté d'elle et admira l'étalon. « Tu n'as pas assisté au déjeuner hier. »

– J'avais mal à la tête. Sophie m'a monté un peu de soupe.

– Je ne t'ai jamais vue avec des maux de tête. En fait, je ne me rappelle pas t'avoir vue malade une seule fois.

– C'est vrai. Mais l'année dernière, quand j'ai eu tous ces problèmes avec Rand qui nous ont poussés jusqu'au divorce, j'ai eu très souvent mal à la tête. Le médecin m'a dit que c'était nerveux. Mais cela ne durait jamais longtemps.

Elle était étonnée de constater comme elle mentait bien.

– Tu t'es bien amusée l'autre jour avec Peggy ?

– C'était formidable.

– Tu m'avais dit qu'ils te ramèneraient.

C'était fait : il abordait enfin le sujet. C'était presque un soulagement. « Je sais. »

– Mais tu n'es pas rentrée avec eux.

– Non. Je suis rentrée avec Holt.

– Il était très tard. Je le sais parce que je ne me suis pas couché avant minuit et vous n'étiez pas encore là.

– L'avion qui amenait l'étalon a été retardé par le mauvais temps.

– Et qu'as-tu fait pendant tout ce temps ?

Il posa cette question comme si elle lui appartenait et cela l'irrita. Elle se tourna vers lui et lui jeta un regard glacial. « Tu n'as aucun droit à m'espionner comme cela. »

Il ne put soutenir son regard. « Diana, je... »

On entendit soudain un hennissement de douleur. Diana regarda aussitôt vers l'enclos où étaient parquées les juments. Il y régnait une agitation incroyable ; les poulains hennissaient de terreur. Diana aperçut une silhouette blanche parmi les robes foncées, dans la poussière que soulevaient les sabots.

– Mon Dieu, l'étalon est dans le corral, dit-elle, médusée.

– Comment a-t-il su que personne ne les gardait dans la journée ?

Ils restèrent paralysés devant ce spectacle. Puis Guy se reprit et descendit de la barrière. « Je vais faire entrer l'étalon gris dans l'enclos. Va chercher un fusil et rejoins-moi. »

Diana se rua vers la maison et se précipita vers le bureau où étaient rangées les armes.

– Que se passe-t-il, Diana ? Le Commandant se tenait devant la porte de son bureau.

– L'étalon blanc est dans le corral avec les juments.

Elle attrapa un fusil et une boîte de cartouches. Elle prit juste le temps de vérifier que le calibre était le bon et ressortit sans fermer la porte.

– Comment ? En ce moment ?

– Oui. Diana passa devant lui et jaillit hors de la maison.

Haletante, elle continua à courir pour traverser la cour du ranch et poursuivit sa course effrénée jusqu'à l'enclos. Ses jambes tremblaient quand elle escalada la barrière. Elle retomba sur ses pieds et s'arrêta un instant pour reprendre son souffle et chercher Guy. Il était au milieu du corral et repoussait les chevaux vers l'autre bout. En entendant un bruit violent, elle comprit qu'il avait pris un fouet dans l'écurie.

Tout en trébuchant, elle courut vers lui. Elle voyait maintenant très distinctement l'étalon blanc. Il avait séparé deux juments des autres : Cassie et Nashira, les deux femelles qu'il avait volées. Il les poussa vers un endroit de la barrière où deux planches étaient cassées. Mais l'étalon ne se contenta pas de récupérer les juments qu'il avait déjà prises : quand elles furent sorties du corral, il revint à la charge, sans prêter la moindre attention à Guy qui s'approchait de lui.

Il choisit une jument bai et un poulain qui se tenait près d'elle. La jument essaya frénétiquement de lui échapper et de rejoindre le reste du troupeau, mais l'étalon la mordit sauvagement et lui donna des coups de sabot pour l'en dissuader. La jument et le poulain finirent par sortir du corral et rejoignirent les deux autres, qui attendaient sagement.

Quand l'étalon revint en chercher une quatrième, Diana fit un faux pas et tomba à genoux. Guy était encore à cinq mètres de là. Elle n'avait pas la force de l'appeler. Et il n'y avait pas une seconde à perdre.

Le fusil sur les cuisses, elle ouvrit la boîte de cartouches et commença à charger le canon. Elle jeta un coup d'œil sur l'étalon. Cette fois, il avait porté son choix sur une jument grise et un autre poulain.

Les doigts tremblants, Diana n'avait réussi à mettre que quatre cartouches. Elle enclencha l'arme, en espérant que cela suffirait. Une balle siffla dans l'air et résonna à ses oreilles. La jument et le poulain galopaient vers la barrière, là où elle était cassée, tandis que l'étalon marchait sur leurs talons. Elle fit feu une deuxième, une troisième et enfin une dernière fois. Puis le canon se bloqua. Elle baissa le fusil et dégagea ses cheveux qui lui cachaient le visage.

Les quatre juments, les deux poulains et l'étalon blanc galopaient vers les montagnes. Deux des juments connaissaient déjà le chemin. Les deux autres et les poulains le découvraient. Et l'étalon, blanc comme neige, qui marchait de son pas si étrange, le leur apprendrait bien vite.

– Mon Dieu, tu as vu cela ? Guy tomba à genoux à côté d'elle. Il secouait la tête en regardant s'enfuir les chevaux. « Cette fois, il en a pris quatre. Et juste sous notre nez. »

– Quatre juments et deux poulains, rectifia Diana dans un souffle.

Des pas se rapprochèrent derrière eux. Elle se tourna et vit le Commandant, essoufflé et curieusement surexcité.

– Il n'y avait personne dans les parages ? Personne n'a vu l'étalon pénétrer dans le corral ? Personne ne le surveillait ?

– Non. Guy se remit péniblement sur ses pieds. « Qui aurait pu imaginer que l'étalon aurait l'intrépidité de les voler en plein jour ? C'est incroyable. »

– Oui, je sais.

– Faut-il partir immédiatement à leur poursuite ? Essayer de les rattraper avant qu'ils n'atteignent les montagnes ?

– Non. Le Commandant secoua la tête. « Au rythme où ils vont, ils seront dans les montagnes avant même que vous n'ayez eu le temps de seller un cheval et de quitter le ranch. Mais réparez la barrière avant que d'autres juments ne s'échappent. »

– Tout de suite. Guy tendit le fouet à Diana et s'éloigna.

Diana, qui avait reprit son souffle, se leva, le fusil sous le bras, en prenant soin de le diriger vers le sol. Elle regarda son père et sa pâleur l'inquiéta.

– Tu n'aurais pas dû venir.

– C'est probablement la seule fois où je l'aurai vu d'aussi près.

Il fixait les montagnes d'un regard absent. Son expression était partagée entre son admiration pour cet extraordinaire étalon sauvage et la menace qu'il représentait.

– Rentrons à la maison, Commandant.

Diana n'était pas très sûre qu'il l'ait entendue mais il finit par se détourner et se diriger vers le porche.

– Il y avait beaucoup de superstitions dans l'Ouest autrefois à propos des chevaux blancs. Certaines existent toujours. Il semblait penser à haute voix, ne prêtant pas attention à elle. « On racontait que les chevaux blancs étaient faibles et n'avaient aucune endurance. Pendant la campagne de Crook contre les Indiens Sioux, en 1876, une partie de sa cavalerie montait des chevaux blancs... et ils étaient aussi bons que les autres. Les Indiens n'en voulaient pas car on les voyait trop facilement la nuit. C'est probablement pour la même raison que les pionniers, et plus tard les cow-boys et les autres hommes de l'Ouest, évitèrent de monter des chevaux blancs. Mais malgré cet inconvénient, un cheval blanc demeure le symbole de la puissance et de l'arrogance. Combien de grands hommes et de conquérants ont galopé sur des chevaux blancs ? La liste serait probablement sans fin. Quelle étrange contradiction », murmura-t-il pour lui-même. « Quelle étrange contradiction. »

CHAPITRE XVI

C'était l'heure du déjeuner. Diana observait Holt. Il ne l'avait regardée qu'une fois quand il était entré et l'avait saluée d'un bref signe de tête. L'air sinistre et furieux, il lui faisait penser à une panthère prise au piège qui feint d'ignorer l'objet de sa rage alors que sa queue balaie l'air de colère. Elle frissonna et son regard se glissa vers les mains de Holt... ces mains qui connaissaient si intimement son corps.

Elle brûlait de désir. Elle fixa son assiette en essayant de chasser l'émotion qui l'envahissait et de se concentrer sur ce qu'il disait plutôt que sur la douleur qui déchirait son ventre.

– ... On pourrait prendre une autre longe et des vivres pour une semaine, au cas où on en aurait besoin. Nous partirons demain à la première heure.

Le Commandant acquiesça d'un geste puis demanda : « Qui emmenez-vous avec vous ? »

– Rube, Guy et probablement Don.

Cette fois-ci, Diana ne se proposa pas. Guy la regarda, dans l'espoir qu'elle se manifesterait. Il paraissait très tendu et profondément troublé, irrité. Il ne dit rien mais darda un regard acerbe sur son père.

Diana passa l'après-midi à s'occuper du secrétariat. Après le dîner, elle aurait pu s'échapper, mais elle se contenta d'une promenade sous le porche. Elle s'assit sur la barrière, les jambes ballantes, contemplant le coucher de soleil qui dessinait sur les montagnes des ombres jaunes et orangées.

Elle aperçut dans la pénombre Guy qui s'approchait de la maison. Il ne se dirigea pas vers la porte mais vers la barrière où se tenait Diana et leva les yeux sur elle avec une expression embarrassée.

– Tu veux marcher un peu avec moi ? Je dois te parler de quelque chose.

Elle faillit lui répondre qu'elle était fatiguée mais son ton était si pressant qu'elle décida d'accepter. Il ne lui proposait pas une promenade romantique, main dans la main, pour profiter du coucher de soleil. Il était réellement préoccupé et ce n'était pas à cause d'elle.

– D'accord.

Elle se laissa glisser par terre. Guy passa la main autour de sa taille pour l'aider à descendre, puis il mit les mains dans ses poches et commença à marcher à grandes enjambées : sa démarche trahissait combien il était perturbé. Quand ils furent loin de la maison, Diana posa la main sur son bras pour l'arrêter.

– Qu'y a-t-il ?

Guy la fixa anxieusement et chercha son regard. Elle fronça les sourcils.

– Le Commandant t'a dit ce qu'il comptait faire avec l'étalon blanc ? demanda-t-il.

– Non.

Elle se rembrunit davantage.

– Il n'en a pas parlé à Holt ?

– Ils ont simplement décidé de ramener les juments. Pourquoi ?

– Parce que je crois... (Il se passa la main dans les cheveux.) Je crois que Holt va le tuer.

– Quoi ? L'a-t-il dit ?

– Non. (Il serra les poings et les projeta devant lui comme s'il cherchait à attraper quelque chose.) C'est juste un pressentiment. Mais je sais que j'ai raison.

– Non !

– Tu sais ce qu'il pense de l'étalon. Il le considère comme un fléau. Il n'aurait pas plus de pitié pour lui que pour une mouche. Tu ne le vois donc pas ? Holt n'en dira probablement rien au Commandant parce que je ne pense pas qu'il approuverait ce geste.

– Je pense que tu dramatises un peu.

Elle s'éloigna pour échapper à l'angoisse que Guy voulait lui faire partager. Il lui saisit le bras et la retourna vers lui.

– Et si j'ai raison ? Et si Holt part demain avec l'intention de ramener sa dépouille ?

– Tu n'auras qu'à l'en empêcher... si c'est vraiment dans ses intentions.

– Moi ? Comment ? Qui acceptera de m'écouter ? Holt ? Rube ? Don ? Ils pensent tous que je ne suis encore qu'un gamin. De plus, il peut les convaincre de n'importe quoi. Rube et Don font tout ce qu'il leur dit. Je ne pourrai pas les arrêter. C'est le patron. Mais, toi, tu es la fille du Commandant... tu peux faire quelque chose.

– Holt ne m'écoutera jamais.

– Mais si tu nous accompagnes, il réfléchira peut-être à deux fois avant d'agir. Et les deux autres tiendraient sûrement compte de ton avis parce que tu représenterais le Commandant. Il ne serait plus vraiment maître de la situation. Tu dois venir avec nous.

– Non. (Elle détourna la tête. Guy ne réalisait pas ce qu'il lui demandait.) Parles-en au Commandant.

– Cela ne servirait à rien. Holt et le Commandant se tiennent toujours les coudes. Ils sont aussi liés que... Guy cherchait ses mots.

– ... Un père et son fils, ajouta Diana.

– Oui, comme un père et un fils devraient l'être, acquiesça-t-il. « C'est à toi de décider, Diana. Désires-tu la mort de l'étalon ? »

– Non !

– Alors tu dois faire quelque chose. Il posa la main sur sa joue et l'obligea à le regarder. « As-tu jamais vu un animal aussi extraordinaire ? Il est fier, sauvage et, par-dessus tout, il est libre. Si on lui tire une balle dans la tête, il s'écroulera pour toujours. C'est cela qui va arriver, Diana. »

– Non ! Elle ferma les yeux et l'image de l'étalon gisant à terre l'assaillit comme dans un cauchemar.

– Tu dois venir avec nous.

– Holt n'acceptera jamais.

– Et alors ? Il n'a pas pu t'en empêcher la dernière fois et il en sera tout aussi incapable cette fois-ci. Tu dois nous accompagner.

Diana hésitait. Le raisonnement de Guy lui paraissait si logique qu'il en devenait juste. Ne savait-elle pas combien Holt pouvait se montrer cruel ? Ne leur avait-il pas déjà fait comprendre qu'il estimait que l'étalon devait disparaître ? N'avait-elle pas surpris son regard de chasseur sanguinaire la dernière fois ?

– Je vais venir, finit-elle pas déclarer.

– Je savais que je pouvais compter sur toi. J'étais sûr que tu serais de mon côté. Je me réjouis à l'idée de voir sa tête quand je vais lui annoncer cela. Il rit d'un air triomphant. « Maintenant, va préparer tes bagages et tiens-toi prête à partir de demain matin. Je vais aller prévenir que tu nous accompagnes pour qu'on prépare des provisions pour toi. »

– D'accord. Diana était déjà beaucoup moins enthousiaste mais elle ne pouvait revenir sur sa décision. « Je vais préparer mes affaires. »

Et le moment du départ arriva. Les cavaliers étaient plutôt silencieux. Ils n'échangèrent que quelques mots à voix basse. Le Commandant ne s'était pas montré surpris de la décision de Diana. Il lui avait dit qu'il s'y attendait. Rube et Don l'avaient accueillie chaleureusement. Quant à Holt, il ne lui avait pas adressé la parole.

Ils traversèrent la vallée au petit trot et atteignirent les montagnes. Don avait pris la longe ; Rube tirait les deux chevaux porteurs ; Holt allait en tête de l'expédition et Guy trottait à côté de Diana. Ils se dirigeaient vers le point d'eau. Holt observait de temps à autre les traces de l'étalon pour vérifier que la direction qu'il prenait était la bonne.

Après avoir chevauché pendant une heure dans la montagne, Diana remarqua deux oiseaux sombres qui décrivaient des cercles dans le ciel. « Regarde », dit-elle.

– Oui, je les vois. Ces rapaces tournent sûrement au-dessus d'une charogne, commenta Guy, écœuré par les lois de la nature.

Plus ils avançaient, plus ils se rapprochaient de l'endroit où virevoltaient les oiseaux de proie. Le cadavre devait se trouver tout près du chemin qu'ils empruntaient. Soudain, ils se retrouvèrent devant une pente ravinée par des pluies torrentielles. Ils étaient déjà passés par là, la première fois qu'ils avaient poursuivi l'étalon. La montagne était escarpée mais on pouvait la dévaler à cheval.

Holt arrêta un instant son cheval puis le poussa dans la pente. Il s'ensuivit un terrible vacarme de croassements et de bruissements d'ailes : les rapaces, affolés, se dispersaient. Quand Diana et Guy atteignirent le ravin, Holt mettait déjà pied à terre. L'un des poulains gisait au fond du canyon. Holt s'agenouilla à côté du cadavre. Quand Rube et Don arrivèrent à leur tour, Diana sentit sa gorge se nouer.

– Il s'est cassé le cou. Holt se releva, les lèvres serrées.

– Il est probablement tombé en dégringolant la pente. Il devait être épuisé après avoir parcouru tout ce chemin. Quelle horreur ! C'est vraiment affreux ! grommela Rube.

– Sors une pelle pour que nous puissions l'enterrer.

Le cheval de Holt tirait sur les rênes, énervé par cette odeur de sang et de mort.

Quand le poulain fut enterré, ils poursuivirent leur chemin en silence. Arrivés au point d'eau, ils aperçurent des traces toutes fraîches. L'étalon avait amené les juments jusque-là et était reparti. Diana observa le sol, là où la terre était retournée.

– Il dresse les nouvelles juments. Rube avait remarqué l'expression de surprise de Diana et avait deviné ses pensées. « Un étalon sauvage doit toujours apprendre à une nouvelle jument à lui obéir. Il passe des fois des heures à les regrouper ou à les disperser. Il peut des fois les priver d'boire jusqu'à ce qu'il pense que le moment est arrivé. Il a dû avoir des problèmes avec la jument qu'a perdu son poulain. »

– Oui, probablement. Diana tourna les yeux vers le point d'eau, où les autres faisaient boire leurs chevaux. « Et où croyez-vous qu'ils soient maintenant ? »

– J'parie qu'ils sont pas loin. On ferait mieux d' rejoindre les autres et d'aller voir c' que Holt a derrière la tête. Vous croyez pas ?

Ils retournèrent vers le point d'eau. Rube se dirigea vers Holt, qui dessanglait son cheval. Celui-ci jeta un œil vers Rube tout en poursuivant son travail.

– Nous sellons les chevaux qui ne sont pas fatigués. Don, Guy et moi allons faire un tour dans les parages pour essayer de les repérer. Tu peux installer le camp ici.

Diana se retourna quand elle entendit cela. « Ici ? Mais si nous nous installons ici, les chevaux ne viendront pas boire. »

– L'étalon ne viendra pas. Mais si les juments ont vraiment soif, elles viendront peut-être. Il jeta la selle à terre et recouvrit son cheval de la couverture qui était en dessous, sans lui lancer un seul regard. « Nous serons de retour dans trois heures. »

Vingt minutes plus tard, les trois hommes avaient changé de cheval et quittaient le canyon. Rube et Diana commencèrent à installer le campement. Rube choisit un coin relativement éloigné de l'eau pour que les animaux sauvages puissent venir boire sans être terrifiés par l'odeur de l'homme.

Quand les trois cavaliers revinrent, tout était prêt. Les chevaux broutaient non loin du feu. Rube avait marmonné qu'on ne l'avait emmené que pour préparer le feu, comme d'habitude. Diana ayant préparé le repas, elle n'avait plus qu'à le faire cuire. Le café était déjà chaud.

– Vous l'avez vu ? demanda Rube.

– On ne l'a même pas entr'aperçu, répondit Guy.

Holt s'était approché du feu pour se verser une tasse de café, sans jeter un regard à Diana, qui était juste à côté de lui.

– Vous avez pas suivi sa trace ?

– Nous l'avons perdue. Après, nous avons fait un tour dans le coin mais nous ne l'avons pas retrouvée. Don se dirigea vers le feu. C'était un petit homme nerveux. Il était chauve, avait toujours le sourire aux lèvres et rougissait facilement. « Ce café sent bien bon. Où sont les gobelets ? »

Rube et Guy dessellèrent les chevaux, les brossèrent et les attachèrent près des autres. Diana mit le repas à chauffer. Le silence oppressant de Holt la rendait de fort méchante humeur. Don n'était pas très bavard non plus. Il était sans doute impressionné par le silence de Holt et, de plus, intimidé à l'idée de parler avec la fille du Commandant.

Ils étaient assis autour du feu, les jambes croisées, et dînaient, leurs assiettes sur les genoux. « Ça sera pas facile de s'approcher d' ce sacré étalon, cette fois-ci », dit Rube, la bouche pleine. « J' parie qu'il sera aussi discret qu'un fantôme. Y a des chances qu'il nous repère bien avant qu'on le voie, et alors, il emmènera les juments loin d'ici. Ça va être très dur pour nous, ce coup-ci. On aurait besoin d'un avion. »

– Il nous faudrait un hélicoptère pour surveiller ce terrain. Mais si nous en louons un, nous risquons de devoir donner des explications. Holt avala sa dernière bouchée et posa son assiette. Il se leva et s'approcha du feu pour remplir sa tasse. Sans un mot, il quitta le camp et disparut dans l'obscurité.

– Qu'est-ce qu'il a ? grommela Rube. Personne ne lui répondit.

Quand les autres eurent terminé, Diana fit la vaisselle et rangea tout. Le pot de café était presque vide. Elle jeta ce qui restait.

– Je vais chercher de l'eau pour le café de demain matin, dit-elle aux autres.

– Je vais le faire, lui proposa Guy, en se levant d'un bond.

– Non, merci. Je dois, de toute façon, m'absenter un instant.

Elle alla jusqu'au point d'eau où se dressaient des peupliers rabougris. Entre les ombres des arbres, Diana aperçut la lune qui se reflétait dans l'eau. Cette lueur éclairait son chemin.

Elle s'agenouilla, remplit le pot de café, le secoua et le

renversa par terre. Puis elle le plongea dans l'eau et le remplit de nouveau. A quelques mètres d'elle brillait un point rouge : le bout d'une cigarette. Holt était là. Il l'avait vue arriver et n'avait rien dit.

– Votre silence ne m'impressionne pas, fit-elle, irritée. « Si vous croyez qu'en m'évitant vous allez me blesser et me forcer à rentrer au ranch, vous vous trompez. »

– Pourquoi êtes-vous venue ? La voix impersonnelle troubla le silence de la nuit. « Vous ne pouviez supporter l'idée d'être séparée de Guy pendant une semaine ? »

Elle se releva, très raide, et folle de rage qu'il l'accuse de s'intéresser à quelqu'un d'autre que lui. « Ma décision n'a rien à voir avec cela. »

– Vraiment ? Il quitta l'obscurité et s'approcha d'elle. Le bord de son chapeau dissimulait son visage.

– Non, absolument pas.

– Votre décision soudaine n'a aucun rapport avec cette escapade que vous avez faite avec Guy la nuit dernière, bien loin du ranch et cachés dans les arbres, pour que personne ne puisse vous voir ?

– Pour votre gouverne, nous n'avons fait que parler. Et que vous me croyiez ou non m'est complètement égal. Une petite voix intérieure insinua : « Menteuse ! »

– Parler ? Holt se moquait d'elle. « Vous avez parlé très longuement. »

– Nous discutions d'un sujet fascinant... vous, pour ne pas le nommer. Il rejeta la tête en arrière, tant il était étonné, et elle comprit qu'elle venait de marquer un point. « Guy pense que vous avez l'intention de tuer l'étalon. Et il espère vous en empêcher. »

– Et vous ?

– Je ne veux pas le voir mort. Et je suis sûre que le Commandant non plus. Elle sentait que la colère de Holt montait.

– Nous avons eu deux chevaux tués : l'étalon et maintenant le poulain... Tous les deux morts à cause de ce cheval sauvage. Si un coyote envahit une basse-cour, on le tue. Si un puma attaque du bétail, on le poursuit et on lui tire dessus. Si un chien de berger agresse le troupeau, on s'en sépare. Il parlait à voix basse, d'un ton amer. « Que faut-il pour que vous compreniez tous les deux que ce cheval n'est qu'une dangereuse menace ? »

– Vous allez le tuer ?

– Non. Nous sommes ici pour récupérer les juments.

– Holt...

« Diana ? » Guy l'appelait.

– Allez-y. Votre amoureux vous demande. Holt recula.

Diana hésita un instant, mais elle ne voulait pas que Guy la trouve avec Holt et l'accable de ses questions. Elle ramassa le pot à café et s'éloigna vers le camp.

– Je commençais à me demander ce qui t'était arrivé. Guy vint à sa rencontre et la croisa à mi-chemin.

– Je suis une grande fille. Elle rit pour le tranquilliser. « Je suis assez grande pour veiller sur moi. Et si j'ai des problèmes, je peux crier. »

Holt revint au camp un quart d'heure plus tard par un autre chemin. Diana comprit qu'il ne voulait pas que Guy les soupçonne de s'être rencontrés.

Une heure plus tard, ils étaient tous allongés dans leur sac de couchage. Quand Diana s'endormit, elle rêva qu'elle revivait les heures merveilleuses qu'elle avait passées avec Holt à l'hôtel. Tout avait été extraordinaire... sauf la fin qui fut plutôt amère.

Une main effleura son épaule et une voix familière lui ordonna de se réveiller. Elle ouvrit les yeux et découvrit le visage de Holt. Cela semblait faire partie de son rêve. Elle lui sourit amoureusement.

– Réveillez-vous, répéta-t-il sèchement.

– Bonjour, ronronna-t-elle.

Elle passa les bras autour de son cou et s'étira comme un chat. Elle le vit froncer les sourcils mais elle savait comment le dérider. Elle leva la tête et l'embrassa longuement. Il lui résista un instant puis répondit avec passion à son baiser. Sous la pression de ses lèvres, elle reposa la tête sur le sol tandis que la main de Holt se posait sur sa poitrine. Elle entrouvrit les lèvres pour goûter pleinement son baiser fervent.

Soudain, sans aucune raison, Holt se dégagea brusquement. Ses yeux brillaient de colère quand il la fixa. Elle était abasourdie et très gênée.

– Préparez le café pendant que je réveille les autres.

Son rêve prit fin quand elle réalisa où elle était. Elle jeta un coup d'œil vers les autres qui dormaient. Elle s'assit, tremblante, et attrapa ses bottes.

Ils avalèrent le petit déjeuner très rapidement. Personne ne remarqua son humeur ou tout au moins personne ne lui fit de réflexions. Don sella les chevaux pendant qu'elle terminait la vaisselle. Elle s'aperçut qu'il n'avait pas sellé son cheval.

Holt lui tendit son gobelet vide et elle lui jeta : « Pourquoi ne selle-t-on pas mon cheval ? » Il ne lui répondit pas et se contenta de lui lancer un regard impassible, ce qui l'exaspéra. « Si vous vous imaginez que je vais rester au camp comme une squaw pendant que vous allez chercher les juments, vous feriez bien de trouver autre chose. »

– Vous...

– Je n'ai pas d'ordres à recevoir de vous. Elle ne le laissa pas placer un mot. « Don, sellez mon cheval ! Je pars avec vous. » Elle se retourna vers Holt et le défia du regard : elle avait outrepassé ses ordres.

– C'est votre peau, ce n'est pas la mienne. Holt haussa à peine les épaules et s'éloigna.

Ils cherchèrent l'étalon et les juments toute la matinée, et revinrent au camp à l'heure du déjeuner pour se restaurer et pour changer de chevaux. Ils aperçurent les fuyards deux fois de loin. Ils rentrèrent au camp à la nuit tombante. Ils étaient épuisés, avaient eu très chaud et mouraient de faim.

Le second jour fut aussi infructueux que la veille. Le troisième jour, ils n'eurent guère plus de chance. Quand les chevaux entrèrent dans le canyon au petit trot, Diana se sentait si sale qu'elle avait l'impression que la poussière lui collait à la peau. Quand ils mirent pied à terre, elle tendit ses rênes à Guy.

– Tu veux bien t'occuper de mon cheval ? Je vais essayer de me laver un peu avant de préparer le dîner.

– C'est la chose la plus raisonnable que j'aie entendue de toute la journée. Guy lui prit les rênes et esquissa un sourire las. « Garde-moi un peu d'eau. »

Elle ramassa un broc et s'éloigna vers le point d'eau. Quand elle quitta le camp, elle aperçut Rube qui rentrait à son tour.

– Quand vous aurez fait le feu, voulez-vous réchauffer le café qui reste du déjeuner ? lui lança Diana par-dessus son épaule sans s'arrêter.

Elle l'entendit parler tout seul quand elle s'éloigna. « Préparez le feu, Rube. Mettez le café à chauffer, Rube. Vous me prenez pour qui... », marmonna-t-il et ses mots se perdirent dans le vent.

A l'ombre des peupliers, Diana retira son chapeau et dégagea la cordelette qui le maintenait autour de son cou. Elle se pencha et emplit le pot d'eau. Elle éprouva une sensation de douce fraîcheur contre sa main. Il lui semblait que la poussière lui collait encore plus à la peau.

Elle prit un mouchoir dans sa poche, le trempa dans l'eau et se le passa sur le cou pour éponger la sueur qui dégoulinait. Elle le remouilla et se rafraîchit les joues et le front. Cela lui permettait d'attendre d'arriver au camp pour avoir de l'eau chaude et du savon. Elle entendit des pas s'approcher.

– Tu n'aimerais pas plonger au milieu de cette mare, Guy ? Qu'est-ce que je donnerais pour un bon bain bien frais ! soupira-t-elle.

– Et faire l'amour après... C'est ce que vous avez en tête ?

La voix sarcastique de Holt résonna à ses oreilles et elle se releva aussitôt. Le visage de Holt était impénétrable. Son cœur se mit à battre la chamade. Il était tout près d'elle, l'air menaçant. Diana, juste au bord de l'eau, ne pouvait reculer.

– Pourquoi déformez-vous toujours même les choses les plus simples ? Je n'ai pas voulu dire cela et je ne l'ai d'ailleurs pas dit. Elle l'attaquait pour se défendre.

– Vraiment ? lâcha-t-il, les dents serrés. « Vous oubliez que je vous connais très bien. »

Il fit un pas vers elle. Diana essaya de lui échapper mais il la rattrapa facilement. Quand elle sentit sa main sur elle, Diana ne lui opposa plus aucune résistance. Il mit la main derrière sa tête pour l'obliger à le regarder en face. « Cela fait longtemps, vous ne trouvez pas ? »

Elle trembla des pieds à la tête. Peu lui importait ce à quoi il faisait allusion. Tout son corps lui rappelait combien ses caresses et ses baisers lui manquaient. Diana regarda son visage qui dégageait un tel sentiment de force et de virilité. Et son corps répondit à l'étreinte insultante.

Comme s'il avait ressenti cela, Holt commença à couvrir ses joues et ses lèvres de baisers violents. « Vous vouliez plonger dans cette mare et nager nue... », marmonna-t-il à son oreille. « Vous vouliez ensuite vous étendre sur la rive et faire l'amour. C'est ce que vous avez fait avec Guy l'autre fois. »

Diana détourna la tête. Elle le détestait de lui rappeler cette erreur. « Oui », murmura-t-elle d'une voix haletante. « Ainsi, vous auriez pu nous voir. Cela vous excite de nous regarder, n'est-ce pas ? »

Il lui serra le bras si fort qu'elle crut qu'il allait lui casser. Mais elle ne put découvrir comment il comptait se venger, car la voix de Guy les interrompit.

– Eh, Diana, que se passe-t-il ? Le point d'eau est à sec, ou...
Il apparut entre les arbres et s'immobilisa. Il eut d'abord l'air sidéré puis fou de rage. « Laisse-la tranquille ! »

Diana était terrifiée : elle craignait que cela ne dégénère. Elle se débattit pour se dégager de l'étreinte de Holt. Il la dévisagea froidement et un léger sourire se dessina sur ses lèvres.

– Bien sûr. Mais elle a besoin de se rafraîchir un peu.

Tout en la relâchant, il la poussa, et elle tomba à la renverse. Diana perdit l'équilibre en glissant sur des rochers et hurla, puis elle réussit à s'asseoir au milieu de mille éclaboussures. Elle était abasourdie, très vexée, et n'avait pas la force de bouger.

– Je t'avais prévenu de ne pas t'approcher d'elle. Si tu l'as blessée...

– Sauve-là, dit Holt en ignorant ses menaces. « Je crois que ton amoureuse à besoin d'être secourue. »

Guy était partagé entre son désir d'aider Diana et celui d'affronter son père. Mais Holt ne lui laissa pas le choix et passa devant lui, puis s'éloigna. N'ayant plus qu'une solution, il plongea dans l'eau.

– Ça va ! Il prit la main qu'elle lui tendait et l'aida à se remettre debout.

Son pantalon dégoulinait. Ses bottes étaient pleines d'eau. Son chemisier aussi était complètement trempé. Elle avait un peu mal aux fesses mais elle n'était pas blessée.

– Ça va.

– Je devrais... Guy jeta un regard noir par-dessus son épaule.

– Laisse tomber. Diana prit tout sur elle. « C'était ma faute. Je l'ai mis en colère. »

– Qu'est-il arrivé ? Qu'as-tu dit ? Il posa sa main sur son bras tandis qu'ils pataugeaient dans l'eau en essayant d'atteindre la rive.

– Quelle importance ? Elle haussa les épaules comme pour éluder sa question. « Après les trois jours que nous venons de vivre, nous sommes tous fatigués et irritables. Holt était énervé. Il suffisait d'un rien pour le faire éclater. Il ne s'agit de rien de plus. »

– Probablement, dit-il à contrecœur. « Mais s'il... »

– Tu veux me faire plaisir, Guy ? Diana s'assit pour retirer ses bottes et les vider de leur eau. « Va au camp et rapporte-moi des vêtements secs. Et ne te bagarre pas avec Holt », ajouta-t-elle d'un ton impatient. « Cela n'en vaut pas la peine. »

– Un de ces jours, je le tuerai. Il prit une profonde inspiration, puis acquiesça malgré lui à sa demande et s'éloigna pour aller chercher ce qu'elle voulait. Des frissons parcoururent le corps de Diana.

CHAPITRE XVII

Au matin du quatrième jour, ils réussirent à approcher les fuyards et la chasse commença. Comme ils l'avaient fait la première fois, ils établirent des relais et chacun poursuivit les chevaux. Mais ce jour-là, l'étalon refusa de quitter les juments ; il les poussait sans relâche à continuer leur fuite, bien qu'elles eussent tenté à plusieurs reprises de lui échapper.

Il était midi passé et le soleil commençait à décliner à l'ouest. Diana était impressionnée par l'endurance dont les fugitifs faisaient preuve et surtout par celle de l'étalon. Il parcourait quatre fois plus de chemin que les juments, car il fonçait de l'avant à l'arrière de la harde pour les empêcher de traîner le pas.

Diana était à un kilomètre derrière eux, quand elle vit l'étalon accélérer soudain l'allure pour se glisser parmi ses troupes. Il obligea la jument brune à prendre la tête du convoi et la fit dévier de sa route pour l'engager dans la direction qu'il voulait. Quand il eut réussi, l'étalon retourna à l'arrière et continua à pousser les autres. Elle réalisa qu'il les dominait totalement.

Cela fut encore plus éclatant quand le jeune poulain, incapable de maintenir l'allure, s'écroula. Sa mère essaya désespérément de rester à ses côtés mais l'étalon, impitoyable, la força à continuer en la mordant sauvagement et en lui donnant de violents coups de sabot.

Quand Diana rattrapa le poulain, il essayait en chancelant de se remettre debout pour rejoindre la harde. Il hennissait faiblement après sa mère ; ses cris plaintifs se perdaient dans la montagne. Trop épuisé et terrifié pour s'enfuir, il ne bougea pas quand Diana s'approcha de lui.

Elle savait qu'à un kilomètre de là, un autre cavalier l'attendait pour prendre le relais dans leur poursuite. Mais elle ne pouvait abandonner là le poulain. Elle arrêta son cheval, mit pied à terre et s'avança lentement vers le poulain tout en lui parlant gentiment et en tirant son cheval. Il rejeta violemment la tête en arrière quand elle le toucha, puis se calma.

Elle essaya de le hisser sur sa selle, mais, comme il était trop lourd, elle le reposa sur le sol en essayant de trouver une autre solution.

Des piétinements de sabots résonnèrent derrière elle. Les mains sur les hanches, elle se retourna et vit Holt qui s'avançait vers elle, en tirant deux autres chevaux. Il s'arrêta et fronça les sourcils.

– Qu'est-ce qui ne va pas ? Il n'aperçut le poulain qu'après avoir posé cette question. « Il est blessé ? »

– Il est épuisé.

Holt devina son problème et descendit de cheval. Je vais vous aider. » Diana remonta en selle et attendit que Holt prenne le poulain dans ses bras et le hisse à califourchon sur la selle devant elle. « Ramenez-le au camp. Il est probablement aussi affamé que fatigué. Si vous avez du lait en poudre, vous pouvez lui en donner. Et si vous n'en avez pas, donnez-lui un peu d'eau sucrée. Qui est devant vous ? »

Le poulain se débattit faiblement puis se calma sous les caresses de Diana.

– Don, je crois. Il doit attendre à un kilomètre d'ici environ.

– Nous poursuivrons l'étalon jusqu'au coucher du soleil. Holt remonta en selle. « Prenez soin du poulain. J'aimerais bien en ramener un vivant au Commandant. » Il s'éloigna au galop et Diana se dirigea au pas vers le camp.

Il faisait nuit quand les quatre hommes arrivèrent au

campement. Le dîner mijotait sur le feu. Diana s'était assise près de cette source de chaleur. Le poulain alezan dormait à côté d'elle, sa tête délicate posée sur ses genoux. Il était roulé en boule comme un petit chien.

– Comment va le poulain ? Holt s'approcha pour l'observer et s'accroupit à côté d'elle.

– Il ne semble pas avoir souffert de cette chevauchée. Diana essayait de prendre le même ton impersonnel que Holt.

– Il a probablement accepté de ne plus avoir de mère puisqu'il t'a, fit remarquer Guy.

– C'est curieux comme tout le monde semble vouloir se blottir dans vos bras, murmura Holt d'un ton caustique. Sa voix était à peine audible mais Diana perçut ses mots.

– Il a eu de la chance de ne pas se casser la jambe. Il est encore si fragile, et, vu le terrain que nous avons traversé aujourd'hui..., dit Don en prenant une assiette que Diana avait préparée près du feu. « On peut manger ? »

– Servez-vous, répondit-elle. « J'ai déjà dîné. »

– Ce jeune bougre a d'la chance d'être vivant. Rube les rejoignit autour du feu. « Un vieux chasseur de chevaux sauvages m'a dit un jour que certains étalons préféraient tuer les poulains plutôt que de les laisser retarder le reste de la harde. C'est pas une pratique courante... mais ça arrive, c'est connu. Et rien ne m'étonnerait de la part de cet étalon-là. »

– Nous les aurons demain, dit Don. « Si nous les poursuivons avec autant d'acharnement qu'aujourd'hui, nous attraperons les juments demain. »

– Demain matin, ils seront peut-être à des kilomètres. Diana observait les hommes qui remplissaient leurs assiettes.

– Y a peu d'chances. Peut-être que l'étalon n'est pas fatigué, mais les juments l'sont sûrement. Elles sont même probablement trop épuisées pour pouvoir manger ou s'reposer. J'pense pas qu'elles soient à plus de trois ou quatre kilomètres de l'endroit où on les a laissées, déclara Rube.

Il avait raison. Ils retrouvèrent l'étalon et les juments à trois kilomètres environ du lieu où ils les avaient abandonnés la veille.

L'étalon ne montrait aucun signe de fatigue ; dès qu'il aperçut les cavaliers, il regroupa les juments et les poussa au galop.

Il semblait que les choses allaient se passer comme la veille. Puis Diana remarqua qu'à chaque relais le cavalier suivant la harde de plus en plus près. La distance, qui variait d'un kilomètre et demi à huit cents mètres au début, n'était plus que de quelque quatre cents mètres. Les juments étaient passablement épuisées. Seule la tyrannie de leur maître les poussait à continuer. L'étalon refusait toujours de les abandonner. On aurait dit qu'il savait que les cavaliers ne voulaient que récupérer les juments volées.

Le soleil arrivait au zénith et Diana en était à son troisième relais, en suivant les fuyards qui descendaient dans un vallon. Ils approchaient de l'endroit où la vallée large en croisait une plus petite. Jusqu'à présent, la jument brune avait toujours viré dans cette combe, car le terrain y était plus accidenté et rendait la poursuite plus difficile. Rube attendait là pour obliger les fuyards à rester dans la vallée la plus large.

Diana ralentit et mit son cheval au petit trot quand la jument brune tourna pour s'engouffrer dans la combe. Rube apparut aussitôt et leur barra la route. La jument de tête fit un écart, suivie des autres, et elles trouvèrent encore la force de reprendre le grand galop. Rube mit son cheval au trot pour les intercepter et remplacer Diana.

Le cheval de Diana répondit à la pression qu'elle imposait au mors et ralentit l'allure, relevant la tête tandis qu'il écumait. Quand Diana regarda où se trouvait Rube par rapport à la harde, elle s'aperçut que l'étalon blanc l'avait également découvert. Il secoua sa superbe crinière et changea de direction. Un terrible hennissement retentit. Les yeux de Diana s'écarquillèrent quand elle le vit charger son ennemi, l'encolure courbée et les oreilles collées à la tête.

– Rube ! s'écria-t-elle pour l'avertir du danger.

Rube l'avait déjà vu et tirait sur ses rênes. Son cheval, terrifié par l'étalon, courba la tête en se débattant contre la pression des rênes. Diana vit Rube lever le bras et l'agiter tout en criant pour essayer d'apeurer l'étalon. Elle donna des coups de talon à son cheval pour rejoindre Rube.

L'étalon, tel un démon, chargea le cavalier et son cheval. Rube essaya de l'éviter en tentant de faire pivoter sa monture, qui, affolée, se cabra. Rube s'accrocha à l'encolure mais le cheval perdit l'équilibre et tomba en arrière sur son cavalier.

L'étalon blanc ne se contenta pas de voir son poursuivant à terre. La bouche béante et les oreilles plaquées, il revint à l'attaque. Le cheval de Rube réussit à se remettre debout et s'esquiva. Rube essaya de l'imiter mais l'étalon était déjà sur lui et ses sabots le piétinaient.

Diana fouetta son cheval fatigué pour le mettre au galop : il finit par accélérer l'allure parmi la sauge et les herbes sèches. L'étalon pivota dans un tourbillon pour faire face à cette nouvelle menace. Diana fut un instant terrifiée à l'idée qu'il allait l'attaquer. Mais les yeux de feu de l'étalon se détournèrent vers les juments, qui commençaient à se dissiper en profitant de l'absence de leur chef. Toujours au pas, il rejoignit son harem en quelques secondes.

Quand elle s'approcha de Rube qui était à terre, Diana tira sur les rênes. Son cheval s'arrêta brutalement. Dans sa hâte, elle sauta de selle sans même prêter attention aux sanglots qui la secouaient. Elle courut vers Rube, les jambes tremblantes, encore sous le choc de cette horrible scène. Elle vit qu'il remuait légèrement. Il était allongé sur le côté et marmonnait quelques mots quand elle arriva à sa hauteur.

– Rube ? Elle le roula précautionneusement sur le dos.

– Ne me remuez pas, grommela-t-il et il commença à cracher du sang.

– Mon Dieu !

Totalement inconsciente des larmes qui coulaient sur ses joues, elle chancela, puis courut vers son cheval. Elle tira son fusil de son étui et appuya trois fois sur la détente. Puis elle se précipita de nouveau vers Rube et laissa tomber le fusil par terre.

– Saleté d'étalon, gémit-il.

– Restez couché. S'il vous plaît, restez couché. Les autres vont arriver.

Il perdit connaissance. Ne sachant que faire, Diana se rua vers son cheval et saisit la gourde. Elle humecta son mouchoir et essuya le sang qui se coagulait autour de la bouche de Rube. Sa chemise était déchirée et il était couvert de marques sur la poitrine, là où l'étalon l'avait piétiné.

Le temps lui sembla durer une éternité avant qu'elle n'entende s'approcher des chevaux au galop. Holt, Don et Guy arrivèrent à quelques secondes d'intervalle. Diana se leva, les jambes tremblantes, pour venir à leur rencontre.

– Qu'est-il arrivé ? jeta sèchement Holt en passant devant elle pour s'agenouiller à côté de Rube.

Diana n'était pas très sûre qu'il l'écoutait quand elle lui répondit. Elle était étonnée d'entendre sa voix si posée alors qu'elle se sentait bouleversée. Bien qu'elle eût toujours les larmes aux yeux, elle avait cessé de pleurer. Elle réalisa comme dans un brouillard que Holt essayait d'examiner dans quel état se trouvait Rube en vérifiant son pouls et en observant ses blessures. Il n'était pas mort. Diana vit Holt se renverser sur ses talons et serrer les poings tandis qu'il fixait Rube.

– Maudit Rube, bougonna-t-il, mais ces mots semblaient exprimer son impuissance et la frustration qu'il en ressentait.

Les yeux toujours clos, Rube esquissa un douloureux sourire. « J'me suis mis dans un bel état, hein, Holt ? » Il recommença à cracher du sang de plus belle.

– Maintenant que c'est fait, essaie de tenir le coup, ordonna Holt d'un ton impatient. Il était partagé entre deux idées quand il se releva ; il lança un regard dur à Don puis à Guy. « Prends le cheval de Rube et ramène-le au ranch. Et essaie de trouver de l'aide là-bas. Toi, Guy, retourne au camp et rapporte-nous des couvertures. Diana, vous l'accompagnez. »

– Non ! Elle avait l'horrible pressentiment qu'il voulait l'éloigner pour qu'elle ne soit pas là quand... Elle se refusait à accepter cette pensée.

Don, déjà en selle, galopait vers le ranch.

– Laissez-la rester, Holt, murmura Rube d'une voix rauque. Curieusement, il plaidait en sa faveur. Il tendit mollement la main vers elle et Diana s'agenouilla à ses côtés pour prendre sa main dans la sienne. Elle sentait que c'était ce qu'il voulait. Il ouvrit les yeux avec peine. Il semblait souffrir quand il la regarda. « Vos yeux sont aussi bleus qu'le paradis. J'ai toujours voulu vous dire ça, depuis que vous êtes gamine. Oui... comme le paradis. » Il recommença à cracher du sang. Elle chercha son mouchoir à tâtons et essuya le sang qui coulait sur son menton. Ses yeux s'embuèrent de larmes. « Y a peut-être pas d'anges qui m'attendent là-haut, alors j'préfère en avoir un assis à côté de moi sur cette terre. »

– Vas-y, Guy, ordonna Holt. « Pars ! »

Diana jeta un regard vers Guy, qui s'éloignait. Holt dessella les trois chevaux qui restaient, posa les selles par terre et prit les trois couvertures, qu'il mit sur Rube pour le réchauffer.

– Vous perdez vot'temps, Holt. Son visage ridé se tordit de douleur. Il avait le teint gris sous son hâle.

– Chut ! Diana mit les doigts sur ses lèvres. Ils devinrent tout gluants de sang. « Ne parlez pas, Rube. Vous devez économiser vos forces. »

– N' me dites pas d'me taire. Tout le monde m' dit toujours d'me taire, dit-il d'un ton indigné et peiné. « Quand un homme meurt, il a le droit de parler. Et on doit l'écouter au lieu d' l'ignorer comme d'habitude. »

– Nous vous écoutons, Rube. Nous vous écoutons, lui dit Diana tandis qu'une larme coulait sur sa joue. « Mais vous n'êtes pas en train de mourir. »

Un sourire déforma son visage mais il ne rectifia pas ce qu'elle venait de dire. Il ferma les yeux et sembla se détendre, comme si ses derniers élans de colère l'avaient épuisé. Holt s'accroupit de l'autre côté et s'assit sur ses talons. Son air sinistre était insupportable. Diana sentait que son menton tremblait mais elle ne pouvait s'en empêcher.

– C'est comme si j'm'étais jamais marié, marmonna Rube. « J'aurais jamais réussi à avoir une fille aussi adorable qu'vous.

J'avais pris l'habitude d'faire comme si vous étiez ma fille. C'est pas drôle, ça ? » Il essaya de rire et recommença à cracher du sang mais réussit à ajouter : « Imaginez-moi en train de penser qu'je suis le Commandant. »

Diana ferma les yeux et les plissa très fort tandis que des larmes coulaient toujours sur ses joues. Elle n'avait jamais imaginé ni même soupçonné que Rube l'aimait ainsi. Pourquoi doit-on toujours découvrir ces choses quand il est trop tard ?

– Vous êtes un brave homme, Rube, chuchota-t-elle, la gorge serrée. « Vous êtes un homme loyal, sur qui on peut compter. Le Commandant l'a toujours dit. »

– Vous êtes une sacrée menteuse. Il sourit, l'air heureux malgré la souffrance qui tordait son visage.

– Pourquoi ne te reposes-tu pas un peu, Rube ? Nous pourrons parler plus tard, suggéra Holt.

– Ouais, nous pourrons parler plus tard, approuva-t-il et il soupira comme s'il était excessivement fatigué. Ses doigts noueux s'accrochaient toujours à la main de Diana ; elle ne tenta pas de se dégager. Il ne bougeait plus depuis plusieurs minutes quand Holt leva les yeux.

– Il est mort ? Elle se cramponna à la main de Rube et fixa Holt.

– Non. Il s'est évanoui.

Diana avala sa salive. « Il saigne intérieurement ? »

– Oui. Holt se releva.

– Pouvons-nous faire quelque chose ?

– Non. Holt se détourna et se frotta la nuque.

Diana resta à côté de Rube. Elle lui tenait toujours la main et pouvait à peine bouger. Elle avait mal au dos et dans les épaules et ses jambes étaient engourdies. Quand Guy revint du camp avec les duvets, ils enlevèrent au blessé les couvertures de cheval et les remplacèrent par les duvets.

Rube s'agita et toussa. « Il fait froid... Personne... peut préparer un feu ? » murmura-t-il.

– Cette fois-ci, c'est Guy qui va le faire, lui dit Diana.

Mais il semblait de nouveau inconscient. Elle ne savait pas s'il l'avait entendue.

Bien qu'il n'eût pas besoin d'un feu pour se réchauffer, Guy se mit tout de même à lui en préparer un, plus pour faire quelque chose que pour se rendre utile.

Deux heures plus tard, Rube s'éteignit calmement. Diana retira doucement sa main : les doigts de Rube ne s'agrippaient plus à elle. Les yeux secs, elle regarda Holt tirer la couverture sur son visage.

Elle marcha, très raide et en silence, vers le feu. Quelqu'un mit une couverture autour de ses épaules. Elle ne savait pas qui et cela lui était égal.

Une heure s'était écoulée quand le ronflement d'un hélicoptère rompit le silence. Diana retourna vers le corps de Rube et personne ne se demanda pourquoi.

CHAPITRE XVIII

Un sac de vêtements était posé devant la porte du petit logement. On allait les donner à l'Armée du Salut. Diana prit la dernière boîte de conserve qui traînait dans le placard, la mit dans un autre sac et sortit. Elle le plaça à côté du premier puis rentra de nouveau dans le modeste deux-pièces et fit le tour de la salle de bains pour vérifier qu'elle n'avait rien oublié.

Elle s'arrêta un instant dans la chambre et regarda le costume brun, soigneusement posé sur le lit à côté de la chemise blanche. C'était la seule que Rube possédât. Sur le col du complet, on avait déposé une cravate ornée d'un billet d'un dollar. Par terre, à côté de lui, se trouvait une paire de bottes qui, bien que parfaitement cirées, avaient l'air usagées. Tout cela était destiné aux pompes funèbres.

Le placard et les tiroirs étaient vides. Diana remarqua le petit tiroir de la table de nuit et s'en approcha pour l'ouvrir. Elle n'y découvrit qu'une Bible écornée. Diana fronça les sourcils : elle n'avait jamais deviné que Rube était croyant et ne se souvenait pas de l'avoir vu une seule fois à l'église. Elle l'ouvrit et vit un nom griffonné à l'intérieur de la couverture : Anna May Carter Spencer. Etait-ce sa mère ?

Diana soupira et se dirigea vers la table de la cuisine, où elle avait déjà rangé dans un panier les quelques affaires personnelles. Quelque chose glissa des pages du livre et tomba par terre.

C'était une vieille photographie où on la voyait à l'âge de huit ou neuf ans. Diana serra les dents et replaça la photographie dans la Bible, qu'elle posa sur la table au lieu de la mettre dans le panier.

Diana essaya de se rappeler ce qu'elle pensait de Rube quand elle était adolescente, mais ses souvenirs restaient flous. Elle songea qu'elle ne s'était jamais intéressée à lui ou à ses rêves. Et si elle avait deviné ses pensées, elle l'aurait probablement pris pour un vieux fou et l'aurait traité avec la même indifférence. Tout le monde avait des rêves.

Elle entendit des pas, puis la porte d'entrée de l'autre extrémité de la maison s'ouvrit et se referma. Diana jeta un regard circulaire sur la pièce vide et prit le panier qui contenait les affaires de Rube. Elle sortit et se dirigea vers l'autre bout du bâtiment.

Elle frappa. Holt lui répondit : « Entrez. » Quand elle pénétra dans la pièce, il s'essuyait les mains. Il se retourna et eut l'air irrité quand il la vit. Ses yeux semblaient très vieux et très fatigués. « Qu'y a-t-il ? » Il accrocha sa serviette à une patère.

Diana était trop abattue pour être peinée par son ton sec. « J'ai rangé le logement de Rube. J'ai ici quelques affaires personnelles dont je ne sais pas quoi faire. » Elle posa le panier sur la table. « Ce n'est pas grand-chose. Il y a un rasoir, un canif, sa montre, une radio et deux trois autres objets... Rien de tout cela n'a beaucoup de valeur, mais je pensais... » Elle glissa les mains dans les poches de son jean tandis que Holt s'approchait de la table. « ...Peut-être qu'un des hommes aimerait avoir quelque chose. J'ai pensé que vous voudriez le savoir et vous en occuper. »

– Oui. Je vais voir ce qu'il faut faire.

Elle fixait toujours le contenu du panier. « Il y a aussi un sac de boîtes de conserve. La farine était abîmée. J'ai dû jeter des provisions. Il reste de la bière, du beurre et des œufs dans le réfrigérateur. Je les y ai laissés pour le moment. Ce n'est pas grand-chose, n'est-ce pas ? » Sa voix se brisa lorsqu'elle prononça ces derniers mots.

– Vous auriez dû laisser quelqu'un d'autre le faire. Sa voix était sèche ; il paraissait fâché contre elle.

– Je voulais m'en occuper. Diana leva les yeux vers lui. « Vous savez, je n'ai jamais pensé que... Rube... n'était... » Elle frissonna des pieds à la tête. Elle perçut le mouvement que Holt esquissa vers elle comme pour la réconforter. Elle se sentait si désemparée qu'elle se tourna vers lui. « Prenez-moi dans vos bras. S'il vous plaît, prenez-moi dans vos bras. »

Il hésita une seconde puis la prit dans ses bras et la berça doucement. La chaleur de son corps la rasséréna petit à petit. Elle retrouvait ses esprits. Elle se sentait coupable et triste... triste à cause d'un homme qu'elle n'avait jamais bien connu. Elle passa les bras autour de la taille de Holt, comme pour capter la force qui se dégageait de lui. Les larmes lui montèrent aux yeux. C'était la première fois qu'elle pleurait depuis l'accident de la veille.

Le premier choc était passé, mais Diana continuait à trembler et ses larmes coulaient. Elle s'était caché le visage dans la chemise de Holt ; elle sentait que le tissu s'humidifiait sous ses joues. Le battement régulier de son cœur et sa main qui lui caressait tendrement les cheveux la réconfortaient. Diana était si triste qu'elle se pressa davantage contre cet homme si fort et si rassurant. La bouche de Holt effleura le haut de sa tête.

Diana encercla de ses mains les larges épaules de Holt et se hissa sur la pointe des pieds jusqu'à ce que son front se frotte contre son menton, comme un petit chat qui a besoin d'être consolé. Il répondit à son appel en lui embrassant les tempes, continuant à la caresser pour la calmer, posant les lèvres sur ses yeux et sur ses larmes. Les mains de Holt errèrent sur elle comme pour soulager sa peine et il poursuivit cette exploration jusqu'à ce qu'il ait caressé chaque parcelle de son corps. Sa main la frôlait lentement et cela l'apaisait. Diana frissonna, soulagée.

– Ce n'est pas juste, dit-elle pour évoquer la mort de Rube. Elle parla dans un souffle tandis que la bouche de Holt jouait dans ses cheveux derrière son oreille.

– Rien n'est juste. Sa réponse fut étouffée par l'épaisseur de sa chevelure. « Ce que j'éprouve en ce moment n'est pas bien non plus, mais qu'importe. »

Cédant à son désir, ses lèvres glissèrent jusqu'à celles de Diana et les entrouvrirent. Elle fut envahie par le feu de sa passion. Son corps s'embrasa et elle s'abandonna comme elle l'avait fait autrefois.

Holt la souleva de terre et la porta dans la pièce voisine puis la déposa sur le lit défait. Il la déshabilla et l'allongea tout à fait. Les draps étaient chauds et exhalaient son odeur. Le matelas craqua sous son poids. Une seconde plus tard, Diana pressait son corps contre le sien et leurs désirs se fondirent dans une explosion de sensations extraordinaires. Ils atteignirent un plaisir plus violent que jamais. Et ils mirent longtemps avant de revenir sur terre.

Même lorsque leurs corps furent apaisés, ils ne voulurent pas que cela cesse vraiment. Diana laissa sa tête dans le creux de son bras. Elle fumait la cigarette qu'il avait allumée pour elle. Holt avait posé le cendrier sur son ventre. Parler de Rube lui semblait soudain plus facile.

– Tout est arrivé si vite ! J'ai vu l'étalon passer à l'attaque et son cheval se renverser sur lui. Je n'avais pas l'impression d'être si loin. Si j'avais pu arriver plus tôt, avant que l'étalon ne l'ait piétiné, il ne serait peut-être pas mort.

– Si tu l'avais rejoint plus vite, vous seriez peut-être morts tous les deux. Tu ne dois pas te torturer comme cela, Diana. Personne ne pouvait prévoir ce qui est arrivé. La seule chose qui aurait pu le sauver aurait été une intervention médicale immédiate. Mais nous étions trop loin.

– Je connaissais Rube depuis toujours. Et pendant toutes ces années, je n'ai jamais soupçonné la tendresse qu'il me portait. Je savais qu'il était là, c'est tout... comme Guy. Et ils étaient toujours à ma disposition quand je... Diana ne termina pas sa phrase car elle sentit soudain la froideur qui avait envahi Holt. Elle fixa la fumée qui auréolait sa cigarette, la cendre qui se consumait. Ils avaient été très proches l'un de l'autre, mais, maintenant, Holt s'était éloigné d'elle. « J'aurais aimé ne pas parler de Guy », murmura-t-elle.

– Cela n'a pas d'importance. Il écrasa sa cigarette et lui tendit le cendrier.

– Si, cela en a ! Tu continues à m'accuser d'avoir des rapports physiques avec lui. Tu prétends que nous avons une liaison. Ce n'est pas vrai.

– Cela n'a pas d'importance, répéta-t-il durement.

Les larmes lui montèrent aux yeux tandis qu'elle écrasait sa cigarette à son tour. « S'il te plaît. » Elle avait la gorge si nouée qu'elle parlait d'une voix enrouée. « Je ne veux pas discuter de Guy avec toi, pas aujourd'hui. » – Et surtout pas de la même manière que les autres fois quand ils en avaient parlé après avoir fait l'amour.

Le silence s'établit. Holt prit une profonde inspiration, puis soupira longuement. « Moi non plus, Diana. » Il se tourna vers elle, lui prit doucement le menton et l'embrassa, mais il ne se laissa pas aller à sa passion. Il retira son bras qui l'enveloppait et s'assit sur le bord du lit.

Son amour envahit le cœur de Diana. Elle se releva et s'approcha de lui, puis glissa les mains sur ses épaules et lui entoura la poitrine. Elle se pressa contre lui et embrassa les cicatrices qui lui lacéraient le dos. Poussée plus par une profonde émotion que par un désir violent, elle voulait qu'il lui fasse encore l'amour. Holt se dégagea tendrement de son étreinte et se détourna d'elle, mettant fin à sa tentative, mais sans la repousser vraiment.

– Il est presque midi, dit-il.

Diana opina de la tête et n'essaya pas de le retenir quand il se leva. Elle resta au lit et le regarda s'habiller : elle pensait que leur intimité lui octroyait ce droit. Son regard s'attarda sur ses cicatrices : leur mystère piquait toujours sa curiosité. Holt se retourna et croisa son regard. Il hésita un instant puis attrapa sa chemise pour les cacher à ses yeux inquisiteurs.

– Mon père m'a battu quand j'étais enfant. Holt boutonna sa chemise d'un air apparemment indifférent. « Il faisait des numéros de rodéo. Ma mère m'a montré des photographies de lui. Il voyageait beaucoup et était donc rarement à la maison. Certains jours, je souhaitais qu'il ne revienne jamais. Chaque fois qu'il rentrait, il me battait pour une raison ou pour une autre. Et quand il commençait, il ne s'arrêtait plus. Ma mère hurlait, pleurait et le suppliait d'arrêter mais généralement, quand il cessait enfin, je m'étais évanoui. »

– Oh, mon Dieu. Holt, non ! Ce n'est pas vrai, hoqueta-t-elle, bouleversée.

– J'avais onze ans quand un taureau l'a écrasé contre une barrière et lui a cassé la jambe. Quand il est sorti de l'hôpital, il a passé une semaine à la maison. Il avait une cravache et me frappait avec, plutôt qu'avec ses poings.

– Mais il y avait sûrement quelqu'un... un professeur, un voisin...

– A cette époque-là, on n'admettait pas qu'il y eût des bourreaux d'enfants. Les parents faisaient ce qu'ils voulaient avec leur progéniture. Ils pouvaient toujours se cacher derrière l'excuse que le gosse le méritait.

Une moue cynique tordit sa bouche.

– Mais on aurait certainement pu faire quelque chose, non ?

Elle se refusait à accepter l'idée qu'il n'avait eu d'autre solution que de se soumettre.

Holt ne répondit pas aussitôt. Il prit beaucoup de temps pour rentrer les pans de sa chemise dans son pantalon. « Quelques mois après qu'il m'eut fouetté, ma mère m'a annoncé qu'il rentrait pour le week-end. Quand elle est partie faire les courses, je me suis enfui. Je m'étais juré qu'il ne me battrait plus jamais. Deux jours plus tard, la police m'a retrouvé et m'a ramené à la maison. Ma mère était seule. Elle m'a dit qu'il était parti à ma recherche et avait promis de ne plus me frapper. Mais quand il est rentré et que j'ai vu la lueur qui brillait dans ses yeux, j'ai aussitôt compris que tout cela n'était que des mensonges. Il a commencé à hurler contre moi en prétendant que je rendais ma mère folle. Quand j'ai aperçu la cravache qu'il tenait à la main, je me suis précipité dans la chambre de ma mère. Il avait insisté pour qu'elle garde toujours un fusil chargé dans son placard, parce qu'elle était souvent seule à la maison. Je me souviens de l'avoir entendu dire un jour qu'un fusil de chasse était plus pratique qu'un revolver si on voulait tirer une cible très proche.

Je ne sais pas si j'avais l'idée de l'effrayer ou de le tuer. Je l'ai armé et je l'ai pointé vers la porte. Quand il a défoncé la porte, j'ai appuyé deux fois sur la détente. »

Diana se sentait mal. Elle savait qu'elle avait pâli. Le visage de Holt était impassible. Il boucla sa ceinture et saisit ses bottes.

– On ne retint aucune charge contre moi, à cause des circonstances et parce que j'étais très jeune. Mais on me mit dans une maison de délinquance pendant quelques mois avant de me rendre à ma mère. Nous avons déménagé... pour l'Arizona.

– Je... Je suis désolée. Cela paraissait tellement dérisoire de dire cela.

– Si l'occasion se représentait, je le referais. Holt sortit de la chambre.

Quelques minutes s'écoulèrent avant que Diana ne reprenne ses esprits et se lève du lit pour s'habiller. Il semblait qu'il n'y avait rien à ajouter quand elle le rejoignit dans le living.

– Je dois aller m'occuper d'un des chevaux. Je te verrai au déjeuner, dit-il en ouvrant la porte.

– D'accord.

Ces phrases polies ne servaient qu'à éviter d'aborder d'autres sujets plus brûlants. Tous deux le savaient. Un fils qui hait son père... c'était le passé mais aussi le présent.

Diana partit faire une promenade à cheval dans la chaleur matinale mais cela ne la soulagea pas. Les obsèques de Rube étaient prévues pour le lendemain. Elle se sentait déprimée, coupable, mais cela n'avait rien à voir avec la mort de ce dernier. Diana se dirigea lentement vers l'écurie en longeant les bâtiments principaux pour éviter de rencontrer qui que ce fût. Elle observa machinalement la tête de son cheval, qui oscillait d'un côté à l'autre pendant qu'il marchait.

– Hé ! Diana ! Viens par ici ! Elle était plongée dans ses pensées et cette voix la surprit. « Pourquoi ne m'as-tu pas dit que tu allais faire un tour ? Je serais venu avec toi.

En entendant son nom, Diana avait arrêté son cheval, presque inconsciemment. Sur sa gauche, se dressaient les réservoirs de gaz. La vieille caravane que Guy avait aménagée pour y vivre se trouvait juste derrière. Il était assis sur une chaise de jardin usagée dont la toile était à moitié déchirée. L'ombre de la roulotte se profilait sur la chaise.

– Viens voir par ici. Nous allons parler un peu. Il fit un geste vers elle. Il y avait quelque chose de peu naturel dans sa voix et dans sa façon d'être.

Diana était tentée de continuer son chemin comme si elle ne l'avait pas entendu. Mais cela était devenu très délicat maintenant qu'elle s'était arrêtée et qu'elle avait jeté un coup d'œil dans sa direction. Elle soupira et fit pivoter son cheval pour qu'il se glisse entre les réservoirs de gaz et les hangars pour les machines.

– Il fait très chaud ce matin, tu ne trouves pas ? Guy resta avachi sur sa chaise quand elle arriva près de lui.

– On ne peut pas se plaindre.

– Descends. Descends de cheval. Il fit un signe de la main. « Assieds-toi et parlons un peu. » Il se leva en se dandinant d'un pied sur l'autre. « Tu peux prendre ma chaise. Je vais en chercher une autre à l'intérieur. »

Tandis qu'elle mettait pied à terre, Guy se rua dans la caravane et en ressortit avec une chaise dans le même état que la première. Il la posa à côté de celle de Diana.

– Tu veux une bière bien fraîche ? bredouilla-t-il.

– Non, merci.

– Je crois que je vais en prendre une. Je reviens tout de suite. Il sourit et entra de nouveau dans la roulotte.

Une demi-douzaine de canettes vides étaient empilées à côté de la chaise et une forte odeur de malt s'en dégageait. Diana comprit que Guy avait bu ; or, il n'était pas encore midi. Elle s'assit précautionneusement, mais la toile fatiguée ne céda pas sous son poids.

– Tu es sûre que tu n'en veux pas ? lui demanda Guy en revenant avec sa bière.

– Non, vraiment pas.

Il s'assit à côté d'elle et reprit sa position négligée. Il but une gorgée, puis fixa la canette, l'air triste.

– C'est la bière de Rube, dit-il. « Les gars me l'ont donnée quand ils ont partagé ses affaires. Floyd a pris sa montre et Don a voulu son bracelet-montre. J'allais prendre sa radio mais ce stupide engin ne marchait pas. » Cela le fit rire et il regarda Diana. « Tu es sûre que tu ne veux pas une bière de ce bon vieux Rube ? »

– Je crains qu'il n'en reste plus, murmura-t-elle sèchement.

– Il en reste deux.

– Je m'en passerai.

– Tu sais... Il renversa la tête en arrière et contempla le ciel. « ... On devrait organiser une veillée pour Rube. Je suis sûr que ça lui plairait. Une veillée avec des hurlements déchirants et des flots de bière. Et jouer un peu aussi peut-être. Il adorait les dés. Tu aurais dû voir comment il en parlait ! Pourtant, c'était un piètre joueur de poker. Tu pouvais le bluffer sur n'importe quel coup. Il avait la folie du jeu mais il avait peur de perdre un dollar. Je ne t'avais jamais dit qu'il m'avait appris à jouer ? »

– Non.

– Ce n'était pas un très bon professeur. Guy soupira et but un peu de bière. « Il n'avait pas de famille, n'est-ce pas ? »

– Je n'en ai jamais entendu parler, en tout cas. Le Commandant pense qu'il avait une sœur quelque part, mais Floyd croit qu'elle est morte il y a quelques années. Ils essaient de se renseigner.

– J'imagine qu'il n'y aura pas grand monde demain aux obsèques... juste les gens du ranch. Rube n'avait pas d'amis à part nous. Peut-être deux, trois employés des autres ranchs qui sont venus travailler ici à un moment ou à un autre. Il serra les doigts autour de la canette. L'aluminium se cabossa et on entendit un bruit sourd. « Je t'ai dit que Holt avait pris sa selle ? Le salaud ! »

Il parla avec une telle violence que Diana blêmit. « Ne dis pas cela. »

– Pourquoi ? Guy prit un ton vaguement agressif. « C'est la vérité. Il est comme ça et il sera toujours comme ça. Tu le sais bien, Diana. Tu éprouves la même chose que moi pour lui. De plus... » Il ne lui laissa pas le temps de le contredire. « ... s'il n'avait pas décidé tout cela, Rube serait encore vivant à l'heure qu'il est. »

– Ce n'est pas vrai. Tu ne peux pas accuser Holt. C'était un accident. J'étais là, j'ai tout vu. Si on doit accuser quelqu'un, c'est moi, parce que je ne l'ai pas rejoint assez vite.

– Non, ce n'est pas ta faute. Tu ne pouvais rien faire. Non, tout est arrivé à cause de Holt. Et il reporte sa culpabilité sur l'étalon blanc.

– C'est l'étalon qui l'a piétiné. Ce n'est pas Holt, lui rappela-t-elle brutalement.

– Mais c'est Holt qui nous a amenés là-bas. Ce foutu plan, c'est son idée. Il doit payer pour ce qu'il a fait. D'abord pour ce qu'il t'a fait et ensuite pour la mort de Rube. Je le hais, ce salaud !

– Tu parles ainsi parce que tu as trop bu. Je refuse de croire que tu penses ce que tu dis. Diana, partagée entre la colère et l'effroi, tremblait de tout son être.

– Comment peux-tu le défendre après ce qu'il t'a fait ? Ses yeux brillaient de fureur.

– Mais que dois-je dire ou faire pour te mettre dans la tête que je voulais qu'il me fasse l'amour ? hurla-t-elle, folle de rage.

– Je ne te crois pas. Tu le dis mais ce n'est pas vrai. Tu ne voulais pas de lui. C'est impossible, puisque tu le détestais autant que moi. Tu l'as toujours haï.

– Je ne le hais plus. Je... Diana n'osa pas en dire davantage.

– Ce salaud...

– Ne dis pas cela, lui ordonna-t-elle. Mais il était inutile d'essayer de le raisonner dans l'état où il se trouvait. « Si tu continues à parler comme cela, je m'en vais. »

– Non. Avec une rapidité étonnante, étant donné l'alcool qu'il avait avalé, il se leva et lui attrapa le bras sans même lui laisser le temps de faire un pas vers son cheval. « S'il te plaît, ne pars pas. Reste encore un peu avec moi. » Il semblait se repentir, la suppliait du regard. « Je suis désolé d'avoir juré comme cela devant toi. Je n'ai pas pu me retenir. »

Il avait l'air d'un enfant malgré la forte pression qu'il imposait à son bras. Diana ne pouvait s'empêcher d'être émue par son regard d'agneau blessé, une fois de plus.

– Ce ne sont pas tes jurons qui m'attristent, Guy. C'est ton attitude vis-à-vis de Holt. Ne comprends-tu pas qu'il a essayé de te donner un foyer et une certaine éducation ? T'a-t-il jamais maltraité ?

Guy se rembrunit. « Il a le cœur aussi dur qu'une pierre. Tu peux ressentir plus d'émotion dans ton petit doigt que lui dans tout son corps. Il ne m'aime pas. »

– Peut-être qu'il intériorise trop ses sentiments et qu'il n'ose pas les montrer. Mais il t'aime, c'est certain. Et c'est pourquoi il m'a interdit de t'approcher, parce qu'il craignait que je te fasse de la peine.

– Il t'a interdit ! Son visage s'assombrit davantage. « C'est donc pour cela que tu me repousses toujours. Tu as peur de lui, tu as peur de ce qu'il pourrait te faire. » Diana secoua la tête pour protester mais il ignora son geste et l'écrasa contre lui en cachant son visage dans son épaisse chevelure de jais. « Je ne le laisserai pas te faire du mal, Diana. Tu ne le sais donc pas ? »

Diana ferma les yeux quand elle réalisa qu'il se prenait pour le justicier qui la vengerait. « Je ne crains pas Holt. » Elle inspira profondément tant sa gorge était nouée. « Je n'ai pas besoin que tu me protèges. Et je n'ai d'ailleurs aucune envie d'être protégée. »

– Tu as toujours prétendu que tu ne voulais pas t'attacher à moi parce que tu te refusais à des rapports sérieux. Guy n'avait pas écouté un mot de ce qu'elle avait dit. « Mais, en fait, c'était parce qu'il t'avait menacée. Et c'est aussi pour cela que tu ne m'as pas proposé de t'accompagner ce matin, quand tu es partie à cheval. »

– Non. Je voulais être seule. J'avais besoin de réfléchir. Je ne désirais pas être avec qui que ce soit, insista-t-elle.

– Quand il t'a violée, j'aurais dû...

– Ce n'était pas un viol. Combien de fois devrai-je te le dire ? répéta Diana, exaspérée. « Si je n'avais pas été consentante, tu ne crois pas que je lui aurais arraché les yeux ? De plus, je suis la fille du Commandant. Or tu sais combien le Commandant et Holt sont liés. Penses-tu sincèrement que Holt m'aurait brutalisée et aurait ainsi risqué de perdre le respect du Commandant, et son travail, par la même occasion ? Ne sois pas stupide, Guy. Ouvre grands les yeux et regarde la vérité en face. »

– Tu as peur de lui. Il glissa la main le long de son dos. C'était supposé être une caresse enivrante. Il embrassa ses cheveux et chercha son visage mais Diana se détourna brusquement. « Nous allons nous enfuir loin d'ici, toi et moi, loin des menaces de Holt. Là-bas, tu ne seras plus terrifiée. »

– Je ne veux pas m'enfuir. Je suis ici chez moi. Les vapeurs de l'alcool l'empêchaient-elles de comprendre quoi que ce fût ?

– D'accord, nous resterons ici. Où que tu désires être... c'est aussi là que je veux rester. Je ferai tout ce que tu veux, lui jura-t-il d'une voix rauque. « Je vais aller seller un cheval et nous irons faire un tour ensemble. Quand nous aurons trop chaud, nous nous arrêterons près de la mare et nous irons nager comme la dernière fois. »

– Non ! Mais son cri étranglé tomba dans l'oreille d'un sourd.

– Je t'aime tant, Diana. Tout ce que je veux, c'est être avec toi, te tenir dans mes bras, t'embrasser. Allons à la mare, gémit-il. « Je te promets que ce sera aussi merveilleux que l'autre jour. »

– Non ! Diana, rassemblant toutes ses forces, réussit à se dégager de son étreinte. Elle recula et le regarda, folle de colère. « Je regrette d'être allée là-bas, un jour, avec toi. »

– Tu ne le penses pas vraiment. Il la fixait, incrédule et bouleversé. « Tu m'as dit que tu ne le regrettais pas. »

– Pas sur le moment, mais maintenant si. Tu ne le vois donc pas ? Elle se passa nerveusement la main dans les cheveux, tout en cherchant un moyen de lui faire comprendre. « Nous étions des amis. J'ai commis une erreur en laissant nos relations devenir trop intimes et cela a gâché nos rapports. Maintenant, dès que tu m'approches, tu ne penses plus qu'à cela. Et je ne veux plus que tu me fasses l'amour. »

Sa bouche se tordit de douleur. « Mais tu avais dit que tu éprouvais quelque chose pour moi. »

– C'est vrai mais je ne t'aime pas. Diana ne savait pas s'il percevait ce qu'elle lui disait. « Guy, je ne veux pas te faire de mal. »

– Tu essaies de me protéger, c'est cela ? Tu as peur de Holt et tu crains que je fasse quelque chose contre lui ? C'est cela, n'est-ce pas ? Tu essaies de me protéger.

C'était sans espoir. « Tu es ivre, Guy. Quand tu auras dessoûlé, peut-être comprendras-tu ce que j'ai tenté de t'expliquer. Je ne peux pas te faire comprendre quoi que ce soit puisque tu refuses de m'écouter. Tu déformes tout et tu inventes des motifs qui n'existent que dans ta tête. » Elle se dirigea vers son cheval et monta en selle.

– Je ne suis pas ivre, protesta-t-il, indigné. « J'ai bu quelques bières, mais... »

Diana donna un coup de talon dans les flancs de son cheval et partit au trot vers l'écurie.

CHAPITRE XIX

Diana tournait les pages d'un magazine sans parvenir à y fixer son attention. Agitée, elle retournait sans cesse dans sa tête la discussion qu'elle avait eue ce matin avec Guy. D'autres choses la préoccupaient : Holt, mais aussi l'enterrement de demain. Elle jeta le magazine dans un geste qui révélait combien elle était perturbée.

– Pourquoi ne vas-tu pas faire un tour en ville, cet après-midi ? lui suggéra gentiment le Commandant. « Je crois que tu as besoin de t'éloigner un peu du ranch. Tous ces préparatifs pour les obsèques de Rube te dépriment. »

– Ce n'est pas pour cela, dit-elle en quittant le canapé pour s'approcher de la fenêtre. « De plus, si je vais en ville, je devrai m'arrêter aux pompes funèbres. »

– Je pense tout de même que tu as besoin de changer d'air. Je ne t'ai pas vue sourire une seule fois depuis deux jours. Va voir Peggy. La bonne humeur de cette femme a toujours été contagieuse.

– Oui, murmura-t-elle. « Tu as peut-être raison. Je vais aller voir Peggy. Mais je ne resterai pas longtemps. » Diana se dirigea vers la porte. « N'oublie pas de faire ta sieste cet après-midi. »

– Je prendrai soin de moi. Ne t'inquiète pas. Vas-y.

Diana prit la camionnette et se rendit au ranch voisin. Il n'y avait pas de voiture dans la cour mais elle entendit des bruits qui venaient de la maison : Peggy était donc là. Elle frappa et entra.

– Peggy ?

– Oui, répondit-elle, puis, quelques secondes plus tard, elle apparut dans la cuisine, un bébé dans les bras. Elle avait des rouleaux sur la tête et son chemisier blanc était taché par la bave du bébé. « Bonjour, Diana. » Elle lui sourit d'un air épuisé. « J'allais juste mettre les filles au lit pour leur sieste. Entre, assieds-toi. Tu veux un thé glacé ? J'ai envie de boire quelque chose. »

Peggy avait les yeux cernés. Diana pensa qu'elle aurait dû faire une sieste : c'était sûrement elle qui en avait le plus besoin. Elle avait vraiment l'air à bout de forces.

– Toi, tu t'assieds. C'est moi qui m'occupe du thé.

– Je ne discute pas. Peggy rit d'un ton las. « Il y a une carafe de thé dans le réfrigérateur et des verres dans le placard de gauche sous l'évier. » Elle s'assit devant la table de la cuisine pendant que Diana préparait les boissons glacées. La tétine sur laquelle il se faisait les dents tomba des mains du bébé et il se mit à pleurer jusqu'à ce que Peggy la lui rende. « J'ai été très triste d'apprendre la terrible nouvelle. J'ai appelé hier matin et j'ai eu le Commandant. Quel horrible accident ! »

– Oui. Diana apporta les deux verres et prit une chaise.

– Alan m'a dit qu'il t'avait vue hier aux pompes funèbres. As-tu terminé tous les préparatifs pour les obsèques ?

– Oui. Il n'y aura certainement pas beaucoup de monde. Nous aurons donc juste un service religieux aux pompes funèbres, et l'enterrement, bien sûr.

– Je suppose que les hommes du ranch vont porter le cercueil.

– Oui. Diana hocha la tête et aperçut une tache rouge, du coin de l'œil.

La fille aînée hésitait sur le pas de la porte de la cuisine. Elle faisait la moue et des traces de larmes luisaient sur ses joues.

– Maman, j'ai soif.

– Non, tu n'auras rien ! Le regard de Peggy brilla de colère quand elle vit sa fille. « Retourne immédiatement dans ta chambre et va te coucher ! Tu m'as bien comprise ? »

– Je n'ai pas envie de faire la sieste, maman. Elle se mit à pleurer.

– Sara Kay Thornton, tu vas dans ta chambre ou je te donne une fessée. Comme ça, tu auras une bonne raison de pleurer.

– Non, maman, non ! Mais au lieu d'obéir, la petite fille s'agita, effrayée, et ses larmes redoublèrent.

Peggy changea le bébé de place et se leva. Le bébé perdit de nouveau sa tétine et se remit à pleurer. Quand Peggy ramassa le martinet qui traînait sur le buffet, la fillette commença à hurler. Un terrible vacarme envahit la maison tandis que Peggy poussait sa fille jusqu'à sa chambre.

– Arrête de crier ! La voix de Peggy arriva jusqu'à la cuisine. « Et ne bouge plus de ton lit tant que je ne le demanderai pas ! » Elle revint en essayant de calmer le bébé, qui continua à pleurer tant qu'il n'eut pas retrouvé sa tétine. Peggy fit une grimace, épuisée, quand elle se rassit. « C'est réglé pour cette fois-ci. J'espère que je ne vais pas avoir souvent des semaines comme celle-ci. Sara se remet juste d'une grippe, Brian fait ses dents et Amy pense que personne ne s'occupe plus d'elle. »

– Tu as l'air à bout.

– Je le suis. Elle sourit. « Mais je sais m'organiser. Maman va venir demain s'occuper des enfants pour que je puisse aller à l'enterrement avec Alan. »

Diana renifla une odeur âcre. « Quelque chose brûle ? »

Peggy parut horrifiée. « Oh, mon Dieu ! Le gâteau ! Je l'avais complètement oublié ! » Elle posa le bébé par terre et se rua vers le four, qu'elle ouvrit. « Il est fichu », gémit-elle et elle attrapa un gant d'amiante. « Maudit four ! » Elle sortit un plat à gâteau rectangulaire. « Regarde-moi ça ! Un côté est brûlé et l'autre n'est pas cuit. Le fond du four chauffe plus fort que le reste. Pour arriver à cuire quelque chose correctement, on doit tourner le plat sans arrêt. » Peggy regarda son gâteau raté. « Je l'avais complètement oublié et maintenant, je n'ai plus qu'à le jeter. » Le bébé rampait par terre en pleurnichant.

Diana secoua la tête. « Comment peux-tu supporter tout cela ? Je veux dire : comment peux-tu t'en sortir dans ces conditions ? »

Elle trouvait la situation de Peggy intolérable. « Entre les enfants qui pleurent, le four qui ne marche pas, le réfrigérateur qui refuse de se mettre sur le froid et un mari qui ne lève pas le petit doigt pour t'aider, qui ne t'habille même pas et qui te met tout le temps enceinte. Tu ne peux même pas t'acheter une robe neuve. » Les mots sortirent sans que Diana puisse les retenir.

Peggie, abasourdie, la fixa un instant, puis éclata de colère. « Comment oses-tu prétendre que je n'ai rien de bon dans ma vie ? Tu as un superbe lit en cuivre mais il est désespérément vide quand tu tâtonnes sous les couvertures. Quand je vais me coucher, Alan est là pour me prendre dans ses bras tendrement et partager ses rêves avec moi. Tu manges peut-être des steacks tous les jours alors que nous ne mangeons que de la viande hachée, mais, à ma table, j'ai un mari et trois beaux enfants. Qui est assis à ta table ? Cette maison est modeste, elle n'est pas raffinée comme celle du Commandant, mais elle est pleine d'amour. C'est moi qui suis riche et toi qui es pauvre, Diana. Et si tu ne t'en rends pas compte, j'en suis vraiment désolée pour toi ! »

– Peggy, je...

Le bébé entendit la colère qui vibrait dans la voix de sa mère et se remit à pleurer de plus belle. Peggy le prit dans ses bras. « Je crois qu'il vaudrait mieux que tu partes, Diana. » Et elle lui jeta un regard fier.

Diana ne savait comment réparer son erreur. Elle aurait mieux fait de réfléchir avant de parler. Elle se leva et marcha lentement vers la porte puis se retourna. Le bébé avait les doigts dans la bouche. Diana vit Peggy les lui retirer tout en l'embrassant sur le front et en le serrant dans ses bras. La gorge nouée, Diana sortit et referma doucement la porte.

Elle roula à faible allure jusqu'au ranch et le chemin lui parut très long. Elle se gara devant la maison en arborant le sourire que le Commandant s'attendait à lui voir sur les lèvres, puis elle se dirigea vers le porche. Quand elle ouvrit la porte, le téléphone sonna.

Elle décrocha et déclara : « Ici, le ranch des Somers. »

– Diana ? C'est moi, Peggy. J'ai oublié de te dire quelque chose... Je tiens beaucoup à ton amitié. Tu me pardonnes de m'être emportée tout à l'heure ?

– Après ce que je t'ai dit, je ne vois pas comment tu peux me pardonner, lui répondit Diana, encore sous le choc.

– Nous avons été surmenées toutes les deux, ces jours derniers. Oublions tout. D'accord ?

Diana eut du mal à murmurer d'une voix fébrile : « D'accord. »

– Parfait. Alors à demain.

– Oui, à demain.

Le service funèbre fut très simple et très peu de personnes y assistèrent. Il y avait beaucoup de vent au cimetière et des bourrasques soulevaient la poussière sur la route. Diana se tenait à côté du Commandant et portait un bandeau noir sur la manche de son manteau sombre. Guy et Holt faisaient partie des hommes qui portaient le cercueil, de chaque côté de la bière. Guy, très pâle, avait les yeux rouges : il avait dû continuer à boire la veille après le départ de Diana. Holt semblait absent : il écoutait avec indifférence la voix monotone du pasteur, les cheveux ébouriffés par le vent.

Quand l'oraison funèbre fut terminée, le petit groupe se rassembla quelques instants. Alan et Peggy le rejoignirent pour présenter leurs condoléances au Commandant, qui était la personne la plus proche de Rube puisque ce dernier n'avait pas de famille.

Diana balbutia d'un ton hésitant : « Peggy, pour hier... »

– Rappelle-toi, on a dit qu'on oubliait tout. Elle la serra une minute dans ses bras et ce geste paraissait tout à fait naturel. « Nous te verrons au ranch. »

Les Thornton s'éloignèrent car d'autres personnes attendaient pour dire un mot au Commandant. Tous avaient été invités à boire un café ou un rafraîchissement au ranch après l'enterrement. Ceux qui n'habitaient pas loin avaient accepté. Les autres avaient refusé, craignant que le voyage ne fût trop long.

Tous se dispersèrent et regagnèrent leurs voitures. Le pasteur et sa femme avaient accepté de se rendre au ranch dans celle du Commandant. Le chemin qui menait au parking étant étroit, Diana fut contrainte de les suivre à quelque distance.

Ils étaient presque arrivés à la voiture quand une main saisit Diana par le coude, sans toutefois l'arrêter. Elle sursauta et découvrit Holt qui marchait à côté d'elle. Comme elle ne l'avait pas vu depuis quelques instants, elle avait pensé qu'il avait déjà quitté le cimetière. Il croisa son regard, le visage impassible, et l'accompagna jusqu'au parking.

Le contact de sa main la troubla. Diana aurait aimé se jeter dans ses bras et se soulager de toutes ces pensées noires qui l'envahissaient : oublier le cimetière, le caveau et le cercueil. Quand ils atteignirent la voiture, Holt retira sa main, et il lui sembla que tout son courage s'évanouissait sans ce soutien. Elle se mit à trembler.

– Ça va ? Il parla à voix basse pour que les autres n'entendent pas.

Elle releva la tête. Elle avait tiré ses cheveux noirs en un chignon très strict. Le tailleur noir, très simple, qu'elle portait lui donnait un teint plus pâle que d'habitude et faisait ressortir ses yeux bleus.

– Très bien. Diana ajouta pour elle-même : « Tant que tu es avec moi. »

Quand elle regarda son visage bronzé et effilé, elle eut encore plus envie de se presser contre lui et de sentir ses lèvres contre les siennes. Il dut lire ses pensées sur son visage car son souffle se fit plus rauque et ses yeux se mirent à briller d'une lueur sombre. Elle se pencha inconsciemment vers lui et Holt se tourna brusquement vers le Commandant.

– J'aimerais vous parler un instant, Commandant, quand cela vous arrangera.

– Quand vous voudrez, Holt.

Holt salua le pasteur et sa femme, et s'éloigna sans jeter un regard à Diana.

Elle tressaillit, soudain inquiète. Pourquoi voulait-il parler au

Commandant ? Et pourquoi cela la rendait-il si nerveuse ? Elle fixa les montagnes qui se profilaient à l'horizon et réprima un frisson.

Au ranch, la conversation tourna autour de la mort de Rube. Personne ne sembla remarquer que le regard de Diana était presque constamment fixé sur Holt. Mais, malgré son pressentiment, elle se devait à ses devoirs d'hôtesse. Quand elle s'aperçut que le pasteur et sa femme étaient seuls, elle s'approcha d'eux et proposa de leur servir quelque chose. Ils refusèrent.

– C'est une belle fin, déclara le pasteur.

Diana jeta un regard circulaire tout en pensant que, s'il s'était agi de l'enterrement du Commandant, il y aurait eu un monde fou. « Il n'y avait pas grand monde », lui fit-elle remarquer.

– Non, mais ceux qui sont ici sont réunis parce qu'ils aimaient sincèrement M. Spencer et non par obligation sociale.

Monsieur Spencer... Cela résonnait curieusement à ses oreilles. Pour elle, c'était Rube. Et probablement pour tous ceux qui étaient ici. La moitié d'entre eux avaient même probablement oublié son nom de famille, pensa Diana, mais elle n'en dit rien.

– Il nous manquera.

– J'ai cru comprendre que M. Spencer travaillait pour votre père depuis très longtemps.

– Je crois l'avoir toujours connu. Elle ne réalisa pas qu'elle en parlait déjà au passé mais s'avoua à elle-même qu'elle ne l'avait en fait jamais connu.

– Quel terrible accident, murmura la femme du pasteur. « Etre traîné et piétiné par son propre cheval. »

C'était donc là l'explication qu'on avait donnée ! Diana l'ignorait. Aucun étranger au ranch ne l'avait questionnée là-dessus. On avait évidemment omis de parler de l'étalon blanc. Cela aurait pu facilement lui échapper.

– C'est très triste.

– J'ai cru comprendre que vous étiez présente quand le malheur est arrivé ? demanda la femme en lui souriant d'un air compatissant.

Diana hocha la tête. « Oui. »

– A-t-il pu parler avant de mourir ? J'espère sincèrement qu'il a pu se repentir devant Dieu. La seule remarque que fit la femme du pasteur était presque une prière.

– Rube a beaucoup souffert. Il savait qu'il allait mourir et... oui, il a parlé du paradis. Elle pensa que Rube ne lui en aurait pas voulu de déformer quelque peu la vérité si cela pouvait rasséréner cette femme.

– J'en suis vraiment heureuse.

– Voulez-vous bien m'excuser ? leur demanda Diana afin de se retirer. « Je dois aller à la cuisine voir si Sophie n'a pas besoin de moi. »

Le couple exprima de nouveau des pensées réconfortantes avant qu'elle ne s'éloigne vers la cuisine, tout en sachant parfaitement que Sophie n'avait besoin d'aucune aide. La gouvernante empilait les assiettes sales.

– Tout va bien, Sophie ? Désirez-vous quelque chose ?

– Tout va très bien, Mademoiselle, répondit-elle d'un ton affable à la question que Diana n'avait posée que pour la forme. Quand Diana s'apprêta à sortir, Sophie se retourna et dit d'une voix hésitante : « Le Commandant et vous-même avez fait quelque chose de bien. » Devant la surprise de Diana, la gouvernante poursuivit fébrilement : « Je veux dire l'enterrement, l'inscription sur la tombe et tous ces gens que vous avez invités. »

– Merci, Sophie. Elle ne trouva rien d'autre à dire.

– Rube vous a toujours... beaucoup aimée, Mademoiselle. Elle semblait mal à l'aise, comme si elle craignait d'être trop bavarde. « Holt m'a dit que vous aviez été d'un grand réconfort pour Rube quand il est mort. »

– Je... Je vous remercie. Diana ne se souvenait pas d'avoir entendu Sophie parler autant sur un sujet autre que les problèmes de la maison. Elle songea que la mort de Rube les avait tous touchés d'une façon ou d'une autre.

La gouvernante retourna à son travail. Sa silhouette commençait à se courber sous le poids des ans et sa couronne de tresses révélait que ses cheveux grisonnants étaient clairsemés. « Je me suis souvent demandé si vous vous étiez jamais intéressée à Rube. Quand vous étiez enfant, le Commandant et vous étiez si liés qu'il semblait qu'il n'y avait place pour personne d'autre dans vos vies. Je sais que Rube peut voir ce que vous faites pour lui, et je suis sûre qu'il en est heureux. »

Diana s'aperçut que Sophie se parlait à elle-même et avouait ainsi ce qu'elle éprouvait depuis des années. Elle posa un instant la main sur l'épaule de la vieille femme.

– Merci, Sophie. Elle comprit soudain que c'était la première fois qu'elle lui témoignait une marque d'affection.

Elle quitta la cuisine en silence et regagna le salon. Son regard chercha aussitôt Holt. Elle le vit s'approcher du Commandant, lui dire quelque chose et, après un hochement de tête affirmatif de ce dernier, le suivre jusqu'à son bureau. Diana en déduisit que l'entrevue que Holt avait sollicitée allait avoir lieu maintenant.

Elle traversa rapidement le salon et se dirigea vers le bureau, accordant un signe de tête aux personnes qui lui adressaient la parole, mais ne leur laissant pas la possibilité d'entamer une quelconque conversation. Elle ouvrit la porte quelques secondes après que Holt l'eut refermée. Quand elle entra, il lui lança un regard impatient.

– Comment te sens-tu, Commandant ? Diana s'approcha de son père. « Tu es certainement très fatigué ? »

– Non, tout va bien. Il s'assit dans le fauteuil de cuir derrière son bureau. « Holt voulait simplement s'entretenir seul avec moi quelques minutes. »

– Ah, je vois. Cela ne te dérange pas que je m'asseye ? Elle était déjà installée sur une des chaises quand elle prononça ces mots.

Holt parla d'une voix sèche en contenant sa colère. « Je suppose que si j'émets une quelconque objection, cela ne changera rien. » Il ne prit pas de chaise mais resta debout devant le bureau, ce qui signifiait qu'il n'en avait pas pour longtemps. « Je vais partir à la recherche des juments demain matin... » puis après une longue pause, il ajouta : « ... et après l'étalon. »

– Non ! Diana avait eu le pressentiment que c'était pour cela qu'il voulait entretenir le Commandant.

– Pardonnez-moi, mais je suis d'accord avec Diana, dit simplement le Commandant. « Je pense qu'il est temps de s'en remettre au Bureau pour régler le problème de l'étalon. »

– Ils ont les mains liées. La loi leur interdit de tuer un cheval sauvage. S'ils essaient d'attraper l'étalon, quelqu'un d'autre risque d'être blessé ou tué.

– Abandonnez votre chasse. Laissez-lui les quatre juments, lui rétorqua Diana.

– Si je pensais qu'il se contentera de quatre juments, je vous approuverais peut-être, mais je ne le pense pas. Bien qu'il répondît à sa proposition, il s'adressait au Commandant. « L'étalon reviendra en chercher d'autres. Et pourquoi ne le ferait-il pas ? Il est libre de les prendre puisqu'il n'a pas à combattre un autre étalon pour s'en emparer. Les craintes qu'il pouvait avoir concernant les hommes semblent s'être totalement évanouies. Il n'est plus seulement un fléau, il est devenu une menace. » Holt parlait calmement, il ne paraissait absolument pas ému. « L'étalon doit être achevé. »

– Non !

– Ce que vous dites paraît logique, mais...

– Je ne vous demande pas votre permission, Commandant, l'interrompit-il. « J'aurais préféré partir demain sans vous avouer mes intentions parce que je ne veux pas que vous soyez mêlé à cela. Je prends toutes les responsabilités sur moi. Quelles que soient les répercussions de mes actes, cela ne concerne que moi. »

– Vous partirez seul ? Le Commandant semblait inquiet.

– Non. Don m'a demandé de m'accompagner. Il hésita puis poursuivit : « Et j'imagine que Guy viendra aussi. »

– Il ne le sait pas encore ? Diana retint sa respiration.

– Non.

– Il fera tout pour vous arrêter.

– Il essaiera.

– Ne faites pas cela, Holt.

Il ignora son avertissement. « Je ne vous reverrai probablement pas avant notre départ, Commandant.»

– Prenez garde à vous.

– Soyez-en certain.

Holt tourna sur ses talons et se dirigea vers la porte. Diana le fixait en cherchant désespérément un argument pour le faire changer d'avis mais n'en trouva aucun. La porte se referma et elle se tourna vers le Commandant, la seule personne que Holt était susceptible d'écouter.

– Tu dois l'arrêter.

– Comment ? Son regard révélait combien il était las. « Je ne peux l'en empêcher. Holt est un homme responsable. Je ne peux l'empêcher de faire ce qu'il estime devoir faire. »

– Mais il travaille pour toi. Si tu...

– Est-ce là une suggestion pour que je le menace de le renvoyer, Diana ? Cela ne marchera pas. Il relèvera le défi que je lui lancerai... car ce ne serait que cela. Et même si cela le pique au vif, il partira malgré tout à la poursuite de l'étalon. Tu l'as entendu. Il ne m'a pas demandé mon autorisation car il savait que je ne la lui aurais pas donnée.

Elle savait tout cela, mais elle refusait de l'accepter. « Tu ne peux pas le laisser faire ! »

Le Commandant pencha curieusement la tête et prit une pose pensive. « Es-tu préoccupée par l'étalon ou par Holt ? »

– Holt est un être humain. L'étalon n'est qu'un cheval. Evidemment que je suis inquiète pour Holt. Diana semblait perturbée.

– Et c'est là la seule raison ? insista-t-il.

– Il doit y avoir un moyen de l'arrêter. Toi aussi, tu l'aimes bien, protesta-t-elle. Elle était si angoissée qu'elle avoua ses sentiments sans s'en rendre compte. « Tu le traites comme s'il était ton fils depuis le premier jour. Holt a toujours été pour toi ce que je ne pourrai jamais être. Comment peux-tu le laisser faire cela alors que tu tiens à lui autant que moi ? »

– C'est vrai. Pour beaucoup de choses, je l'ai traité comme un fils. Mais je n'apprécie pas ce que tu impliques. Il fronça les sourcils. « Mon affection pour lui n'a jamais pris le pas sur mon amour pour toi. Toi, ma propre fille. Si j'avais eu le choix, je n'aurais jamais échangé dix fils comme Holt contre toi. »

– Alors arrête-le. Arrête-le pour moi !

– Je ferai tout ce qui est humainement possible pour toi. On lisait sur ses traits combien il était peiné. « Je te donnerais la lune si je le pouvais, Diana. Mais ce que tu veux n'est pas dans mes moyens. Je ne peux pas arrêter Holt, même pour toi. »

– Il doit bien y avoir un moyen. Elle s'accrochait désespérément à un vain espoir.

– Je ne connais rien qui puisse détourner un homme comme Holt de son chemin quand il s'est fixé un but. Il secoua tristement la tête.

– Si tu n'essaies rien, c'est à moi de le faire. Diana se dirigea vers la porte, puis hésita. « Si je n'arrive pas à le faire changer d'avis... Je partirai avec lui demain matin. »

Le visage de son père s'obscurcit, exprimant sa désapprobation, puis il réalisa que Diana, comme Holt, ne lui demandait pas son autorisation. Et il pâlit.

– Je ne peux pas t'arrêter non plus.

– Merci. Les larmes lui montèrent aux yeux, mais Diana les réprima aussitôt. « Je n'aurais pas aimé désobéir à tes ordres, Commandant. »

– Attends. Il l'arrêta quand elle s'apprêta à sortir. « Pourquoi ne me donnes-tu pas quelques minutes pour rejoindre nos invités ? Tu pourras ainsi sortir par-derrière sans être harponnée par des tas de gens qui se demanderont ce qui nous arrive. » Son père lui sourit avec indulgence. « Je suppose que tu vas aller parler à Holt maintenant, non ? »

– Oui. Elle continuait à combattre un pressentiment qui lui dictait que tout cela était vain.

Il se leva de son fauteuil et contourna son bureau pour la rejoindre près de la porte. « Donne-moi cinq minutes. » Il eut alors un geste spontané qu'elle n'attendait pas : il se pencha et l'embrassa sur la joue. « Bonne chance, ma chérie. »

CHAPITRE XX

Cinq minutes plus tard, Diana se glissa par la porte de derrière et se faufila parmi les arbres jusqu'aux bâtiments d'habitation. Elle frappa à la porte de Holt et ne reçut aucune réponse. Elle entra, l'appela, mais les pièces étaient toutes vides.

Elle hésita un instant. Où pouvait-il bien être ? Peut-être avait-il regagné l'écurie afin de commencer les préparatifs pour le lendemain. Elle quitta rapidement son logement et se dirigea vers l'écurie. Ses talons hauts l'obligeaient à ralentir l'allure car le chemin était difficile et parsemé de gravier.

Diana ouvrit la porte de l'écurie puis s'arrêta pour habituer ses yeux à la relative obscurité qui y régnait. Dans une stalle, un cheval hennit. Une forte odeur de chevaux et de foin se dégageait. Il n'y avait aucune agitation du côté des stalles. Diana s'avança alors vers l'atelier.

A ce moment, la voix de Holt retentit : « Je suis là, Don. »

Quand elle entra, il était de dos. Il ne s'était pas changé mais avait déposé son pardessus et sa cravate sur un banc. Il était penché sur des selles.

– La sangle est déficiente. On va devoir la changer. Passe-m'en une neuve.

Quand Holt n'entendit aucune réaction à ses ordres, il jeta un regard par-dessus son épaule. Sa mâchoire se raidit quand il se releva et se retourna sur Diana. Sa chemise blanche était déboutonnée et cela accentuait son charme un peu fruste. Elle se sentit perturbée une fois de plus par ce magnétisme quasi animal qui l'attirait vers lui.

– Vous savez pourquoi je suis là, lui dit-elle.

– Je peux le deviner facilement, répondit-il d'une voix sèche.

Il détourna son regard et s'approcha du mur où étaient accrochées des sangles de différentes tailles. Holt en choisit une et revint vers la selle. Diana comprit qu'il continuerait à l'ignorer tant qu'elle n'interviendrait pas. Elle vint vers lui, tandis qu'il changeait la sangle.

– Holt, regardez-moi, lui ordonna-t-elle avec impatience.

Ses yeux l'effleurèrent une seconde puis il retourna à son travail. Vous n'êtes pas précisément habillée pour être dans une écurie, vous ne croyez pas ? Ne vous aventurez pas trop près des stalles, vous risqueriez de salir vos chaussures. »

– Vous ne vous êtes pas changé non plus, lui fit-elle remarquer et elle s'en voulut aussitôt de s'être laissé détourner de son sujet.

– Je suis venu vérifier l'équipement dont nous avons besoin pour demain matin.

Il ne lui lança pas un regard. Il transpirait ; sa chemise lui collait à la peau et laissait deviner les muscles de ses épaules et de son dos qui ondulaient sous la toile. Son attirance physique pour lui capta de nouveau toute l'attention de Diana. Elle ferma les yeux pour essayer de s'y soustraire.

– N'y allez pas, Holt.

– Cela ne sert à rien, Diana. Vous perdez votre salive. Sa réponse brève était destinée à la décourager de poursuivre la conversation.

– Que croyez-vous donc que vous allez faire ? lui lanca-t-elle.

– Deux choses. Je vais ramener les juments et me débarrasser de l'étalon qui représente un danger potentiel énorme.

– Est-ce aussi simple ?

– Oui.

– Vous en êtes sûr ? Ou voulez-vous venger la mort de Rube ? Pensez-vous qu'en tuant l'étalon, vous compenserez la mort de Rube d'une certaine façon ?

– Allez au diable, Diana ! Il rejeta la selle et la sangle et se leva vers elle, fou de colère, pour l'affronter. « La mort de Rube n'est-elle pas une preuve suffisante qui montre que l'on doit tuer l'étalon ? »

– Non ! Parce que vous vous cachez derrière ce prétexte qui vous sert d'excuse. Vous êtes obsédé par cet étalon depuis le début. Vous voulez sa mort depuis le premier jour. Vous l'avez désirée d'abord parce qu'il avait tué notre étalon puis quand le poulain s'est cassé le cou. Et maintenant, la mort de Rube vous donne une justification puisque vous pouvez dissimuler votre obsession derrière votre soi-disant vengeance. Ne le faites pas, Holt. Ne partez pas à sa poursuite.

– Si quelqu'un ici est obsédé par ce cheval, c'est bien vous et Guy. Vous avez écouté toutes ces légendes que Rube et le Commandant vous ont racontées sur le célèbre étalon blanc et vous êtes désormais convaincus qu'il en est la réincarnation. Il n'est qu'un cheval sauvage et un danger. Rien de plus.

– Non, je ne suis pas obsédée par lui. Diana refusa cette accusation et devint soudain plus calme. « Je sais ce que c'est que de faire une fixation sur quelque chose. Pendant des années, j'ai été jalouse de vous, jalouse jusqu'à la folie... et sans raison, je le sais maintenant. »

– Jalouse ?

– Oui, jalouse. Elle hocha la tête. « Depuis la première seconde où je vous ai vu avec le Commandant, je vous ai haï. Et je n'avais jamais compris pourquoi jusqu'à ces derniers temps. Mais quand je vous ai vu, j'ai su instinctivement que vous réunissiez toutes les qualités que le Commandant aurait souhaité trouver dans un fils. C'est pour cela que je vous détestais. »

– Mais vous êtes sa fille, sa fille unique. Il vous adore.

Ses yeux sombres cherchèrent son regard.

– Ne comprenez-vous pas que c'est là tout le problème ? J'étais sa fille et non son fils. Elle rit mais on sentait une légère amertume dans ces mots. « Le Commandant ne m'a jamais dit qu'il aurait préféré avoir un fils. Mais tout cela... » Elle balaya d'un geste ce qui les entourait. « ...est un environnement typiquement masculin. Est-ce que tout homme ne préfère pas avoir un fils ? Et je me suis mis dans la tête que le Commandant aurait aimé que je sois un garçon. J'ai essayé de devenir ce que je croyais qu'il désirait... Je montais à cheval, je lançais le lasso et je portais plus souvent des jeans et des bottes que des jupes. Quand vous êtes arrivé, vous avez tout changé. D'abord, je n'ai plus entraîné les étalons, puis on m'a interdit de faire la transhumance. Et tout cela parce que j'étais une fille. Le Commandant désirait soudain que je devienne une femme. Il ne voulait plus que je sois comme avant, et j'ai cru que tout était arrivé par votre faute, parce que vous étiez devenu le fils que j'avais tant essayé d'être. Je vous haïssais. Je voulais me débarrasser de vous. Je me suis même servi de Guy pour tenter de vous rendre la vie ici si épouvantable que cela vous pousse à partir. »

Holt se détourna et se passa fiévreusement la main dans les cheveux. Elle entendait sa respiration se faire plus rapide. Diana voulait poser la main sur lui mais elle savait que toute tentative serait repoussée. Il était en colère et elle ne l'en blâmait pas.

– Deux ans après votre arrivée, j'ai compris que je ne réussirais pas à vous faire partir, continua-t-elle. « J'ai alors commencé à devenir ce que le Commandant attendait de moi. Je croyais que si j'étais la meilleure pour tout, il m'aimerait. Quand il a eu sa première attaque, j'ai voulu prendre soin de lui. Mais il a refusé. Il m'a dit que vous étiez là et qu'il ne voulait pas que je reste cloîtrée au ranch. Il désirait que je me marie. Je crains même d'avoir épousé Rand uniquement parce que je pensais qu'il était le genre de gendre que le Commandant souhaitait. Savez-vous ce que le Commandant m'a dit il y a quelques semaines ? » Diana marqua une pause tandis que Holt bouillait de rage. Il lui lança un regard noir. « Qu'il avait souhaité que je vous épouse. Si je l'avais su à l'époque, je me serais probablement mariée avec vous pour lui faire plaisir, sans tenir compte de la haine et du mépris que j'avais pour vous. »

Elle aurait aimé que Holt dise quelque chose et exprime enfin toute sa colère contenue, plutôt que de rester là comme une force virile et glacée. Elle lui avait révélé tous ses secrets. Ne réalisait-il pas quelle arme elle lui tendait ? Il pouvait désormais la détruire. Peut-être était-ce cela qu'il attendait ?

– Vous voyez, Holt, je sais ce que c'est que d'être obsédé. Tout cela était sans raison et n'existait que dans ma tête. Diana le suppliait presque de la comprendre. « Ce n'est pas moi qui suis obsédée par l'étalon blanc, c'est vous. Et je ne crois pas que la perte de nos chevaux ou la mort de Rube en soient la cause. Je pense que vous en voulez à l'étalon parce qu'il est lié à la première fois que vous m'avez fait l'amour... Vous vous dites : "Si nous n'étions pas partis à sa poursuite, cela ne serait pas arrivé." Et Guy ne nous aurait pas vus et n'aurait pas commencé à vous haïr au point de vouloir vous tuer. Tout cela est faux, Holt. Ce rapport qui existe entre nous a toujours existé. L'étalon n'a servi que de détonateur. »

Il prit une profonde inspiration et ses narines se dilatèrent ; sa mâchoire se serra. Ses yeux brillaient d'un éclat dur et menaçant. Tout ce qu'elle avait dit n'avait-il pu l'émouvoir ?

– Je ne suis pas obsédé par l'étalon. On doit simplement le tuer, déclara-t-il.

– Ne partez pas à sa poursuite. Diana ne pouvait expliquer cet horrible pressentiment qui la dévorait. « Je ferais tout ce que vous voulez si vous me promettez de le laisser tranquille. Voulez-vous que je quitte le ranch et que je ne revienne jamais ? Que je parte si loin que Guy ne pourra jamais me retrouver ? Dites-moi ce que vous désirez que je fasse et je le ferai. Mais ne partez pas à la poursuite de l'étalon, Holt. »

– Cessez d'être si dramatique ! Il ne s'agit que d'un travail, de quelque chose qui doit être fait. Et c'est tout !

– Je dramatise peut-être. Elle haussa les épaules, gênée. « Je... » Diana ne pouvait plus prononcer un mot tant sa gorge était soudain serrée.

Il était inutile de faire appel à ses sentiments. Il n'écouterait pas. Le Commandant lui-même n'avait pu le dissuader. Comment s'en était-elle crue capable ? Maintenant que le combat était terminé, elle en ressortait étrangement affaiblie. Il se tenait si près d'elle avec sa force indomptable ! Il lui fut facile de franchir les quelques centimètres qui les séparaient, de serrer ses bras autour de lui et de poser la tête sur sa puissante poitrine.

– N'y va pas, s'entendit-elle murmurer.

Quand Holt la sentit contre lui, il se raidit pour résister à ces avances presque inconscientes. « Diana, pour l'amour de Dieu... », prononça-t-il avec colère. Mais, quand ses mains se posèrent sur elle pour la repousser, elles se refermèrent pour l'étreindre.

Elle sentit la bouche de Holt contre ses tempes et releva la tête pour qu'il l'embrasse. Elle n'entendit que les battements de son cœur. La bouche de Holt dévora la sienne. Il commença à retirer les épingles à cheveux qui retenaient son chignon. Quand il l'eut totalement défait, il passa les doigts dans sa superbe chevelure, qui retombait sur ses épaules.

– J'avais envie de faire cela au cimetière, chuchota-t-il à son oreille.

Diana chavirait sous l'ardeur de ses caresses. Son désir intense de se serrer toujours plus près de lui s'empara d'elle de nouveau. Il se tenait les jambes écartées et Diana arqua ses hanches contre lui pour sentir l'irrésistible pression de chacun de ses muscles.

Tout aurait fini comme cela s'était toujours terminé entre eux si une voix n'avait pas appelé : « Hé, Holt, vous êtes là ? » C'était Don. Le silence se rétablit une seconde plus tard quand Holt releva la tête, laissant ses bras autour de Diana pour la protéger et cachant son visage empourpré à l'homme qui se tenait dans l'embrasure de la porte. « Je... Je suis désolé. Je ne voulais pas... Excusez-moi. » Don marmonna ces excuses d'un ton affreusement embarrassé.

La voix sèche de Holt le coupa : « Va chercher les chevaux que nous monterons demain et ramène-les à l'écurie. »

– Oui, Monsieur, répondit Don et il prit ses jambes à son cou.

Ce ne fut qu'à ce moment-là que Holt se sépara de Diana. Il recula et ramassa la sangle sur la selle. Diana le regarda, encore perturbée par son étreinte étourdissante.

– Je... Je ne peux te faire changer d'avis pour demain ?

Elle lut une certaine raillerie dans l'œillade qu'il lui lança. « J'aurais aimé me laisser convaincre, mais non. » Il secoua la tête d'un air décidé. « Tu ne peux me faire revenir sur ma décision. »

– Alors, je viens avec toi.

– Je crois que je l'avais deviné. Holt ne discuta pas.

Diana attendit qu'il en dise plus, mais il continua son travail. Tandis qu'il remplaçait la vieille sangle, elle se détourna calmement, sortit de l'atelier et reprit le chemin de la maison.

Diana remua sur sa selle, mal à l'aise de sentir le regard perçant de Guy dans son dos. Elle lança un coup d'œil à Don, juste devant elle : ils marchaient en file indienne dans un défilé. Elle pensa qu'ils étaient tous un peu nerveux. La mort de Rube était encore très proche et cela les rendait inhabituellement silencieux. Les bavardages incessants de Rube, qui avaient comblé tant de silences auparavant, leur manquaient. La nuit dernière, quand elle avait vu Don préparer le feu, Diana avait éprouvé une pénible sensation qui lui avait noué la gorge.

Ils avaient localisé la bande de fuyards une heure plus tôt. Holt installait les relais. Ils reprenaient la même tactique : elle avait coûté la vie à Rube mais c'était leur seule chance de réussir. Leur première tâche était de récupérer les juments. Ils s'occuperaient ensuite de l'étalon.

Holt arrêta son cheval et fit signe à Guy de prendre position à cet endroit. Guy s'arrêta et ils poursuivirent sans lui. Chacun se posta à sa place, puis Holt les quitta pour commencer la poursuite.

Ils les suivaient depuis trois jours. Ils avaient toujours conservé une distance convenable pour ne pas mettre l'étalon sur ses gardes.

Après six jours en selle, ses muscles la faisaient tant souffrir que Diana avait l'impression que tout son corps était engourdi. Elle avait une jambe sur le pommeau, le coude posé sur son genou et la tête appuyée sur sa main. Elle avait arrêté son cheval à l'ombre d'un pin ; il se balançait nerveusement sur ses jambes. Diana était si épuisée qu'elle craignait d'entendre les sabots des chevaux se rapprocher, car cela signifierait que ce serait son tour de reprendre la chasse. Elle ne voulait plus bouger. Elle pensait d'ailleurs qu'elle en était incapable.

Une détonation retentit et elle renversa la tête en arrière. Un second coup de fusil suivit aussitôt le premier. Diana frissonna de tout son corps. C'était un signal. Elle retira sa jambe du pommeau, sans se préoccuper de ses courbatures ou de ses douleurs, et glissa le bout de sa botte dans l'étrier. Elle attendit le troisième coup de fusil : c'était le code dont ils étaient convenus en cas de détresse.

Il y eut un long silence puis deux détonations successives. Soudain soulagée, ses genoux se mirent à trembler. Ces deux coups signifiaient que l'étalon avait quitté les juments. Diana tira sur les rênes et partit dans la direction d'où venaient les sons.

Elle arriva la dernière. On avait déjà attrapé les juments. Elles étaient en piteux état : on leur voyait les côtes et elles paraissaient très déshydratées. Guy et Don leur donnaient l'eau de leurs gourdes pour apaiser quelque peu leur soif. Elle arrêta son cheval près de Holt. On lisait sur ses traits une certaine fatigue mais son regard se fit impitoyable quand il se fixa au loin. C'était sûrement la direction qu'avait prise l'étalon.

– Nous avons les juments, dit calmement Diana, essayant une fois de plus de le faire changer d'avis. « Rentrons maintenant. »

Le regard de Holt se porta lentement sur elle. Il secoua légèrement la tête et dit : « Non. » Sa bouche eut une moue dédaigneuse devant son opiniâtreté. « Les juments ne peuvent pas faire un kilomètre de plus. Elles ont besoin de se reposer pendant une journée, de boire et de manger avant de reprendre la route. »

– Et l'étalon ? Diana regarda le désert, dans la même direction que Holt. Il n'y avait aucune trace du cheval sauvage.

– Il est fatigué. Il doit l'être en tout cas. Ces derniers mots semblaient apporter un doute à sa première affirmation.

– Holt, laissez-le partir, répéta Diana.

– Elle a raison, Holt. Les yeux de Guy brillaient de défiance. « Tu as récupéré les juments. Ça ne te suffit pas ? »

– Non, rétorqua-t-il, au bord de l'impatience. « Don. » Il se tourna vers Don qui avait mis pied à terre. « Puisque je perdrais mon temps à demander à ces deux-là de rester avec les juments, c'est toi qui vas t'occuper d'elles. Redonne-leur de l'eau dans une heure et demie environ. Tu les laisses se reposer pendant encore une heure. Le point d'eau est à moins de cinq kilomètres. Je pense que, dans une heure, tu pourras les emmener jusque-là et les laisser paître dans l'herbe. Nous partons chercher l'étalon. »

Holt n'attendit aucun signe de protestation ou d'approbation, il tira sur les rênes et mit son cheval au trot. Tout en jurant, Guy sauta en selle et Diana en fit autant. Le terrain étant accidenté, il leur était difficile de le rattraper, étant donné l'avance qu'il avait prise sur eux.

Cinq kilomètres plus loin, Holt s'arrêta au sommet d'une colline. Quand Diana et Guy le rejoignirent, ils aperçurent l'étalon à l'ombre de la montagne, à plus d'un kilomètre d'eux. Sa robe blanche, bien que poussiéreuse, était parfaitement visible tant elle contrastait avec les roches sombres. Il ne bougeait pas : c'était une cible idéale. Diana fut soulagée quand elle réalisa qu'il était hors de leur portée.

– Tu vas vraiment le tuer ? l'accusa soudain Guy. « Tu le dis depuis le début, mais j'espérais... » Sa voix se brisa tant il était bouleversé.

Rien ne montrait que Holt l'avait entendu. « Je veux que tu chasses l'étalon hors de ce refuge, Guy. Si tu peux, amène-le au fond du ravin. C'est le chemin le plus évident pour s'enfuir, je pense qu'il ira de lui-même. Diana, pouvez-vous voir où le ravin débouche sur la vallée ? » Il le lui montra du doigt. « Je veux que vous attendiez là, derrière ces arbres. Assurez-vous que l'étalon est passé devant vous avant de vous montrer. Gardez vos distances. Il va peut-être s'engouffrer dans la petite combe après cette colline. Laissez-le faire. C'est là que je l'attendrai. »

Il était inutile qu'il explique pourquoi il se tiendrait là. De ce point, Holt aurait un double champ de tir, quelle que fût la direction que l'étalon choisît : la vallée principale ou la combe. Diana s'efforça de ne pas penser à ce qui allait arriver ensuite.

– Je n'y vais pas, dit Guy. « Je ne veux pas aller là-bas et t'aider à commettre ce crime. Tu ne me feras pas participer à cette boucherie. Diana ne t'aidera pas non plus. Et sans nous, tu ne peux pas y arriver. »

– Diana ? Le regard d'acier de Holt se posa sur elle. Elle secoua la tête en signe de protestation. « On doit le faire. Le Commandant le sait. Et vous aussi. »

– N'écoute pas ce qu'il te dit, Diana, lui ordonna Guy. « Il ne peut t'obliger à le faire. Et il n'a aucune chance sans nous. »

Diana était déchirée entre eux deux et son regard allait de l'un à l'autre, du père au fils. Son amour pour Holt et la crainte qu'il ne soit blessé la poussaient d'un côté. Mais les arguments de Guy pour épargner l'étalon et son pressentiment inquiétant l'attiraient de l'autre côté. Elle vit Holt reprendre ses rênes.

– Décidez-vous, Diana, dit-il calmement.

– Elle ne t'aidera pas, déclara Guy avec une pointe de triomphe dans son sourire.

Mais Diana savait déjà qu'il avait tort. Elle fouetta sa monture et lui fit descendre la colline. Elle resta sourde aux cris de colère de Guy, ne se retourna pas et mit son cheval au trot quand il atteignit le terrain plat. Diana ne voyait plus l'étalon blanc. Elle n'apercevait plus que les roches en surplomb qui le protégeaient du soleil. Elle poursuivit son chemin dans cette direction en se refusant de penser à ce qu'elle faisait.

Quand l'étalon fut de nouveau à portée de vue, il se tenait toujours dans l'ombre et son regard était fixé sur elle. Diana ne s'approcha pas davantage car elle se souvint que Holt l'avait prévenue de garder ses distances. Son cheval piaffa quelque peu quand elle tira sur les rênes. L'étalon releva dédaigneusement la tête comme s'il la défiait de se rapprocher. Quelques secondes plus tard, il quitta l'ombre des rochers et, toujours au pas, s'avança, comme Holt l'avait prédit, vers le fond du ravin, là où le lit de la rivière était à sec. Diana le suivit au trot et obligea son cheval à accélérer l'allure quand la distance qui les séparait s'accentua.

CHAPITRE XXI

L'étalon n'était pas aussi fatigué que Diana l'avait espéré. Il maintint son allure pendant plus de deux kilomètres, ce qui força Diana à pousser sa monture pour continuer sa poursuite. La chaleur était accablante et, sans l'aide de Guy ou de quelqu'un d'autre, elle ne pourrait faire conserver longtemps ce rythme à son cheval. Il y avait encore un long chemin à parcourir avant d'atteindre la colline.

Elle quitta le lit de la rivière et regarda vers les arbres. Elle avait espéré, sans raison, y voir Guy. Peut-être pensait-elle que sa propre décision l'avait influencé. Mais il n'y avait personne. Elle était seule. Elle se força à oublier combien ses muscles la faisaient souffrir et poussa son cheval au petit galop pour que l'étalon ne les distance pas.

La colline se profilait devant eux. Elle essaya de se concentrer sur l'étalon et ne pas regarder le reflet brillant du soleil sur le canon du fusil. L'étalon se rapprochait de la côte. Il était encore trop loin pour opter pour la large vallée ou pour la combe mais il était déjà à portée de tir. Diana avait la nausée tout en attendant l'explosion qui allait l'abattre. Elle ferma les yeux pour ne pas voir l'étalon s'affaler sur le sol.

Soudain, son cheval fit un écart et se cabra. Diana perdit l'équilibre et glissa sur le côté. Elle se raccrocha au pommeau, et, à demi étourdie, aperçut un lièvre qui se précipitait dans la sauge.

Elle ne put retrouver son équilibre, car son cheval, totalement effrayé, se pencha en avant et la désarçonna. Diana se sentit projetée sur le sol. Elle tendit les bras pour amortir le choc. Elle s'écrasa par terre, puis tout devint noir.

Quand elle revint à elle, elle était étendue sur le ventre et ressentait une impression de brûlure dans son bras. Elle entendit un cheval s'ébrouer et sentit quelque chose d'humide sur sa peau. Ses yeux s'écarquillèrent : une tache blanche oscillait devant elle.

Le choc la ramena à la réalité quand elle comprit que c'était l'étalon qui se tenait près d'elle : il observait son ennemie. Son instinct lui souffla de ne pas bouger, mais c'était plutôt la terreur qui la paralysait.

A travers ses cils, elle aperçut le cheval qui relevait la tête et qui piaffait à quelques mètres d'elle. Il semblait la défier de se relever et de le combattre.

Ses naseaux se colorèrent et s'élargirent, sa tête se tendit vers elle et son épaisse crinière blanche cacha à moitié ses yeux sombres. Sa robe était poussiéreuse et couverte d'écume, mais cela ne le rendait pas moins dangereux. Diana le voyait en contre-plongée : il était terrifiant. Elle avait déjà vu ce que ses dents d'ivoire et ses sabots d'acier pouvaient faire. Son sang se glaça dans ses veines et elle se mit à transpirer abondamment.

Presque simultanément, un coup de fusil retentit et la poussière se souleva du sol à droite de l'étalon. Cela venait de la colline où Holt devait se trouver. L'étalon releva la tête mais il ne s'enfuit pas. Une seconde cartouche atteignit le sol, tout près de lui. Il s'arc-bouta sur ses postérieurs et s'élança, tandis qu'un troisième coup dessina une trace rouge sur le bout de sa queue. Diana l'entendit hurler de rage et de douleur, puis il se sauva.

Diana, soulagée, commença à remuer. Sa respiration était encore haletante mais ses muscles paralysés par la frayeur retrouvèrent leur force première. Elle s'agenouilla et repoussa ses cheveux qui tombaient sur son visage puis attendit que les frissons qui la parcouraient s'arrêtent.

Un cheval au galop s'approcha. Diana se retourna et vit Holt sauter à terre, le fusil à la main. Elle vacilla. Avant qu'elle n'ait pu faire un pas vers lui, il était là. Il la prit dans ses bras et le métal du fusil se pressa sur son dos.

– Tu vas bien ? Il posa cette question d'une voix rauque et c'était le son le plus doux que Diana eût jamais entendu.

Elle s'accrocha à lui et cessa de trembler quand elle sentit sa force virile. Ses doigts repoussèrent les cheveux qui cachaient son visage et il la prit par le menton pour l'observer.

– Tout va bien, répondit Diana en frissonnant.

Le regard de Holt se fit soudain brillant et l'éblouit. « Ne me refais plus jamais cela ! » lui lança-t-il. « J'ai cru... » Il ne finit pas sa phrase. Cela aurait été inutile, car Diana aussi avait craint de finir piétinée comme Rube ou comme l'étalon arabe. « Pour l'amour de Dieu, qu'est-il arrivé ? ».

– Un lièvre a effrayé mon cheval et... je suis tombée. Je me suis évanouie pendant quelques secondes. Quand je suis revenue à moi, l'étalon était là. Diana ferma les yeux, voulant chasser de son esprit la terreur qui l'avait envahie.

Leurs bouches s'unirent dans un baiser fiévreux et tendre tout à la fois. Cette sensation était enivrante. Diana se sentait sauvée et déjà de nouveau assaillie. Elle répondit avec ferveur à ses assauts. Elle réalisa que quelques instants plus tôt, elle avait failli mourir et ne plus jamais connaître ses étreintes. Elle voulait retenir en elle pour toujours et retrouver cette sensation qui la dévorait. Ils restèrent enlacés pendant des secondes qui auraient pu durer une éternité, la bouche de Holt embrassant chaque millimètre de son visage et de son cou.

– C'est un miracle que cet étalon ne t'ait pas blessée, murmura Holt en pressant la tête de Diana contre sa poitrine ; ses joues se frottaient contre ses cheveux.

– Je crois qu'il ne savait pas si j'étais vivante ou morte.

Diana se blottit davantage contre sa poitrine rassurante et ferma les yeux.

– Heureusement que tu as eu la présence d'esprit de ne pas bouger, chuchota-t-il.

– La présence d'esprit ? Elle rit d'un rire mal assuré. « J'étais terrorisée ! » Elle le sentit sourire contre sa chevelure.

– Tu es sûre que tu ne t'es pas blessée quand tu es tombée ? Il la repoussa quelque peu, soudain sérieux. « Tu ne t'es pas heurté la tête contre le sol ? »

– Je ne crois pas. Diana se toucha la tête mais n'y découvrit aucune bosse et ne ressentit aucune douleur.

– Désormais, tu ne poursuivras plus cet étalon. Ce n'était pas un ordre, c'était simplement une constatation qu'il prononça d'une voix inflexible. « Tu ne prendras plus le risque d'être blessée. »

– Et toi ? Tu vas repartir à sa poursuite ?

– Oui.

– Qui va t'aider ?

– Il y a encore Don, lui rappela Holt, tous deux sachant qu'ils ne pouvaient compter sur Guy. « Retournons au camp maintenant. »

– Où est mon cheval ? Diana jeta un regard autour, mais son champ de vision était en grande partie caché par les épaules de Holt.

– Il a dû repartir comme une flèche vers le ranch après...

Des piétinements de sabots interrompirent leur conversation. Ils se retournèrent et aperçurent Guy qui arrivait en traînant le cheval de Diana. Holt garda le bras autour de ses épaules mais ils s'écartèrent légèrement l'un de l'autre.

Guy s'arrêta. « J'ai entendu les détonations. Je ne savais pas si tu avais des problèmes ou si... » Il n'acheva pas sa phrase. « J'ai trouvé ton cheval en route, Diana. Que s'est-il passé ? »

– Il a été effrayé par un lièvre et je suis tombée.

– Ce précieux étalon que tu désires tant sauver a failli faire une seconde victime ! lui jeta Holt.

– Holt lui a fait peur et il s'est enfui, ajouta Diana quand elle vit Guy pâlir en entendant les mots de Holt.

– Tu es blessée ?

– Il est un peu tard pour t'en préoccuper, tu ne crois pas ? Alors que tu n'étais pas là pour l'aider, le défia Holt.

Elle rassura Guy : « Je n'ai pas une égratignure. Juste quelques bleus à cause de ma chute. »

– Ne t'est-il jamais venu à l'esprit, Holt, que si tu avais renoncé à poursuivre cet étalon, elle n'aurait pas couru le risque de se blesser ! répondit Guy, relevant le défi que lui avait lancé son père.

– Cela m'a traversé l'esprit, en effet. Il saisit Diana par le coude et la poussa vers le cheval que Guy avait ramené.

Elle sentit, quand il la toucha, combien il était redevenu maître de lui. Il l'aida à monter en selle, puis prit les rênes des mains de Guy et les lui tendit, avant de se diriger vers son propre cheval.

– Je suppose que tu reprends ta chasse maintenant, lui jeta Guy.

Avant de répondre, il monta en selle et s'approcha d'eux. Ses yeux étaient d'un gris glacial. « Non, j'irai demain. Nous rentrons au camp. » Il s'éloigna et ils le suivirent.

– Tu n'es qu'un salaud ! Tu n'as pas le droit de le tuer !

Guy, venu à sa hauteur, se tourna vers sa selle pour lui faire face.

– Le sujet est clos, Guy.

– Tu n'as pas le droit de le tuer, répéta-t-il. « Tu peux le capturer. Et si tu n'arrives pas à le dresser, tu pourras le relâcher à des kilomètres d'ici. »

– Cela ne résoudrait pas le problème. Il s'attaquerait à d'autres ranchs. Holt poussa son cheval au trot et coupa brutalement court à la conversation.

Guy resta en arrière aux côtés de Diana. « C'est un salaud ! » Il faisait grise mine tout en regardant la silhouette qui caracolait devant eux.

– Il est convaincu de faire ce qu'il doit. Tu ne pourras pas le faire changer d'avis, Guy.

– Et toi ? Ses yeux d'un bleu fiévreux se tournèrent vers elle. « Crois-tu qu'il a raison ? Tu t'es rangée de son côté tout à l'heure. »

– Penses-tu vraiment qu'il s'agisse d'être d'un côté ou d'un autre ?

– Tu sais très bien ce que je veux dire. Pourquoi l'as-tu aidé ? Pourquoi es-tu partie à la poursuite de cet étalon quand il te l'a demandé ? Il avait les mains liées : il ne pouvait rien faire sans nous. Pourquoi n'es-tu pas restée avec moi ? Ces accusations tombaient sur elle comme un couperet.

Diana tenta d'éviter toute réponse directe. « Cela a-t-il la moindre importance ? »

– Oui, cela en a. Et pendant que tu y es, tu pourrais peut-être m'expliquer pourquoi vous étiez si tendrement enlacés avant de me voir arriver. Tu étais collée à lui comme une sangsue !

– J'avais été si effrayée que j'en avais perdu l'esprit, se défendit-elle avec colère. « Espérais-tu que je me remette en une seconde ? »

– Et c'est la seule raison ? Il était sceptique, moqueur. « Si tu étais si effrayée, pourquoi ne t'es-tu pas ruée vers moi pour que je te réconforte quand tu m'as vu arriver ? Tu sais combien je prends toujours soin de toi et combien je t'aime. Mais tu es restée collée à lui. Pourquoi ? »

– Tu n'as aucun droit de me harceler ainsi avec tes questions.

Guy se rapprocha d'elle et attrapa ses rênes pour l'obliger à s'arrêter.

« Je veux savoir ce qui se passe. Tu prends sans cesse sa défense dès que je prononce son nom, et tu ne réponds jamais franchement. Je t'aime, et cela me donne le droit de savoir ce que tu penses. »

– Laisse mon cheval tranquille, lui ordonna-t-elle et elle jeta un regard vers Holt mais il était si loin qu'il ne pouvait s'apercevoir qu'ils s'attardaient.

– Je ne le laisserai pas tant que je ne saurai pas la vérité. Es-tu avec lui ou avec moi ?

Diana trouva le courage de lui riposter : « Avec lui ! » L'attitude possessive de Guy avait dépassé tout ce qu'elle pouvait supporter. « Je l'aime ! »

Il se recroquevilla sur lui-même comme si elle l'avait frappé et blêmit. « Tu mens ! »

Diana regretta aussitôt ses paroles. Elle savait ce qu'il ressentait. Pourquoi ne s'y était-elle pas prise plus gentiment ? Elle aurait pu user de cette compassion qui l'avait mise dans cette situation inextricable. La colère s'effaça de son visage et fit place à un intense chagrin qui obscurcit ses yeux bleus.

– Je suis désolée, Guy. Je ne voulais pas te faire de la peine.

– Tu mens ! Il n'accorda aucune attention à ses excuses. « Tu ne peux pas l'aimer ! Mon Dieu, c'est mon père ! Tu ne peux pas... » Il semblait bouleversé de colère ; des larmes lui montèrent aux yeux.

– Crois-tu que je l'ignore ? Penses-tu que je n'aimerais pas que les choses soient différentes ? Diana entendit que sa voix tremblait. « Je n'avais pas prévu de tomber amoureuse de Holt. C'était la dernière chose que je désirais. »

– Je ne te crois pas. Il secoua la tête et se mordit les lèvres ; la souffrance déformait son visage. « Cela ne peut être vrai. Tu l'as toujours détesté. Même le Commandant... » Guy la fixa. « Le Commandant », répéta-t-il. « C'est cela, n'est-ce pas ? Tu dis cela parce que c'est ce que le Commandant désire. Il a toujours traité Holt comme s'il était son propre fils. Maintenant, il veut qu'il le devienne officiellement en t'épousant. C'est cela ? »

– Non. Les désirs du Commandant n'ont rien à voir avec mes sentiments. Pas cette fois-ci.

– Tu mens !

– Pour toi, j'aimerais que ce ne soit pas la vérité.

Il lui lança un regard brillant de colère puis relâcha son cheval et partit au galop. Il enfonça ses éperons dans les flancs de la bête et traversa la vallée dans une direction différente de celle de Holt. Celui-ci s'arrêta pour attendre Diana.

– Où va Guy ? lui demanda-t-il quand elle le rejoignit.

– Je... Diana hésitait : elle n'était pas sûre de vouloir le lui dire. « Je pense qu'il désirait être seul un moment. » Le regard de Holt se fit scrutateur, mais il ne demanda pas d'explications.

Quand ils arrivèrent au camp, la nuit tombait. Guy ne les avait toujours pas rejoints. Holt s'assit près du feu ; il semblait indifférent à l'absence de son fils, mais Diana remarqua qu'il se retournait chaque fois qu'un bruit troublait le silence de la nuit. Don se leva et sonda les ombres nocturnes.

– Nous devrions peut-être partir à sa recherche, suggéra-t-il. « Il est sans doute blessé. »

– Nous avons peu de chances de le trouver dans l'obscurité. Holt ne bougea pas, il continuait à voir l'air décontracté. « Il a un fusil. S'il a des problèmes, il peut nous le faire savoir. Il s'est probablement éloigné plus loin qu'il ne le pensait en poursuivant l'étalon. Il s'est sûrement arrêté quelque part pour la nuit. Il est assez grand pour savoir ce qu'il fait. S'il ne donne pas signe de vie d'ici demain matin, nous irons le chercher. »

– Vous avez sans doute raison, approuva Don et il soupira. « Les distances peuvent être trompeuses par ici. Il avait probablement calculé trop juste et il n'a pas eu le temps de rentrer au camp avant la nuit. »

– De toute façon, on ne peut rien pour lui ce soir. On ferait mieux d'aller se coucher.

– Très bien. Don se dirigea vers son sac de couchage.

Comme Holt, Diana était assise sur son sac de couchage, mais elle n'esquissa aucun geste pour s'y glisser. Elle ne pouvait dormir et elle n'avait pas l'intention de faire semblant. Elle se leva et rajouta quelques branches dans le feu puis se tint près des flammes. Malgré la chaleur, elle était si inquiète qu'elle n'arrivait pas à se réchauffer et continuait à frissonner.

– Tu as froid ? Holt, à côté d'elle, lui avait enroulé une couverture autour de ses épaules.

– J'ai peur, chuchota Diana.

Il laissa les mains sur ses épaules et la frictionna doucement. De l'autre côté du feu, Don, enroulé dans son sac de couchage, s'était discrètement retourné. Diana se détendit sous les caresses de Holt et s'appuya contre sa poitrine. Elle se mit à trembler et ses mains s'agrippèrent à lui.

– Asseyons-nous. Il l'aida à s'asseoir par terre, à côté du feu. Holt se servit d'une selle comme le dossier et la prit tendrement dans ses bras. Emmitouflée dans la couverture, elle se blottit dans le creux de ses bras : cette position familière la réconfortait. « L'expérience de cet après-midi t'a bouleversée. »

Diana renversa sa tête en arrière pour le regarder. « As-tu été effrayé ? »

Une ombre se glissa dans ses yeux et sa mâchoire se crispa, puis il se détendit. « Tu le sais bien », répondit-il simplement à voix basse.

Diana n'en tira aucune conclusion. Elle en était incapable pour le moment. Elle essaya de se calmer et détourna son regard du visage viril de Holt puis elle fixa le ciel étoilé.

– Où crois-tu qu'il soit ?

Holt n'avait pas besoin de lui demander de qui elle parlait. « Il est quelque part dans la nuit. Il va bien. Il boude, sans doute. »

– Il boude ? Diana trouvait le choix du mot curieux.

– Oui, il boude. Il lui lissa les cheveux sur le haut de sa tête. « Ça a toujours été comme cela. Quand on ne faisait pas ce qu'il voulait, il allait bouder pendant des heures... dans sa chambre ou dans le grenier à foin... dans un endroit où il puisse être seul. Et quand il n'était plus en colère, il revenait. Et aujourd'hui, il était fâché parce que tu m'as aidé à poursuivre l'étalon. »

– Oui, en partie, admit-elle et elle leva les sourcils tout en le regardant franchement. Ses yeux bleus étaient troublés. « Holt, je ne suis allée avec Guy qu'une seule fois. Je sais que tu crois que cela s'est passé plusieurs fois, mais je ne lui ai cédé qu'une fois. »

– Ne parle pas de cela, Diana. Son visage se rembrunit. « C'est du passé. Oublions cela. »

– Non, je préfère t'expliquer plutôt que de te laisser imaginer des choses fausses. Elle poursuivit avant qu'il ne pousse l'arrêter. « Quand je suis rentrée à la maison, j'avais subi toutes ces histoires horribles liées à mon divorce. Je croyais y avoir enfin échappé, mais c'était faux. Et j'avais l'impression que tout le monde me regardait comme si j'étais... Et Guy s'est montré égal à lui-même, il était toujours gentil, plein de considération, bref il m'adorait. Je me suis souvenue de la façon dont je m'étais servie de lui pour te blesser. Je l'avais toujours maltraité. Et ce n'était pas agréable de se rappeler tous ces souvenirs. Puis il m'a dit que j'étais la plus belle femme qu'il ait jamais connue. Et j'avais besoin d'entendre des choses comme cela. J'en avais été si frustrée ! J'ai essayé de me racheter envers lui. Ensuite, quand il m'a dit qu'il m'aimait et quand il a commencé à parler de mariage, je... j'ai réalisé que je n'avais fait qu'empirer les choses. Je lui ai dit que je ne l'aimais pas, mais il m'a répondu qu'avec le temps je finirais par l'aimer. Et aujourd'hui non plus, il n'a pas voulu me croire. »

– C'est de cela que vous avez parlé ?

Diana ne répondit pas aussitôt. Elle se blottit dans ses bras et elle repoussa la couverture.

– Je... Je lui ai dit que je t'aimais.

Tout sembla devenir soudain très silencieux puis Holt murmura : « C'est vrai ? »

– Oui. Sa voix était parfaitement posée.

– Et Guy ne t'a pas crue ?

– Non. Il m'a accusée de mentir, de prétendre que je t'aimais uniquement pour faire plaisir au Commandant. Mais ce n'est pas vrai, Holt. Pour la première fois de ma vie, ce que le Commandant désire ou ce qui pourrait lui faire plaisir m'indiffère. Je ne sais qu'une chose : je t'aime. Diana hésita un instant. « Je sais que je ne t'attire que physiquement et je... »

Il la saisit brusquement par les cheveux et l'obligea à se retourner. « Je te désire physiquement et de toutes les autres façons ! » murmura-t-il. Il la dévisageait. Diana était abasourdie. « Dieu sait si j'ai essayé de te haïr. J'ai même tenté de me convaincre que mon envie de te posséder n'était qu'un moyen de me venger de toi. Mais il ne s'agissait pas seulement de désir et de sexe. Je t'aime, Diana. »

Elle émit un faible cri de joie, puis les lèvres de Holt, écrasant les siennes, la condamnèrent au silence. Ils pouvaient enfin exprimer tout leur amour. Diana se sentit envahie de bonheur quand leur baiser s'acheva. Holt lui caressait le visage avec tendresse.

– Je veux que nous mariions, Diana, lui dit-il d'une voix rauque. « Quand nous rentrerons au ranch, nous demanderons son accord au Commandant et nous organiserons une petite cérémonie. »

– Oui. Elle embrassa sa main, que le rude travail du ranch avait rendue calleuse.

– Cela va provoquer des commérages, tu le sais, l'avertit Holt. « Quelques personnes bien intentionnées vont prétendre que je t'épouse pour récupérer le ranch du Commandant. Ils vont dire que je t'épouse pour ton argent. »

– Et c'est la vérité, non ? le taquina-t-elle puis elle soupira langoureusement. « Ce qu'ils raconteront m'est complètement égal. Tout m'est parfaitement indifférent. » Et elle réalisa aussitôt que ce n'était pas vrai. Elle frissonna. « Et qu'allons-nous faire avec Guy ? »

Son regard s'obscurcit. « Nous ne pouvons pas faire grand-chose. Quoi qu'il arrive, cela dépendra de sa propre attitude. »

– Holt, ne reprends pas ta chasse après l'étalon, demain. Nous avons les juments. Laisse l'étalon partir.

– Tu sais que cela n'est pas possible. Elle perçut la pointe d'impatience qui s'était glissée dans son ton. « Si je ne le fais pas demain, je devrai le faire la semaine prochaine. »

– Tu n'as pas à le tuer. Pour Guy, ne pourrais-tu pas... te contenter de l'attraper, de l'emmener ailleurs, très loin d'ici et de lui rendre ainsi sa liberté ?

– Cela ne résoudrait pas...

– Je sais que cela ne résoudrait pas le problème, l'interrompit Diana. « Mais ne comprends-tu pas que ce serait un geste ? Guy réaliserait que tu épargnes la vie de l'étalon pour lui faire plaisir. Cela ne résoudrait pas... tout, mais cela signifierait quelque chose. Ce n'est pas beaucoup demander, non ? »

– Non. Holt prit une profonde inspiration puis soupira et dit d'une voix sinistre : « Non, ce n'est pas beaucoup demander. »

– Tu le feras ?

– Oui. Il hocha la tête.

– Merci. Diana embrassa sa main tandis que ses doigts jouaient avec les siens.

– J'espère simplement que Guy m'en remerciera, marmonna-t-il.

– Il le fera.

Diana n'en était pas aussi sûre qu'elle voulait le lui faire croire. Quelles que fussent les gentillesses qu'ils pourraient lui témoigner, cela ne compenserait jamais le mal que leur amour lui ferait. Et tous deux le savaient.

Les bras de Holt se resserrèrent sur elle. Pour le moment, Diana ne voulait penser qu'à leur amour partagé. La journée du lendemain et les problèmes qu'elle allait engendrer arriveraient bien assez vite. Mais, au moins, ils pourraient les affronter ensemble. Elle appuya la tête contre son épaule et ferma les yeux.

Le feu s'éteignait doucement. Seul le rougeoiement des braises brillait dans la nuit, quand un bruit de pas étouffé la réveilla. Elle ouvrit les yeux et l'image confuse qui se dessinait devant elle était brouillée par une silhouette grande et sombre. Le bras de Holt se serra autour de sa taille pour l'avertir du danger, mais le battement de son cœur resta le même. Il avait aussi entendu du bruit et lui intimait de ne pas bouger.

Guy était devant eux et les fixait. Diana sentit la tension monter. La colère, la haine et la jalousie bouillonnaient en lui. Il reste ainsi pendant un moment qui lui sembla durer une éternité. Diana se demandait s'il entendait son cœur battre la chamade.

– Tu es rentré. La voix basse de Holt sembla vibrer dans cette atmosphère explosive.

– Oui, siffla-t-il.

– Diana dort.

– Je le vois bien. La voix de Guy était si sarcastique qu'elle en tressaillit.

– Tu ferais mieux d'aller dormir un peu, toi aussi, lui suggéra Holt, toujours aussi calme. « Nous allons attraper l'étalon demain matin. Et l'aube n'est plus bien loin. » Il appuya légèrement sur le mot « attraper ».

Pendant un long instant, il n'y eut qu'un terrible silence entre eux. Puis Guy se dirigea rapidement vers son sac de couchage. Une étoile filante illumina le ciel. Dans les herbes, un cheval remua et hennit faiblement. Diana resta allongée longtemps à écouter les bruits de la nuit. Elle redoutait l'aube, car elle savait que la discussion était loin d'être close.

CHAPITRE XXII

– Je vois que tu as pu retrouver ton chemin dans la nuit, dit Don quand Guy les rejoignit pour le café. « Tu dois avoir des yeux de chat. »

Guy grogna une réponse banale et prit le pot tacheté de gris pour remplir sa timbale. Il avait un air sinistre. Il évita soigneusement de regarder Diana ou Holt, pour leur montrer que son silence signifiait qu'il n'avait rien pardonné.

Le soleil s'était levé, il brillait dans le ciel mais n'était pas encore aveuglant. Diana retourna une crêpe dans la tourtière tout en se demandant si quelqu'un, hormis Don, aurait de l'appétit pour le petit déjeuner aujourd'hui.

L'une des juments qui paissaient dans le canyon gémit légèrement. « As-tu nourri les chevaux ce matin ? » demanda Holt à Don.

– Pas les juments. J'ai donné à manger aux chevaux que nous allons monter avant que vous ne les selliez.

Holt glissa son rasoir dans son étui et essuya la mousse qui restait sur son visage. Il jeta un coup d'œil sur l'endroit où étaient attachés les chevaux.

– Laisse ton fusil à Diana, dit-il à Don. « Elle risque d'en avoir besoin, car elle va rester ici pour s'occuper des juments. »

– D'accord, approuva Don et il se leva.

– Vous pourrez aller le chercher après le petit déjeuner. Elle lui tendit une assiette avec plusieurs crêpes bien chaudes et remit du beurre dans la poêle. « Guy, tu veux combien de crêpes ? »

Son regard croisa le regard glacé de Guy. Il renversa brutalement le café qui lui restait dans le feu ; le grésillement des flammes semblait aussi vif que son humeur.

– Tu peux aller te faire voir avec tes crêpes !

– Guy ! Ça suffit ! L'ordre de Holt le fit bondir.

– Toi aussi, tu peux... Guy cherchait une expression assez blessante pour dire ce qu'il ressentait.

Une jument gémit ; ce bruit fut suivi par des piétinements de sabots, puis une autre hennit à son tour. « Mon Dieu ! » Diana entendit l'exclamation de Don et se retourna : l'étalon blanc dévalait la pente qui menait à la prairie où étaient attachées les juments.

– Il vient rechercher les juments ! hurla-t-il. Il n'avait pas encore prononcé le dernier mot que l'étalon avait déjà rejoint la première jument et essayait de l'entraîner vers le chemin qu'il avait emprunté. Elle était retenue par la corde, qui se tendait à se rompre devant ses tentatives pour obéir à l'étalon. « Avec la mâchoire qu'il a, il peut, d'un coup de dents, casser la corde. »

– Il ne le sait pas, il n'est pas rusé. Holt se dirigea vers l'endroit où étaient parqués les chevaux sellés. Les hongres, totalement impuissants, observaient l'étalon.

– Guy, donne-moi ton fusil. Don s'avança vers une Winchester à côté du sac de couchage de Guy. « Je peux viser facilement d'ici. »

Le regard de Diana glissa vers Holt qui semblait hésiter, puis vers Guy. Les mots de Don l'avaient détournée du spectacle fascinant qui se jouait dans la prairie. Le visage dur, Guy paraissait attendre la décision de Holt.

– Ne le tue pas, Don. Nous allons l'attraper.

– Quoi ? Don, abasourdi, se détourna à son tour et fixa Holt. Celui-ci détacha son cheval, qui piaffait. L'attitude de Holt était une telle volte-face que Don ne comprenait pas. Mais cela ne sembla pas calmer Guy dont le regard toujours froid trahissait une profonde colère. « Mais vous aviez dit... » Don commença à protester tout en se rapprochant de son cheval.

– On n'aurait peut-être pas songé à se servir des juments comme appât – Holt monta en selle – « mais puisque les choses se présentent comme cela, profitons-en. Nous aurons plus de chance de le capturer ainsi. »

Un cri perçant se répercuta dans le canyon. Diana se retourna et vit l'étalon frapper la jument de ses postérieurs. Le coup la manqua d'un centimètre : elle fit un écart en se débattant pour retrouver sa liberté. La corde qui la retenait s'emmêla dans ses jambes arrière et elle tomba.

Malgré les coups de sabot et les morsures que lui infligeait l'étalon, la jument ne pouvait se relever, car elle était empêtrée dans la longe. L'étalon hennit de colère et s'attaqua à une autre jument, qu'il fit galoper jusqu'à ce que sa longe l'empêchât d'aller plus loin.

Cette extrême agitation avait excité tous les chevaux. Celui de Holt piaffait sur place et tirait sur son mors tout en arquant l'encolure. Holt attendit Don qui avait quelques problèmes avec sa monture, puis détacha le lasso attaché à la selle et le secoua pour le dérouler.

– Tu viens ? Il adressa cette question à Guy.

Après un silence pesant, ce dernier lui lança froidement : « Toi, tu n'as pas besoin de moi. »

– Tu es mon fils. J'ai toujours eu besoin de toi. Quand il eut prononcé ces mots, il jeta un regard par-dessus son épaule pour voir ce qui retenait Don. Il n'essaya pas davantage de convaincre Guy de les aider.

Diana aurait voulu crier à Guy de rejoindre Holt. Cela risquait d'être indispensable pour capturer le cheval sauvage. Mais le temps où Guy écoutait tout ce qu'elle disait était passé. Cela ne lui laissait qu'une seule solution.

– Je viens avec vous. Elle s'avança vers l'endroit où étaient attachés les chevaux.

– Non ! Ce non fut si brutal qu'elle s'arrêta aussitôt. « Tu restes ici ! » ajouta Holt d'un ton moins violent. « Je sais qu'ici tu es en sécurité. »

Elle s'apprêta à lui répondre mais les mots ne sortirent pas de sa bouche. Elle ne s'était pas servie d'un lasso depuis des années. Et Diana comprit que sa maladresse risquait de les gêner au lieu de les aider. Elle se détourna et accepta en silence la décision de Holt.

Don finit par monter en selle et rejoignit Holt. Son cheval était très nerveux. Il prépara aussi son lasso. Les doutes qu'il avait émis quand Holt lui avait annoncé qu'il avait changé d'avis s'étaient évanouis. Il était maintenant concentré sur le travail qu'ils devaient faire.

– Comment voulez-vous vous y prendre ? demanda-t-il à Holt.

– Cela dépend de l'étalon. Il va probablement foncer sur nous quand nous allons l'approcher. S'il s'attaque à moi, tu lances ton lasso. Nous essaierons de tendre la corde entre nous. Ne rate pas ton coup, l'avertit Holt. « Tu es prêt ? » Don hocha la tête. Il baissa son chapeau sur son front et remua sur la selle pour s'assurer que la sangle était bien serrée et qu'elle ne risquait pas de glisser. « Gardons une certaine distance entre nous pour obliger l'étalon à choisir entre nous deux. »

Ils relâchèrent les rênes et leurs chevaux bondirent. On entendit un terrible vacarme dans la prairie. Les juments ne pouvaient obéir à l'étalon et cela le rendait fou de rage. Diana en tremblait de le voir. Elle lança un regard désespéré à Guy, qui se tenait impassible à quelques mètres d'elle. Il observait la situation.

L'espace qui séparait les deux cavaliers se creusa tandis qu'ils se rapprochèrent de la prairie. Ils évitèrent de venir trop près des juments, afin de ne pas s'empêtrer dans leurs cordes à un moment critique. L'étalon blanc les vit arriver et releva dédaigneusement la tête tout en secouant sa longue crinière. Diana retenait son souffle. Elle savait qu'à tout moment il pouvait cesser de les menacer et se précipiter vers ses ennemis.

Il les défia d'un cri perçant. Diana tressaillit, au bord de la crise de nerfs. L'étalon chargea soudain, en bondissant sauvagement. Le cœur de Diana battit à tout rompre. Elle revoyait le cheval de Rube tombant à la renverse et entraînant son cavalier dans sa chute. Rapide comme l'éclair, il se précipita vers Don.

Diana aperçut du coin de l'œil le lasso de Holt déchirant l'air. Il ne manqua pas son but et encercla l'encolure de l'étalon. Il fit rapidement un nœud autour du pommeau et s'attacha car il savait qu'à l'autre bout de la corde se débattraient sept cent cinquante kilos de dynamite. Don attendait également cet instant tout en décrivant des cercles dans l'air avec son lasso. Il ne semblait pas vraiment conscient du danger auquel il avait échappé.

Mais cet instant n'arriva pas. Au moment même où l'étalon sentit la longe se resserrer sur lui, il changea de direction. Dans un tourbillon, il fonça vers Holt, le cou tendu et la mâchoire béante. Diana hurla et son cri assourdit celui que Holt lança à Don.

Don enfonça ses éperons dans les flancs de son cheval et pourchassa l'étalon de son lasso. Quand la corde atteignit la tête, l'étalon fit un écart et l'esquiva de justesse. Pendant que Don ramenait son lasso, Holt essaya de tirer sur le sien pour le tendre davantage, craignant que l'étalon ne s'approche de son propre cheval.

Diana avait envie de fermer les yeux. Cela tournait au cauchemar. Elle enfonça ses ongles si profondément dans ses paumes qu'elle se mit à saigner. Elle essuya ses yeux embrumés de larmes pour réussir à voir ce qui se passait.

L'étalon tournait sans arrêt en poursuivant Holt. Un coup de sabot heurta le hongre de Holt à l'épaule. Le cheval vacilla sous le choc, mais réussit à retrouver son équilibre et esquiva le nouvel assaut de l'étalon. Mais les efforts de Holt pour se maintenir hors d'atteinte des dents et des sabots de l'étalon ne favorisaient pas les tentatives de Don. Celui-ci n'arrivait pas à trouver le moment où lancer son lasso. Quand Holt et son cheval ne s'interposaient plus entre Don et lui, l'étalon changeait aussitôt de direction pour les suivre et le lasso de Don ne faisait que fendre l'air.

L'étalon mordit sauvagement le cheval de Holt et lui arracha un morceau de chair. Ce dernier hennit de douleur et ce cri glaça Diana. Don essayait de trouver une meilleure position et tournait autour de Holt et de sa monture. Soudain, une jument se précipita et lui barra la route.

– Attention ! hurla Diana, mais c'était déjà trop tard.

Sans le vouloir, Don s'était trop approché des juments. Son cheval commença à s'emmêler les pieds dans la corde qui en retenait une. Il s'affala en entraînant Don dans sa chute. Le cheval essaya de se dégager tandis que Don tentait vainement de retirer sa jambe, écrasée par le poids de sa monture.

Holt était désormais seul. Il ne pouvait plus attendre aucune aide de Don. Diana le vit défaire le nœud qu'il avait fait autour du pommeau de sa selle et lâcher le lasso. Il s'arrêta pour essayer d'éviter l'étalon et de ne pas prendre le risque de l'affronter. Mais, avant que son cheval n'ait eu le temps de se mettre au galop, l'étalon les chargea et Holt tomba à terre avec sa monture. Holt fut soulevé de selle, roula et s'écrasa au sol. L'étalon dédaigna le cheval, tout comme il avait dédaigné celui de Rube, et chargea l'homme affalé à terre.

– Aide-le ! cria Diana à Guy. Des larmes coulaient sur ses joues. Elle aperçut parmi ses larmes le fusil à ses pieds. « L'étalon va tuer Holt ! Tu dois l'arrêter ! »

Holt réussit à esquiver le premier assaut de l'étalon. Il n'y avait aucune émotion sur le visage de Guy quand il se pencha lentement et ramassa le fusil. Il le prit et continua à regarder le spectacle. Holt évita les sabots du cheval qui essayaient de le piétiner.

– Pour l'amour de Dieu, Guy, aide-le !

Guy arma le fusil mais ne le porta pas à son épaule. Un coup de sabot heurta Holt et le cloua au sol. L'étalon continua de piétiner le sol ; Holt esquiva les coups de justesse. Diana, horrifiée, voyait Holt faire des mouvements désespérés pour lui échapper.

– Guy, tu dois le tuer ! le supplia-t-elle.

Diana devinait ses pensées. Si Holt mourait, elle n'aurait plus aucune entrave et pourrait enfin lui rendre son amour.

– Tu ne peux le laisser mourir ! murmura-t-elle. Elle secouait la tête en tous sens pour montrer qu'elle se refusait à admettre cette idée. « Guy, c'est ton père. Tu ne peux pas le laisser mourir. »

Guy la regarda pendant un instant qui lui sembla durer une éternité. Ne se rendait-il pas compte qu'il la tuait aussi ? Diana hurlait sa douleur en silence. Elle étouffa un sanglot et se détourna. Holt chancelait, il s'était blessé au bras et n'avait plus la force de se relever. Il rampait, en s'aidant de son seul bras valide, pour essayer d'esquiver les coups de l'étalon dont la fureur se déchaînait toujours davantage.

– Holt ! C'était un cri du cœur, un cri d'amour totalement désespéré. Elle se précipita vers lui.

A peine eut-elle fait un pas, qu'un coup de feu retentit derrière elle. L'étalon vacilla sur ses jambes, mais, la mâchoire béante, se rua sur Holt. Une seconde balle l'atteignit et il s'affala à terre.

Diana courut vers lui, suffoquant de douleur. Les larmes embuaient ses yeux et elle voyait à peine où elle allait. Elle aperçut vaguement Holt qui tentait de se relever et un immense soulagement l'envahit soudain.

Elle entendit une voix qui lui criait : « Aidez-moi. Je n'arrive pas à attraper la corde pour la couper. »

Elle entrevit Don entre ses larmes : il était toujours écrasé par son cheval qui était tombé. Elle hésita une seconde, puis se précipita vers lui et prit le canif qu'il lui tendait. Tandis que Diana coupait la longe qui s'était enroulée autour des pieds du hongre, elle entendit Don murmurer : « Ce sacré cheval ne s'est pas contenté de m'écraser la jambe, il s'est aussi affalé sur mon fusil. Je ne pouvais rien faire pour aider Holt. »

– Etes-vous blessé ? Diana percevait le son de sa propre voix mais elle n'était pas réellement consciente d'avoir posé cette question.

– Je n'ai rien de cassé.

Dès qu'elle eut coupé la corde, Diana recula et enfonça la lame dans le sable. Elle courait déjà vers Holt quand le cheval de Don se remit péniblement sur ses pattes. Don se releva à son tour, avec effort, en tirant sa jambe droite.

Holt était toujours à genoux, serrant fortement de sa main droite le haut de son bras blessé. Quand elle arriva enfin à sa hauteur, sa tête était renversée en arrière et son visage, blanc comme un linge, trahissait ses souffrances.

– Tu es vivant ! Oh, mon Dieu, merci. Tu es vivant ! Ce murmure était presque une prière. Et Diana, tout en sanglotant, touchait ses joues et sa bouche, d'une main tremblante, comme pour s'assurer qu'il n'était pas mort. « Ton bras... »

Il tenta de sourire et la regarda tendrement. « Je me suis cassé l'épaule, c'est tout. » Holt essaya de bouger et il ne cilla pas. « Aide-moi à me relever. » Diana essuya ses larmes et passa son bras droit autour de son cou en essayant de le soulever autant qu'il lui était possible. Elle le regarda d'un air inquiet et le vit fixer l'étalon qui gisait à quelques pas d'eux. « L'étalon est mort. »

– Oui.

Pour la première fois, Diana jeta un œil vers le cadavre. Sa robe blanche était poussiéreuse et éclaboussée de taches pourpres. Mort, l'étalon blanc n'avait plus la beauté et l'allure qui l'avaient tant fascinée. Son cou était trop lourd et trop fortement musclé, son tronc était trop long et son poitrail était trop étroit. Il n'était plus qu'un cheval sauvage comme n'importe quel autre. Seuls le distinguaient sa taille et le fait qu'il marchait toujours au pas... mais il ne marcherait plus jamais.

– Guy l'a tué, chuchota Diana. Le premier coup l'avait atteint au poitrail et le second à la tête. Cette deuxième balle avait provoqué une mort immédiate. Les larmes lui montèrent aux yeux quand elle réalisa ce que l'acte de Guy signifiait pour eux tous. Elle leva les yeux vers Holt. « Il t'a sauvé la vie. Il a tué l'étalon pour te sauver. »

Holt regarda vers le camp. Diana se retourna et vit Guy

toujours à la même place. Il avait baissé le canon de son fusil. Bien qu'elle ne pût distinguer les traits de son visage, elle savait qu'il les regardait. Guy se détourna lentement et se dirigea vers l'endroit où étaient attachés leurs chevaux. Il remit son fusil dans son étui et monta en selle. Il marqua un temps, jeta un dernier regard dans leur direction, puis donna un coup de talon à son cheval et traversa la canyon au trot.

– Il s'en va. Il ne reviendra plus.

A ces mots, Diana leva les yeux vers Holt. Son visage était de pierre et ne trahissait pas plus d'émotion que sa voix, mais une larme brillait dans ses yeux.

– Peut-être reviendra-t-il... un jour.

Elle fixa le nuage de poussière qu'il avait soulevé sur son passage.

Achevé d'imprimer
le 3-11-1982
par Mohndruck Gütersloh
pour France-Loisirs
N° d'éditeur 7331
Dépôt légal: Novembre 1982
Imprimé en R.F.A.